시적인 것의
귀환

시적인 것의 귀환

초월과 존중과 희생의 시학

초판 1쇄 발행／2022년 2월 25일

지은이／김종훈
펴낸이／강일우
책임편집／박대우·이해인
조판／박아경
펴낸곳／(주)창비
등록／1986년 8월 5일 제85호
주소／10881 경기도 파주시 회동길 184
전화／031-955-3333
팩시밀리／영업 031-955-3399 편집 031-955-3400
홈페이지／www.changbi.com
전자우편／lit@changbi.com

ⓒ 김종훈 2022
ISBN 978-89-364-6358-8 03810

시적인 것의
귀환

김종훈 평론집

초월과
존중과
희생의
시학

창비

비평가의 임무 중 하나는 현대시가 제기한 낯선 느낌에 근거를 마련해주는 일이다. 이해의 축을 마련하고, 마련된 축 위에 느낌의 좌표를 설정하며, 그것의 가치를 매기는 일은 순차적으로 이뤄져 독자의 지각 영역을 확장한다. 현대시의 계보를 작성하거나 지형도를 머릿속에 그리는 것과 그 대상이 되는 시의 가치를 매기는 것 어느 한쪽에 더 관심을 가질 수는 있다. 그러나 그 관심사에 집중하는 것만으로 비평의 소임을 다했다고 볼 수는 없다. 그보다 이 여러 임무들이 서로 통해 있다는 것을 이번 책을 준비하면서 새삼 느꼈다. 그동안 나는 시의 지형도에 대해 말하기보다는 어디에서나 발생할 수 있는 시적인 것에 대해 주목해왔다고 여겼는데, 이 책의 많은 글은 결과적으로 한국 현대시의 전반적인 지형과 계보를 바탕으로 전개되었다.

기본적으로 나는 현대성을 지향하는 시에 공감하는 세대에 속한다. 시를 스스로 찾아 읽기 시작한 때가 형식적인 민주주의가 도착한 1990년대 이후부터였고, 정확한 표현에서 오는 쾌감을 맛본 것도 2000년대 출현한 다종다양한 시들을 읽으면서였다. 또한 예술성을 지향하는 시를 읽으면서도 자주 감동했고 거기에서 발생하는 여운을 오래 곱씹었다. 살면서 겪게 되는 여러 혼란을 갈피 지으며 조금 더 삶이 윤택해졌다고 생각한 것도 그러한 시 덕택이다. 그래서 시라는 장르적 특성, 그것의 예술성을 탐구하는 것이 시에 대한 내 나름의 보답이라고 여겨왔다. 현대성과 예술성을 토대로 이뤄진 담론이 문학의 자율성 담론이다. 내가 시를 읽는 방법이 기대고 있는 곳이 여기이다. 그러나 한국 현대사의 굴곡은 이 안식처를 벗어나 계속 '또다른 고향'으로 떠나도록 종용한다. 현대성과 예술성의 시대적 의의, 즉 현실성과 접면하며 시적인 것의 정체성과 필요성을 되묻게 하는 것이다.

이 책은 첫 평론집을 낸 후 십년 동안 발표한 글 중에서 그 문제의식이 여전히 유효하다고 판단한 글을 모은 것이다. 2000년대에는 새롭게 출현한 목소리의 위상에 대해 논의가 활발했다. 십여년이 지난 뒤 그때와의 차이를 꼽아보면 먼저 문학 텍스트 바깥의 여러 사회적 국면들이라 할 수 있다. 나는 세월호 참사, 촛불과 탄핵, 문단 성폭력 등이 발생한 뒤에 산출된 시의 목소리가 이전과 별반 다르지 않다고 말하기를 꺼린다. 나태하거나 완고한 문학주의자의 모습을 탈피하기 위해, 변화의 양상과 정도와 원인을 파악하려 했다. 그러기 위해서는 이 시대에도 좋은 시란 무엇인지, 시적인 것은 무엇인지 등에 대한 보편적인 기준을 설정해야 했다.

시적인 것은 자기희생과 초월과 존중을 기반으로 생성된다. 상식적인 말로 들릴지 모르겠다. 그러나 각각 자기과시와 집착과 포기를 대척점에 두고 그 특성을 벼린다는 것을 염두에 두면 이것들은 도달하기도 유지하기도 어려운 엄격한 덕목이다. 이 덕목들 덕택에 우리는 타인의 말에서 자신의 생각을 확인하기보다는 자신의 생각과 다른 말을 경청하며 자신을 넓힐 수 있다. 이 세가지 덕목을 동시에 실천하는 데 필요한 것이 용기이다. 용기는 시대와 상황에 따라 그 정의와 양태가 조금씩 달라지지만, 용기를 내는 자는 세파에 흔들리지 않고 두려움에 동요하지 않는다. 변하지 않게 하는 변화의 힘으로써 용기를 내는 자는 자기를 희생하고 초월하는 것뿐만 아니라 자기를 존중할 수 있다.

한편 시적인 것을 대면하는 독자는 이를 우연한 사건으로 받아들이기 쉽다. 용기를 낸 말들은 일상 지각의 영역 바깥에서 범상치 않은 모습으로 나타난다. 그러나 끝내 우연으로 남아 있는 말들을 계속해서 시적인 것이라 부르기는 어렵다. 시적인 것의 맥락을 살펴보면 낱말 하나하나에 필연성을 갖추지 않은 것이 없다. 우리가 이 말이 왜 이렇게 표현되었는지를 궁금해할 때 시적인 것은 늘 여러 답변을 준비한다. 비평은 우연히 도달한 것처럼 보이는 표현에 그 필연성을 되묻는 작업과 같다. '시적인 것의 귀환'이라는 말은 잊었던 것을 되찾는다는 뜻에 그치지 않는다. 그 안에는 섬처럼 보이는 낱말들 사이에 다리를 놓거나 뱃길을 만들어 접근 가능성을 높인다는 뜻이 담겨 있다.

이 책의 1부에서는 이 시대에 출현하는 시적인 것의 모습을 헤아렸다. 주체는 왜소화되고 세계는 디지털화하는 시대, 가장 오래된 문학 장르인 시의 생존 가능성은 있는가, 있다면 어떠한 형태로 나타나는가, 이에 따른 시적인 것의 필요조건은 무엇인가 등의 고민이 여기에 모여 있다. 운명이 달래지 못하는 최초의 울음으로 돌아가는 결단이 필요하며, '우리'로 환원되지 않는 '너'와 '나'의 동일시 체험이 필요하다고 했다. 제언의 형태는 제각각 다르지만 모두 윤리와 연대의 의미를 공유한다. 자기를 벗어났다가 귀환하는 체험이 역설적이게도 타인과 함께 사는 이 시대의 시적 윤리이자 시적인 것의 출현 요건이라고 본 것이다.

2부에서는 전통 시학 개념의 효용성을 모색했다. 오래전부터 시의 미학적 특성으로 인식되었던 서정과 리듬, 현대에 이르러 재조명되는 알레고리, 그리고 한국 현대시에서 특별한 위상을 지닌 리얼리즘까지 이들이 이 시대에 투영되어 굴절되는 모습을 살펴보았다. 서정은 미래파 논의를 거치면서 예각화했고 리듬은 의미와 달라붙어 개별 시의 고유성을 창출했다. 알레고리는 불가능한 기획에 도전한 흔적을 남겼으며 리얼리즘은 좋은 세상과 삶에 대한 염원을 새삼 환기했다. 여기에서 확인한 것은 전통 개념의 권위가 아니라 갱신을 거듭할 수 있게 하는 시적인 것의 힘이었다.

3부에는 시인론과 작품론을 수록했다. 시인과 화자를 엄격히 구별하는 것을 시 감상의 기본이라고 배웠다. 그런데 이 둘을 구분하지 않았기 때문에 뚜렷해지는 의미가 있다면 합일 가능성을 차단할 필요는 없을 것이다. 나는 시인론과 작품론을 쓸 때 시인과 화자의 비분리와 분리 두 경우를 함께 고려하며 의미 생성 가능성을 열어두려 애써왔다. 필요하다고 판단되면 개인적인 체험까지 동원했던 까닭도 여기에 있다. 이와 같은 과정을 거치며 한국 현대시의 여러 영역에 배치할 수 있는 다양한 시인과 시를 만났다. 이들의 삶과 시를 통해 조금 더 인식의 영역을 넓힐 수 있었다.

4부는 개별 시집에 대한 해설이다. 해설을 쓸 때마다 시적 개성이 어떻게 생성되는지, 독자와 함께 읽고 싶은 시가 무엇인지 놓치지 않으려 했다. 얼기설기 짜놓은 논리에 맞춰 시를 인용하기보다는 시들끼리 주고받는 대화를 엿들으려 했으며, 무엇보다 이미지들의 논리가 생기기를 기다렸다. 이와 더불어 시의 목소리를 통해 드러나는 주체의 캐릭터가 어떤 것인지 그 전체상을 그리려 애썼다. 온전한 타인의 모습을 그리는 일이 곧 내 삶의 영역을 비옥하게 하는 일이라고 여겼기 때문이다.

이 책에는 2014년 한꺼번에 세상을 떠난 이들에 대한 애도가 스며 있다. 단원고 교실의 문을 열었을 때 그곳 절반 이상의 책상에 흰 국화와 방명록이 놓인 모습을 보고 무릎이 꺾였었다. 이따금 희생자의 책상 옆에 나란히 놓여 있던 책상의 주인공들을 생각한다. 그 삶과 언어의 무게를 이 책이 조금 나눠서 지었으면 좋겠다. 또한 이 책에는 이제 글과 시를 통해서만 만날 수 있는 분들의 흔적이 담겨 있다. 직간접적으로 많은 가르침을 받았으나 그 앞에서는 쭈뼛대며 감사의 인사도 제대로 전하지 못했었다. 그분들에 대한 속내를 이 책에서 조금이나마 드러냈다.

시쓰기와 시읽기의 긍지에 대해 늘 일깨워주시는 최동호 선생님, 오래된 원고의 수정 방향을 정성껏 제시해준 박대우, 이해인 편집자 그리고 창비 직원분들, 응원과 신뢰와 배려를 동시에 보여준 박준 시인, 원고 정리에 도움을 준 권가현 학생, 그리고 함께 공부해왔고 앞으로도 함께할 대학원 학생들에게 감사의 말씀을 드린다. 아울러 글의 대상이 된 시인들과 시들에게, 그리고 책 제목을 제안해준 최설 시인과 가족에게 사랑의 인사를 전한다.

2022년 2월
김종훈

차례

책머리에 … 5

제1부

코끼리의 거처: 21세기 한국시에 나타난 상상력의 윤리 … 15
시적인 것의 귀환: 인공지능 시대와 서정의 미래 … 29
갇힌 주체의 부정성: 2010년대 시의 감성 구조 … 46
너에게 이르는 길: '나는 너다'의 모습들 … 62
불온한 시는 어디에서 출현하는가 … 78

제2부

서정의 생명성은 무엇인가 … 93
현대시와 극서정시: 극서정시의 미학과 구조 … 112
헤맴의 궤적: 현대시의 리듬 … 124
현대시의 알레고리: 황현산의 알레고리 … 140
빈집의 유령들: 리얼리즘 시의 갱신과 관련하여 … 158

제3부

춤추는 말과 진동하는 신념: 최종천의 시 ⋯ 173
그늘이 넓은 집, 마당에 사는 빛: 이상국의 시 ⋯ 187
최정례의 과외 수업 ⋯ 204
어디에도 있는 너는: 곽효환 『너는』에 부쳐 ⋯ 214
유안진이 이야기를 들려주는 시간 ⋯ 224
서툰 연인들, 외국어 주체들: 황인찬 「나의 한국어 선생님」에 부쳐 ⋯ 234

제4부

불투명한 바람과 투명한 마음: 이은봉 『봄바람, 은여우』 ⋯ 243
나기철의 발송 작업: 나기철 『지금도 낭낭히』 ⋯ 257
근시(近視)의 천사: 박라연 『헤어진 이름이 태양을 낳았다』 ⋯ 272
박순원의 시는 웃프다: 박순원 『그런데 그런데』 ⋯ 287
최두석의 사무사(思無邪): 최두석 『숨살이꽃』 ⋯ 299
어두운 기도의 형상: 최정진 『버스에 아는 사람이 탄 것 같다』 ⋯ 313
내 이름은 숨은 돌: 한영수 『케냐의 장미』 ⋯ 331
마당을 쓰는 사람: 황동규 『겨울밤 0시 5분』 ⋯ 344
안도현의 평지 순례: 안도현 『능소화가 피면서 악기를 창가에 걸어둘 수 있게 되었다』 ⋯ 360

발표지면 ⋯ 373
찾아보기 ⋯ 375

제1부

코끼리의 거처

◆

21세기 한국시에 나타난 상상력의 윤리

『한비자』의 '해로(解老)'편에는 형상(形像)의 기원인 상(象)의 유래가 적시되어 있다. 중국 남쪽 지방 사람들이 상아를 보며 한번도 보지 못한 코끼리를 그려보았다는 것인데, 그것의 진위 여부를 접어두더라도 근대 초 서양 미학 개념의 번역 작업에 착수했던 이가 왜 이미지를 심상(心象)이나 의상(意象)으로, 이매지네이션을 상상(想像)으로 옮겼는지 납득이 되는 대목이다.[1] 형상의 뜻에는 남아 있는 작은 단서로 전체의 모습을 그리는 과정이 담겨 있다. 재생된 기억이면 심상이나 의상이고 펼쳐 헤아린 관념이면 상상이지만, 현재에 있는 작은 단서는 그 둘 모두에 들어 있는 공통 요소이면서 동시에 기존 세계와 시의 세계를 잇는 매개이다. 『한비자』의 이야기가 형상이 없다고 '도(道)'가 없는 것이 아니라는 맥락에서 언급된 것을 보면, 기존 세계와 시의 세계는 형상을 통해 비가시적인 세계와 연결된다고 할 수 있다.

---

1 人希見生象也, 而得死象之骨, 案其圖以想其生也, 故諸人之所以意想者, 皆謂之象也. 今道雖不可得聞見, 聖人執其見功以處見其形, 故曰: "無狀之狀, 無物之象."; 한비 『한비자』, 이운구 옮김, 한길사 2002, 310면.

상상이 벡터를 가지면 상상력이 된다. 기억과 현실, 역사와 경험 등이 기존의 공동 세계를 향해 구심력을 발휘하는 동안 상상력은 밖을 향해 원심력을 발휘하여 다른 세계를 제시한다. 원심력의 방향은 하나로 수렴되는 구심력의 그것과 달리 제각각이다. 현재 남아 있는 상아를 단서로 그린 코끼리들의 모습도 제각각일 것이다. 포개면 같은 것이 하나도 없는 그림들이다. 상상력을 없는 것을 현존하게 하는 미적 능력으로 파악한 칸트도, 인식론의 범주 안에 두고 연상 작용의 갈피로 삼았던 흄도, 아예 왜곡되거나 굴절된 상상의 세계에 사는 것이 우리라 했던 스피노자도 모두 그것의 개별성을 주목했다.

시학 이론을 참조해보자. 리듬은 반복되며 제자리를 환기하고 상상력은 뻗어나가 다른 세계를 환기한다. 제1상상력의 토대에 보편적 역사를 상정하고 제2상상력의 토대에 개인의 기억을 상정한 낭만주의자 콜리지이건, 신체의 감각이나 대상과 상상력을 연관 지은 바슐라르이건, 보편과 특수, 관념과 물질 등의 표현상 차이가 있을지언정 상상력을 원심력과 연관하여 제언하는 것을 잊지 않았다.

기존 세계에 놓인 상아를 현실이라고 말할 수 있으나 진실이라고 말하기는 어렵다. 다른 세계의 모습인 코끼리를 상상의 산물이라고 말할 수 있으나 거짓이라고 말하기도 어렵다. 상상은 기존의 공동 세계 안으로 들어와 경직된 사고와 인식의 경계를 유연하게 한다. 직접 체험과 간접 체험이 뒤섞여 기억을 이루듯 물질과 관념이 뒤섞여 현실을 이룬다. 상상은 공동 세계와 포개지지는 않지만 바로 그렇기 때문에 그 세계를 입체적으로 만든다. 상상으로 일인칭은 이인칭이나 삼인칭이 될 수 있다. 상상하지 못한다면 '나'는 일인칭 주어의 위치에서 고립될 것이다.

2020년대 한국 시가 맞닥뜨린 과제는 경계를 지우는 일이다. 그러므로 시인들은 어느 때보다도 상상력을 필요로 한다. 민주주의의 쟁취 같은 거대담론이 사라진 뒤 한동안 정치적 발언을 촌스럽다고 여기고 문학의 자율성 담론을 신뢰하는 분위기가 있었다. 영역 간에 담을 높이 쌓은 뒤, 시에서 정치적인 것을 굳이 다뤄야 한다면 소수성의 가치를 말하는 것이 새로운 시대에 부합하는 정신이라 여겼었다. 그러나 얼마 지나지 않아 정치적인 것이 지속적으로 지켜야 할 가치이며 문학의 자율성이 창작자를 답답하게 하는 가치일 수 있다는 것을 체험하고 문학과 정치의 기원과 역사를 헤집어 지속적인 실험을 필요로 하는 시대가 도래했다. 상상력을 발휘하여 제시한 시의 세계에서 죄의 문제를, 윤리의 문제를 묻는 경우가 늘어났다.

> 십자가가 저렇게 많은데,
> 우리에게 없는 것은 기도가 아닌가.
> 입술을 적시는 메마름과
> 통점에서 아프게 피어나는 탄식들.
> 일테면 심연에 가라앉아 느끼는 목마름.
>
> 구할 수 없는 것만을 기도하듯
> 간절함의 세목 또한 매번 불가능의 물목이다.
> 오늘은 내가 울고
> 내일은 네가 웃을 테지만
>
> 내일은 내가 웃고 네가 기도하더라도 달라지는 것은 없겠지만
> 울다 잠든 아이가 웃으며 잠꼬대를 할 때,
> 배 속은 텅 빈 냉장고 불빛처럼 허기지고
> 우리는 아플 때 더 분명하게 존재하는 경향이 있다.
> 아프게 구부러지는 기도처럼, 빛이 휜다.
> ──이현승 「빗방울의 입장에서 생각하기」 부분(『생활이라는 생각』, 창비 2015)

아름다움이나 추함이 아니라 죄와 생활에 대한 느낌이 시를 이끈다. 많은 도시의 불빛 중 유독 교회 십자가에 시인의 눈길이 머문다. '나'와 '너'는 번갈아 웃고 울면서 비슷한 기도를 올린다. "간절함의 세목" 또는 "불가능의 물목"이 변하는 것은 지상에 욕망의 허기를 채워주는 대상이 없기 때문이다. 기도 편에 욕망을 부쳐도 삶은 여전히 무겁고 허기진다. 그렇다고 손을 모아 기도를 올리는 일을 멈출 수는 없다. 그것 역시 지상의 삶이다. 구부러지는 기도는 이 역설적 상황을 정확히 보여주는 이미지이다. 기도를 신뢰하지도 부정하지도 못하는 자의 고뇌가 기도하는 손을 구부러뜨린 것이다.

빛이 휘어지고 기도가 구부러지는 원인을 미와 추뿐만 아니라 참과 거짓, 옳고 그름의 영역 어느 한 곳에 두기는 힘들다. "아플 때 더 분명하게 존재하는 경향"은 '특정 품목'을 넘어서는 일이다. 미적 자율성의 구획선이 뚜렷한 경우 주저했을 질문과 고통이 시적 질문으로 출현하는 것인데, 이와 같은 현상은 어느덧 이 시대의 보편적인 시적 발화의 형태로 여겨진다. 다변이건 눌변이건, 삶의 현장에 밀착한 발화이건 거리를 둔 발화이건 이 현상은 분방하게 나타난다.

우리가 사는 별은 너무 작아서
의자만 뒤로 계속 물리면 하루종일 석양을 볼 수 있다.

우리가 사는 별은 너무 작아서
너와 나는 이 별의 반대편에 집을 짓고 산다.
내가 밤이면 너는 낮이어서
내가 캄캄하면 너는 환해서
우리의 눈동자는 조금씩 희미해지거나 짙어졌다.

(…)

지구의 둘레만큼 긴 칼로 사람을 찌른다고 해서 죄책감이 사라질까.
죄책감은 칼의 길이에 비례하는 것일까.

우리가 사는 별은 너무 작아서
네 꿈속의 유일한 등장인물은 나.
우리는 마주보며 서로의 지나간 죄에 밑줄을 긋는다.
　　　　　　──신철규 「소행성」 부분(『지구만큼 슬펐다고 한다』, 문학동네 2017)

　소박하고 절대적인 사랑 이야기를 하기 위해 신철규는 그에 걸맞은 소행성을 독자에게 제시한다. 의자를 무르면 종일 석양을 볼 수 있는 크기의 행성에 마음만 먹으면 곧 볼 수 있는 거리만큼 떨어진 채 두 사람은 낮과 밤을 나눠 갖는다. 사람 탓, 환경 탓을 할 수 없이 서로에게 온전히 집중할 수 있는 최적의 장소가 그곳이다. 그곳에서라면 순정한 사랑의 모습이 나타나고 사랑의 기원을 되물을 수 있을 것 같다. 심지어 "네 꿈속의 유일한 등장인물은 나"일 정도로 각성과 수면의 시간 전부를 상대가 차지한다. 그러나 시는 예상을 엇나간다. 그들의 사랑은 그것의 기쁨을 표현하기보다는 서로의 지나간 죄에 밑줄을 긋는 것으로 마무리된다. 상상력으로 일군 무균질의 공간까지 죄가 침범했다.
　그곳에서 일어나는 질문은 다음과 같을 것이다. 죄라는 것은 어디에서 발생하는 것이고, 발생하기 위한 최소한의 조건은 무엇인가. 한 사람만 사는 곳에서도 죄가 생겨나는가, 아니면 두 사람이 있기 때문에 죄가 발생하는가. 「소행성」은 미(美)와 죄가 엉킨 삶에 대한 시이다. 선과 악은 이제 어떠한 세계에서도 제기될 수 있는 문제가 되었다. 어떤 세계가 마련되더라도 이들은 지속적으로 실험하고 갱신할 공동체의 윤리 문제를 제기한다.

미학과 정치의 분할선이 새로 그어지고, 실험이 계속되는 동안 주체가 놓인 맥락 또한 변화했다. 마치 자기 자신이 아무것도 아니라는 것을 증명하기 위해 다른 세계를 상상한 것처럼, 시의 주체는 축소되어 있었다. 그들은 소문이 되고 이야기가 되고 풍문이 되었으며, 그들이 놓인 세계는 소행성처럼 급격히 축소되거나 아니면 우주와 같이 넓어져 상대적으로 더욱 그들을 왜소하게 보이게 했다. 기존 공동 세계에서 여러 시적 솜씨를 선보이며 별개의 것을 서로 연관시키던 일인칭의 권능이 이제는 거의 보이지 않는다.

이름 모를 정서가 가슴 한편에서 밝아지는 게 느껴질 때면 어느새 밤이야 파문이 커지면 커질수록 악기를 쥐고 음악을 만드는 밤이 있지 창문은 하루 종일 물결치는 장면을 상영 중이야 해변의 성당은 허물어지고 신도들은 날마다 죄를 짓고 있지 두 손을 모으려고, 신을 찾아 더듬거리려고, 맞아 부풀어 오르는 밤이야 아무렇지 않은 척 말해도 견디기 힘들 때가 있어 너는 이런 날

(…)

달과 태양이 몸을 겹치기 시작한다

눈물자국을 가리려 안경을 씌어 주던 사람도 있었지 인간들이 집단적인 난청을 일으켜 모든 소문이 되살아났으면 좋겠어 신은 의심을 확신으로 오독하도록 분노를 만들었잖아 누군가의 꿈속을 향해 전력으로 질주하고 싶다 꿈과 현실의 경계에 부딪쳐 온몸이 조각날 수 있다면, 조각난 채로 그의

꿈속에 스며들 수 있다면…… 하지만 여전히

밤이 끝나지 않는다

너는 내 손을 잡고 있다 우리는

크게 호흡한다
이제 우산을 펼쳐야 한다
— 양안다 「백야의 소문으로 영원히」 부분(『백야의 소문으로 영원히』, 민음사 2018)

지평선과 수평선이 보이는 지상이 아니라 우주 속 지구를 말하는 위치에서 목소리가 들린다. 우리는 이를 낭만주의자의 것이라 여겨왔다. 낭만주의자는 달과 태양이 포개지는 곳을 상정하고 무엇이든 녹일 수 있는 큰 자아를 가졌다. 독자는 그 시선을 통해 땅을 지구로, 지평선을 원으로 생각하고 각각의 이름을 부를 수 있게 되었다. 땅과 지구, 지평선과 원의 시차(視差)는 시적인 것이 발생하는 간격을 형성했다. 양안다의 시에 보이는 화자의 모습을 낭만주의자라 부르지 않을 이유가 없다. 그 화자는 밤에 "악기를 쥐고 음악을 만"들고 날마다 죄를 짓는 신도들이 "신을 찾아 더듬거리"는 기도를 올린다고 말하며 그들을 뭉뚱그려 '인간'이라 호명하는 이, 악기와 음악과 죄의 세목을 밝히려 하지 않고 더 먼 곳을 응시하는 이다.

세부는 화자가 자신의 욕망을 표현할 때 제시된다. 그는 소문이 되고 싶고 달리고 싶고 스며들고 싶고 부서지고 싶다. 달려가 스며들고 싶은 곳은 타인의 꿈이고, 부서지고 싶은 대상은 자기 자신이다. 일회적인 속성을 가진 꿈에 스며들고 싶다고 하니, 이를 타인의 지속적인 정체성을 존중하려는 마음에서 비롯했다고 보기도 어렵다. 큰 자아와 큰 욕망을 지녔으나 그 크기는 자기 동일성을 유지하는 데 쓰이기보다는 자기 자신을 파괴하는 데 할애된다. 죄를 묻고 기도를 보고 있는 이 세계에 자기가 사라진다면 누가 공동체의 윤리를 물을 수 있는가. 시의 마지막을 보면 시인은 여전히 그것이 유효하다고 생각하는 것 같다. 어지럽고 들뜬 목소리는 사라지고 단정한 목소리가 출현했다. 꿈을 깬 이인칭과 각성한 일인칭이 모여 "손을 잡"고 '우리'가 되었다. "우산을 펼"친 뒤 생겨난 우산 밑의 세계는 두 사람이 손을 잡은 새로운 세계이다. 앞에서 꺼낸 죄의 문제를 숙고할 세계가 바로 그곳이다.

어떤 사람에겐 나무가 꼭 필요해. 잘 살기 위해서. 흔들리는 나뭇잎을 보며 그 소리를 듣는 일이. 어떤 사람에겐 남의 행복이, 또 남의 고통이 필요해. 어떤 가치 없고 무고한 타인의 죽음이 필요하고. 흔들리는 나무 밑에서 그런 비극을 떠올리며 어쨌든 좀 슬픈 것 같은 순간이 필요해. '어떤 사람은 그냥 걷다가도 죽는대. 사랑하다 죽고. 사랑을 나누다가 기쁨이 넘쳐서 죽고. 산에서 죽고. 바다를 건너다 죽는대.' 어떤 사람에겐 행복이 필요해. 꼭 나무를 보듯 불행이 필요하고. 어쨌든 어떤 믿음, 소망, 관용, 이런저런 이야기가 필요해. 그 이야기에 등장하는 자신, 옆 사람, 어떤 사람, 그것도 아니면 크든 작든 사람을 닮은 그 무엇의 기쁨과 슬픔이. 우리에겐 우리와 비슷한 형상에 대한 사랑이 필요해. 어떤 나쁜 마음이라도. 잘 살기 위해서. 조각난 팔과 다리, 터지고 일그러진 얼굴에 대한 말이 꼭 필요해.

— 김상혁 「어떤」 전문(『다만 이야기가 남았네』, 문학동네 2016)

이야기 속 '어떤' 삶에 대한 주목에는 '모든'이 환기하는 절대적인 세계를 대체하는 속성이, 개별적인 삶의 형태에 대한 존중의 뜻이 담겨 있다. 그동안 이야기는 노동을 위해 충전하는 시간으로 취급되는 휴식의 시간에 속해 있다고 여겨졌다. 그리고 그것은 간혹 잠자는 시간을 늦추거나 잠을 뒤척이게 하는 것으로 노동과 휴식의 반듯한 구분을 교란하곤 했다. 인용시의 이야기는 이와 달리 기존의 세계에서 받았던 상처를 치유하기 위해 아예 그 세계를 지우는 역할을 맡았다. 기존의 세계가 지워지자, "무고한 타인의 죽음"도 사라진다. 반면에 기쁨과 슬픔, 옆 사람과 "우리와 비슷한 형상에 대한 사랑"까지 이야기의 세계에 유입된다.

이야기가 제시된 까닭의 세부는 시의 말미에 등장한다. 기존의 세계에서 얼굴은 일그러져 있고 팔과 다리는 조각나 있다. 그렇다고 이야기의 세계에 형태가 온전한 이들이 등장하는 것은 아니다. 그곳은 저 파편들이 왜 그렇게 됐는지, "조각난 팔과 다리, 터지고 일그러진 얼굴에 대한 말이 꼭 필요"하다고 증언하는 세계이다. 상상력이 발휘된 세계와 기존의 세계는 다음과 같이 대차대조표를 작성할 수 있을 것이다. 늘어난 것은 다른 세계의 신선함이요, 줄어든 것은 자아의 권위이다. 즉 낭만적 정서가 아니라 반낭만적 정서가 강조되었다고 할 수 있다. 다만 상상의 세계는 기존의 세계 안에 있기보다는 그것을 대체하는 경향이 있다. 새로운 이야기는 알레고리의 세계이거나 비유의 세계이다. 그것은 안에서 보지 못했던 이면을 비춘다. 유지되는 것은 죄와 공동체이며, 재편되는 것은 미학과 정치의 분할선이다. 일인칭의 권위가 줄어든 대신 세계는 공정해졌다. 그 세계는 '우리'라 부를 수 있는 이들로 구성되어 선과 악을, 죄에 대해 근본적으로 물을 수 있는 곳이다. 선과 악은 무엇인가, 상처의 치유제는 무엇인가. 기존의 세계를 이탈하여 가닿은 질문이 그곳에 있다.

상상은 착각이나 거짓과 자주 비교된다. 믿음을 의심하고 진실을 회피하는 것은 거짓과 상상 모두에 해당한다. 그러나 거짓은 믿음과 진실에 기생하지만 상상은 믿음과 진실이 쌓아놓은 권위를 폭로한다. 상상은 기존의 세계를 부정하는 것이 아니라 기존의 세계를 되비추는 거울과 같다. 그 세계에서는 아름다움과 추함, 선함과 악함, 참과 거짓의 분할선이 재고될 뿐만 아니라 아름다움과 선함과 참이, 추함과 악함과 거짓의 분할선이 교란되어 나타난다. 선입견이 좀처럼 개입하기 힘든 새로운 공동체에 정치적인 것이 출현했을 때, 그에 대한 최초 반응이 기존의 정의와 같이 보편타당한 가치를 지녔다고 보는 것은 안일한 판단이다. 새로운 정의를 묻는 곳에서 펼쳐지는 실험은 낯선 세계에 스스로를 자진해서 놓는 용기를 필요로 한다.

> 설령, 설령
> 디근의 마음으로
> 당신은 나를 함부로 이해하네
> 나의 긴 갈색머리
> 웃고 있는 칠월의 책상에 걸터앉아
> 갈겨쓰네
> 갈겨쓰고 있네
> 디근, 디근, 디근이라고
>
> (…)
>
> 옆집 오빠는 키가 작지만
> 여러 가지 표정을 가졌고
> 나를 볼 때마다 미소를 짓네
> 캄캄한 주머니 속
> 그의 그림자
> 자꾸만 길어지는 그림자
> 디근의 심정으로
> 난간에 기대
> 화단에 핀 장미를 내려다보며

우리는 인사를 나누네

(…)

나는 가장 단순한 사람의 얼굴로
오빠를 바라보았네
턱을 괸 채 킬킬대는 칠월의 꽃들
너구리가 디귿을 물고 골목 끝을 향해
달려가고 있었네

── 백은선 「어려운 일들」 부분(『가능세계』, 민음사 2018)

"디귿의 마음으로" 이해하는 '당신'과 '디귿'을 "세상이 내 것인 것처럼" 갈겨쓰는 '나'가 있다. '나'는 여러 표정을 지닌 옆집 오빠의 길어지는 그림 자를 보며 "디귿의 심정으로" 난간에 기대 인사를 나눈다. 그리고 너구리가 '디귿'을 물고 달려가고 있다. 디귿은 무엇이고 디귿의 마음은 무엇인가. 낯선 질문이 제목을 '어려운 일들'이라 두게 했을 수 있다. 그러나 낯선 질 문이 이유의 전부라면 역설적으로 그것은 이해하기 쉬운 일이기도 하다.

'나'와 '당신'과 '너구리' 사이에 놓여 있는 디귿은, 기존의 세계에서 없 어도 되는 것이다. 디귿을 삭제하고 맥락을 다시 살펴보자. '당신'은 '나' 를 함부로 이해하고 '나'는 노트에다 분풀이한다. 마음을 헤아리기 힘든 오빠에게 단순한 표정으로 인사를 나눈다. 소통의 어려움을 드러내는 대 목이다. 너구리는 고양이쯤으로 생각해도 되지 않을까. 기존의 세계에서 는 그럴 것이다. 디귿은 무용지물과 같다.

반대로 디귿이 지탱하는 세계를 상정해보자. 그곳에서 디귿은 기역과 니은으로 대체될 수 없으며, 누구나 이 디귿의 심정을 헤아리는 일을 중 요하게 여긴다. 여전히 오리무중이지만, 그렇다고 그것을 기존의 세계에서처럼 누락하려 한다면, 다음 차례는 "함부로 이해"되고 나약한 마음을 보이는 '나'일 것이다. 디귿을 보호하는 것으로 '나'가 보호되고 그 세계가 보존된다. 중요한 것은 이 시에서 어렵다고 느껴지는 장소가 어디인지, 그것을 거기에서 왜 사수하려고 하는지, 너구리가 디귿을 물고 간 곳은 또한 어디인지 묻는 것이며, 끝내 그 물음을 놓지 않는 것이다.

흑곰의 일생에 대해 생각한다. 알고 있다고 생각하면 문득 가까워지기 때문에. 알고 싶다고 생각하면 보이지 않던 속살이 보이기 때문에. 모음과 자음으로 꽉 찬 낱말처럼 무언가 가득 차 있는 것. 이를테면 용기와 믿음 같은 것. 후회와 반성 같은 것. 떨림음처럼 배 속 저 깊은 곳에서 솟구치는 울음 같은 것. 바닥에서부터 터져 나오는 한숨 같은 것. 좀처럼 울리지 않는 종이 있을 것이고. 좀처럼 열리지 않는 창이 있을 것이고.

흑곰의 발자국 소리: 쿠우웅 쿠우웅 쿠으우웅 쿠우웅 ─

흑곰의 춤추는 소리: 쿠우우 쿠우우웅 쿠우웅 쿠으웅 ─

흑곰의 겨울잠에 대해서 쓴다. 새끼를 낳는 어미를 본 적도 없이. 헤엄을 치고 나무를 오르는 여름도 없이. 열매나 견과류를 먹는 얼굴 없이도. 누군가의 마음속 검은 점처럼. 지워지지 않는 잔상을 바라보듯이. 세계의 이곳저곳에서 출몰하는. 어쩌면 내 마음속에 잠들어 있는. 꿈의 꿈속에서야 내게 흑곰이란 무엇인가 생각하면서. 흑곰의 흑점. 흑점의 흑연. 흑연의 흐느낌으로. 그리하여 마지막은 기침이다. 기침으로 기척하는 아침이다. 아침으로 다시 시작되는 검은 몸이다. 검은 몸으로 흘러가는 검은 문장이다. 검은 문장으로 다시 열리는 검은 창문이다.
　　　─ 이제니 「흑곰을 위한 문장」 부분(『그리하여 흘려 쓴 것들』, 문학과지성사 2018)

이제니는 시 앞머리에서, 알고 있는 것에 대해서는 아무것도 쓸 수 없기 때문에 흑곰에 대해 쓴다고 했다. 흑곰은 기존 세계에서는 미지의 대상이지만 상상 세계에서는 주인공처럼 비중이 큰 역할을 맡았다. 흑곰을 통해 세계 하나가 공들여 형성되었고 목소리의 주체는 행동보다는 관찰하고 생각하는 위치로 물러나 있다. 그는 흑곰의 겨울잠을 생각하고 흑곰이 먹은 견과류를 떠올리며 그것이 헤엄친 계절을 상상한다. 세계가 선명해지면서 거기에 용기 믿음 후회 반성 울음 한숨이 들어선다. 약육강식이 지배하는 동물의 왕국이 아니라 규율이 도입되고 감정을 나누는 세계가 그곳이다.

흑곰은 기존 세계에서는 "지워지지 않는 잔상"이었다. 그러나 그 잔상들이 모여 세계 하나가 만들어졌다. 시의 말미에 이르러 목소리의 주체는 그 세계에 조금 더 개입하기 시작한다. 흑곰 한마리로는 공동체를 이룰 수 없다는 듯이, 흑곰과 비슷한 음운의 반복에서 시작되는 환유의 통로를 지나며 흐느낌, 기침, 아침, 검은 몸, 검은 문장이 호명된다. 그것은 누구의 흐느낌이고 누구의 기침이며 누구의 문장인가. 다시 열리는 검은 창문에 무엇이 보이는가. 희미한 누군가가 멀리서 다가오는 동안 우리에게 필요한 것은 그와 마주설 용기일 것이다. 그때 미지의 소리들은 언어로 바뀌어 상상의 근거를 마련할 것이고 기존 세계에서 소외되었던 것들은 선명한 모습으로 세계를 풍요롭게 할 것이다.

『한비자』에서 노자를 해설한다는 뜻인 '해로(解老)'편 다음에는 노자의 뜻을 비유한다는 뜻인 '유로(喩老)'편이 나온다. 여기에도 상아와 얽힌 대목이 등장하는데, 이번에는 사라진 과거의 형상을 그리는 것이 아니라 현재의 단서를 가지고 미래를 예측하는 이야기이다. 은나라의 폭군인 주가 상아 젓가락을 만들자, 그의 숙부인 기자가 두려워한다. 기자는 앞으로 상아 젓가락에 걸맞은 옥그릇이 필요하고, 거기에 담을 코끼리 고기나 표범

고기가 필요할 것이며, 그것을 먹으려면 고대광실의 비단옷이 걸맞다고 생각할 것이라고 염려했다. 오년 뒤 주는 그 때문에 파멸을 맞이한다.[2] 작은 단서로 미래를 예측하는 기자의 상상은 과장되거나 허황된 것이 아니었다. 이를 노자와 한비는 '명(明)'이라 했는데, 여기서는 상상력의 통찰이라 할 수 있을 것이다. 과거를 헤아리건 미래를 예측하건 상상은 작은 단서로써 우리를 다른 시간에 데려다준다. 달리 말하면 기존의 세계에 다른 시간의 자리를 만드는 것이라 할 수 있다. 이를 세계의 깊이, 또는 세계의 확장이라 할 수 있을 텐데 그러기 위해 먼저 필요한 것은 기지의 세계를 떠나 미지의 세계와 마주하는 희생과 용기이다.

---

2 昔者紂爲象箸而箕子怖, 以爲象箸必不加於土鉶, 必將犀玉之杯 ; 象箸玉杯必不羹菽藿, 則必旄·象·豹胎 ; 旄·象·豹胎, 必不衣短褐而食於茅屋之下, 則錦衣九重, 廣室高臺, 吾畏其卒, 故怖其始. 居五年, 紂爲肉圃, 設炮烙, 登糟邱, 臨酒池, 紂遂以亡. 故箕者見象箸以知天下之禍. 故曰: "見小曰明."; 앞의 책, 336~37면.

시적인 것의 귀환

◆

인공지능 시대와 서정의 미래

1.

A.I.(Artificial Intelligence)로 불리는 인공지능은 문제 해결, 학습, 지각 능력을 갖추고 자연어를 이해하며 자율적으로 움직이는 기계장치이다. 소설이나 영화에서 상상하던 대상이 우리 삶에 도착했다. 인공지능 컴퓨터가 체스 세계 챔피언을 꺾었고, 알파고가 프로 바둑기사 이세돌을 완승에 가깝게 이기는 것을 사람들은 실시간으로 보았다. 인공지능 넥스트 렘브란트 프로젝트는 렘프란트의 그림, 아론은 앙리 마티스의 그림, 구글의 딥 드림은 기거의 그림과 유사한 그림을 제작했다. 또한 영화 「선스프링」은 인공지능 벤저민이 쓴 시나리오를 바탕으로 제작되었고 일본에서는 인공지능이 제작한 소설이 호시 신이치(星新一) SF 문학상 1차 심사를 통과했다는 소식이 전해졌다. 이처럼 A.I.는 편의시설뿐만 아니라 예술의 영역까지 전방위적인 분야에 걸쳐 그 모습을 선보였다. 호모 루덴스만이 다룰 수 있다고 여겨져온 놀이의 시간에 개입하는 인공지능은 인간의 정체성에 흠집을 낸 침입자 역할을 했다.

인공지능은 보편문법을 개발하는 것이 아니라 축적된 데이터를 상황에 맞게 추출하여 배치한다. 입력된 수많은 기보에서 적절한 한 수를 추출하고, 수많은 화소에서 필요한 조합을 이끌어낸다. 앞서 언급한 영화 「선스프링」은 1980, 90년대 시나리오를 입력한 결과물이며, 예심을 통과한 일본소설은 장르소설 1,000편을 학습한 결과물이다. 여기서 필요한 것은 창조가 아니라 추출이며, 맥락이 아니라 조합이다. 이는 엄청난 데이터를 처리할 수 있어야 가능한 일이다.

현대시의 경우 외적 형식의 규제가 없다. 달리 말하면 규칙이 없다. 데생도 대위법도 화성학도 필요 없으며 인물 형상화 방법을 익히거나 플롯을 짤 필요도 없다. 그렇다면 이처럼 모든 것에서 자유로운 현대시는 기존의 데이터를 자료로 작품을 생산하는 인공지능이 범접하기 어려운 장르일까. 재밌는 예가 있다. 김연수의 소설 『꾿빠이, 이상』(문학동네 2001)에는 인공지능에 의해 창작된 듯한 시 한편이 등장한다. '오감도' 연작 서른편 중 독자의 항의로 열다섯편까지만 신문에 발표했던 이상의 실제 경험에 착안하여 소설은 출발한다. 이야기는 발굴된 「시제16호」가 다른 오감도 시편의 시어들을 조합하여 만들어진 위작임을 밝히는 과정으로 진행된다.

나는내아해다. 아버지가나의거울이무섭다고그런다. 사람의팔그속의수은. 싸움하지아니하는이필의평면경은없다. 네가보아도좋다. 싸움하는상지에사기컵이손바닥만한하늘을구경한다. 총은앵무의꿈이있다. 그러나그것으로부터그중의나비떼가죽었다. 무서워하는혹은자살하는비둘기의손. 들창이하얀모자를쓴나를날아가게하려한다. 드디어나는성으로들어간다. 또무서운무엇이백지처럼거대한가슴의걸인이있다. 13을아는게적당하다. 시험에서나는쏘지아니할것이로다.

이상이 시어를 기존의 시에서 뽑아온 것은 분명해 보인다. "아해"는 「시제1호」, "아버지"는 「시제2호」, "거울"은 「시제15호」, "무섭다고그런 다"는 「시제1호」에서 추출했다. 또한 "사람의팔"은 「시제13호」, "싸움하 지아니하는"은 「시제3호」, "이필"은 「시제7호」가 출처이다. 오감도 연작 에 산재된 시어를 뽑아 나열한 이 시에서 감동하거나 감탄할 여지는 거의 없다. 난해하고 실험적인 그의 시에서는 기존 질서를 거스르고자 하는 부 정성과 첨단의 길을 택한 자의 자부심이 연작 전편에 배어 있다. 다만 이 「시제16호」에는 그와 같은 맥락이 누락되어 있다. "총은앵무의꿈이있다. 그러나그것으로부터그중의나비떼가죽었다" 같은 구절에는 특별한 의미 가 생성될 여지가 있어 보인다. 총이 꿈이라는 점, 느닷없는 앵무의 출현 과 나비떼의 죽음 등은 궁금증을 자아내는 부분이다. 그러나 총이 왜 앵 무의 꿈이었는지, 앵무의 꿈이 좌절되었는데 왜 그것이 나비떼의 죽음으 로 형상화되었는지 시는 어떠한 정보도 전해주지 않는다. 시어들은 우연 히 만나 인상적인 구절을 남겼지만, 지속적으로 그 힘을 발휘하지는 못한 다. 소설이 아니라 실제로 발굴 스캔들로 이어졌다면 그럴듯해 보였겠지 만 그렇게 했더라도 서툴다는 평가가 많았을 것이다.

오감도 연작 열다섯편이 아니라 이상의 전체 시 백여편이 입력되면 어 떻게 될까. 시어를 선택하고 배열하는 수준이 향상되면 어떻게 될까. '밀 집성'이 높아지면 진상과 허상의 간극이 좁혀지고 실제 삶과 가상의 삶 을 구분하기가 어려워진다. 우리의 삶은 이미 그와 같은 세계에 놓여 있 지 않은가. 시의 경우도 마찬가지이다. 처음에는 일인칭의 주체를 위협하 는 다른 주체의 간섭에 위협을 느끼고 부정적인 반응을 일으킨다. 처음 컴퓨터가 일상에 침투했을 때 시인들의 반응은 대부분 부정적이었다. 말 은 과격했고 감정은 고양됐다. 최영미의 "아아 컴—퓨—터와 씹할 수 만 있다면!"(「Personal Computer」)에서부터 시작한 고양된 반응은 하재봉(「비 디오/퍼스널 컴퓨터」), 이원(「나는 클릭한다 고로 나는 존재한다」)을 거쳐 거대한 네

트워크 속의 주체를 승인하는 쪽으로 전개되었다. 그것들은 생활에 습합한다. 부정적인 반응일 때에는 컴퓨터가 하나의 대상이었으나 점점 그것은 주체로 자리를 옮기며 우리가 승인할 수밖에 없는 변화를 가져왔던 것이다.

사이보그 001: 서정시를 옹호하는 캐릭터. 권력 실세. 전속 로봇이 베스트셀러용 시의 최종 점검을 늘 맡아주고 있다

(…)

사이보그 006: 인간 영혼을 해킹하는 필살기를 구사할 수 있는 여성 사이보그. 그러나 이 필살기는 사용할 때마다 수명이 5년씩 감축된다. 사이보그 008 주위를 맴돈다

사이보그 007: 대형 시공장 직접 운영. 대량 생산과 함께 대단위 직영 판매 센터를 여러 행성에서 운영한다. 기성품의 판매뿐만 아니라 맞춤도 취급한다. 다양한 감각의 로봇을 채용해 다른 영세 업체와의 차별화 전략을 꾀한다

사이보그 008: 고뇌하는 사이보그. 전복적, 불온적 언어를 꿈꾸는 이상론자. 일년에 반 이상을 지구 밖 별에 머물며 다각도의 언어 실험에 몰두하고 마니아용 난해시만 발표한다

— 이원 「2050년/시인 목록」 부분
(『야후!의 강물에 천 개의 달이 뜬다』, 문학과지성사 2001)

같은 시기 시인 이원은 오십년 뒤를 상상했다. 이 시에서 그는 비교적

담담한 필치로 가까운 미래를 묘사한다. 사이보그가 시단을 지배한다. 서정시를 옹호하고 있는 주체도 "권력 실세"인 사이보그이며 난해시를 발표하며 불온과 실험을 감행하는 주체도 사이보그이다. 인간의 영혼은 사이보그에 의해 "해킹"당했으며 현실주의자 이상주의자 모두 사이보그가 담당한다. 컴퓨터를 대상에 두고 주체는 격앙된 감정을 보였으나 사이보그는 주체가 되어 건조한 목소리를 들려준다. 여기에는 아이러니의 감정이 묻어 있으며, 비정하고 냉정한 디스토피아가 전제되어 있다. 그러나 그 담담함은 우리가 승인할 수밖에 없는 운명을 환기한다. 이에 다음과 같은 질문이 제기될 것이다. 인간은 어디에 있는가. 시단의 모습은 그대로인데 주체만 뒤바뀐 풍경은 우리에게 전망을 앗아간다. 이처럼 인간과 사이보그는 불화의 관계로 상정된다.

2.

내가 쓰려 했던 시가 내 앞에 제시되고, 내 것일 수 없는 말들이 한꺼번에 내 목소리로 들린다. 몇개의 키워드를 입력하면 그럴듯한 시가 산출된다. 그 시는, 전통과 실험의 영역을 가리지 않을뿐더러 어떠한 시인의 목소리든지 똑같이 낼 수 있다. 악전고투하여 쓴 시는 표절로 밝혀지거나 하찮게 여겨진다. 더이상 창작의 보람은 내 것이 아니다. 인공지능 시의 출현이 바꾸는 미래의 모습이다. 주체로 자리를 옮긴 인공지능이 인간을 위협한다. 이제 더이상 주체는 단일한 '나'의 목소리를 보장하지 않는다. 인공지능은 말과 말 사이의 간극을 메우고, 다른 한편에서는 말과 삶 사이의 간극을 메우며 우리에게 '두려운 낯섦'을 줄 것이다. 그런데 이 기묘한 목소리는 우리가 이미 체험해본 것이다.

이야기의 시대는 끝났다

"당신이 만일 나의 머리통과 사랑에 빠질 수 있다면!" 권총을 꺼내 들고……

"내가 만일 당신의 머리통과 사랑에 빠질 수만 있다면!"

리듬의 시대

몰락과 죽음 어두운 소문들

공원의 아이들은 달리고 멈추고 뛰어오르며
너무 비명을 질러댄다

단념뿐이다
단념뿐이라니

한때는 지붕 위에 올라가
사랑하는 여인을 위해
바이올린을 켜기도 했다네
하지만 이제는 못 올라가지
어지러워서.

— 황병승 「헬싱키」 부분(『트랙과 들판의 별』, 문학과지성사 2007)

여러 화자가 분산된 목소리를 들려주는 둘째 경우는 이미 21세기 들어 우리에게 선보여졌다. 황병승은 이전의 전위시와 차이를 보여주며 2000년대 대표적인 전위시인으로 불린다. 소수자 주체를 시의 주인공으로 등장시켰으며, 같은 맥락에서 '시적 화자'라는 명칭을 '시적 주체'로 바꾸자는 제안을 이끌었다. 여러 화자를 등장시켜 시에서 절대적 지위인 일인칭 화자의 권력을 흐트러뜨렸던 것이다.

인용시에서는 글꼴을 달리하여 서로 다른 네개의 목소리가 등장한다. 굵은 글씨의 말은 주로 정황을 해설하고, 따옴표 안의 말은 인물의 대화를 표현한다. 일반 글씨체의 말은 내면의 독백을, 기운 글씨체의 말은 고양된 정서를 표현한다. 서로 다른 글씨체로 표현한 목소리의 주인공이 한 인물일 수도 복수의 인물일 수도 있다. 그 모호함으로 시는 독해의 시간을 늦춘다. 화자가 이야기의 끝에 찾아오는 "몰락과 죽음 어두운 소문"에 대해 말하는 것이리라 대강의 뜻을 어림잡지만 그 뜻을 명확히 갈피 짓기는 어렵다. 이를 비춰보면 인공지능 시 한편에도 여러 목소리가 나타날 수 있으며 그로 인해 뜻이 어렴풋해질 수 있다. 인공지능이 이런 시를 짓는 일은 어려워 보이지는 않는다.

인용시와 인공지능 시의 차이가 없는 것은 아니다. 위의 시는 일인칭이 지닌 기존의 권위를 깨뜨리고자 소수자 주체를 화자로 설정했다. 그 목소리는 기존의 세계를 겨냥한다. 인공지능 시의 주체는 그렇지 않다. 메시지에 저항의 뜻을 담을 필요가 없으며, 존재만으로 기존의 권위를 위협하지도 않는다. 위협하지 않을 뿐만 아니라 그것은 기존의 세계를 지탱하는 자본이 몰리거나 몰릴 만한 취향 등에 집중하여 작동한다. 알파고의 체스와 바둑 등 인공지능의 오류를 시정한 뒤 구글은 자동차 자율주행이나 병원의 인공지능 진단 사업을 본격화했다. 인공지능에게 오락과 예술은 실패하면 다시 시작할 수 있는 연습과 같다. 운행이나 의료 산업은 실패하면 돌이킬 수 없는 사고가 일어나고 막대한 손실을 가져온다. 인공지능의 예술은 이윤 창출의 예행 연습과 관련이 깊지만, 이는 이윤의 사각지대가 시라는 것이 아니라 시 또한 이윤 창출의 장 안으로 진입한다는 것을 뜻한다. 그렇다면 지형 변화는 시대의 대세일까. 인공지능과 변별되는 시적인 것의 추구는 인간적인 것의 추구와 맞물려 일원화되는 세계에 저항의 의미를 지닌다.

한때 문학은 영화와 견주어 언어라는 질료에 천착했고, 이제는 디지털로 대변되는 가상세계와 견주며 자연의 본질을 탐구한다. 언어의 사용과 자연의 본성이라는 정체성을 토대로 하면서 인간으로서의 특징에 천착할 때 인공지능과 변별되는 시적인 것이 보존될 것이다. 시적인 것은, 앞의 말들을 참조하면 일회적인 죽음과 삶을 전제로 한다. 이 점은 디지털의 특징이기도 하다. 가상세계의 하나인 게임과 현실의 특성은 기억과 데이터, 결단과 조합, 권태와 죽음으로 대별되곤 한다. 실패의 순간 찾아오는 게임의 죽음은 반복되는 것이라 권태로운 삶과 다를 바 없다. 현실에서 실패는 기억에 저장되고 삶을 두껍게 한다. 죽음은 여기에서 절대적이다. 따라서 매번 특정한 시간에 다시 시작하는 게임의 처음을 아리스토텔레스가 말한 "그 자체가 필연적으로 다른 것 다음에 오는 것이 아니라 그것 다음에 다른 것이 존재하거나 생성되는 성질의 것"이라 할 수 없으며, 매번 다시 시작할 수 있는 게임의 마지막을 "그 자체가 필연적으로 또는 대개 다른 것 다음에 존재하고, 그것 다음에는 다른 것은 아무것도 존재하지 않는 성질의 것"이라 할 수 없다.[3] 반복되지 않는 최초와 최후는 가상세계와 변별되며 전율을 일으킬 힘을 지닌다. 현재는 최초를 기억하고 마지막을 예감함으로써 특별해지는데, 이를 시적인 순간이라 할 수 있을 것이다. 시적 순간은 그 일상의 켜켜이 쌓인 굳은살을 벗겨내어 사물과 맞닥뜨릴 때의 최초의 떨림, 세상과 헤어질 최후의 전율을 제시한다. 쳇바퀴처럼 반복되는 일상의 처음과 끝은 같은 맥락을 가지고 있으니 게임의 시간은 벗겨내야 하는 그 굳은살에 비유할 수 있을 것이다.

　　한밤에 일어나
　　유언의 문구를 고르듯
　　그릇을 집어

---

3 아리스토텔레스 『시학』, 천병희 옮김, 문예출판사 2006, 56면.

차곡차곡 쌓는다

한 방울 한 방울
물의 슬픔이 손에 닿는다
한 방울 한 방울
피의 고뇌를 물이 느낀다
슬픔과 고뇌를 아는 물방울들이
손끝을 찌른다

물방울이 뚝뚝 떨어지는
그릇을 든 머릿속이
폐가의 문짝처럼 덜컹거린다

— 조은 「어둠의 질감」 부분(『옆발자국』, 문학과지성사 2018)

설거지를 마치고 물기 묻은 그릇을 정돈한다. 그릇의 물방울은 갓 생겨
났으나 이내 사라질 것이다. 탄생과 증발을 함께 생각하는 화자는 찬장에
정돈되는 모습이 마치 관에 들어가는 모습 같았는지, "유언의 문구를 고
르듯" 그릇을 쌓는다고 말한다. 설거지하는 일상의 시간은 그의 상상에
의해 시적 시간으로 바뀐다. 그릇의 물방울이 그릇을 쥐고 있는 손의 고
뇌를 알 수 있게 된 것이다.

한나절이 지나면 사라질 물방울은 그 사라짐으로써 피의 고뇌에 공감
한다. 유언을 고를 때 즈음이면 피도 식어 굳을 것이다. 그들은 사라짐의
운명을 공유한다. 그릇에 있던 음식의 입장에서 보더라도 그들은 운명의
공동체이다. 음식은 한때 그릇에 있었으나 지금은 몸속에 있다. 그릇은 몸
의 전생과 같은 역할을 맡고 있다. 그릇이 몸에 대응한다면 물은 피에 대
응한다. 탄생과 죽음을 제 몸에 새겨 넣음으로써, 둘은 연대한다.

물과 피가 사라진 다음에 남는 것은, 유언이자 그릇이다. 그릇을 매개로 물방울은 기억될 것이며 유언을 경유하여 하나의 생명체가 기억될 것이다. 시인은 제목 '어둠의 질감'이라는 표현으로 최초와 마지막을 예감했으나 이 운명의 흔적은 유언과 그릇이라는 견고한 형식으로 남을 것이다.

3.

김윤식은 1990년 「운명과 형식」이라는 글을 썼다. 그는 이광수부터 시작하여 김동인, 염상섭, 임화, 안수길, 이상 등의 작가론을 쓰면서 1980년대라는 거센 파도를 건넜다. 1990년은 이후의 탐구 주제인 제도로서의 근대를 맞이하기 직전이었다. 삶과 쓰기를 같은 것으로 보았던 그에게 이 글은 자기 점검의 성격이 짙었다. 그는 중국의 현대시인 애청과 이양하, 루카치를 대상으로 하여 '무엇인가'의 주어 자리에 젖어미, 기억, 인형, 운명의 표정, 영혼을 배치하며 진술을 이어간다. 그에 따르면 내용과 형식이 분리되어 있지 않다는 평범한 말을 넘어, 에세이(수필)의 본질적 형식은 운명적 표정을 전제로 한다. 루카치는 『영혼과 형식』에서 영혼이 삶의 근원적 근거를 찾으려는 내면의 깊은 충격 혹은 그리움을 가리킨다고 했는데, 이에 김윤식은 자신의 '운명'이 여기에 일회적이고 직접적인 속성을 보탠 것이라 했다. 운명은 그리움과 두려움의 전율을 동반한다. 잠시 그의 말을 들어보자.

다시 말해 영혼이란 그러니까 삶의 절대적 근원을 캐고자 한 충동을 가진 민감한 인간에게는 보편적인 것인데, 그러한 보편성 중에서도 일회성, 우연성으로 이루어진 이른바 운명적 요소를 포함한 경우란 어떠할까로 문제가 제출되는 것. 이것이 에세이가 가진 직접성이다. (…) 영혼이 찾는 형식이 매개화된 형식, 곧 간접화된 형식 또는 이중화된 형식이라면, 운명이 찾는 그것은 무매개의, 단일성으로서의 직접성인 것. 이를 두고 루카치는 에세이라 불렀던 것이 아니었을까. "비평이란 형식 속에서 운명적인 것을 보는 사람"이라든가, 비평가의 심오한 체험이란 "형식 속에 감추어진 영혼의 내용"이라 말해지는 것도 이 직접성을 가리킴이 아니겠는가.[4]

그에게 영혼의 형식이 시와 소설과 희곡과 같은 장르라면, 운명의 형식은 비평과 에세이이다. 영혼은 이미 마련된 형식을 필요로 하지만 운명은 그때마다 형식을 만든다. 운명의 형식이 지닌 특성은 직접성인데, 그것은 일회성과 우연성으로 이뤄진다. 이때의 일회성과 우연성은 김윤식의 말을 빌리면 '삶의 절대적 근원'이 단 한번 우연하게 삶에 드러난 원초적 체험과도 닿아 있다. 그것은 푼크툼과 같이 평생 지워지지 않는 기억이자 그 최초의 시간에 겪는 전율과 같다. 이는 양식으로서의 시가 아니라 예술성을 뜻하는 '시적인 것'의 특성이기도 하다.

'운명의 형식'은 비평의 위의(威儀)와 현생의 가치를 동시에 대변한다. 영혼은 어떠한 형식에든 접목될 수 있다. 그것은 무엇이건 될 수 있고 무엇과도 연결되어 있는 연기론을 떠올리게 한다. 그러나 운명의 형식은 김윤식이 '무엇인가'로 논의를 끌고 가듯, 현상 이면의 절대적 근원을 묻고 있는 실상론(實相論)을 떠올리게 한다. 현재의 생은 주체가 일회적이고 우연적이고 직접적으로 자각하고 체험하기 때문에 운명으로 불릴 수밖에 없다. 운명은 현생이라는 형식을 만나 주체에게 인식되고, 주체는 현생을 통해 생의 근원을 질문할 수 있다.

김윤식은 이양하의 운명의 형식을 '젖먹이 어미'의 체험에서 찾았다. 같은 체험을 가지고 있는 그는 여기에 예의 직접적이고 우연적이고 일회

---

4 김윤식 『운명과 형식』, 솔 1992, 50면.

적이고 절대적이라는 수식어를 달았으나, 달리 말하면 이는 평생 그를 사로잡고 있는 체험이라 할 수 있다. 생의 형식을 결정지을 최초의 순간에 전율과 두려움이 없을 수 없다. 과거의 서정이건 현재의 서정이건 미래의 서정이건 거기에는 이 전율과 두려움이 내장되어 있다.

> 곧 너의 생일은 나의 생일이리라
> 나의 무수한 윤회는 가지가지 전생의 생일만 삼각산만큼이나 쌓아놓았기
> 하 난 산다 산다 그리고 사이사이 죽기도 하면서 하면서
> 동생에게 건넬 소리판을 들고서 난 번뇌에 잠긴다
> 네 영혼의 생일날 내 영혼은 부나방처럼 멋지게 차려 입으리라
> 너의 생일은 나의 생일이다
> 네 영혼이 첫 울음을 터뜨리던 날
> 우주는 낯선 바늘에 놀란 소리판처럼 툭 투툭 튀어올랐고
> 아마 나도 그냥 놀고만 있지는 않았으리라
>
> 아하, 나도 그냥 놀고만 있지는 않았으리라
> ── 진이정 「생일」 부분(『거꾸로 선 꿈을 위하여』, 세계사 1993)

운명의 형식을 결정짓는 순간이 「생일」에서는 소리판이 "툭 투툭 튀어올랐"던 것으로 표현된다. "너의 생일은 나의 생일"이라는 인식은 "무수한 윤회"에 대한 상상에서 비롯된 것이다. 살고 죽는 일이 거듭되면 모든 것이 인연을 맺는다. 턴테이블 위에서 돌고 있는 레코드판을 보며 든 생각이 이러하다. 이와 같은 맥락에서는 죽음에 대한 공포와 삶의 무게는 줄어들고, 공동체의 연대감은 높아질 것이다. 그러나 게임의 캐릭터와 같이 최초의 전율도 마침내 없어질 것이고, 생일의 의미도 퇴색될 것이다. 레코드판 위에 처음 바늘을 올릴 때의 그 튀어 오르는 소리는 그래서 중

요하다. "영혼이 첫 울음을 터뜨리던" 그 순간은 최초의 순간이 지닌 전율을 환기하는 것이기도 하다. 레코드판의 첫 소리는 매끄러운 윤회의 운동에 걸림돌 역할을 하며 그로 인해 현생은 전생과 후생을 잇는 가교뿐만 아니라 마치 그 자체의 절대성을 강조하는 듯 튀어 오른다.

최초의 순간이 우연적이고 일회적이며 그래서 직접적인 운명의 형식이라면, 최후의 순간은 필연적이고 반복적이지만 그래서 간접적인 운명의 형식이다. 누구나 맞이할 수밖에 없다는 점에서 그것은 필연적이고, 본인이 아닌 다른 이의 경우를 통해 학습한다는 점에서 반복적이고 간접적이다. 예감이 지금 이곳에 현현하기 위해서 필요로 하는 것은 형식이다. 맞이할 수밖에 없는 이 절대적 사건은 형식을 통해 현생의 의미 전체를 두텁게 다진다. 최초의 순간을 기억하고 마지막 순간을 예감하며 '시적인 것'이 귀환한다.

길 위에 버려진 신발들은 언제나 한쌍은 아니었다 무수한 바람이 그곳에 발을 집어넣었지만 신발은 자기보다 빠른 것은 한번도 태워본 적 없었다 신발은 사실 혼자 있으면 한 발자국도 걷지 않았다 신발 한짝이 저곳에 놓일 수 있는 경우들을 상상하고 그중 가장 슬프지 않은 것을 믿기로 한다 이곳을 지나는 사람들은 무심하구나 그러나 상상과 믿음에는 아무런 소리도 나지 않으니까 나는 누구도 의심하지 말아야지

할머니가 죽었다는 연락을 받았을 때 나는 몹시 취해 있었다 그녀의 마지막 신발은 맨발이었겠지 이 고장에는 장례식장이 너무 많아 나는 가야할 곳을 찾지 못했다 가장 가까운 곳에 들러 명복을 빌었다 육개장은 짰다 그곳에 많은 신발들이 놓여 있었다 어지러워지는 대열을 수시로 정리하는 사람이 있었다 신발은 가지런히 놓일 때 더욱 죽은 사람의 것 같아 보인다 영혼을 세는 단위를 켤레라고 여기기 시작한다 그곳에서 사람들이 하나의

영혼을 위해 신발을 벗고 잠시 영혼이 되어준다 그곳에서 아무도 나에게
어떤 사람이냐고 묻지 않았다 잠시 사람이 아니었던 동안
　　　　　　━━ 곽문영 「그것의 단위」 전문(『창작과비평』 2018년 가을호)

　장년의 비평가가 최초의 순간을 기억하고 있었던 반면, 초년의 시인은
마지막 순간을 예감한다. 지금 자신 앞에 버려진 신발 한짝을 보며 그곳
에 있을 법한 사연 중 "가장 슬프지 않은" 이유를 고른다. '그것'을 영혼
이라 부르지 않을 이유가 없다. 그가 "영혼을 세는 단위를 켤레"라고 말하
는 까닭에는 장례식장의 정돈된 많은 신발들이 있다. 어떤 시인은 설거지
를 마치고 그릇을 정돈하며 유언을 고르는 장면을 연상하고, 어떤 시인은
가지런히 놓인 신발에서 죽은 이의 영혼을 떠올린다. 모두 정돈의 의미를
지니고 있다. 장례식장에서 사람들은 하나의 영혼을 위해 신발을 벗는다.
망자에 대한 예의가 영혼과 닿는다. 이를 시에서는 "잠시 사람이 아니었
던 동안"이라고 표현하고 있으나, '잠시 자기를 초과하는 순간'이라고도
말할 수 있을 것이다. 켤레는 영혼을 세는 단위이자 바로 그 형식이다.
　황현산은 『황현산의 사소한 부탁』(난다 2018)에서 보들레르의 「시체」를
인용하며, 최후의 순간과 그 순간을 뚫고 기억될 영원한 형상에 대해 말했
다. 시인은 길거리에서 썩어 가는 동물의 시체를 보며 사랑하는 애인에게,
당신도 언젠가 썩을 것이지만 "해체된 내 사랑의 형상과 거룩한 정화는/
내가 간직"할 것이라고. 시에 대한 해설에 해당하는 부분은 다음과 같다.

　인간의 지성은 한정되고 그 수명은 짧지만, 그가 가진 기억에 의해 인간
은 정신의 불멸성을 획득한다. 인간의 생명은 연약하여 머지않아 스러질
것이기에 오히려 영원할 수 있다. 인간이 인간에게 바치는 사랑은 변덕스
럽고 불완전하지만 스러지는 인간은 그 사랑을 가장 완전하고 가장 영원한
"형상으로 간직"해둘 수 있다. 삶은 덧없어도 그 형상과 형식은 영원하다.

그래서 한번 살았던 삶은 그것이 길건 짧건 영원한 삶이 된다.[5]

　이 글은 2017년 7월에 쓰였고 인용 부분은 영화 「컨택트」를 다루며 한 말이다. 하지만 이십년이 되지 못한 채 죽을 딸의 운명을 알고도 주인공이 출산을 결심한 이유와 연관 지은 뒷부분의 해설을 염두에 두면, 글을 쓴 동기에는 세월호의 희생자와 추모자에게 건네는 애도와 위로가 있었을 것이라고 짐작할 수 있다. 그리고 지금은, 글을 쓸 당시 스스로 하는 다짐으로도, 2018년 그가 세상을 떠난 뒤 그를 애도하는 이들에 대한 위안으로도 읽힌다. 스러질 것이기 때문에 영원할 수 있다는 말은 역설인데, 한용운은 이 말을 침묵의 시간을 깨뜨리기 위해, 말 너머의 세계에 있는 절대자를 이 세계 안쪽으로 데려오는 데 썼다. 황현산은 말 너머의 세계를 말의 세계에 끌어들이려 했다기보다는 말의 세계에 있었던 전율을 그 너머까지 확장할 수 있는 가능성을 제시하는 데 썼다. 한용운은 시인이었으나 끝내 승려였으며, 황현산은 번역가이자 비평가였다. 그는 말 속에서 그것의 가능성을 사유했다. 시간의 질은 최초의 순간을 기억하는 것과 함께 그 전율이 앞으로의 시간까지 지속되리라는 믿음에서 높아진다.
　그런데 순간의 영원함은 보장될 수 있는 것인가. 미래에 일어나는 일을 확신할 수는 없다. 엄밀히 말하자면 형상이 영원성을 보장한다기보다는 형상이 있기 때문에 미래와 연결될 가능성이 높아지는 것이다. 사랑의 전율이 일었던 순간은 형식에 힘입어 기억하고 들춰내고 언급할 수 있는 가능성을 보존한다. 누군가에게 발굴될 때까지, 마치 폼페이 최후의 날 연인의 화석처럼 형상으로 사랑의 순간은 간직된다. 형식 또는 형상은 다시 소통할 수 있는 가능성이다.

5　황현산 『황현산의 사소한 부탁』, 난다 2018, 290면.

4.

두 비평가가 언급한 형식 또는 형상은 폼(form)을 한국어로 옮긴 것이다. 이는 흔히 주제와 대별되는 것으로도 쓰이지만, 서양에서는 이데아와 관련한 에이도스(eidos)라는 이념 또는 목적과 결부되고 동양에서는 변화와 운동을 내포한 의미로 쓰이므로, 형상은 단순한 형태 너머의 이념과 생명을 포함한다. 이때의 형상은 상(象)의 의미와 통하며 외면의 모습만 뜻하는 통례의 범주를 벗어난다. 형상은 우연을 필연으로 바꾸는 그 자체로 생명력을 지닌 계기이자 국면이다.

> 당신은 나를 흔들어 깨우려고만 합니다
> 당신은 나를 흔들어 재울 수 있는데도 말입니다
> 보세요, 내가 나를 흔들어 얼마나 깊이 잠재울 수 있는지……
> 내가 아직까지 도달하지 못한 깊이 저편에……
>
> 아기가 되겠습니다
> 우는 아기가 되겠습니다
> 당신이 달랠 수 없는 울음이 되겠습니다, 해일처럼
> 내 전부를 끌어모아 당신에게로 귀환하는 무의식이 되겠습니다
>
> ── 김행숙 「요람의 시간」 부분(『1914년』, 현대문학 2018)

'나'를 깨울 수도 있고 재울 수도 있는 당신은, 모든 것을 관할하는 운명과 같다. 운명을 벗어나기를 원하는 욕망이 보이지만, 운명은 필연적으로 그 굴레를 벗어나려는 그 모든 것을 포함한다. 그는 여기에 맞서거나 멀리 달아나기보다는 자신도 "도달하지 못한 깊이 저편"으로 내려간다. 아이가 되어 다시 요람으로 들어가는 것인데, 그는 그곳에서 울음이 되기

를 원한다. 해일 같은 울음이란, 그 자신과 "당신"을 포함하여 누구도 어쩌지 못하는 것이다.

시간을 되돌려 요람의 시간으로 돌아가는 것은 불가능하기 때문에 어린아이가 되겠다는 다짐은 어린아이 시절을 기억하겠다는 뜻과 다르지 않다. 누구도 어쩌지 못하는 일회적이고 우연적인 울음이 되기 위해서는 시간을 되돌려 울음을 터뜨렸던 최초의 시간을 떠올려야 하는 것이다. 이 울음은, 왜 우는지 갈피를 잡게 되면 결국 당신이라는 운명에 포섭된다. 시인도 그것을 알고 있는 듯하다. 이 울음은 끝내 "당신에게로 귀환"하게 될 것이다. 아직까지 그 울음은 시의 표현을 빌리자면 "무의식"인데, 이 또한 내게 있으나 내가 어쩌지 못하는 것이라는 점에서 '시적인 것'이다. 시적인 것은 운명을 감지하는 곳에서 발생한다는 점에서 죽음과 내통한다. 시적인 것은 죽음의 연대를 통해 우연하고도 일회적으로, 누구의 제어 없이 나타난다. 그렇다면 이것을 우리는 형상이라고 말하지 않을 수 없다. 울음의 형상은 시, 시적인 것, 서정시의 미래이다.

인간처럼 만들 수 있으나 인간처럼 즐길 수 없다, 즐기는 주체는 인공지능이 아니라 인간이므로 이 위기를 즐겨라, 이와 같은 결론은 아쉽다. 창작과 감상의 주체가 별개이며 그 자리가 고정되었다는 인식은 더 큰 소외감과 권태를 가져와 감상의 자리에서도 인간을 밀어낸다. 모든 요소가 연관되어 있음을 알면 개인은 고립된 위치에서 벗어나 스스로 공동체의 일원임을 자각한다. 인공지능의 세계가 삶 속에 침투하여 체험 세계를 확장하는 것에 두려워할 필요가 없는 까닭은 이미 우리가 그러한 삶에서 편안하게 살아간다는 데 있다. 그럼에도 두렵다면, 그것은 인공지능 때문이 아니라 죽음과 울음의 망각에 대한 불안함에서 비롯할 것이다. 인공지능을 통해 우리는 더욱 직접적으로 시적인 것을 물을 수 있다. 어디까지 인간이고, 어디까지 삶인가.

갇힌 주체의 부정성

◆

2010년대 시의 감성 구조

1. 차이

2010년대 시가 그 이전 시들과 다르다고 말할 수 있을까. 외부의 영향에 대한 불안이 없는 시가 아니라면 어떤 시가 이전과 다르지 않을 수 있는가. 또한 시대를 끊어 시의 공통 감각을 추출하고자 했던 시도가 얼마나 많은 오류를 범하고 비약을 감행했던가. 설령 다르다고 말할 수 있다고 하더라도, 2000년대 시가 보여왔던 전대와의 차이를 2010년대의 시가 보여줄 수 있는가. 2000년대 시에는 한편에 여러 목소리가 뒤섞여 등장하고, 일인칭의 권위에 의문을 달듯 하위 주체들이 그 목소리의 주인공으로 등장했다. 2000년대 시가 집중적으로 균열을 일으킨 일인칭의 흔적은 그와 맞물린 대상, 현실 등 모든 곳에 남아 있다. 그렇다면 최근 시들은 어디에서 이전 시기의 시들과 차이를 보일 수 있는가.

최근의 시와 이전의 시를 가르려는 시도는 시대의 변화에서 비롯된다. 시는 시대의 영향을 다른 장르보다 덜 받는 편이지만, 그 변화가 주체의 모습과 반응에 영향을 끼쳤다면 사정은 달라진다. 2010년대 들어 정치적으로는 보수 정권이 집권하고, 경제적으로는 양극화가 심해졌으며, 사회적으로는 계층 간 갈등이 고착화되었다. 개인의 생활은 좀처럼 바뀌지 않고, 형편이 나아지려면 노력보다는 요행을 바랄 수밖에 없게 되었다. 오프라인 공간에서는 개인의 노력을 헛되게 하는 갑의 횡포가 만연하고, 또다른 의사소통 공간인 온라인에서도 정보 선택의 자율권을 보장한다는 명목하에 시행된 포털 사이트의 몇몇 조치들이 선동에 말려들기 쉽게 재편되었다. 반성보다는 자극이 우선시되고, 단편적 사실의 조합이 종합적 비판 능력을 압도하기 시작했다.

이 글에서 품고 있는 질문은 몇가지 부분에 주목한 결과를 토대로 한다. 첫째, 주체의 성격이다. 개인은 고립되고 왜소해졌다. 이제 시에서 일인칭 화자가 할 수 있는 일은 자신의 처지를 자조하는 것 정도일까. 자유롭게 감정을 분출하고, 마음대로 다른 대상에 제 마음의 결을 새기며, 심지어는 다른 대상들에 제 뜻을 투영하여 서로 조명하게 하는, 일인칭의 막강한 권능이 용인되는 시 장르에서 이 왜소화된 주체는 어떻게 반응하고 있는가. 또는 어떠한 모습의 일인칭이 나타나는가.

둘째, 현실의 모습이다. 시에서 나타나는 현실은 어떠한가. 더 좋은 세상을 만들고 싶은 실천의지는 동력을 잃었고, 온라인 세계는 이제 낯설지 않을 뿐만 아니라 오히려 아늑해졌다. 기존의 현실과 환상은 경계를 지웠고, 사이버 세계가 현실에 유입되면서 이전과 다른 현실이 만들어졌다. 이처럼 위계 없이 뒤섞인 현실들은, 시가 오랫동안 보존한 낭만적 세계와 어떻게 조응하는가.

셋째, '시적인 것'이 확보되는 지점이다. 주체와 현실의 성격이 변했으니 시의 특성 또한 변하지 않았을까. 시는 일인칭의 장르인 만큼 서정성과 동일성을 필요로 한다. 이전의 주류시는 서정성과 동일성을 기제로 낯섦을 보여주었고 실험시는 이를 기반으로 전위에서 영토를 개척했다. 그런데 개척할 영토를 찾지 못한 최근 시들은 어떻게 전대와의 차이를 부각하며 시적인 것을 확보하는가. 최근의 시에서 시의 중심 미학은 어떻게 갱신되는가.

2. 내면

당대 현실의 특성을 대입해서 시의 의미를 확정하는 일은 늘 위험하다. 문학의 자율성이 시쓰기와 시읽기의 전제가 된 시대에, 일인칭의 감응이 가장 중요한 장르인 시에서, 문학 바깥의 현상을 이해의 근원으로 두는 것은 무모하다고밖에 달리 표현할 길이 없다. 바깥 세계를 그대로 투사한다고 무조건 시가 되는 것은 아닌 것처럼, 일인칭의 내면에 침잠한다고 해서 반드시 나쁜 시가 나오는 것은 아니라는 점을 우리는 기억하고 있다. 그럼에도 최근 토대의 변화는 시의 변화와 무관하지 않다.

먼저 2000년대 하위 주체를 생각해보자. 인권의 소중함에 대해 공감대가 형성되고, 인권의 사각지대에서 벌어지는 불평등에 주목하게 되었을 때 이들 시가 등장했다. 2000년대 시의 일인칭으로 등장한 아이, 여자, 트랜스젠더 등은 제 권리를 주장하지 않았다. 이들은 사회적 위치에 대한 자의식은 없어 보였으나, 일인칭의 위치에 자신을 포개놓음으로써 그 자체로 균열이 발생했던 것이다. 그들은 '우리에게도 권리가 있다'가 아니라 '우리 여기 있다'라고 말하는 듯했다. 울분과 풍자를 걷어내며 그들은 자신의 심드렁함으로 존재를 증명하고자 했다. 평평하고 투명한 세상을 원하는 이들에게 이들은 제 존재로 현실의 굴곡을 증명했고 또 보존했다.

최근 시들의 일인칭에는 울분과 풍자도, 그 자리에 자신을 포갬으로써 드러나는 문제의식도 잘 보이지 않는다. 존재를 증명하려는 시도 자체가 희망을 품었다는 증거이고, 이 시대에 희망을 품는다는 것이 허황된 일이라고 생각하는 것일까. 희미한 목소리에는 단념의 색채가 짙고 웃음을 띠더라도 그 대상은 허공이거나 자기 자신일 때가 많다. 이상향은 어렵지만 언젠가 갈 수 있는 곳이 아니라 노력해도 도저히 갈 수 없는 곳으로 상정되어 있다.

쌀을 씻다가
창밖을 봤다

숲으로 이어지는 길이었다

그 사람이 들어갔다 나오지 않았다
옛날 일이다

저녁에는 저녁을 먹어야지

아침에는
아침을 먹고

밤에는 눈을 감았다
사랑해도 혼나지 않는 꿈이었다

───── 황인찬 「무화과 숲」 전문(『구관조 씻기기』, 민음사 2012)

시는 완강한 사실과 부질없는 상상의 대비에서 시작한다. 담담한 진술 속에 내재된 기억과 상상은 마치 완강한 사실을 이길 수 없다는 듯 감춰져 있다. "저녁에는 저녁을 먹"고, "아침에는/아침을 먹고" 같은 사실은 담담하게 배치되어 있고, "옛날 일이다"의 단정은 숲으로 들어갔다 나오지 않는 '그'에 대한 상상을 차단한다. 또한 "밤에는 눈을 감았다"는 "사랑해도 혼나지 않는 꿈"을 감싸고 있다. 기억과 상상의 활로가 차단된 대신 그 여운은 길게 남아 있다.

여기에 일인칭이 힘쓴 흔적은 보이지 않는다. 완강한 사실들이 '시적 표현'이 펼쳐질 수 있는 길을 막은 것이다. 감정의 흔적은 말라버렸고, 비유는 저 사실들에 대치되었고, 이것과 저것을 잇는 권능은 사랑했기 때문에 혼나야만 했던 기억과 함께 매몰된 듯 자제된다. 권위가 있다면 그것은 일인칭이 아니라 과거를 묻어버린 현재의 사실들에 있다. 그것들이 이 시의 주인이다.

그런데 기억을 봉인하고 상상을 차단하는 저 사실들이, 꿈과 비밀의 검열관 역할만 하는 것은 아니다. 저녁에 저녁을 먹고 아침에 아침을 먹는다는 이 평범한 일상은 시에 등재되면서 낯설게 인식된다. 봄이 가고 여름이 오는 것이, 태어나면 죽는 것이, 몸에 팔과 다리가 달려 있는 것이 어떤 이에게는 신경 쓸 일이 아니지만, 화자에게는 시적인 것처럼 새롭고 낯설게 느껴진다. 누구는 지나치는 일을 누구는 기억한다. 왜소화된 일인칭은 예민한 관찰을 통해 평범한 일상을 시적인 것으로 등재시킨다.

이방인, 내부라는 모국을 떠나는 심정으로 너에게 말하고 있다. 파라솔이 더운 바람으로 축축하다. 그 밑으로 펼쳐진 모래알갱이들 사이로 담뱃불을 지져 끄고. 내부의 냄새로 시큰거리는 코끝. 파도는 성이 나 있기보다 취해 있다. 철썩철썩. 취중진담. 철썩철썩. 이방인, 이제부터 담배는 끊고 눈을 감아야겠다. 눈앞이 하얗고 내 앞날도 하얗다. 백지는 성공적으로 깨끗한데 나는 왜 이리도 더러운가. 바다는 끝이 없다. 이방인, 내 신파가 어지러워지는 중이다. 나는 총에 맞아 죽을 것이다. 미치기 좋은 운명이다. 늦었다고 말려도 소용없다. 고향은 타향이라는 내부들로 둘러싸인 미궁일 따름이지. 이방인, 좋은 이름으로 태어났어야 했다.

— 이이체 「취한 말들을 위한 여름」 부분(『죽은 눈을 위한 송가』, 문학과지성사 2011)

낭만적 정서는 유래가 깊은 만큼 2010년대가 되었다고 자취를 감추지 않는다. 단지 그 정서가 시대 현실과 접목하며 다른 모습을 띨 뿐이다. 보통 낭만적 정서가 상정하는 이상향은 현실의 고통을 한순간이나마 잊게 해준다. 이 경우 이상향은 남미나 아프리카처럼 당도하기 어렵지만 언젠가 닿을 수 있는 곳이어야 적절할 것이다. 하지만 최근 시는 자아의 고립을 부각하려는 듯 어떻게라도 갈 수 없는 곳을 이상향으로 상정한다.

가장 먼 여행은 귀향이라는 말이 있듯 최근 시의 낭만적 공간은 과거나 자기 자신이다. 인용시는 "백사장"을 화자의 "내부"와 동일시하면서 그곳의 소리와 빛깔을 상상한다. 낭만적 대상은 가까이 있는데, 그는 거기에 이방인으로 있다. 현재의 더러움과 앞날의 까마득함에 막연해하면서, 그는 이방인이 되어 백사장에서 비명횡사할 운명을 예감한다. 백사장과 자신을 동일시하고 그곳을 이상향으로 설정하는 등 전형적인 시의 기제를 따르나, 동일성은 자아의 균열을 전제로 형성되었고 이상향은 "타향"인 고향과 "익명"인 자기 자신으로 설정되어 있다. 겉모습은 낭만적 정서로 가득하지만 그 정서를 드러낸 자아는 분열되어 있다. 시에서 분출되는 감정은 큰 자아를 떠올리게 하지만 실제의 자아는 고립되고 소외된 자의 것이다. 낭만적 정서는 안에서부터 파괴되고 고립된 자아는 자기에게서도 유폐되어 있다.

자신의 흔적을 지우는 시이건 자신의 감정을 확산하는 시이건, 그 형태는 전과 같지만 거기에서 드러나는 주체의 모습은 전과 달리 고립되어 있다. 최근 시에서 만나게 되는 주체는 일상을 토대로 시적인 것을 길어올리는 이가 아니라 일상 자체를 경이롭게 여기는 이들이다. 살아가는 것을 신기하게 여기는 이들이, 어째서 텍스트에서 자기를 지우거나 자기 자신을 이상향으로 설정하는지를 한마디로 해명하기는 힘들다. 하지만 여기서 시대적 특성을 고려하지 않을 수는 없다. 최근 시에서 드러나는 현실의 모습도 그에 따라 변화했기 때문이다.

3. 현실

2000년대 출현한 시의 극복 대상은 전대의 현실이라기보다는 미학이었다. 1990년대부터 회자된 예술의 자율성 담론은 전 시대의 담론과의 단절을 꾀하면서 앞으로의 사유에 토대 역할을 했다. 그 토대 위에서 2000년대 시뿐만 아니라 최근 시까지 1990년대의 목소리와 갈라졌다. 주목할 것은 최근 시가 2000년대의 실험들이 개척해놓은 영역 위에서 제 목소리를 내고 있는 와중에도 현실의 목소리가 들린다는 점이다. 이는 최근 시들의 실험이 시의 영역을 확장하기보다는 현실을 시에 유입하는 데 골몰하기 때문일 것이다. 물론 이때 유입된 현실은 반영해야 할 현실이 아니라 미학적 필터를 거치며 변용되고 굴절된 현실이다.

2000년대 후반에 활발히 진행되었던 '시와 정치' 논의를 떠올려보자. 여기에서 정치가 거느린 것은 결국 말의 정치가 아니라 정치적인 말이었다. 미학적 필터를 거치지 않는 말이 미학적 가치를 확보하기는 어렵다. 그 어려운 길을 모색했던 것이 '시와 정치' 논의였다. 정치의 함의를 넓혀 그 대상을 현실 전반으로 확장해보았을 때에도, 어렵기는 마찬가지이다. 그런데 현실이 바뀌어가면서 그 변화에 힘입어 최근 시는 이 길을 보여주고 있다.

> 복지와 진보 전쟁의 그림자에서 자유로울 수 없었고
> 언제 세계대전이 벌어질지 모른다는 불안감 속에서
> 그나마 남아 있는 선배들에게 버릇없는 말투로 안부를 물으며……
> 나는 오늘도 천국에 갔었고 내일도 천국에 가겠습니다

그곳에도 오늘의 나를 괴롭힐

변기와 선배들과 점잖은 선생들이 있겠습니까

당신이 몰래 날라준 음식에서 돌과 모래가 씹혀요

사다리를 타고 끊임없이 당신의 곳으로부터 멀어져갈

그러나 밤이 오면 부딪치게 될 불행의 얼굴에는 왜 눈코입이 없습니까

쥐와 해충이 갉아 먹은 나의 시체를 천국에서 찾을 수만 있다면

오, 어떤 명예라도 걸겠습니다. 춤추는 나무와 데이지꽃

다만 그곳에 오늘의 버러지 같은 나를 돌봐줄

변기와 선배들과 점잖은 선생들이 있지 않겠습니까

— 주하림 「부(富)와 꽃의 데생」 부분

(『비벌리힐스의 포르노 배우와 유령들』, 창비 2013)

현실은 최근 시에서 소재로 채택되는 것에 그치지 않고 시적인 것을 발생시키는 배경이 된다. 반영의 대상이 아니라 시적인 것의 생성을 돕는 자양분이 되는 것이다. 인용시에는 "복지와 진보" 등 시대를 반영하는 말이 시어로 채택되어 있다. 하지만 그것은 절대적 가치가 아니라 입안에 씹히는 "돌과 모래" 등의 이물질로 인식된다. 선배와 선생 또한 "변기"와 나란히 있다. 예전부터 전해 내려오는 신념들은 화자가 예감하는 "눈코입이 없"는 "불행의 얼굴"을 설명하지 못하기 때문이다.

이 불행한 예감은 중요해 보인다. 화자는 천국으로 구원될 것을 간절히 원하는 동시에 거기에 가서도 불행의 흔적인 "쥐와 해충이 갉아 먹은 나의 시체"를 기억하고 싶어 한다. 불행을 기억하며 구원받을 수 있는 길은 막연하다. 하지만 그가 생각하기에는 적어도 선생과 선배가 말하는 복지나 진보 등의 신념이 그 길을 일러주지는 못할 것 같다. 그것은 이미 마련된 현실이고 그의 불행은 지금 겪고 있는 현실이다. 두 현실의 차이는 매우 크다.

한편 시인은 현실을 외면한 채 예술에 행복의 모든 것을 걸지 않으며, 천국에 가는 것을 목적으로 삼아 제 불행을 예술로 마비시키지도 않는다. 불행을 안고 도달하는 천국은 현실을 안고 실천하는 예술과 같다. 그와 같은 희망은 결국 기존의 현실과 예술적 구원 어느 하나도 선택하지 못한 채 제 형식을 흩뜨려놓았다. 이는 2000년대의 실험시가 마련한 형태와 같은 모습이지만 여기에는 제 불행을 담은 현실이 놓여 있다. 결코 시어로 등장하지 않는, 시어로 표현되지 못하는 불행이 시의 배경으로 물러나 있는 것이다.

흔히 선배와 선생은 그들의 후배와 제자가 '살기 어렵다'라고 말하면 예전에도 그랬다고 말한다. 그러나 그런 경험 섞인 조언이 무색할 정도로 최근의 현실은 어렵다. 전망의 부재와 고립된 처지가 낳은 불행은 몇마디 말로 걸러지지 않는다. 최근의 불행은 시어로 전경화되는 것이 아니라 배경으로 물러나 있으며, 이로써 시인이 생각하고 느끼는 토대가 된다. 그러므로 이렇게 말할 수 있지 않을까. 시와 정치, 시와 삶, 시와 현실은 물리적 변화가 아니라 화학적 변화를 일으키고 있다고. 현실은 시의 소재로 응고되기보다는 시의 대기에 녹아든다고. 2010년대 시인으로 기억될 시인들은 제주 강정 등 여러 현안이 걸린 각종 집회에 많이 참여하지만 그들의 시에서 이에 대한 직접적인 발언을 듣기는 힘들다. 그것은 그들에게 낯선 풍경이 아니라 낯익은 일상의 일부이다. 시에서 이제 현실은 주목받는 곳에서 그렇지 않은 곳으로 이동했다. 이를 두고 현실의 포기라고 말하기는 어렵다.

수확해야 할 목숨처럼 익어가는 과일들, 찢어진 살덩이를 땅에 뿌리며 바람이 과수원으로 몰려온다 낙과에 달라붙은 진흙, 사과가 검게 변한다 난쟁이의 목에서 흘러내리는 피를 빨아 먹으며 뚱뚱해지는 흙

고향의 하늘로 관들이 날아온다 신부는 혓바닥을 내밀고 눈송이를 받아
먹는다 하늘은 거대하게 글썽이는 눈동자, 누가 눈꺼풀을 내려 쏟아지는
폭설을 멈출 수 있을까

늙은 신부는 이웃 마을로 걸어간다 결혼식이 열리는 마을마다 진흙에
돼지의 혓바닥 같은 발자국을 찍으며

머리 위에 떠 있는 수많은 관들, 천천히, 신부를 따라, 사과꽃 어지럽게
날리는 고개를 넘어간다

— 김성규 「난쟁이들은 기차를 타고」 부분

(『천국은 언제쯤 망가진 자들을 수거해가나』, 창비 2013)

신부가 늙은 것은 눈에 띄기는 하지만 비난 받을 일이 아니다. 그러나
그것이 늙어야 신부가 될 수 있다는 뜻이라면, 거기에는 그럴 수밖에 없
는 현실에 대한 비판적 인식이 담겨 있을 수밖에 없다. 흙은 "난쟁이의 목
에서 흘러내리는 피를 빨아 먹으며 뚱뚱해"지고 하늘에는 "수많은 관들"
이 날아온다. 난쟁이들은 "돼지의 혓바닥 같은 발자국"을 찍으며 그곳에
서 살고 있다. 딛고 있는 땅도, 바라보고 있는 하늘도, 그곳에서의 삶도 전
망 없기는 마찬가지이다. 사과꽃이 흐드러지게 피어 있는 마을의 풍경을
아름답다고 할 수는 있으나 거기에 관들이 떠 있으면 그 사과꽃은 아름다
움이 아니라 기괴함을 담당한다고 봐야 할 것이다.

그런데 이 관들이 떠 있는 하늘은 어떻게 받아들여야 할까. 시인이 따
로 할 말이 있는데 이렇게 돌려 말한 것일까. 그와 같은 우화로 파악하기
에는 이곳의 불행을 이보다 더 잘 설명할 원뜻과 원풍경이 쉽게 떠오르지
않는다. 아니면 이 하늘을 시인이 꾼 악몽의 풍경 중 하나로 보아야 할까.
무의식이 활발히 작동하는 초현실의 세계라고 보기에는 시의 말들 하나

하나를 갈피 짓고 배치하는 이성의 힘이 강하게 느껴진다. 적어도 시인에게 관들이 떠 있는 풍경은 실제 현실일 것이다. 그리고 같은 풍경은 아니더라도 최근 시에는 환상이라고 불리던 것들이 현실로 등장하는 경우가 많다.

최근 시의 미학적 현실에는 여러 이미지들이 뒤섞여 있다. 공통 현실은 내려앉아 있고 환상은 유입되었다. 시각에 따라서는 공통 현실이 유입의 대상이고 위상을 낮춘 것이 환상일 것이다. 중요한 것은 현실을 이루는 범위가 예전에 비해 넓어났다는 것이며, 그 안에 위계 없이 여러 층위의 것들이 뒤섞여 있다는 것이다. 미학적 현실을 구성하는 자양분은 이제 활자 체험에만 의존하지 않는다. 영상뿐만 아니라 게임 또는 여러 온라인 공간에서 마주한 것들이 자연스럽게 현실을 구성한다. 많은 체험들이 상상력의 데이터베이스에 모여 있다. 거기에서 선택된 모든 것들은 위계 없이 하나의 미학적 세계를 이룬다. 시적인 것은 이렇게 조성된 현실을 배경으로 여러 방법을 경유하여 등재된다.

4. 방법

의도치 않게도 최근 시는 시의 정통 미학에 의문을 던지는 역할을 하고 있다. 앞에서 최근 시가 실험의 영역을 확장하기보다는 그것을 토대로 제 미학을 공고히 한다고 했으나, 그렇다고 시의 부정성이 희미해진 것은 아니다. 그 부정성은 시의 영역 밖으로 향하기보다는 안에서 발휘된다. 시의 기본적인 미학으로 여겨졌던 동일성, 서정성, 은유 등이 최근 시에서는 잘 보이지 않는 것이다. 서정은 서사와 대립하는 것으로 제 위상을 확보하며 동일성은 대상들을 맞물면서 미지의 의미를 개척한다. 최근의 시는 서정을 억누르는 한편 서사를 지향하고, 그 대상들을 서로 조명하며 이미지를 형성하기보다는 대상에 대한 태도를 드러낸다. 영역의 개척을 실험이라고 가정한다면 최근 시는 실험적이 아니라 시의 전형적인 모습을 회의하고 있다고 봐야 할 것이다.

고려해볼 만한 사정은 이렇다. 주체는 고립되었고 그의 모습은 희미해졌다. 감정보다는 관찰이, 이상향을 향한 동경보다는 제 상태의 빈곤함이 부각된다. 감정을 드러낼 부분이 일인칭에는 그리 많이 남아 있지 않게 되었다. 현실의 변화도 이와 같은 사정을 부추긴다. 현실과 환상으로 구분되던 것들이 뒤섞여 현실로 등재되어 있다. 이미지는 현실에서 넘쳐난다. 사유와 태도를 드러내는 직접적인 진술은 이 시대에 범람하는 말들 중에서 찾아보기 힘들다. 과거에는 시가 낯설게 하기를 꾀하는 장르였다면, 이제는 대상을 바라보는 태도와 대상을 비판하는 사유에 집중하는 것이 시적인 것이 되었다. 즉, 비유를 통해 이미지를 만드는 것이 아니라 이미 조성된 이미지 위에서 자신의 사유와 태도를 진술하는 것이 중요해진 것이다. 이런 말들이 시적인 것으로 전환되고 있다.

겨울이 끝나지 않아서. 사람들이 네 엄마를 태워 죽였어.
그래서 우리 집엔 물이 없지요.

하지만 아빠. 나는 알 수 없어요. 팔 하나가 잘리면 천국에서도 팔 하나가 없듯이. 잿더미가 된 엄마는 천국에서도 잿더미인가요? 그렇다면 할머니가 불쌍해. 여든 살에 죽었으니까. 차라리

나도 크면 십자가에 매달릴래요. 그렇지만 딸아. 장작이 모자란단다. 마을에 숲이 하나 더 있다면 우리는 겨울을 끝낼 겁니다. 이것은 아빠의 말이었지.

— 김승일 「마녀의 딸」 부분(『에듀케이션』, 문학과지성사 2012)

마녀인 엄마는 겨울을 끝내려는 마을 사람들에게 잡혀 장작더미 위에서 불에 타 죽었고, 남겨진 딸과 아빠는 엄마와 아내가 죽은 상황에서 제 욕망을 조금씩 드러낸다. 시에서 낯선 부분을 꼽아보면, 엄마를 태워 죽였다는 말에 대한 대답 "그래서 우리 집엔 물이 없지요", 죽을 때의 모습으로 현현하는 천국을 상상하며 타버린 엄마보다도 늙어 돌아간 할머니가 불쌍하다는 진술, 그리고 늙어 죽느니 엄마처럼 "십자가에 매달"리겠다는 딸의 말, 겨울을 끝내기 위한 조건을 상정하는 아빠의 말일 것이다. 낯선 부분이 빼곡하게 들어차 있다. 이 부분들은 대개 이미지를 구축하기보다는 사건의 반전을 일으키고 삶에 대한 태도를 드러낸다.

　집에 물이 없는 까닭은 엄마에게 붙은 불을 끄느라 다 써버렸기 때문일 것이다. 비극의 기억은 물이 없다는 말에 간직되어 있다. 그런데 딸에게는 더 큰 비극이 늙어 죽는 것이다. 불에 타 죽은 엄마보다 여든 넘어 죽은 할머니가 더 끔찍한 그에게 천국은 안식을 주는 곳이 아니라 상처를 현시하는 곳이다. 늙어 죽느니 매달리겠다는 십자가는 예수가 상징하는 희생의 상징이 아니라 엄마가 죽어버린 재난의 상징이다. 삶에 대한 태도와 사건의 반전이 일어나는 곳은 아빠의 말이다. "마을에 숲이 하나 더 있으면 우리는 겨울을 끝낼 겁니다"라는 그의 말을 어떻게 이해해야 할까. 마을에 숲이 하나 더 있으면 장작이 더 많이 생긴다. 하지만 저 말은 그 장작으로 불을 지피면 따뜻해질 것이라는 예측이 아니다. 따뜻해진다고 겨울이 꺾이는 것은 아니다. 결국 아빠의 말은 다시 한번 장작을 때워 제사를 지내겠다는 뜻인데 거기에 쓸 제물로는 십자가에 올라가겠다는 딸이 적당하다.

　낯선 의미는 이미지의 구축이 아니라 늙느니 죽겠다는 삶의 태도와, 엄마의 죽음 이후에 벌어지는 서사에서 비롯된다. 기억은 흔적으로 남아 있고 십자가에 오르겠다는 비약과 딸을 태우겠다는 반전은 말에 여운을 주는 데 기여한다. 직접적인 진술과 서사로 시적인 것을 확보하는 이러한 시도는 비단 김승일에게서만 한정되는 것은 아니다(앞에서 본 시들에서도 이 같은 서사가 담겨 있는 것을 확인할 수 있을 것이다). 서정과 은유의 대리 보충물로 들어선 서사와 직접진술은 기존의 시 장르가 구축한 공고한 시학에 물음을 던지는 역할을 한다. 최근의 시는 미지의 세계로 나아가기보다는 기지의 영역으로 되돌아오며 시적인 것을 확보한다.

바람이 자꾸만 새가 되는 것은 내가 꿈을 꾸고 있기 때문인데 자신의 꿈속으로도 이런 흰 새들을 들여놓고 싶으며 그런 의미에서 내 도움이 필요하다고 했다 그렇지만 당신의 꿈속으로 들어가기 위해서는 일단 내 꿈 밖으로 나가야 하는데 내가 내 꿈 밖으로 나가게 되면 당신을 꿈꿀 수가 없으므로 낭패가 아닌가요 하고 내가 말했다 그녀는 말하길 확실한 것은 나와 그녀는 꿈을 꾸고 있으며 (여기서 그녀는 잠시 머뭇거렸는데) 사실 나는 그녀가 꾸는 꿈속의 꿈이라는 것이다

(…)

차츰 침실과 정어리와 햇살과 나의 꿈은 사라져갔고 대신 그녀의 눈과 그녀의 숨결과 그녀의 피와 그녀의 깊은 눈 속 저 너머에서 물결치듯 아득히 몰려오는 하얀 새들만이 사방을 가득 채우기 시작했다……

— 서대경 「정어리」 부분(『백치는 대기를 느낀다』, 문학동네 2012)

바람이 하얀 새로 변하는 몽환적 이미지를 얻고 싶어 하는 그녀와 화자의 대화가 이어지고 있다. 그녀는 자신의 꿈에도 화자의 꿈 장면처럼 하얀 새가 날리는 장면을 연출하고 싶다. 그러기 위해서는 나의 꿈 밖으로 나와야 하는데, 그러면 꿈속의 대상인 그녀도 사라지게 되니 난처한 입장에 처해 있다. 한참 실랑이를 하다가 화자는 그녀의 꿈에 "일정한 법도와 절차를 부여"하는 데 실패하고 어느덧 잠이 깬다. 그런데 바로 실제 상황

에서 그녀와 정어리와 하얀 새들이 보이기 시작한다.

이미지는 출렁이고 있고, 꿈 밖의 장면과 꿈 안의 장면이 경계를 지우고 있다. 화자는 직접적인 진술을 자제하지만, 그렇다고 서사를 외면하지는 않는다. 인용시는 이미지를 형성하는 데에 집중한다는 면에서 전형적인 시의 미학을 따르고 있으나, 그 이미지가 대화와 사건을 적극적으로 활용하며 형성된다는 면에서는 최근 시의 흐름을 따른다.

여기서 유의해야 할 것은 예전부터 서정성의 유연함을 확보하거나 완고함을 타개하기 위해 서사의 개입을 요청하는 주장이 반복해서 등장했다는 점이다. 이를 실천하고 주장했던 이들의 목록을 여기에 모두 적진 않겠다. 하지만 이 점은 덧붙여야겠다. 시의 서정성은 이러한 충격으로 타성에 젖은 감정을 털어낼 수 있었고, 서사가 도입된 시들 중 시대정신을 구현한 일부만이 역사의 기억에 남아 있다. 즉, 형식의 부정성은 시대의 요구에 힘입어 그 필연성을 부여 받는다.

5. 부연

2010년대 시의 전형적인 모습이 이렇다고 말하기는 어렵다. 유서가 오래된 만큼, 내면에 집중하는 만큼 바깥의 영향을 덜 받는 장르가 시이다. 그러나 경험에서 우러나오는 조언들이 통용되지 않는 시대에, 불투명한 전망에서 비롯한 결핍과 고립의 느낌을 만성적으로 복용하고 있는 시대에, 대항할 적은 보이지 않고 불행은 걸러지지 않는 시대에, 일인칭 내면의 변화에 주목하지 않을 수는 없는 노릇이다. 시대의 불행은 그곳에서 얼굴을 드러내기 때문이다.

지금까지 최근 고착화된 내면과 현실의 면모를, 계승보다는 차이에 주목하여 살펴보았다. 시적인 것을 드러내는 방법의 변화도 거기에 있었다.

궁핍과 환상이 나날의 삶이 되고 일상이 낯설게 느껴지는 지금 무엇보다 소중한 것은 삶에 대한 태도와 삶을 전유하는 사유다. 이미지가 배면으로 물러나고 진술이 전면에 등장하는 현상은 주목할 만하지만 중차대하지는 않다. 소위 '시적인 것'의 행보란 시간이 얼마나 깊이 닿아 있으며, 좁은 문이 어느 길에 놓여 있는지, 어떠한 방법으로 말의 두께와 활로를 확보할 수 있는지 모색하는 일일 것이다.

너에게 이르는 길

'나는 너다'의 모습들

1. 누가 아네스를 바라보는가

"그곳은 어떤가요. 얼마나 적막하나요. 저녁이면 여전히 노을이 지고 숲으로 가는 새들의 노랫소리 들리나요. 차마 부치지 못한 편지 당신이 받아볼 수 있나요." 목소리의 주인공은 미자이고 당신으로 호명된 청자는 아네스이다. 여중생 아네스는 미자의 손자가 포함된 학생들에게 윤간을 당한 뒤 자살했고, 치매를 앓고 있는 미자는 얼마 남지 않은 기억으로 시 한편을 썼다. 영화 「시」(이창동 2010)의 막바지에 낭송되는 「아네스의 노래」는 미자가 쓴 유일한 시이자 아네스에게 건네는 편지이다.

시가 낭송되는 동안 카메라는 아네스의 발자취를 따라간다. 교실과 등하굣길, 그녀가 살던 집과 동네. 그 길은 미자가 걸었던 곳이지만, 그전에 아네스의 것이었다. 어느덧 시를 낭송하는 목소리가 아네스의 것으로 바뀌었다. "내가 얼마나 사랑했는지. 당신의 작은 노랫소리에 얼마나 가슴 뛰었는지. 나는 당신을 축복합니다. 검은 강물을 건너기 전에 내 영혼의 마지막 숨을 다해 나는 꿈꾸기 시작합니다." 시의 마지막 부분이다. 온전히 아녜스의 노래가 되었다. 미자가 질문하고 아녜스가 응답했다고 해야 할까. 한 마음 한 뜻이 되어 서로를 위로하는 것으로 영화는 마무리되는 것일까.

그녀의 시 「아녜스의 노래」는 할머니의 보이스 오버 내레이션으로 흘러 나오다, 죽은 소녀의 보이스 오버 내레이션으로 교체된다. 그리고 화면에는 죽은 소녀가 등장하고 영화는 끝난다.

시를 '나'(할머니)가 쓰지만, 동시에 빗물이 쓰고, 죽은 소녀가 쓴다. 세계와 나, 자아와 타자, 산 자와 죽은 자의 이 돌연한 합일은 당황스럽다. 이 엄청난 합일을 단숨에 성사시킨 도덕적 결단의 신비주의적 효과를 어떻게 받아들여야 할까. 나는 윤리와 예술을 일치시키려는 이창동의 태도를 존중한다. 하지만 이 마지막 시퀀스의 합일에는 관념적 위압성이 있다. 혹은 타자의 얼굴, 죽은 자의 목소리가 '나'의 신체로 급작스레 밀고 들어올 때의 불편함이 있다.[6]

불편함은 "엄청난 합일"의 장면과 "신비주의적 효과"에서 비롯한다. 자아와 타자의 합일이 부자연스럽고 인위적이어서 불편하다는 것이다. 이 맥락에서는 아녜스의 후반부 낭송뿐만 아니라 마지막에 "죽은 소녀가 등장하"여 웃는 것도 미자의 질문에 대한 응답으로 수렴된다. 어찌 고인이 응답할 수 있으며 심지어 웃을 수 있는가. 동의하지 않을 수 없는 불편함이다. 세상의 모든 것을 제 맘대로 해석하고 짝짓는 일인칭의 장르 시, 은유를 바탕으로 종종 해가 달이 되고 내가 너가 되는 시와 친숙한 독자는 이를 편하게 여길까. 어떤 이는 그렇겠지만 시적인 것을 우연찮게 발생한 자기 초과의 결과로 여기는 이는 마찬가지로 불편함을 느낄 것이다. 그런

---

6 허문영 「시선 이미지를 넘어」, 『보이지 않는 영화』, 강 2014, 101면.

데 「시」의 마지막 시퀀스를 이와 다르게 볼 여지가 없지는 않다.

아녜스가 등장하는 부분에 주목해보자. 그녀의 목소리로 시가 낭송되는 동안 이곳저곳을 비추는 카메라의 시선은 이제 아녜스의 것이다. 아녜스가 투신했던 다리 난간을 카메라가 조금씩 다가가며 비출 때 갑자기 화면 속으로 뒤통수가 튀어나오더니 그녀가 뒤돌아 웃는다. 아녜스의 얼굴을 처음 확인하는 부분이 영화의 마지막이다. 그녀(카메라)가 그녀 자신을 본다. 여기서 우리가 그녀의 얼굴과 미소를 보지 못했다면, 완전한 합일로 갈무리할 수 있으며 관념적 위압성을 느낄 만하다. 그러나 이 맥락을 거스르는, 이물질로서의 얼굴은 합일의 실패가 남긴 파편 역할을 한다. 즉 카메라의 시선 앞에 아녜스가 튀어나옴으로써, 시선의 몫은 다시 미자에게 돌아가거나 관객에게 양도되거나 아니면 이물질로 남는다. 영화의 최종적인 의미는 합일의 불가능성이다.

미자는 아녜스의 입장에 최대한 가까이 가는 것이 마지막 임무라 판단했던 것 같다. 그녀는 시를 쓸 수 있는 단 한번의 기회를 아녜스를 애도하는 데 썼다. 영화는 공동체 내에서의 예술적 승화를 모색했다. 예술과 윤리의 상관성은, 두 사람이 합일하는 장면이 아니라 그와 같은 시도가 실패하는 장면에서 드러난다. 미자는 한 순간이나마 아녜스가 되고 싶었고 될 수 있었을 것 같으나 끝내 그렇게 되지 못한다. 좁혀 생각하면 두 사람 간의 사랑이, 넓혀 생각하면 공동체의 윤리가 이와 같다. '나는 너다'의 발언이 지닌 맥락이 개인의 범주를 넘어 시대의 특성과 닿아 있는 까닭도 여기에 있을 것이다.

2. 1987년의 '나는 너다'와 2016년의 '너는 나다'

'나는 너다'는 1987년 황지우가 발간한 세번째 시집 제목이다. 사랑을 이제 막 시작한 이는 자신의 뜨거운 감정을 확인하려 시집을 펼쳤고, 사랑을 끝낸 이는 환멸을 확인하려 시집을 펼쳤다. 그러나 시에는 개별적인 '너'와 '나'가 전제되어 있기보다는 공동체인 '우리'가 전제되어 있었다. 민주화 운동이 절정을 향해가고 있었고, 결과적으로 체제 전환의 약속을 받아내었던 시기, 1987년은 시집의 개정판 해설이 말한 것처럼 한 시대의 절정이었으며 그래서 그 시대의 마감을 예감했던 때다. 1980년대의 삶과 깊이 연루되어 있던 시인은 이 시집에서 후기 1980년대의 이미지를 그렸다.

일반적인 시선으로 보면 '나는 너다'에는 사랑하는 마음이 담겼다. 그 안에는 '나'와 '너'가 있고 일치하고 싶은 욕망이 있다. 그런데 황지우의 시에는 다른 것이 있다. 함께 투쟁했던 '우리'가 있고 곧 헤어질 운명이 있다. 그에게 '나는 너다'는 개별자가 뭉친 것이 아니라 공동체가 갈라진 결과다. 홀로 남은 일인칭은 이인칭을 상정한 뒤 그를 보듬어야 할 사명을 스스로에게 주었다. 저 단정적인 말은 사랑하는 현재가 아니라 다짐하는 미래를 연출한다.

새벽은 밤을 꼬박 지샌 자에게만 온다.
낙타야,
모래 박힌 눈으로
동트는 地平線을 보아라.
바람에 떠밀려 새날이 온다.
일어나 또 가자.
사막은 뱃속에서 또 꾸르륵거리는구나.
지금 나에게는 칼도 經도 없다.
經이 길을 가르쳐주진 않는다.
길은,

가면 뒤에 있다.

단 한 걸음도 생략할 수 없는 걸음으로

그러나 너와 나는 九萬里 靑天으로 걸어가고 있다.

나는 너니까.

우리는 自己야.

우리 마음의 地圖 속의 별자리가 여기까지

오게 한 거야.

— 황지우 「503.」 전문(『나는 너다』, 풀빛 1987)

새벽이 밝자 멀리서 가야 할 곳을 알려주던 별자리가 마음으로 거처를 옮겼다. 별들은 빛을 잃었지만 그것은 사라진 것도 아니고, 모습을 감춘 것도 아니다. 새벽이 밝았다는 것으로 새로운 시대에 대한 희망이 피력되었고, 별자리를 마음으로 가져간 것으로 삶의 지표를 유지하겠다는 다짐이 제시되었다. 예전 자세로 새로운 시대를 맞이하겠다는 말이다. 이 엇갈림은 그에게 고독을 안겨주었다. 새로운 시대는 사막으로 형상화되었으며 그는 고행의 수도승이 되었다. 목적지는 그도 모른다. 다만 낙타가 그의 곁에 있다.

"나는 너니까"는 문맥상 낙타에게 건네는 말이다. "낙타야"라고 부른 뒤 이 말을 하면, 화자와 낙타가 한 몸이 되는 것도 아니고, 문면 그대로 '나'가 '너'가 되는 것도 아니며, 일방적으로 낙타의 속성이 자신에게 흡수되는 것이다. 저 말에 힘입어 화자는 사막을 떠돌며 고행하는 사람이 된다. '우리'가 있던 자리를 '나'가 차지한 뒤 채워지지 않은 자리를 지키기 위해서라도 '너'를 부른다. 여기에서 이인칭은 한순간이나마 자기를 초과하여 닿는 사랑의 대상이 아니라 지속적으로 자아의 확신을 키우는 마음속의 동반자이다. '너'는 연애가 아니라 연대의 대상이며, 시대를 대표했던 '우리'의 잔여이다. 시인은 기억의 관성이 조성한 환영으로 새로운 시대를 걸으려 한다.

꼬박 밤을 지낸 자만이 새벽을 볼 수 있다.
보라, 저 황홀한 지평선을!
우리의 새날이다.
만세,
나는 너다.
만세, 만세
너는 나다.
우리는 全體다.
성냥개비로 이은 별자리도 다 탔다.

— 황지우 「1.」 전문(『나는 너다』, 풀빛 1987)

앞의 「503.」은 시집을 열었고, 「1.」은 시집을 닫았다. 여기에서도 나는 너이고, 새벽이 밝아왔고, 별자리가 있다. 새벽을 맞아 "우리의 새날"이 왔다. "만세"가, "나는 너다"가, "우리는 全體"가 이어진다. 이 말들에서는 아이러니의 간격이 거의 느껴지지 않는다. 새벽이 온 것에 대해 그는 진심으로 기뻐하는 것 같다. 고행으로 점철된 순간을 기록한 시집의 마지막에 이르러, 새벽이 왔다고 기뻐하는 까닭은 새 시대에 대한 희망 이외에는 없지 않을까. 그리 환영할 만한 세상이 찾아오지 않으리라는 것은 발이 놓인 곳을 사막으로 인식하는 그도 잘 알 것이다. 그렇다면 저 말 자체가 다가올 광막한 시대에 자신을 이끌 다짐이 되길 바랐던 것인가.

주목할 지점은 '우리'의 등장이다. '나는 너다'와 '너는 나다'의 차이는 여기에서 사라진다. 둘이 자리를 바꿀 수 있기 때문이 아니라 그들을 묶은 호칭이 더욱 중요하기 때문이다. 여기에서 '우리'는 일인칭 복수형이 아니라 일인칭 확장형이다. 「503.」에서는 우리를 자기라고 했으며,

「1.」에서는 전체라 했다. 자기의 확장, 즉 확장된 자아가 '우리'인 것이다. "너를 목 조르려고 올라타서 내려다보면/너는 나였다./너와 內通하고 싶다."(「93.」)에서의 '너'도, "사랑해!/라고 말하면서/나는 너를 다 갉아먹어 버렸어."(「333.」)에서의 '너'도, 실상은 자기 자신에 대한 적의를 확인하고 싶은 또다른 '나'였다. '너'는 '우리'를 지탱하기 위해 설정된 환영이며, '우리'는 '나'를 확장하기 위해 만든 환영이다. 그는 환영들을 앞세워 새로운 시대를 맞으려 했다. 새벽이 밝아오는 것의 환호에 아이러니가 있다면 그것은 환영을 만든 두려움에서 비롯한다.

'나는 너다'는 황홀한 말이다. 자기 초과의 순간을 내포한 사랑의 말이기 때문에 그렇다. 황지우는 이 사랑의 말을 연대하는 말로 썼다. 연대의 대상은 자기 자신이었다. 마치 두려운 적을 앞에 두고 부풀리는 깃처럼 '너'와 '우리'가 호명되었다. 그 속에 있던 사랑과 연대의 의미로 그는 환멸과 공포를 벗어나려 했으며 그래서 미래와 가까스로 접속할 수 있었다. 그러나 그것들은 실체가 아니었기 때문에 허약했으며, 공동체를 이룰 수 없었다. 거기에서 확인할 수 있는 것은 고독한 자아다. 거대담론이 사라지는 자리에 개인의 고독이 부각된다.

1) 비정규직은 혼자 와서 죽었고 정규직은 셋이 와서 포스트잇을 뗀다.
2) 너는 나다

2016년, '나는 너다'가 인칭의 위치를 바꾸어 '너는 나다'로 재현되었다. 여름의 초입 서울지하철 2호선 구의역 9번 승강장 스크린도어에는 포스트잇이 여러장 붙었다. '너는 나다'는 거기에 쓰인 문구 중 하나였다. 5월 28일 김건우군은 스크린도어를 수리하는 도중 역에 도착하는 기차를 미처 피하지 못했고 병원으로 옮겨졌으나 끝내 숨을 거두었다. 서울지하철 하청업체의 비정규직 직원이었던 김군은 스무살 생일을 하루 앞두고 있었다. 그는 둘 이상이 한 조를 이루어 작업해야 하는 곳에 혼자 있었고, 그의 가방 안에는 시간이 나면 먹을 컵라면이 공구들과 함께 있었다. 당시 그는 역 내에 상주하며 그에게 작업 지시를 하는 정규직 직원과 회사의 눈치를 보며 작업 속도를 올려야 하는 상황이었다. 사람들은 안타깝게 죽은 그를 추모하기 위해 사고 장소에 들렀고 포스트잇에 추모의 글을 써 거기에 붙였다.

"비정규직은 혼자 와서 죽었고 정규직은 셋이 와서 포스트잇을 뗀다"라 적힌 1)에서는 정규직과 비정규직의 처지가 대비된다. 고된 일은 비정규직이 하고 쉬운 일은 정규직이 한다는 뜻이다. 하지만 그것이 전부는 아니다. 비정규직은 복지 혜택은 고사하고 안전 사각지대에서 홀로 일하고 정규직은 좀더 안온한 공간에서 같이 일한다. 일할 때에도 쉴 때에도 일을 그만둔 뒤에도 비정규직은 외롭다. 2) "너는 나다"는 이 외로움에 건네는 뒤늦은 연대의 표시처럼 보인다. 그러나 김군은 이 연대의 표시를 수신하지 못하는 곳으로 떠났다. 말의 의미가 미묘하게 바뀌는 까닭도 그가 있는 위치에 있다.

포스트잇의 '너는 나다'는 사실 상대방에게 하는 말이라기보다는 자신에게 하는 말에 가깝다. 그것은 김군을 추모할 뿐만 아니라 자신의 운명을 미리 확인하는 역할을 한다. 더욱이 이 말은 '나는 너다'로 인칭의 위치를 바꾸지도 못한다. 김군은 이제 공동체 밖에 있으며 이 말을 들을 수 없다. 연대나 우정의 방향도 한쪽으로만 가능하다. '너'는 주어 자리에서 자신의 운명을 전달하고 '나'는 서술어 자리에서 어두운 미래를 짊어져야 한다. '너'의 과거가 '나'의 미래다. '너'도 외로웠듯이, '나'도 외로울 것이다. '나'는 고립될 수밖에 없다.

'너는 나다'는 2010년 전태일의 40주기를 추모하여 발행한 책의 제목이기도 하다. 2010년은 여전히 노동조건이 열악한 비정규직이 양산되었던 시기였다. 거기에서의 '너'는 기본적으로 전태일을, '나'는 열악한 환경에 노출된 동시대의 여러 노동자를 지칭한다. 그러므로 책의 제목은 연대하여 미래의 전망을 확보하자는 선언처럼 들린다. 그러나 2016년 우리가 마주한, 쉽게 붙였다 뗄 수 있는 포스트잇의 문구를 통해서는 연대를 이루기도 전망을 찾기도 쉽지 않다. 2010년의 연대가 미래를 향해 열려 있었다면, 2016년의 포스트잇 문구는 닫힌 미래의 불행한 운명을 환기한다.

기억의 관성으로 환영을 내세웠던 황지우의 '나는 너다'에 시대의 흔적이 담겨 있듯, 어두운 전망과 고립된 위치를 환기하는 포스트잇의 '너는 나다'에도 시대의 흔적이 담겨 있다. 저 말은 '역지사지(易地思之)'와 같이 시대를 가리지 않고 두루 쓰이는 잠언이 아니라, 미래를 저당 잡힌 채 고단한 삶을 사는 이 시대의 사람들에게 한정되어 쓰이는 말이다. 포스트잇의 문구는 말한다. 네가 사라지듯 나도 사라질 것이다. 사라짐의 유사성으로 '너'와 '나'가 묶였다. 그렇기 때문에라도 지금 필요한 일은, 어두운 상자 속에서 앞을 내다볼 작은 구멍 하나 뚫는 것처럼, 과거를 자양분 삼아 키워온 미래의 모습 하나를 제시하는 것이다.

3. 말라붙은 나무의 새싹, 힘차게 안녕

영화 「시」에서처럼 합일이 실패하는 모습으로 사랑의 가능성을 타진하는 일은 여전히 유효하다. 일상에서 우리는 합일의 포즈를 취할 때가 많지만 시적인 것은 그 일상 지각의 영역에 균열을 내며 나타난다. 그런데 슬프게도 이제는 개인의 고립을 말하는 것도 일상적인 발언이 되었다. 개인은 계속 좌절을 겪고 세상은 잔해들로 가득하다. '304낭독회'가 수년 동안 세월호 희생자 하나하나를 호명하고, 강남역 10번 출구의 또다른 포스트잇 문구는 '묻지마 살인'으로 희생당한 여성이 곧 '나'인 것을 환기한다. 이처럼 위축된 자아의 모습을 반영하고 불행한 미래를 확인하는 것도 중요하다. 그러나 시가 더 잘할 수 있는 일은 사랑의 순간을 다시 한번 연출하여 다른 시간의 존재를 기억에 새기는 것 아닐까.

폭죽처럼 땀을 흘렸어
향연처럼 흘러넘쳤지
등을 하늘에 대고 기어가는
새들을 보고 내가 연리지를 말하자

문득 너는 말라붙은 나무가 되었어
이글거리는 태양 아래 눈보라가 불었지
참 이상한 날씨네, 투덜거리며
나는 모란꽃이 그려진 양산을 펴고

너는 입을 벌려 바람을 들이마셨어
온몸의 뼈마다 무늬를 그렸지
어리면서도 늙은, 늙으면서도 아이 같은
뼈마디마다 옹이가 박혔어
빠져나가지 못하고 안으로 부는
바람의 속성 같은 것

(…)

너를 표류시키고 이곳은
조락하는 은행잎들의 시간
유리병 속에 담긴 입술에서
어제 푸른 싹이 올라왔어

물 한 번 주지 않고
먼지 낀 창틀에 올려놨을 뿐인데
그럼 너의 발가락 사이에도
새 풀이 돋았을까? 수염도 자라지 않는
뒤틀린 시간의 비치파라솔로 가는
잃어버린 지도를 그리는 너는

——이용임 「일기예보」 부분(『안개주의보』, 문학과지성사 2012)

  '나'가 연리지를 말하자 '너'는 말라붙은 나무가 되었다. 다른 뿌리로 태어났으나 한 몸이 되었으면 하는 뜻을 넌지시 비치자 그는 응답하는 대신 말라붙어버렸다. '너'로 향하는 길은 일방통행이었다. 사랑이 아니라 폭력으로 바뀌기 쉬운 관계가 이와 같다. 자기를 초과하는 순간을 연출하기란 쉽지 않다. 시는 사랑의 순간보다는 사랑의 부재를 환기한다. 말라붙은 나무는 세상을 불모지로 만들었다. '너'의 껍질에는 "빠져나가지 못하고 안으로 부는" 바람처럼 "뼈마디마다 옹이가 박혔"다. 이때 단절감과 고립감은 상상력의 터전이 된다. 시는 지하철 포스트잇이 보여주었던 고립된 의식과 부재하는 전망을 선취했다.

  그러나 시인은 이 죽은 나무와 황폐한 마음에서도 사랑을 찾는다. 사랑은 수신인을 잃은 편지처럼 뒤늦게 찾아오지만, '너'가 되살아나리라는 희망의 불씨를 함께 가져온다. 그것은 "물 한 번 주지 않고/먼지 낀 창틀에 올려왔을 뿐"인 유리병에서 푸른 싹을 올리고, 말라붙은 "너의 발가락 사이에" 돋아난 새 풀을 감지하게 한다. 이때 시적인 것은, 애초에 "푸른 싹"과 "새 풀"에 들어 있던 희망의 의미뿐만 아니라 황폐화된 세상을 배경으로도 생성된다. 많은 이들이 불모지 위에서 전망을 잃어버린 채 산다. 이 와중에 '너'는 기어코 시간을 "뒤틀"어 되살아나, 이 세상의 지도를 잃어버리고 다시 그려야 닿을 수 있는 세계를 이끌고 '나'에게 온다. 한 사람의 정성으로 늦게나마 사랑의 순간이 연출된 것이다.

오늘은 눈을 내려볼게요. 마술사처럼 나도 '짠'하고
하얀 추억들을 뿌려야겠어요.

너무 많이 우는 우리 엄마,
너무 많이 미안해하는 우리 아빠,
너무 많이 슬픔을 삼키는 우리 언니,
너무 많이 힘들어하는 내 단짝 주희,

내가 너무 많이 사랑했던 사람들의
너무 많은 마음 위에
깨끗한 눈송이들을 조금씩만 골라보았어요.
마음이 너무 많아서
천천히 오래오래 곁으로 보낼게요.
비가 오면 손을 뻗고요, 눈이 오면 혀를 내밀어주세요.
별이며 달이며, 자세히 보면 새로운 모양일 거예요.
제가 제 맘대로 디자인한 거예요.
좋다, 하고 말해주세요.
　　　　　　　— 김소연「마음이 너무 많아서」 부분(『엄마. 나야.』, 난다 2016)

'생일시'는 세월호 희생자 중 단원고 학생의 유족 치유 프로그램 중 하나이다. 청탁을 받은 시인은 고인의 자료를 접한 뒤 담당 학생을 화자로 내세워 가족과 친구에게 시로써 말을 건넨다. 고인의 생일에 모인 이들은 이 시를 함께 낭송한다. 이런 시가 쌓여 『엄마. 나야.』란 시집으로 묶였다. 생일시의 합일 방식은 특별하다. '나'의 일인칭과 '너'의 이인칭 사이에서 합일이 이뤄지지 않고 '그'의 삼인칭이 일인칭으로 급격하게 위치를 바꾸어 이뤄진다. 고인의 목소리와 시인의 목소리가 겹치는 것이다. 현재 부재하는 삼인칭을 불러낸다는 점에서, 목소리 내는 자리를 '그'에게 내준다는 점에서 생일시의 형식은 「아녜스의 노래」가 지닌 기제와 비슷하다.

특별한 목적을 가졌기 때문에 특별한 방식으로 '나는 너'가 됐다. 목소리를 내는 이들의 목적은 하나이다. 유족의 안녕을 기원하는 것이다. "비가 오면 손을 뻗고요, 눈이 오면 혀를 내밀어주세요./별이며 달이며, 자세히 보면 새로운 모양일 거예요"의 미래형에는 일상의 회복까지는 아니더라도 유지를 염원하는 화자의 주문이 반영되었다. 화자는 나날의 감각에 충실할 것을 청자에게 요청한다. 그들이 누릴 일상은 "제가 제 맘대로 디자인한 거"다. 그렇게 해도 자신을 잊는 일이 아닌 것이다.

주목할 것은, 이 변화무쌍한 자리바꿈 중에 위치를 바꾸지 않은 이가 청자인 유족이라는 점이다. 이들은 청자의 입장을 고수하며 시가 자신들을 위해 쓰였다는 것을 명확히 한다. 사랑하는 대상에게 응답 받을 여지를 잃은 이들은, 특별한 방식을 통해 잠시나마 고인의 목소리를 듣게 되었다. 이들에게 고인의 말을 건넴으로써, 말로 표현할 수 없는 슬픔 중 일부는 다독여질 수 있게 되었다. 복잡한 절차는 고립된 이들을 건져 올리기 위한 연결고리였다. 「아녜스의 노래」와 생일시가 갈라지는 지점이 여기이다. 「아녜스의 노래」에서 시적인 것을 합일의 실패에서 찾을 수 있다면, 생일시에서는 이를 합일의 순간에서 찾을 수 있다.

다시 엄마,
더 많이 얘기 나눌걸
더 많이 사랑한다고 말해줄걸 아쉬워하고 있나요
이제 영이는 돌려주고 싶어 나눠주고 싶어
엄마의 시간을 엄마에게로

하은이의 시간을 하은이에게로
서로의 자리에서 눈부시게 빛날 수 있도록 말이야
다시 만날 수 있는 시간을 기다리며
그러나 너무 조급하지는 않게 기도하며

이렇게 함께할 수 있어서 참 좋은 봄날
날마다 새로 태어나는 구름의 구름처럼
영이는 매일매일 새롭게 태어나고 있어요
모두 사랑하고 사랑해요, 힘차게 안녕
　　　　　── 이은규 「매일매일 우리」 부분(『엄마, 나야.』, 난다 2016)

　처음의 "더 많이 얘기 나눌걸"은 과거를 후회하는 말이지만, 마지막 "모두 사랑하고 사랑해요, 힘차게 안녕"은 미래의 안녕을 기원하는 인사이다. 여기에서도 화자가 바라는 것은 자신을 향한 애도의 감정을 나누어 현재와 미래에 배치하는 것이다. "서로의 자리에서 눈부시게 빛"나게 하는 것은 자신을 잊는 일이 아니다. 그 시간 동안 자신도 "매일매일 새롭게 태어나고 있어요"라 말하지 않는가. 생일시는 유족이 살아갈 현재와 미래의 모습을 제시하는 데 주저하지 않는다.
　미래형이 생일시에서 가장 비중이 높은 시제라면 '사랑'은 가장 많이 등장하는 시어일 것이다. "사랑해/온 마음으로//사랑해 언제까지나 사라지지 않을게"(이원 「따뜻해졌어 지혜」 부분) "나의 가장 특별한 생일 선물,/엄마의 마음 안쪽./아빠의 마음 안쪽./요한의 마음 안쪽./그리고 내 친구들 마음 안쪽./모두/너무 사랑해."(이영주 「슬픔도 눈물도 다 녹아서 가장 아름다운 영혼으로」 부분) 부재하는 타인이 일인칭의 자리에서 말하고 청자는 그의 말을 듣는다. 이 시대에 사랑의 말을 주고받기 위해서는 이렇게 복잡한 절차를 거쳐야 한다.

이 시대의 사랑은 일인칭 장르인 시에서 일인칭의 자리를 내주는 것으로, 또한 마음대로 쓸 수 있는 자유를 포기하고 특정한 제약 속에 자신을 가두는 것으로 이뤄진다. 이 시대에는 '나는 너다'가 되기 위해서 자기의 모든 것을 희생해야 하는 것인가. 또한 그것은 일인칭과 이인칭의 거리를 지울 뿐만 아니라 차안과 피안을 건너뛴다. 그렇다면 이 시대에는 죽음을 거쳐야 자기를 초과할 수 있으며 사랑을 느낄 수 있는 것일까. 특별한 방식으로 유지되는 '나는 너다'는 이 시대의 수난을 대변한다. 지금 필요한 것은 인칭의 자리를 쉽게 바꾸고 다른 시간을 예감하게 하는 '나는 너다'이다.

4. 우리가 생각했던 것보다 더욱

'나는 너다' 혹은 '너는 나다'는 사랑의 선언이다. 자기를 초과하는 일시적 순간은 이 말에 의해 현상되고, 이후 자기 안으로 귀환한 사람의 지침과 자산이 된다. 또한 그것은 공동체를 이루는 사유의 기본 방식일 뿐만 아니라 오랫동안 시의 핵심 미학을 이룬 은유의 형상 중 하나이다. 시대의 변화에 따라 이 말은 다른 내용과 다른 방식으로 유지되어왔다. '별자리'가 밖에서 빛날 때에는 일인칭과 이인칭의 개별성보다 그들의 복수성이 중요했다. 별자리가 마음 안으로 들어서자, 세상은 사막으로 변했고 일인칭은 사막 같은 세상에 홀로 남았다. 개별성은 드러났으나 상대방의 자리는 비어 있었다. 그는 기억의 관성으로 이인칭을 빈자리에 세웠고 환영으로 사막을 건너려 했다.

최근 시 바깥에서 이 사랑의 말은 삼인칭을 추모하고 일인칭의 고립을 확인하는 데 쓰인다. '너는 나다'는 인칭의 위치를 바꾸지 못한 채, 곧 누락될 일인칭의 운명을 환기한다. 전망이 부재하고 계급이 공고하고 인권이 무시되는 이 납작한 세상에서 시는 악전고투 중이다. 여러 문예지가 폐간되자 독립잡지가 창간되고, 동네서점이 사라지자 독립서점이 들어선다. 문맹자가 한글을 깨우쳐 시집을 내고, 어떤 시는 억압적 현실세계를 떠나 가상세계에서 목소리를 낸다. 여러 장소에서 새로운 시적 가능성이 모색되고 있는 것이다.

이들의 경우에는, 자신의 시가 기존에 형성된 시 안팎의 지형을 재편할 수 있는지 없는지가 중요한 의미를 지닌다. 독립잡지와 독립서점은 새로운 장소에 걸맞은 새로운 목소리를 찾는 것에 성패가 달렸고, 문맹자의 시와 가상세계에서 발설하는 시는 바로 그 장소에서 나올 수밖에 없는 필연성을 확보하는 것에 명운이 달렸다. 새로움과 필연성은 서로 얽혀 있을 때 함께 기존 시의 지형을 부단히 바꿔낸다. 그런데 이 글에서 살펴본 시적인 것은 이와 조금 다르다. 은유의 기본 형상이 어떻게 유지되는지 살펴보는 일은 시의 핵심 미학을 어떻게 지켜내는지와 관련이 깊다. 지금 시의 영역뿐만 아니라 일상의 영역에서 절실히 필요한 것은 시적 순간을 체험하고 기억하는 일이다. 우리는 합일의 실패가 은폐되었다기보다는 아예 전제되어 있는 시대를 살고 있다. 사랑의 순간을 담은 '나는 너다'는 이 세상에 다른 시간을 데려오는 일과 같다. 그러니 이렇게 말하자. 우리가 생각했던 것보다 더욱 세상은 시를 필요로 한다고.

불온한 시는 어디에서 출현하는가

1.

2015년 4월 16일 몇몇 시인들이 '생일시'를 주제로 나눈 담화가 여름 문예지[7]에 실렸다. 생일시를 쓰게 된 과정을 요약하면 다음과 같다. 시간과 장소가 다르지만 어느 날 그들은 거절할 수 없는 주문을 받는다. "세월호 유가족을 비롯해 상처받은 많은 사람들과 매일을 함께하는 두 사람, 정신과 의사 정혜신 선생님과 심리기획가 이명수 선생님"(535면)의 편에서 보낸 청탁서이다. 단원고 희생자 학생의 안부를 전해 듣고 싶은 유족들과 친구들을 치유하는 차원에서, 그리고 기억의 지속을 위해서, 학생의 생일날 열리는 조촐한 행사 말미에 낭송될 시를 써달라는 주문이다.

시인들에게 이 경험은 매우 특별하고 낯설었다. 사건이 가져다준 충격도 충격이지만, 거의 처음 접해보는 여러 제약이 창작 과정에 개입했다.

---

7 김소연·신해욱·박연준·박준·김민정(사회) 「엄마, 나야.」, 『문학동네』, 2015년 여름호. 이하 이 글에서 인용하는 경우에는 본문에 면수만 표기.

한짝만 돌아와 학생의 책상 위에 놓여 있는 신발 모티프는, 그 구체적인 이미지가 부모를 힘들게 할 수 있다는 까닭으로 빼자는 제안을 받는다(김소연). 좋은 이별시를 만들고 싶은 마음에 생일시를 구상하며 제 나름 시적인 문장들로 써보냈더니 "파일이 잘못 온 것 같다"(542면)는 대답을 듣고 다시 쓰게 된다(박준). 전해 받은 자료 이외에 엄마가 모르는 아이의 모습이 있을 것이라고 여겨 그 모습을 형상화하려 했으나, 이내 지금 아이가 하고 싶은 말은 '엄마가 듣고 싶은 말'일 것이라는 생각에 이르게 된다(신해욱).

생일시는 일반적으로 말하면 특정한 청자를 위한 목적시라고 해야 할 것이다. 다만 이번의 생일시는 특별한 목적시이다. 유족을 치유하는 목적이 있다는 면에서, 결과적으로 희생자 학생의 시점을 취한다는 면에서, 사전에 정해진 여러 제약을 따라야 한다는 면에서, 청자가 특정되었다는 면에서, 특히 이번의 생일시는 기존 시와 다르다. 대부분의 시인들은 이와 같은 시를 쓰지 않으려 한다. 그들은 자신의 시가 특별한 목적을 따르기보다는 특별한 목적이 되기를 원하고, 특별한 청자에게 읽히기보다는 특별한 상태에서 읽히기를 원한다.

이 과정에서, 뜻하지 않은 일이 발생한다. '시적인 것'에 대해 근본적으로 고민하는 순간이 찾아오는 한편, '시적이지 않은 제약들'에 기꺼이 신념을 양보하게 된다. 유족이 만족한다면 그것으로 족하다. 그들이 고수한 '시적인 것'은 폐기될 것인가. 그렇지는 않을 것 같다. 곧 구체적인 이미지가 시적 모티프로 작동하고, 자신의 언어가 특별한 목적이 되기를 원할 것이다. 여기에서 중요한 것은 '시적인 것'이 무엇인가 정의 내리고 그것의 옳고 그름을 따지는 것이 아니다. 절대적이라 생각했던 것이 상대적인 위치로 장소를 옮겼다는 것에 주목할 필요가 있다. 이를 '불온성'이라 하자. 기존의 시각을 위협하는 이 순간은 위험한 것이니까.

2.

많은 독자보다는 특정한 독자를 상정하고, 아름다워지기보다는 조금 더 위로가 되었으면 하고, 자신이 아닌 타인의 목소리에 가까워지려 하는 일련의 과정에서 시가 발생하는 장소는 바뀐다. 그곳은 불온한 자리이면서 성찰하는 자리이다. 시인은 시적인 것이 불필요하다고 여기면서 시적인 것은 무엇인가 되묻는다. 좌담에 참석했던 시인들은 어느덧 통째로 자신 앞에 놓인 '시라는 것'을 보게 된다. 이 순간을 겪은 시인들의 말을 직접 들어보자.

김소연: 시가 원래 일인칭이죠, 시가 왜 일인칭이었는지, 일인칭이어서 시가 뭘 해왔는지, 이 '생일시'를 쓰면서 생각을 안 할 수가 없었어요.(550~51면)

신해욱 : 시가 뭐냐는 질문은 되도록 정면응시하지 않으려는 편인데 '생일시' 앞에서는 피할 수가 없었고, 당혹스럽게도 그 과정에서 두려움과 부딪힌 거고요.(554면)

박연준 : 이 정도로 소통에 대해 고민하며 시를 썼던 경험이 거의 없었던 거 같아요. '생일시'를 쓰면서 그동안 해왔던 시에 대한 생각이 전복됐어요.(555면)

시는 무엇이고 어떻게 소통하는가. 이 근본적인 질문이 인용한 좌담의 마지막 부분에 녹아 있다. 쓰고 읽고 평가하는 방식 모두가 기존의 관행을 벗어나는 지점에서 근본적인 질문이 발생한다. 당연했던 신념이 당연한 것일까의 물음으로 전환된다. 행갈이를 하지 않으면 산문과 견주게 되고, 청자가 특정되었다는 면에서 편지와 견주게 되는 시, 얼핏 보면 시가 아닌 것처럼 보이는 생일시는, 바로 그 때문에 시라는 것의 내면으로 시인의 인식을 이끌고 들어가 위의 질문들과 마주하게 한다. 좌담에 참여하지 않은 시인의 다른 생일시도 사정은 마찬가지이다.

안녕하세요? 이태민입니다.
오늘은 저의 열아홉번째 생일입니다.
축하해주세요. 십구년 전 오늘 저는 태어났어요.

(……)

저는 요리사가 되는 게 꿈입니다.
저는 엄마가 너무 좋아서 엄마가 되고 싶었어요.
저는 남자니까 아이를 낳을 수는 없지만
누군가가 먹고 행복해지고 특별해지는 음식을 만들고 싶어요.
스위치를 올리면 환하게 불이 켜지듯,
제가 만든 달콤한 케익을 먹고 엄마의 입꼬리가 올라가는 생각을 해봅니다.

(……)

우리는 만나면 안녕? 하고 묻고
헤어질 땐 안녕, 하고 말해요.
질문이고 대답이고 부탁인 말이 안녕이에요.
엄마가 제 소원을 묻는다면 저는 부탁하고 싶어요.
안녕해주세요. 안녕이라고 말하고
우리는 안녕이 되고 싶어요.

오늘은 저의 열아홉번째 생일입니다.
맨날 그날이 그날인 날에는 특별한 것이 먹고 싶었는데
오늘은 특별한 날이니까 평범한 미역국이 먹고 싶어요.
제 생일에 미역국을 먹고 같이 생일이 되어주세요.
가족이 되어주세요.

　　　　　　　　— 이현승 「생일 소원」 부분(『엄마, 나야.』, 난다 2016)

　산문으로 시작해서 시로 끝난다. 기존의 관점에서는 그럴 것이다. 소개로 시작해서 위로로 끝난다. 생일시의 관점에서 그럴 것이다. 앞의 담화를 참조하면 시인에게 태민이의 사진 몇장이 제공되었을 것이다. 그리고 엄마를 매우 사랑했고 요리사가 꿈이었다는 이야기를 전해 들었을 것이다. 이 일차 자료는 생일시 창작 과정에서 밑그림이 아니라 청자와 소통하는 연결고리가 된다. 소통이라는 목적은, "안녕하세요? 이태민입니다"로 시의 문을 열게 하는 데 결정적인 역할을 한다. 청자와 화자 사이에 다른 목소리가 개입할 여지는 없다. 학생 시점이 위로와 기억과 치유라는 시를 쓰는 이유와 가장 잘 부합하기 때문이다. 천편일률로 보이는 생일시의 시점은 각 편마다 그럴 수밖에 없는 필연성에서 비롯한 결과이다. 이어지는 "축하해주세요. 십구년 전 오늘 저는 태어났어요"의 경우, 같은 기일을 떠안은 희생자들이 모두 다른 생일을 가지고 있었다는 것을 새삼 환기한다. 왜 '생일시'인지 그 이유도 뚜렷해진다. 살아 있는 사람은 생일을 챙기지만, 죽은 사람은 기일을 챙긴다. 생일시는 이들을 살아 있는 사람으로 여기도록 유도한다.

　태민이는 엄마를 너무 좋아해서 엄마가 되고 싶다고 말하곤 했단다. 그러나 지금 이것이 태민이가 하고 싶은 말은 아닐 것이다. 그는 엄마에게, 엄마가 지금 가장 필요로 하는 말, "안녕해주세요"라고 부탁한다. 안녕이라는 말은 위치, 강세, 정황에 따라 청자를 천국으로 이끌기도, 지옥으로 빠뜨리기도 한다. 극과 극의 뜻이 겹쳐지며, 천국과 지옥이, 이승과 저승이 이어진다. '안녕'은 엄마가 바라는 태민이의 현재이자, 태민이가 바라는 엄마의 미래이다.

편지, 산문과 견주며 시의 정의와 효용을 묻게 하더니, "안녕해주세요"라는 말이 등장했다. 전혀 다른 조건이 제시되며 시쓰기의 방식을 제한하더니, 시에 대한 근본적인 질문을 이끌다가 기이한 어법으로 평범한 시어를 실어 날랐다. '안녕'은 별 뜻 없이 관례적으로 쓰일 정도로 닳고 닳은 말이지만, 여기에서 특별한 말로 다시 태어난다. 익숙한 것들이 모두 낯설어지고, 평범해 보이는 것에 비범한 뜻을 담게 하는 곳은 불온성이 생겨나는 자리이다. 그럴 수밖에 없는 필연성이 확보되었기 때문에 가능한 일이다.

3.

불온성은 오랫동안 폭탄 돌리기의 폭탄처럼 두렵고 수건 돌리기의 수건처럼 성가신 것이었다. 그것은 또한 감정을 자극하여 이성을 마비시키는 데 쓰는 용어이기도 했다. 김수영은 침을 뱉는 젊은 시인의 모습을 형상화하여 모든 문학은 불온하다 했으나 문학의 장 밖에서도 그의 기획이 성공을 거두었다고 말하기는 어렵다.

불온과 자유를 동일시한 1950년대 김수영과 달리, 그후에도 자유의 반대편에는 불온이 놓였다. 대척점이 꼭 자유일 필요도 없었다. 지키거나 성취해야 할 것이라면 어떤 것이건 불온을 반대편에 세우려 했다. 찬성과 반대의 선을 명확히 하고, 그 선 안에서 유대감을 공고히 하는 효과를 발휘하면 족했다. 불온은 적대감이 가득 찬 것의 일반 명사였다. 의미는 모호하지만 그에 대한 태도는 뚜렷한, 이상한 것이었다. 그렇다면 불온성에 덮인 적대감을 걷어내면, 지각의 영역이 확장하고 인식이 고양되지 않을까. 불온성의 반대편에 무엇이건 들어설 수 있듯이, 불온성의 자리에도 무엇이건 들어설 수 있다. 또한 불온성의 뜻을 갱신하는 것뿐만 아니라 불온성이 발생하는 장소를 옮기는 방법도 있다.

> 십 년 만에 만난 찻집에서 내 뒤통수는
> 체리 젤리 모양으로 날아가버리네
>
> 이마에 작은 총알구멍을 달고
> 날아간 뒤통수를 긁으며
> 우리는 예의 바른 어른이 되었나
> 유행하는 모양으로 찢고 씹고 깨무는
> 어여쁜 입술을 가졌나
>
> 놀라워라
> 아무 진심도 말하지 않았건만
> 당신은 나에게 동의하는군!
> ── 정한아 「어른스런 입맞춤」 부분(『어른스런 입맞춤』, 문학동네 2011)

오랫동안 한국 시에서는 힘 센 자아가 상정되어왔고, 그건 어른의 목소리를 냈다. 그러나 최근 들어 그에 대한 회의적인 목소리가 나오기 시작했다. 어른이 되는 것은 더이상 숙련과 책임을 상징하는 것이 아니라 "예의 바른" 태도를 연출하는 것이고, "유행하는 모양으로" 제 표정을 맞추는 것이다. "아무 진심도 말하지 않"음에도 동의할 수 있는 것이 어른이라면 진심이 있을 곳은 없다. '어른'은 더이상, 성년이 되면 자연스럽게 진입하는 세계가 아니라 자의적으로 선택할 수 있는 세계로 그 위상이 바뀌었다.

2000년대 기존의 시단 내에서 출현한 불온성의 모습은 이처럼 어른의 바깥을 드러내었다. 그들은 '처남이나 처제'를 자임한다. 사춘기 아이들의 목소리로 혼란을 연출하기도 한다. 서툰 맞춤법으로 어른 세계를 비판한 '아가씨'도 있었다. 그들은 '아무도 모르게 어른이 되'는 불행을 말하기도 하며 입맞춤을 가장하여 어른 세계와의 불화를 드러내기도 했다. 어른의 밖을 점유하는 것으로써 그들은 기꺼이 이물질이 되지만, 동시에 어른이라는 절대 세계를 상대화시켜 그것의 권위를 낮추는 데 기여한다. 이제 어른이 되는 것은 특별한 자들의 몫이다. 그들이 자진해서 이동했는지 장벽이 높아 진입에 실패했는지는 알 수 없다. 어쨌건 그들은 자신의 존재로 다른 장소를 환기한다.

우리는 태어나지 말았어야 했다. 사랑할수록 죄가 되는 날들. 시들 시간도 없이 재가 되는 꽃들. 말하지 않는 말 속에만 꽃이 피어 있었다. 천천히 죽어갈 시간이 필요하다. 천천히 울 수 있는 사각이 필요하다. 품이 큰 옷속에 잠겨 숨이 막힐 때까지. 무한한 백지 위에서 말을 잃을 때까지. 한 줄 쓰면 한 줄 지워지는 날들. 지우고 오려내는 것에 익숙해졌다. 마지막은 왼손으로 쓴다. 왼손의 반대를 무릅쓰고 쓴다. 되풀이되는 날들이라 오해할 만한 날들 속에서. 너는 기억을 멈추기로 하였다. 우리의 입말은 모래 폭풍으로 사라져버린 작은 집 속에 있다. 갇혀 있는 것. 이를테면 숨겨온 마음 같은 것. 내가 나로 살기 원한다는 것.

— 이제니 「마지막은 왼손으로」 부분

(『왜냐하면 우리는 우리를 모르고』, 문학과지성사 2014)

존재를 부정하는 목소리는 단호하다. 오른손의 세계에 누락된 것에 대해 슬픔이나 안타까움이 보이지 않는다. 목소리는 비타협적이되, 그런 의지를 보이지도 않는다. 사랑은 죄로 바뀌고, 한줄 쓰면 한줄 지워지는 날들이 계속된다. "되풀이되는 날들"이라는 말에서는 허망함이 엿보일까봐 이를 "오해할 만한 날들"이라 한다. '우리'가 원하는 것은 "천천히 죽어갈 시간"과 "천천히 울 수 있는 사각"이다. 방점은 죽음과 울음에 있는 것이 아니라 '천천히'에 있다. 죽음과 울음은 슬퍼할 대상이 아니라 감내해야 할 운명이다. '천천히'에는 특정한 대상에 대한 적대감이 보이지 않는다. 운명을 받아들이는 그들만의 능동적인 방식이 '천천히'로 실현된다. 그러한 방식이어야 비로소 "숨겨온 마음"이 드러나고, "내가 나로 살기 원한다"는 바람이 성취될 수 있다.

이들의 고집은 불온성을 획득하는 데 기여한다. 오른손의 세계로 형상화된 어른의 세계는 필연적으로 진입할 수밖에 없는 세계가 아니라 선택에 의해 거부할 수 있는 세계로 나타난다. 이들은 잉여로 존재하며, 생산성과 거리가 먼 목소리를 낸다. 쓸모없어 보이는 곳에 있으면서 아무 일도 하지 않는 것처럼 보이지만 그 '하지 않음'으로써 여러 가능성을 불러 모은다. 가능성으로 충만한 무위가 그곳에 있다. 여러 가능성이 일어나는 장소가 성인의 영역 바깥에 있는 것이다.

4.

어른 바깥으로 목소리 출현의 장소가 이동한 것은 기존 시 안에서의 변화였다. 이에 반해 시단 밖의 장소 이동은 한층 다양하게 진행되었다. 독립잡지가 출현했고 기존 출판사의 명칭을 차용하는 시도도 나타났다. 무크지나 동인지의 형식으로, 집회 현장의 연단에서, 웹진이라는 이름으로, 독자와 접촉하는 방식의 갱신은 예전부터 있어왔다. 그러나 최근의 시도에는 새로운 세대의 등장을 표명하는 결단에 찬 목소리나 기존 문단의 쇄신을 요청하는 날선 목소리가 들리지 않는다. 이들의 움직임에는 소외의 영역에서 인정의 영역으로 진입을 꾀하는 기미가 옅다.

문학과지성사 시집선을 차용한 문학과죄송사의 경우를 생각해보자. 패러디이기도 하지만 오마주이기도 한 출판사 이름에서 전복과 혁신의 메시지, 즉 불온한 메시지를 읽기 어렵다. 시집선 1번『우주는 잔인하다』의 표사에서 회사 대표이자 저자인 박준범은 '죄송하다'고 말한다. 그 대상은 다른 인터뷰에서도 밝혔듯이 문학과지성사인데 이 말에는 아이러니에서 비롯하는 거리감이 거의 없다. 이들은 주류에 편입하려는 야심이 없고, 시인으로서의 자존감도 약하며, 시집선 출간 권한도 주장하지 않는다. 대형서점 책꽂이의 문학과지성사 시집선에 문학과죄송사 시집을 끼워 넣고 인증샷을 찍어 SNS에 올리는 예에서 확인할 수 있듯, 자신의 존재만으로 기존 체제에 작은 균열을 낼 뿐이다. 그러나 이로써 기존의 시단과 시집과 출판사는 바깥이 있는 주류로 인식된다.

절대화의 상대화라 할 수 있는 이들의 실천은 다양한 방면에서 이뤄진다. 이어서 발간된 시집의 기획도 특이하다. SNS에서 선착순으로 65편의 시 원고를 받아 출판한『시걸립』(문학과죄송사)이나, 사전 조율 없이 같은 형태로 먼저 출간하고 후에 대표에게 통보한 박경석의『남기면 쓰레기』(문학과죄송사)에 대해, "문학과죄송사 시집은 동의나 양해를 구할 필요 없이 직접 제작하시면 됩니다. 제작 전후 정보를 주시면 이 계정을 통해 성심껏 알리겠습니다"며 홍보하는 것도 특별한 일이다. 문학과죄송사와 관련된 일련의 일은 이렇게 묻는 듯하다. 한국의 현대시는 풍요롭다, 그런데 신춘문예 등의 등단 제도, 시집 출판을 둘러싼 출판사의 권한 등은 절대적이고 보편적인 것인가. 오히려 다양한 시의 출현에 걸림돌 구실을 한 것은 아닌가.

우리는 이 땅 에 태어났다 는 민족 부흥 의 역사적 사명 을 띠고 있다. 그
것은 오늘날 우리가 부활 높은 시간은 조상 의 빛, 내부 독립 의 위치를 설
정하고 외부 인류 의 번영 에 기여 함을 목적으로한다. 이것은 우리가 교육
의 지표로 사용하여 갈줄 을 공개했다.

　　　　　　　— 박준범 「국민교육헌장」 부분(『PoPoPo』, 문학과죄송사 2014)

수록된 모든 시는 구글 번역기를 이용하여 만들었다.

번역의 순서는 한글 ─ 일본어 ─ 영어 ─ 한글의 순이며,

모든 과정은 마우스만을 사용하여

복사와 붙여넣기의 반복으로 진행되었다.

　　　　　　　— 박준범 「시인의 말」 부분(『PoPoPo』, 문학과죄송사 2014)

　박준범의 두번째 시집 『PoPoPo』에는 「국민교육헌장」뿐 아니라 여러
시편들이 수록되어 있는데, 그 시쓰기 방식은 한결같다. 시인의 말에 드러
나 있는 것처럼 마우스만을 사용하여 웹의 번역기를 수차례 돌린 결과로
시집을 채웠다. 표제시인 「PoPoPo」도 오랫동안 텔레비전에서 방영했던
아동극 「뽀뽀뽀」의 주제가 가사를 위의 순서대로 ('한글'이라고 했으나
정확히는 '한국어') 번역기를 돌린 결과이다. 반응은 다양할 것이다. 이것
이 시인가라는 한가지 질문에 골몰할 수도 있으며, 다양한 의미를 부여할
수도 있을 것이다. 물론 약간의 반어가 섞여 있는 시집 해설처럼 이를 해
석하려는 시도 자체가 부질없다고 여길 수도 있을 것이다.

　이와 같은 시는 시어 하나하나의 의미보다는 기발한 착상 그 자체가 중
요하다. 착상의 기저에는 원본이 있다. 흠집을 내건 경의를 표하건 전제된
원본과 텍스트의 관계는 문학과지성사와 문학과죄송사의 관계에 상응한
다. 앞에서 살펴본 것처럼 이들은 존재하는 것으로 의미를 지닌다. 그런데
그 존재 양태는 기생이다. 이들은 기생하는 것으로 자신의 처지를 규정하

는 것 같다. 표사에 적힌 글귀는 "이 시집 아니다"이다. 빠진 문장 성분 자리에는 원본이 있을 것이다. 이 '아닌' 자리는 기존의 자리를 상대화하는 장소이자 기존의 자리에 딸려 있는 장소이다.

한편 시집 목차에는 「국민교육헌장」뿐 아니라 「개인 정보의 사용자 계약」 「국가보안법」 「국기에 대한 맹세」 「군 복무 규율, 신념」 「긴급 조치 제1호」 등 비판적 대상들로 인식되는 것들이 앞머리에 배치되어 있다. 질서를 강조했던 시대의 규율은, 흠집 난 시집의 텍스트와 병치되며 비웃음의 처지로 전락한다. 이를 풍자라 여길 수 있을까. 시집의 텍스트가 아니더라도 원본에 대한 불온성은 이미 조성되어 있다. 또한 원본들은 이미 절대적인 지위를 상실한 것들이다. 여기에서 감지되는 불온성은 존재로서 균열을 낸 일련의 시도와 성격이 다르다. 기존의 체제 내에서 작동된 풍자는 철 지난 것으로 인식되기 쉽다.

문학과죄송사는 출판 등록도 하지 않았다. 원본에 기생하는 자리에 자기 위치를 두었다. 그들에게는 바로 그 자리이기 때문에 나올 수밖에 없는 말들, 또는 평소에는 꺼내기 어려웠던 시에 관한 근본적인 질문 등을 기대할 수 없는 것일까. '인디' '독립'으로 불리는 2000년대 문화를 체험한 이들은 인근 장르에서 선례를 찾을 수 있을 것 같다. 가령 장기하와 얼굴들의 「별일 없이 산다」에는 독립 레이블이었기 때문에 가능한 말과 창법이 실려 있다. 내적 필연성을 지닌 채 주류를 상대화시키는 목소리는 기생하는 자리에서 자립의 형태로 진화한다. 자립 또는 독립출판의 시집에서 기대하는 목소리가 이와 같을 것이다. 절대화의 상대화로 발생한 공백 지대에 자신의 목소리를 기입할 수 있을 때, 그 목소리는 불온성을 지닐 수 있다. 인식이 확장되는 곳이 그곳이고 오래 기억되는 곳이 그곳이다.

5.

불온성은 때로는 뚜렷한 메시지에 실려, 때로는 다양한 실험적 형태로 나타나곤 했다. 이 시대에 주목할 만한 불온성은 장소의 이동, 장소의 개척에 있다. 억압된 국면을 돌파하거나 생생한 감정을 전달하거나 청자의 행동을 촉구하는 낭독회와는 달리, 하나의 사건을 오래 기억하려는 304낭독회도 그중 한 예일 것이다. 세월호 희생자를 추모하고 기억하기 위해 작가와 시민의 참여로 개최되는 이 낭독회는 목표의 달성보다는 기억의 유지라는 의미를 지향한다.

이와 같은 다양한 장소의 발견에 대해서는 이렇게 말할 수 있지 않을까. 과중한 의미부여 아닌가 하고 말이다. 디지털 기술의 발달은 예술 장르의 여러 변화를 가져왔다. 음악과 영화의 경우, CD나 필름이 아니라 파일 형태로 유통하는 것이 일상이 되었다. 이제 소비자와 생산자가 구분되지 않는다. 장소를 바꾸는 일이 일상화되었다. 그러니까 시의 불온성이 시 밖에서는 일상적인 현상 아닌가.

절대적인 것을 상대화하는 것에 그치는 것이 아니라 내적 필연성을 갖춘 목소리가 시 안에서 확보될 때 이 질문의 돌파구가 찾아질 것이다. 기존 체제를 비판하는 것을 넘어 '시적인 것'에 대해 근본적으로 성찰한 뒤에야 이 목소리는 조성된다. 즉, 지속적이고 활력 넘치는 불온성은 '시적인 것'을 영원히 풀 수 없는 질문의 자리로 옮겨, 자연스럽게 여겼던 문학의 소통 구조와 미적 가치에 대해 회의하는 지점에서 비롯한다.

제2부

서정의 생명성은 무엇인가

1. 서정시 혹은 리릭

20세기 이후 서정시에 대한 말 중 가장 대표적인 말은 이것이다. "아우슈비츠 이후 서정시[Gedicht]를 쓰는 것은 야만이다."[8] 여기서 '아우슈비츠 이후'란 계몽주의 시대가 저물고 광기와 폭력의 시대가 찾아왔을 때를 말한다. 아우슈비츠는 전체성의 압도적 폭력을, 서정시는 개별성의 위태로움을 대변한다. 이 말에는 인간의 개별성을 무시하는 야만의 시대에 서정시를 쓰기 힘들다는 뜻과 이제부터라도 서정시를 쓸 수 있는 시대를 만들어야 한다는 뜻이 동시에 포함되어 있다.

같은 시대를 배경으로 쓴 브레히트의 시 또한 널리 알려졌다. 「서정시[Lyrik]를 쓰기 힘든 시대」에서 먼저 시인은 행복한 자만이 사랑받고 있다는 것을 전제로 둔다. 달리 말하면 불행한 자는 미움을 받기 때문에 그러한 것이다. 행복과 불행의 차이를 빚어내는 원인이 자신에게 있지 않고

---

8 테오도어 아도르노 「문화비평과 사회」, 『프리즘』, 문학동네 2004, 29면.

누군가에게 달려 있다. 이어지는 대목은 다음과 같다.

　　마당의 구부러진 나무가
　　토질 나쁜 땅을 가리키고 있다. 그러나
　　지나가는 사람들은 으레 나무를
　　못생겼다 욕한다.

　　해협의 산뜻한 보트와 즐거운 돛단배들이
　　내게는 보이지 않는다. 내게는 무엇보다도
　　어부들의 찢어진 어망이 눈에 띌 뿐이다.
　　왜 나는 자꾸
　　40대의 소작인 처가 허리를 꼬부리고 걸어가는 것만 이야기하는가?
　　처녀들의 젖가슴은
　　예나 이제나 따스한데.

　　나의 시에 운을 맞춘다면 그것은
　　내게 거의 오만처럼 생각된다.
　　　　　　　　　── 베르톨트 브레히트 「서정시를 쓰기 힘든 시대」 부분
　　　　　　　　　　　　　(『살아남은 자의 슬픔』, 김광규 옮김, 한마당 1999)

　마당의 구부러진 나무가, 어부들의 찢어진 어망이, 허리가 구부러진 소작인이 시야에 들어온다. 이들은 사랑을 받지 못해 상처 나고 추한 것들이다. 사랑을 주기도 하고 주지 않기도 하는 '누가'는 제목을 참조하면 시대를 뜻하는 듯하다. 여기에서 서정시는 사랑을 받으면 운율에 맞춰 쓸 수 있는, 가령 해협의 산뜻한 보트와 즐거운 돛단배에 대한 시이다. 몇가지 질문이 떠오른다. 파시즘이 장악한 야만의 시대가 끝나면, 서정시를 쓸

수 있는 시대가 올까. 아니면 서정시는 영원히 닿을 수 없는 노스탤지어로 자리하게 된 것일까. 서정시의 종말 선언은 시 자체를 부정하기보다는 시심을 부정하는 당대 세계에 대한 비판의 성격이 짙다. 서정시는 시대가 억압한 바로 그 인간성을 존중하는 예술 장르이다. 오랜 역사를 염두에 두면 서정시의 부정은 인간성의 부정이자 인간의 역사에 대한 부정처럼 들린다. 서정시가 무엇이기에, 왜 저 거대한 질문을 감당해야 할까.

서정시는 리릭(Lyric)의 번역어이고, 리릭은 악기 리라(Lyra)에 기원을 둔다. 현악기 리라를 켜며 가사를 붙여 노래하는 시인을 상상해보자. 음유 시인이라 불렸던 이는 어느 연회에서 분위기를 잡고 노래를 불렀을 것이다. 그때도 서사시는 있었으니 가사의 내용이 영웅의 장엄한 이야기는 아니었을 테고, 연회 주관자에 대한 찬송이나 홀로 있던 밤의 정서 정도가 어울리지 않았을까. 오늘날 가사는 시로 남았고 선율은 그것이 악기였음을 환기하는 리릭이라는 어원에 묻어 있다. '서정시(抒情詩)'라는 한자어는 어떤가. 선율은 자취를 감추고 대신 '감정의 분출'이라는 축자적인 뜻이 그 안에 담긴다.

정서, 정념, 정감, 느낌, 감성, 심지어는 정동, 영어로도 emotion, affection, affect, passion, feeling 등 한국어이건 영어이건 '정(情)'을 가리키는 말은 여러 가지이다. 그 각각의 뜻은 미세하게 다르지만 그것이 다른 장르와 변별되는 문학의 고유한 특성이라는 점은 변함이 없다. 이광수는 일찍이 「문학이란 하(何)오」에서 "情의 方面이 有하매 吾人은 何를 追求하리요. 즉, 美라"[9]며 예술을 미적 영역으로 규정하고 그 핵심을 정서적 기능으로 꼽았다. 지(知)와 정(情)과 의(意)를 구분한 뒤 '정'을 진선미의 '미'와 연결한 것인데 감정은 지성이나 정의와 변별되고 예술은 진리나 선함과 구분되는 것으로 독자성을 갖추었다. 실제로는 진선미가 그렇듯 감정도 지

---

9 『매일신보』, 1916. 11. 16.

성이나 정의와 반듯하게 구분되는 것은 아니다. 내면의 감정은 바깥에 대한 반응과 긴밀히 연관되며, 그 바깥은 정의를 토대로 구성된 공동체인 경우가 많다.

조지훈은 "감성의 윤리는 양심의 발로요, 감성의 지혜는 사랑의 발로이다. 다만, 여기서 말하는 감성이란 지성과 이성을 포함하여 거느린 감성임을 알아야 할 것이다"[10]라 하며 윤리와 지혜, 즉 선과 진과 연계된 감성이 시의 정수라는 점을 강조한 바 있다. 시대정신이 미적 자율성의 확립일 때에는 선함이나 진리와 구분되는 아름다움을 추구하게 된다. 그러나 그것이 관례화되면 시대와 단절된 미의 고립을 불러온다. 동시대와의 소통뿐만 아니라 후대 독자와의 소통까지 끊어질 경우 아름다움은 자기만족과 자기과시로 이어지기 쉽다. 예술의 옳고 그름을 따지는 '시적 정의'나 예술적인 것과 정치적인 것의 접목을 타진한 '감성의 분할(감각적인 것의 재분배)' 같은 견해는 예술의 고립이 시대적 문제라는 자각에서 제기된 것이다.

'서정시'의 '정'에 대해서 살펴보았으니 '리릭'에 남아 있는 음악성에 대해 살펴보자. 가장 오래된 문학 장르인 시에서 음악성은 비유와 함께 핵심 미학으로 꼽힌다. 시의 미학적 특성이 무엇인가라는 질문에서 산문이나 다른 문학 장르와 변별되는 요소가 바로 리듬과 비유이다. 근대에 이르러 이 음악성은 위기에 빠진다. 극단적인 실험시의 경우 낭송이 불가하다. 그림, 도해, 도표 같은 시를 어떻게 낭송할 수 있는가. 근대 이전의 시는 '시가(詩歌)'를, 근대 이후는 '시'를 양식의 명칭으로 사용하는 까닭이 이와 관련된다. 이러한 정황에서 음악의 자취가 명칭에 묻어 있는 리릭은, 그리고 이와 연동된 서정시는, 전체 시를 대변하기보다는 전통적인 시를 가리키곤 한다.

---

10 조지훈 『조지훈 전집 2: 시의 원리』, 나남 1996, 47면.

(시에서는) 논리적 및 시간적 관계는 이차적인 면으로 물러나거나 사라져 버리고, 작품의 조직을 이룩하는 것은 단위 요소들의 공간적 관계가 된다.[11]

러시아 형식주의에서는 현대시의 특성을 시간이 아니라 공간에서 찾으려 했다. 같은 요소가 반복되며 형성되는 리듬까지도 배치의 문제로 인식하는 이들에게 현대시는 시간의 흐름에 저항하며 한순간 고양된 감정을 공간에 배치하는 장르이다. 시의 시간을 무시간이라 규정하는 경우가 있는데 이는 시간을 부정하는 것이 아니라 기억과 역사와 신화까지 거의 모든 시간이 한순간에 응축되어 있다는 뜻이다. 이는 현대시뿐만 아니라 시 전체에 두루 해당되는 특성이므로 이 같은 시각은 없는 것의 발견이라기보다는 있던 것에 대해 인식을 전환한 결과라 할 수 있다.

소리 내어 읽을 수 없는 실험시 또한 공간적 특성을 극한까지 밀어붙인 결과일 것이다. 낭독하는 데에도 시간이 걸리는 것을 고려하면 더욱 그러하다. 그렇다면 현대시와 음악성은 결별의 수순을 밟고 있으며, 따라서 '리릭'을 고답적인 시로 여기면 되는 것일까. 그러나 음악성은 시적 언어의 특성과 관련된 또다른 맥락에 닿아 있다. 리듬이 생성되는 곳은 음운이나 음절 등 말의 생김새이며, 시가 주목하는 언어의 성격은 물질성이다. 리듬은 시니피에보다는 시니피앙에서 생성되고 시는 시니피에만큼 시니피앙에 주목한다. 시와 리듬은 여전히 긴밀히 연관되어 있다.

리릭과 서정의 어원에 주목한다면 서정시가 산문과 변별되는 리듬을 가지고 있으며 내면의 정서를 표출하는 특징을 지님을 알 수 있다. 그러나 서정시의 위기와 종언을 경계한 목소리를 참조하면 그 특성이 음악과 감정에만 있는 것은 아닌 듯하다. 서정시는 인간을 인간이게 하는 특성과 대상

---

11 츠베탕 토도로프 『구조시학』, 곽광수 옮김, 문학과지성사 1977, 93면.

을 목적으로 대하는 태도와 연관되어 있다. 이와 관련해서는 문학 내부에서 서정시가, 그리고 서정성이 어떻게 인식되어왔는지 살펴보아야 한다.

2. 넓은 의미의 서정과 좁은 의미의 서정

서정시는 문학 장르이면서 동시에 문예 사조 중 하나인데, 이 두가지 범주는 정확히 포개지지 않는다. 먼저 장르로서의 서정시에 대해 알아보자. 서사는 시간의 흐름에 따라 여러 인물이 엮어내는 사건을 배치하고, 서정은 앞에서 살펴보았듯 한순간에 내면의 감정을 표출한다. 서정 장르와 서사 장르를 통합하는 곳에 극 장르가 있다. 서사 장르는 '객관성'을 지향하고 서정 장르는 '주관성'을 지향하며 극 장르는 '총체성'을 지향한다. 근대의 비평(대표적으로는 헤겔)이 이 세가지를 대표적인 문학의 장르로 구분해왔다.[12]

서정시/서사시/극시로 나눈 그리스 시대의 장르를 떠올리면 그때는 문학이 시밖에 없었나 의문이 들겠지만 당시 '시'는 '문학'과 동일 개념이었다. 시(poetry)의 어원에는 '제작하다' '창작하다'의 뜻이 담겨 있고, 그에 따라 고대 그리스인들을 문학을 시로 명명했다. 근대에 이르러 서정 장르의 대표는 시, 서사 장르의 대표는 소설, 극 장르의 대표는 희곡이 담당하게 됐다. 시가 곧 서정시라고 말하는 까닭은 이와 연관된다. 장르로서의 서정시는 서사와 극과 견줘 내면의 고양된 감정에 충실하다. 객관적 세계를 제시하는 서사나 주관의 '행위'에 주목하는 극 장르를 염두에 두면 내면의 주관성은 다른 양식과 변별되는 서정시 곧 시 고유의 특성이다.

---

12 게오르크 빌헬름 프리드리히 헤겔 『헤겔 예술철학』, 한동원·권정임 옮김, 미술문화 2008, 378면.

서정시에 대한 다양한 정의도 '주관성'의 변주를 토대로 한다. 에밀 슈타이거는 『시학의 근본개념』에서 서정적 양식은 '돌연 솟아올랐다 형체 없이 이내 사라지는 찰나의 정조'인 '회감'을 중시한다고 했다.[13] '엿듣는 발화'(N. 프라이) '일원론적 언어의식'의 발현(미하일 바흐친) '대상적 영역과 정신적 영역의 결합과 융합'(볼프강 카이저) '대상의 극점을 떠나서 주체의 극점의 영역으로 이끌려 들어온 것'(케테 함부르거) '자기 발언'(디터 람핑) 등의 정의도 표현의 차이가 있으나 모두 장르론에 기대 서정시의 주관성을 강조한 것이다. '세계의 자아화'(조동일) '자아와 세계의 동일성'(김준오) 등도 사정은 마찬가지이다.

그렇다면 앞서 브레히트가 서정시를 쓰기 힘든 시대를 언급하며 주목한 '구멍 난 그물을 손질하는 노동자의 모습'은 주관성을 벗어나는 것인가. 어부의 손에서 억압 받는 노동자가 떠오르고, 곧 이어 계급 차이가 엄연히 존재하는 세계상이 환기된다는 면에서 그런 부분이 없다고는 할 수 없다. 하지만 그가 쓰기 힘들다고 말한 '서정시'가 곧 양식으로서의 서정시를 가리킨다고 보기는 어렵다. 노동자의 손 반대편에 설정된 것이 산뜻한 보트와 즐거운 돛단배이다. 서정시의 전형적인 모습으로 꼽은 이것들은 누구나 떠올릴 수 있는 관례화된 낭만적 풍경 속에서 찾을 수 있다.

시 장르 안에서도 특정한 감정을 노래한 시를 서정시라고 부른다면 이는 장르가 아닌 내용을 고려한 결과이다. 내용을 고려한 서정시는 낭만주의가 중시하는 다른 세계에 대한 동경과 현실에 대한 좌절의 감정을 공유한다. 보트와 돛단배가 환기하는 사조가 바로 그것이다. 장르로서의 서정시를 넓은 의미의 서정이라고 한다면 사조를 고려한 서정시는 좁은 의미의 서정이라고 할 수 있을 텐데, 이들과 시의 포함관계를 설정하면 다음과 같을 것이다.

---

13 에밀 슈타이거 『시학의 근본개념』, 이유영·오현일 옮김, 삼중당 1978, 49, 72면.

시 = 넓은 의미의 서정시
시 ⊃ 좁은 의미의 서정시

　좁은 의미의 서정시에는 포함되지 않지만 넓은 의미의 서정시에 포함되는 것은 참여시나 실험시며, 그 둘 모두에 포함되는 것은 전통적이고 낭만적인 시이다. 그러나 우리는 서정시 앞에 보통 넓음과 좁음, 또는 양식과 내용, 장르와 사조 등의 수식어를 두지 않는다. 착종이 일어나는 부분이 여기이다. 가령 '시는 서정시이다'라는 전언은 '넓은 의미의 서정'을 대상으로 할 때 진실이지만, '좁은 의미의 서정'을 염두에 두면 선언이다. 전통적인 시의 범주에 들지 않지만 시의 영역에 포함되는 실험시가 이 선언에 의해 졸지에 시가 아닌 것이 된다. '서정시'에 대한 섬세한 접근은 이러한 착종이 일어나는 것을 막을 뿐만 아니라 전형적인 시와 예외적인 시로 구성된 시의 지형도를 상정할 수 있도록 도와준다. 중심에는 주관성의 토대 위에서 표출된 낭만적 감정이 모여 있을 것이며, 조금 떨어진 곳에는 객관적 세계를 환기하는 여러 진술이 있을 것이며, 가장 멀리 떨어진 변방에는 다양한 형식의 실험들이 산재할 것이다.

　　산산이 부서진 이름이여!
　　허공중에 헤어진 이름이여!
　　불러도 주인 없는 이름이여!
　　부르다가 내가 죽을 이름이여!

　　심중(心中)에 남아 있는 말 한마디는
　　끝끝내 마저 하지 못하였구나.
　　사랑하던 그 사람이여!

사랑하던 그 사람이여!

(…)

선 채로 이 자리에 돌이 되어도
부르다가 내가 죽을 이름이여!
사랑하던 그 사람이여!
사랑하던 그 사람이여!

— 김소월 「초혼(招魂)」 부분

　「초혼」은 한국 현대시의 지형도 한가운데에 놓인 시이다. 어떠한 여과 없이 감정이 분출되는 이 시는 전형적인 '서정시'이다. 화자의 감정 상태는 "사람이여!"에서 표출되고, 망자와 함께한 모든 시간은 "사랑하던"에 응축되며, 앞으로 보낼 시간의 성격은 풍화 작용에도 오래 버틸 "돌이 되어도"에서 예견된다. 이 진술의 시간에는 과거 현재 미래 모두가 포함된다. 어떠한 시간에도 구애받지 않는다는 면에서 이 시는 무시간의 영역에 속한다. 삶과 죽음의 사이에 울리는 그의 말이 시간을 건너뛰는 보편성을 가진 까닭이 여기에 있다.

　느낌표에 대해 조금 더 살펴보자. 「초혼」에는 느낌표가 거의 모든 문장에 찍혔다. 그에 따라 독자는 그 안에 담긴 감정의 밀도를 온전히 체감할 수 있다. 이것은 사실 예외적인 경우이다. 고양된 감정을 표현하기 위해 많은 이들이 느낌표를 사용한다. 그 자체로 문제가 되지는 않는다. 정작 문제는 그들이 이를 '편히' 사용하고 있다는 점이다. 이 과정에서 내면에 있는 감정의 유일성은 훼손되기 쉬우며, 독자는 이를 일방적인 강요처럼 느끼기 쉽다. 글로 고백하는 순간을 가정해보자. '사랑한다'는 말은 내 마음을 얼마큼 표현했을까. 혹시 저 말은 고육지책이나 절충안 아니었나. 그대를 향한 나의 마음은 강렬하고도 유일한 것인데, 그 마음을 이보다 더 정확히 표현할 수 있는 방법은 없을까. '사랑한다!' 또는 '사랑한다……'라고 해볼까. 이것들은 모두 남들이 많이 쓰는 표현 아닌가.

고백을 앞둔 사람 앞에는 훤히 뚫려 있는 넓은 길과 앞이 잘 보이지 않는 좁은 길이 놓여 있다. 좁은 길에 들어섰을 때 헤매지 않도록 도움을 주는 것이 바깥의 대상이다. 경우에 따라 이미지, 객관적 상관물, 비유 등으로 부를 수 있는데, 시인은 누구나 감각할 수 있는 대상 중 하나를 골라 거기에 기대어 마음을 표현한다. 기존의 표현으로는 감정을 정확히 표현하는 데 한계를 느낀 시인이 이 길을 택할 것이다. 그는 다른 말과의 조합을 통해 자신이 느낀 유일한 감정의 상태를 관철시키려 한다. 바깥의 대상을 이용한다는 것은 세계를 자아 안으로 끌고 들어와 마음대로 표현할 수 있다는 뜻이 아니다. 내면의 감정과 바깥의 대상을 존중하는 태도가 없다면 그의 계획은 틀림없이 실패할 것이다. 성공적인 표현은 의도를 살리는 동시에 공감대를 넓힌다. 물론 이러한 시는 시의 지형도 한가운데에 있다고 보기 어렵다. 감정이 직접 분출되지 않기 때문이다. 하지만 수많은 경우의 수가 서정시의 중심부를 풍요롭게 할 것이다.

눈이 오는가 북쪽엔
함박눈 쏟아져 내리는가

험한 벼랑을 구비 구비 돌아 간
백무선 철길 우에
느릿느릿 밤 새어 달리는
화물차의 검은 지붕에

연달린 산과 산 사이

너를 남기고 온
작은 마을에도 복된 눈 내리는가

잉큿병 얼어드는 이러한 밤에
어쩌자고 잠을 깨어
그리운 곳 참아 그리운 곳

눈이 오는가 북쪽엔
함박눈 쏟아져 내리는가

— 이용악 「그리움」 전문

시인이 지닌 감정의 세목은 그리움이다. 나라 잃은 시대에 유랑 노동자로 살면서 시를 써왔던 이용악에게 북쪽과 그곳의 '너'에 대한 그리움은 직정적인 감정의 표출뿐 아니라 여러 시적인 장치를 통해 심화된다. 먼저 감정의 직접적 노출에 대해 살펴보자. 눈에 띄는 것은 구절의 반복이다. 고향에 대한 그리움과 이향의 아쉬움이 구체적으로 드러나는 부분에서 눈이 '내리는가'가 반복된다. 그것은 그리움을 증폭시키는 동시에 시의 고유한 리듬을 형성한다. 절정부의 "그리운 곳 참아(차마) 그리운 곳"은 그리움을 집약하는 결정적 역할을 반복이 맡고 있다는 것을 새삼 일깨워준다.

다른 한쪽에는 구체적인 대상의 이미지가 있다. 눈은 이곳과 그곳을, 이때와 그때를 잇는 매개로 작용하며 독자 앞에 고향과 이향의 겨울 풍경을 펼쳐놓는다. 시인은 추운 그곳에 눈이 오는지 물으면서 백무선 철길 위와 화물차 검은 지붕에 눈이 쌓이는 장면을 회상한다. 그리움의 감정을 입고 고향을 등질 때가 현시되는 것인데, 기차가 도는 굽이굽이 길은 떠나고 싶지 않은 당시의 심경을 대변하는 것이리라. '객관적 상관물'이나 '동일성'이라는 개념을 여기에서 활용할 수 있을 것이다. 이것과 저것이 유사하다는 인식 아래 공감의 영역이 확대된다. 이것과 저것에는 주관과 객관, 객관과 객관 등 다양한 조합이 가능하다.

바깥의 대상 목록에 잉크병을 빼놓을 수 없다. "잉크" 색은 어둠의 심도를, 병이 "얼어드는" 것은 밤의 추위를 압축한다. 고향을 떠난 뒤의 마음이 이러할 것이다. 게다가 잉크병은 어둠 속에서 홀로 깨어 시를 쓰려 했던 당시 상황까지 환기한다. 눈은 내려 마음은 고향을 향하고, 잉크병은 검고 차가워 엄혹한 현실을 일깨운다. 이를 발판 삼아 "어쩌자고 잠을 깨어" 같은 속수무책의 감정이 재차 드러난다. 「그리움」은 직정적인 감정 표현이 진술의 골격을 이루고 여러 구체적 이미지에 살이 붙어 입체적으로 구성된 시이다. 체험이 기반이 된 구체성은 일견 낡아 보이는 그리움이란 감정을 새롭게 한다. 이용악의 「그리움」은 시의 중심 영역에 켜켜이 쌓여 있는 그리움이란 감정이 구체적인 표현에 의해 갱신되는 장면 하나를 선보인다. 이제 또다른 예를 통해 서정시의 당면 과제가 무엇인지 헤아려볼 수 있겠다.

3. 서정의 갱신과 보존

시는 주관성의 장르이자 일인칭의 장르이다. 장르를 염두에 둔 넓은 의미의 서정시이건, 사조를 염두에 둔 좁은 의미의 서정시이건 그 핵심에는 일인칭 내면이 있다. 일인칭의 흔적을 드러내지 않는 것처럼 보이는 시조차도 주체의 내면은 어떠한 방식으로건 감지된다. 그리하여 서정시의 미학적 갱신은 장르의 특성인 내면의 부정이 아니라 표현 방식의 극복으로 이뤄진다.

가령 낭만적 동경을 오랫동안 대신했던 '우주'와 '영혼', '별빛'과 '세월' 같은 낱말을 떠올려보자. 이 낱말들은 낡은 것인가. 시라고 해서 새로운 말을 발명해서 쓰지는 않는다. 사람은 동경하는 대상에 늘 가닿기를 원한다. 기존의 언어와 내면의 감정은 문제가 없다. 낡았다는 인식은 사랑 고백의 예처럼 편하고 쉬운 표현을 찾는 관습에서 비롯한 것이다. 동경의 대상으로 별을 상정하는 것은 너무 안이하지 않은지, 고독의 배경으로 우주를 상정하는 것은 너무 편한 선택이 아닌지 생각해볼 필요가 있다. 기존의 맥락을 갱신하려는 의지가 지속된다면 저 낡은 말을 포함한 모든 말이 시어가 될 수 있다. 용기 어린 말들은 자기 과시를 목적으로 사용하는 깨달음의 포즈를 지워낼 것이다. 시적인 것은 관례를 깨고 의미의 갱신을 이루는 것을 목적으로 한다.

> 골짝에는 흔히
> 유성이 묻힌다.
>
> 황혼에
> 누뤼가 소란히 쌓이기도 하고,
>
> 꽃도
> 귀양 사는 곳,
>
> 절터였드랬는데
> 바람도 모이지 않고
>
> 산 그림자 설핏하면
> 사슴이 일어나 등을 넘어간다.
>
> ── 정지용 「구성동(九城洞)」 전문

한국의 현대시도 자기 갱신을 거듭하며 영역을 넓혀왔다. 일인칭 내면과 관련하여 관례를 깨는 거의 앞자리에는 감각에 주목하는 시가 놓여 있다. 1930년 전후 시단의 과제는 전대의 감정 과잉의 시들을 극복하는 것이었다. 새로운 시인들은 늘 변화하는 바깥 세계와 접면하는 감각을 활용하여 새롭고 다양한 표현을 연출했다. 정지용은 감정의 절제와 참신한 감각을 통해 공감대의 영역을 넓힌 시인으로 평가 받는다. 「그리움」에서의 '눈'이나 '잉크병'이 맡은 기능을, 그보다 앞선 정지용의 시에서는 더 많이 확인할 수 있다. 「구성동」도 예외가 아니어서 이 시를 서정시의 변방에 배치하는 사람은 없다.

금강산 계곡 구성동의 고즈넉함은 절제된 묘사에 의해 시에 드러난다. 그곳은 황혼 녘 우박이 쌓일 정도로 춥고 음습하다. 절터만 남아 있을 정도로 스산하며 사슴이 산 그림자에도 반응할 정도로 적막한 곳이다. 구성동을 포착한 시인의 내면 또한 그러했을 것이다. 이러한 추측을 돕는 것은 '꽃'이다. 그는 꽃도 드물다는 전언을 "꽃도 귀양 사는 곳"이라 표현했다. 낯선 풍경을 찾아 구성동에 다다른 것이 아니라 자신의 내면 풍경과 닮은 곳을 찾아 그곳까지 갔으리라. 구성동이 곧 시인의 내면이다.

정지용의 시같이 감각적 표현을 중시한 시를 당대에는 '모더니즘 시'라 불렀다. 명칭 안에 담겨 있는 '현대성'은 비판적 인식이 작동하는 지성을 필요로 한다. 근대 문명, 정치 체제, 낭만적 동경 등 지성의 비판적 대상은 여러 가지일 테지만 나라 잃은 시대에 그 목록은 제한적일 수밖에 없었다. 당대 현실 인식을 괄호에 넣은 채 발휘할 수 있는 지성의 영역이 감각적 표현 정도였던 것이다. 김기림의 『기상도』 같은 문명 비판의 시가 한국의 모더니즘 시 변방에 자리하고 정지용, 김영랑, 박용철 등이 그 중심에 있었던 이유가 이와 관련된다. 이들 시의 면면을 떠올려보자. 한국의 '모더니즘 시'는 내면의 감정을 부정하는 것이 아니라 포함하고 갱신하며 확장해왔다.

언제부턴가
내 눈 속에
까만 염소 두 마리가 들어와 살고 있다

새로운 풀밭을 찾아 만삭의 배를 채우라고
말뚝에 묶어두지는 않았다

저녁을 다 뜯어 먹고
나보다 먼저 집으로 돌아와
어두운 마당을 중얼거리고
묶어달라고
목청을 떨며
나를 기다리고

나는 까만 염소가 되고 싶다
봄의 저녁을 다 울고 있겠지

아직은 혼자가 아닌,
태어나지 않은 나의 염소

— 문태준 「염소」 전문(『그늘의 발달』, 문학과지성사 2008)

일인칭 내면을 중시하는 서정시는 마음에 염소를 키울 수 있다. 그것도 두마리나 키울 수 있다. 마음대로 수를 늘릴 수 있으나 그 수와 미학적 성취는 별개의 문제다. 인용시의 마음속 염소는 일인칭이 마음대로 부릴 수 있는 대상이 아니라 그와 반대로 어쩌지 못하는 대상을 뜻한다. 시인은 자신이 장악할 수 없는 것들을 자진해서 마음에 들였다. 문태준은 이처럼 일인칭의 권능을 대상을 존중하는 데 할애하며 겸손하고 진중한 서정의 모습을 선보인다. 문태준을 가리켜 2000년대 한국 시단의 중심에서 좁은 의미의 서정시가 낡았다는 오해를 불식시킨 시인이라고 말할 수 있는 이유가 여기에 있다.

「염소」도 마찬가지다. 염소는 어두운 마당에서 묶어달라며 목청을 떤다. 하지만 화자는 오히려 "까만 염소가 되고 싶다"고 고백한다. '염소'와 '나'가 일방향이 아니라 쌍방향의 관계가 되는 게 이때인데, 아마도 덜 외롭고 덜 찌들고 싶어서 그런 생각이 들었을 것이다. "혼자가 아닌,/태어나지 않은 나의 염소"를 염두에 두면 그러하다. 하지만 그리 되더라도 외로움이 사라지지는 않을 것 같다. 기존의 염소가 두마리이다. 그들은 서로 의존한다. 염소가 되면 염소와 함께 있다는 점에서 외로움이 줄 수도 있으나, 기존의 염소가 이미 짝을 이뤘다는 점에서 외로움이 늘 수도 있다. 후자의 경우 기존의 염소 공동체 밖에서 화자의 외로움은 깊어진다.

어쩌지 못하는 것을 마음에 떠올리는 일은 일인칭의 내면을 지키면서 관례를 깨는 방식 중 하나이다. 화자는 시에서 대상을 마음대로 표현할 수 있는 권능을 가지고 있지만 여기에서는 건조한 어조로 객관적 진술을 유지하며 자제하는 모습을 보인다. 아니, 자제를 넘어 그의 권능은 어쩌지 못하는 것을 설정하여 자신의 권능을 줄이는 데 쓰인다. 이로써 쉬운 깨달음과 뻔한 표현이 유입될 가능성은 차단된다.

앞집에 살던 염장이는
평소 도장을 파면서 생계를 이어가다
사람이 죽어야 집 밖으로 나왔다

죽은 사람이 입던 옷들을 가져와

지붕에 빨아 너는 것도 그의 일이었다

바람이 많이 불던 날에는
속옷이며 광목 셔츠 같은 것들이
우리가 살던 집 마당으로 날아 들어왔다

마루로 나와 앉은 당신과 나는
희고 붉고 검고 하던 그 옷들의 색을
눈에 넣으며 여름의 끝을 보냈다

— 박준 「처서(處暑)」 전문
(『우리가 함께 장마를 볼 수도 있겠습니다』, 문학과지성사 2018)

감정의 여운은 어디에서 발생할까. 시에서는 '처서'라는 절기가 제시되었다. 이야기의 주인공은 '앞집 염장이'이다. 일인칭 '나'는 소설로 치면 관찰자의 역할을 하고 있으므로 심리를 드러내는 몫은 그의 것이 아니다. 장르를 따지면 주인공인데 실제로는 주변인인 '나'는 감정을 드러내는 데 곤란을 겪는데, 바로 곤란한 상황을 통해 독자의 감정에 파문을 일으킨다.

"당신과 나"가 마루에 앉은 시간은 장례를 치른 다음에 온다. 그 시간이 여유롭고 한가로워 보이지만 그런 시간을 갖기 위해서는 누군가의 죽음을 겪어야 하는 것이다. 차가운 바람에 흩날리는 빨래는 떠나보낸 사람과 남아 있는 사람의 기억 사이에서 흔들린다. 이웃 간 감정의 교류가 이승과 저승의 구분과 겹친다. 살아 있어야 정서적으로 연대할 수 있다는 뜻일까, 죽음을 기억해야 정서적 연대감이 높아진다는 뜻일까.

지성의 개입 없이도 감정은 배면으로 물러날 수 있으며, 사건과 관찰이 진술의 주를 이루어도 감정의 여운은 깊어질 수 있다. 박준의 「처서」 또한 앞의 시들과 마찬가지로 서정시의 중심부를 향해 있다. 지금까지 이처럼 감각적 표현에 집중하고, 타자를 불러들여 일인칭의 권위를 낮추고, 관찰자의 시선으로 인물과 상황을 제시하는 시를 살펴보았다. 이들의 시도는 일인칭의 권위가 만든 관례를 깨뜨려 서정시의 중심부를 비옥하게 했다. 앞으로도 이러한 시도는 다양한 형태로 지속될 것이다.

4. 시의 위기와 극서정시

'시의 위기'라는 말이 간헐적이지만 끊이지 않고 들린다. 1980년대 '시의 시대'를 기억하는 독자는 이를 근대 문학의 위기와 같은 맥락에 놓을 것이다. 또한 2000년대 '미래파'로 명명되었던 새로운 시를 기억하는 독자는 이를 좁은 영역을 지닌 서정시의 위기로 인식할 것이다. 이 글의 첫머리에 있는 말(아도르노)과 시(브레히트)를 기억하는 독자는 이를 시 정신과 인류의 위기로 받아들일 것이다.

기억의 대상은 다르지만, 지금의 시를 걱정하고 대안을 찾는 부분에서 위의 두번째와 세번째 독자는 비슷한 견해를 보인다. 시인의 발언이 사회적 영향력을 행사했던 시기를 체험한 이에게 위기를 극복하자는 말은 그 영향력의 복구로 인식된다. 그러나 1980년대 시의 전반적인 상황, 장르의 역사와 영역을 고려하면 참여시가 차지하는 부분은 일부라서 이는 특수한 견해로 보인다. 2000년대 새로운 감각의 출현을 위기로 인식한 경우는 난해함의 반대편에 복원해야 할 시 본연의 특성을 설정한다. '극서정시'가 간명하고 집약된 시 형식과 함께 시대를 초월하는 시 정신을 요청하는 까닭이 여기에 있다.

미래파 시에 대한 대안으로 주창된 것처럼 보이지만 사실 '극서정시'의 기원은 비분리에 기반을 둔 동양의 시학과 유물사관 이상을 지향하는 정신주의에 있다. 극서정시는 난해함과 난삽함에 대한 비판을 넘어 인간성

의 위기를 극복하고 나아가 모든 생명성을 지키자고 선언했다. 이 '서정
의 형이상학'이 시대를 관통하는 특성을 지니는 반면 그 대척점에는 시대
에 따라 다른 모습이 들어선다. 한때 참여시나 미래파 시가 그 자리에 있
었다면 오늘날에는 A.I.처럼 데이터의 축적과 조합으로 기억과 상상을 대
신하는 기계 장치의 언어가 있다고 볼 수 있다.

나무가 묵은 잎을 지상에 날릴 때

누군가 머리맡 꽁초를 멀리 던지고

쪼그라든 겨울 햇빛을 렌즈에 모아

겨자씨 햇살로 봄을 지피는 소년
　　　　　— 최동호 「겨자씨 햇살」 전문(『제왕나비』, 서정시학 2019)

　소년은 이파리의 도저한 죽음 위에서 돋보기 장난으로 그다음 계절을
불러낸다. 인간에게는 죽음이 있고 기억이 있으며 그것을 바탕으로 상상
하는 영원이 있다. 삶은 일회적이라서, 죽더라도 다시 시작할 수 있는 게
임과 다르다. 그는 죽음과 삶이 엉킨 자연 속에서 마치 부활을 꿈꾸는 듯
한줄기 빛을 받아낸다. 한뼘도 안 되는 세계에 다른 세계를 마련하는 자
는 누추한 현실에서 스스로 고귀한 삶을 영위하는 자이다. 시인의 자긍심
은 자기를 초월한 생명에 대한 존중에서 비롯된 것인데 이는 서정시가 지
닌 자기 초월과 자기 존중의 미학과 상응한다. 서정시는 끊임없이 자기를
초월함으로써 자기를 존중한다. 관례화된 자기 과시나 자연 예찬이 아니
라 겨울밤 얼어붙은 잉크병을 녹이거나 겨자씨 햇살로 봄을 지피는 것으
로 시의 중심은 갱신되고 보존되며 지속될 것이다.

현대시와 극서정시

◆

극서정시의 미학과 구조

1. 극서정시의 이해와 오해

한국 현대시사에서 '극서정시'란 명칭은 두번 출현했다. 첫번째는 1970년대의 '극서정시(劇抒情詩)'이고, 두번째는 2000년대의 '극서정시(極抒情詩)'이다. 이 글에서 다루는 '극서정시'는 두번째의 것, '극적(dramatic)'이 아닌 '궁극의(extreme)' 서정시를 뜻한다. 극 장르가 가진 미학을 활용하여 시쓰기의 갱신을 꾀하려 했던 시도가 앞의 극서정시라면, 서정 장르가 가진 미학을 끝까지 추구하여 시쓰기의 기본을 지키고자 했던 시도가 뒤의 극서정시이다. 앞의 극서정시가 시쓰기의 타성에 저항하고자 했다면 뒤의 극서정시는 시쓰기의 혼란에 저항하고자 했다. 앞의 경우 그 목적은 타성의 극복이다. 이를 위해 인근 장르인 '극'의 미학에 초점이 모이는 것은 자연스럽다. 반대로 뒤의 경우 그 목적은 혼란의 극복이다. 따라서 시 본연의 미학적 특성 '서정'에 초점이 모이는 것이 자연스러운 것이다. 그렇다면 질문은 왜 서정시 앞에 '극'을 첨가하여 강조해야 했나, 그만큼 강조해야 할 당대의 상황은 무엇이었는가 등으로 요약할 수 있다.

2000년대 중반, 전시대의 미학으로 걸러지지 않았던 감각과 감정을 표현한 시들이 출현했다. 젊은 독자들은 이를 읽으며 시가 공부할 대상이 아니라 자신의 잠재된 욕망의 표현이라고 인식하기 시작했다. '미래파'는 그 전까지는 걸러지지 않던, 비로소 시에 표현되기 시작한 감각과 감정에 대한 통칭이다. 먼저 질료가 있었고 그다음에 이름이 있었던 것이다. 이에 기존의 독법은 이를 난해하거나 모호하거나 서툰 것으로 다뤘다. 그럼에도 젊은 감수성의 시들의 외연이 넓어지자, 시 장르 전체와 동일시될 정도로 오래된 역사와, 깊고 두터운 제 미학을 가지고 있던 서정시의 영역이 위협 받는다는 인식이 일었다. 앞으로의 시에 지금까지의 미학이 적용되지 못할 것 같다는 의견도 나왔다. 논쟁이 시작되었으나 이는 같은 자리를 머물렀다. 젊은 목소리를 담은 시의 실체는 있었으나 '미래파'란 이름의 실체는 미약했고, 서정시의 미학은 두터웠으나 그 자체가 기존의 시와 동일시된 나머지 그 바깥의 영역의 시를 가정하고 비판하는 데 서툴렀다.

서정의 안쪽에서는 현 상황을 시의 위기라고 진단한 뒤 제 미학을 정돈하고 전형을 제시하는 데 시간이 필요했다. 그 결과 나타난 '극서정시'에는 당대 시 창작 풍토를 위기로 인식한 흔적과 서정의 핵심 미학을 추출한다는 뜻이 동시에 담겨 있을 수밖에 없었다. 이것이 논쟁 당시 미래파를 비판하는 시각과 다른 점이다. 다시 말해 극서정시는 실체가 없는 과격한 주장이 아니라 실체를 갖춘 숙고의 산물이다. '극極'을 '극단'보다 '궁극'으로 읽은 이유도 여기에 있다.

2. 기원과 맥락

시기나 정황을 따져보면 극서정시는 미래파의 대타 의식에서 제기된

담론으로 여겨질 수 있다. 이러한 인식은 일견 타당하다. 2000년대 시와 담론에 한정하여 주목한 독자에게는 더욱 그러할 것이다. 그러나 시기를 거슬러 극서정시의 기원을 살펴보면 이는 오해에 가깝다. 미래파 담론과 낯설고 모호하고 서툴러 보이는 당대 젊은 시가 극서정시 담론의 출현을 부추긴 것은 사실이지만, 서정의 기제를 추출하고 내면을 결집하도록 이끈 핵심은 지난 시대의 정신주의 시학이다.

1990년대 적극 개진된 정신주의 시학은 당시의 혼돈과 해체에 대항하고 있었다. 나라 밖에서는 현실 공산주의 국가가 몰락했고 나라 안에서는 형식적으로나마 권위주의 정부가 물러났다. 지향하거나 대항해야 할 뚜렷한 대상이 사라지자 민주주의의 도래나 권위주의 정권 퇴출에 전심전력을 다했던 이들은 삶의 목표를 재설정해야 했다. 저항의 에너지를 다른 거대담론으로 기울인 시도도 있었다. 그러나 '잔치는 끝났다'는 허탈감에 빠져 현재의 서사를 후일담과 동일시하거나 더 나아가 일상을 해체하고 삶의 목표를 지워버리는 담론에 경도된 시도도 만연했다. 정신주의는 이 위기 상황을 타개하고자 제출된 담론이었다. 한자 문화권의 문학과 불교 사상을 기반으로 한 정신주의 시학은 전통을 배경으로 현대시사를 재조명했다. 이 담론은 한용운의 시가 그러했듯, 정지용의 후기 산수시가 그러했듯, 위협적 현실을 극복한 정신의 높은 경지를 선보이고자 했다.

정신주의시와 극서정시의 기제는 닮아 있다. 둘 다 혼란스러운 현실을 위기로 진단했고 이를 타개할 만한 높은 정신의 경지를 주목했다. 그리고 시의 중심 미학 속에서 고수해야 할 가치에 대한 의견이 대략 같았다. 그러나 이 둘의 의미가 정확히 포개지는 것은 아니다. 위기를 겪는 시기가 달랐고 그에 대응하는 모습이 달랐다. 정신주의 시학에서 문명사적 현실이 조금 더 많이 고려되었다면, 극서정시 미학에서는 미학적 가치가 조금 더 많이 고려되었다. 정신주의 시학에서 종합의 의지가 더 많이 나타난다면, 극서정시의 미학에서는 추출의 의지가 더 많이 나타난다.

첫째, 한용운, 조지훈 등으로 이어지는 불교적 현실 참여

둘째, 황매천, 이육사 등으로 이어지는 유교적·저항적 절사의식

셋째, 신석정, 김달진 등으로 이어지는 노장적·운둔적 초월주의

넷째, 윤동주에서 김현승 등으로 이어지는 기독교적 정신주의

다섯째, 김수영에서 김지하, 황동규로 이어지는 현실비판적 서정주의와 모더니즘적 서정주의

여섯째, 이용악, 백석, 신경림 등으로 이어지는 토착적 서정주의[14]

1990년대에는 전대의 거대담론을 기억하는 이들이 많았다. 그 기억은 당대에 같은 형태로 횡행하던 여러 시의 모습을 종합하려는 시도로 이어졌다. 위의 인용문은 정신주의 계보를 설정한 대목인데, 각각의 계보는 세속성, 주관성, 정체성, 해체성을 띠지 않은 모든 형태의 시를 포괄하려는 모습을 보여준다. 극서정시는 이와 다르다. 그에 따르면 믿고 의지할 만한 가치는 의심 받고 있고, 자본은 모든 사태의 원인과 결과로 위세를 떨치고 있으며, 정보는 그 가치의 경중을 따질 틈도 없이 밀려왔다가 쓸려간다. 이 같은 시대에는 파편화된 일상이 보통의 삶의 양태로 인식된다. 구심점은 사라지고, 종합할 대상들은 넘쳐난다. 극서정시는 이들을 끌어안기보다는 고르는 모습을 취한다.

여기서 명명된 극서정시는 극도로 정제된 서정시 다시 말하면 단형의 소통 가능한 서정시를 지칭하는 것이다. 한 행 또는 삼사 행의 서정시를 이상적인 형태로 지향한다. 물론 이는 종전 통용되던 최상의 서정시를 어느 정도 염두에 둔 발언이기도 하다. 그러나 서정시라는 용어 속에는 복고적이

---

14 최동호 「한국 현대시와 정신주의」, 『디지털 코드와 극서정시』, 서정시학 2012, 138~39면.

며 퇴행적인 의미도 내포되어 있는 까닭에 용어상의 참신성을 불어넣기 위해서 극서정시라고 명명하고자 한다. 지난 20세기의 민중시, 서사시, 해체시를 경험하고 미래파를 넘어선 다음 우리시의 새로운 길을 모색하는 과정에서 전망하는 서정시의 방향이므로 종전의 되풀이가 되어서는 안 된다.[15]

극서정시의 외양과 맥락을 설명하는 대목이다. 참조해야 할 것은 이와 같은 규정이 나오기까지 몇단계의 배제 절차가 있었다는 점이다. 첫째는 '장황한 서정시', 둘째는 '난삽한 서정시', 셋째는 '소통 부재의 서정시' 순으로 배제되었다. 이들은 극서정시가 빚어지기까지 벗겨내야 할 껍질 같은 것이다. 앞선 정신주의 시가 거의 모든 시를 포용하고 있었다면, 지금의 극서정시는 많은 시를 배제하고 있다. 즉 정신주의 미학이 바다의 고기를 끌어 모으는 그물의 모습을 닮았다면, 극서정시 미학은 바다의 고기를 낚는 낚시의 역할을 한다. 여기서 바다는 물론 당대의 현실이다. 현실을 토대로 정신의 깊이를 구하는 것, 그것을 우리는 전대에는 정신주의, 지금은 극서정시라고 부른다.

한편 이와 같은 흐름은 기존의 시학을 재편하는 결과를 가져왔다. 그때까지 한국 시를 이해하는 가장 큰 틀은 리얼리즘과 모더니즘이었다. 이 두 개념은 참여와 실험을 대변하는 이론적 틀이었다. 소설이나 비평 등 시 이외의 문학 장르에서 이 개념은 유용하고 유력했다. 그러나 시 장르 안에서의 사정은 달랐다. 리얼리즘과 모더니즘은 시 담론을 주도하고 있었으나 실제 창작되는 시 중에서 이 담론으로 포섭되지 않는 것들이 더욱 많았다. 수적으로나 질적으로나 좋은 시라고 할 만한 것들의 가치가 이와 같은 이론적 틀로 이해되지 않았다. 참여와 실험의 잣대는 좋은 시의 개성을 돋보이게 하는 것이 아니라 눅이는 결과를 초래했다. 이런 좋은 시

---

15 최동호 「트위터 시대와 극서정시의 길」, 같은 책, 87면.

들은 순수시라고 불리기도 했으나 순수시의 미학은 따로 있었으며, 그 개념조차 불순의 카테고리에 무엇이 배치되는지에 따라 바뀔 만큼 허약했다. 서정의 미학을 정돈하고 거기에서 모델을 제시한 정신주의 미학과 극서정시 미학은 다수의 서정시를 대상으로 가장 높은 가치를 제시하며 한국 시의 이해를 돕는 역할도 한 것이다.

3. 극서정시의 미학과 성격

극서정시의 특성을 모색하는 과정에서 여러 동아시아 시학이 참조되었다. 한시에서는 '구조적 완결성'이, 하이쿠에서는 '예리한 이미지의 기제'가, 시조에서는 '압축된 형식의 변용 가능성'이 극서정시의 태동을 자극했다. 이들은 모두 한자문화권 문학에 속해 있으며 간결하고 평이하고 단순한 형태를 띤다. 이처럼 전통 시학을 참조하면서, 극서정시의 지향점이 명확해지고 있다.

확고한 구조적 견고성과 더불어 사유의 명증성과 표현의 간결성 또한 보편적 공감을 획득하는 중요한 요소라고 여겨지는데 이 세 가지 요소는 서로 분리된 것이 아니라 유기적 상관성을 이루면서 한편의 작품이 가지는 영원한 생명력을 강화시키는 힘으로 작용하고 있는 것이다.[16]

최동호는 시가 현실의 누추함 건너편에서 고귀한 가치를 제시한다는 믿음 아래, 미래의 시를 염두에 둔 현재의 시학을 제시해왔다. 그에 따르면 정신주의시가 그랬고, '생태 지향의 시'가 그랬고, '도깨비 시학'이 그

---

16 최동호 「서정시의 구조와 갈등의 삼각형」, 같은 책, 13~14면.

랬고 극서정시가 그랬다. 전통시학의 토대 위에서 밝은 미래의 조명을 받으며 조성된 것이 이들 시이다.

텍스트를 전제로 의미를 풍요롭게 하는 비평이 있는 반면, 가야 할 길을 제시하는 비평이 있다. 정신주의이건 극서정시이건 거기에는 늘 지향점과 임무가 있다. 그러한 조건을 충족시키면 좋은 시가 되고, 아니면 그렇지 못한 시가 되는 것이다. 즉, '이것도 시다'라고 말하는 것이 전위의 시라면 '좋은 시는 이것이다'를 모색하는 것이 '극서정시'의 관심사이다. 극서정시의 기원과 맥락에 대해서는 이 정도로 이야기할 수 있겠다.

앞의 인용문에서 말하는 유기적 상관성을 가진 세가지 요소에서 '구조적 견고성'과 '표현의 간결성'은 '사유의 명증성'을 대변하는 표현의 영역에 있다. 풀어 말하자면 표현은 간결해야 하고, 그렇게 표현된 시어는 구조적으로 견고해야 한다. 이때 비로소 사유의 명증성을 파악할 수 있게 되는데 그 순서가 뒤바뀌어도 무리가 없을 것이다. 즉 사유가 명증하면 간결한 표현과 견고한 구조가 제시될 수 있다. 여기에서 주목해야 할 지점은 구조적 견고성이다. 표현과 사유를 잇는 매개 고리가 구조이며 이를 토대로 이 세 요소가 유기적으로 얽히기 때문이다.

'갈등의 삼각형'은 극서정시의 최소 구조이다. 앞서 극서정시는 어디에 있는가, 왜 있는가의 범주를 논했다면, 이 갈등의 삼각형은 그것이 어떤 것인가, 무엇인가에 대한 응답의 성격을 띤다.

갈등의 삼각형은 주체와 대상을 잇는 매개가 설정되어 있다는 면에서 객관적 상관물을 연상케 한다. 이 둘은 겹치는 면이 있기는 하지만 정확히 포개진다고 말하기는 어렵다. 객관적 상관물을 설명하는 곳에 가치평가가 개입될 소지는 적다. 또한 객관적 상관물은 구체적 대상을 매개로 삼는다. 하지만 갈등의 삼각형은 평면 위에 누워 있는 것이 아니라 서 있는 것이다. 그것으로 높이와 깊이가 확보된다. 그리고 구체적인 대상뿐만 아니라 주체와 대상을 매개하는 다른 말들도 꼭짓점에 들어설 수 있다.

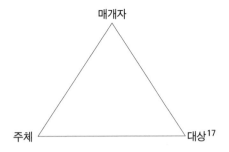

가령, 갈등의 삼각형에서는 김소월의 '진달래꽃'뿐 아니라 윤동주의 '아름다운 혼'도 매개자가 될 수 있다. '갈등의 삼각형'은 이처럼 극서정시에 의미의 응축과 정신의 높이를 대변한다. 매개자는 주관을 감정에 매몰되지 않게 하고 대상이 수단으로 전락하지 않도록 한다. 이들은 서로 걸려 있는 '비분리의 시학'을 전제로 한다.

시의 최소 구조를 설정한 만큼 갈등의 삼각형이 고정되었다고 볼 수도 있다. 그러나 이를 기반으로 여러 변용이 가능하다. 가령 주체가 문면에 드러났는가 아닌가에 따라 고백에 가까운 어조를 띨지 냉철한 관찰자의 시선을 갖출지가 결정된다. 극서정시의 최소 구조인 갈등의 삼각형은 한시의 기승전결 등 의미상의 구조와 닮았다.

4. 변용

'좋은 시는 무엇인가'를 설명하고 싶은 극서정시와 '이것도 시다'를 말하고 싶어 하는 전위시는 서로 층위가 다르지만, 그렇다고 만날 수 없는 것은 아니다. 전위시에 기존의 시학에서 높은 성취를 이룬 부분이 없을

---

17 같은 책, 32면.

리 없으며, 극서정시에 첨단의 부분이 없을 리 없기 때문이다. 지향점을 찾아가는 과정에서 이들은 교차하기도 한다. 오해는 이 둘을 같은 층위의 대척점에 세울 때 생겨난다. 짧은 시는 극서정시이고 긴 시는 미래파 시라는 것, 젊은 시는 전위시이고 원숙한 시는 극서정시라는 것 등이 그간 있었던 오해 중의 일부이다.

> 현재現在는
> 가지 않고 항상 여기 있는데
> 나만 변해서
> 과거過去가 되어 가네.
>
> —— 유안진 「시간」 전문(『둥근 세모꼴』, 서정시학 2011)

유안진의 시집 제목 '둥근 세모꼴'은 메밀의 생김새에서 착안된 것인데, 메밀은 겉은 둥글지만 속에는 세모꼴이 숨어 있다고 한다. 감춰진 세모꼴은 극서정시의 응축된 의미를 환기한다. 시집의 제목도 그러하지만 인용시 역시 그러한 모습을 갖추었다고 볼 수 있다. 짧은 형태, 순간의 직관 등을 염두에 두면 극서정시의 전형이라 할 수 있다.

흔한 오해 중의 하나가 서정의 중심에 반성하지 않는 권위적인 자아가 설정되어 있다는 것이다. 힘센 자아는 주체의 자리에 유아론의 사고를 지닌 이를 설정하도록 한다. 그 주체는 객체의 자리로 물러날 줄 모르는 주체이다. 하지만 위의 시는 주체가 객체의 자리로 물러나면서 의미를 생성하고 있다.

나는 늘 그대로인데 시간이 흘러 현재는 과거가 되고 미래는 현재가 된다는 것이 일상의 지각이라면 이 시는 현재는 늘 그대로인데 나는 변하여 과거가 된다는 인식을 보여준다. '그대로'를 매개로 주체와 객체의 역할을 맡은 '나'와 '현재'가 위치를 바꾼 것이다. 주체 중심 사고에 반성까지

가져오는 철학적 질문이 시가 생성하는 폭넓은 의미에 포함되어 있다. 전형적인 극서정시에서도 완고한 주체보다는 유연한 주체를 대면할 수 있는 것이다.

> 시인이여,
> 토씨 하나
> 찾아 천지를 돈다
>
> 시인이 먹는 밥, 비웃지 마라
> 병이 나으면 시인도 사라지리라
>
> — 진이정 「시인」 전문(『거꾸로 선 꿈을 위하여』, 세계사 1994)

진이정 시인은 1993년에 생을 마감했는데, 비록 짧은 시기였으나 그의 시는 1990년대 시의 일면을 대변한다. 1980년대 거대담론이 스러지고 그 빈터를 여러 담론이 채우려 했던 90년대에 그의 시는 사회과학, 종교, 대중문화에서 비롯한 상상력의 전쟁터였다. 요설로 치부될 수 있는 시, 극서정시의 반대편에 있다고 여길 수 있는 시가 그의 시였다.

시집을 여는 시이기도 한 인용시는 매개자를 설정하여 정신의 높이를 구현하기보다는 그러한 말을 찾는 시인의 태도에 초점을 맞춘다. 이때의 '시인'은 주체이자 대상이다. 「시인」의 내적 구조는 극서정시의 그것과 다르다. 그러나 이 시는 짧은 형태와 간결한 메시지로 극서정시의 외형을 갖췄으며, 무엇보다 "토씨 하나" 찾기 위해 우주를 떠돌고 있는 태도에서는 극서정시가 추구하는 높은 정신의 경지를 엿볼 수 있다.

진이정의 시쓰기는 삶에서 남은 시간이 얼마 없는 이가 정신을 집중하여 치른 최선의 의식이었다. 요설이라고 부를 수 있는 다른 시편에서도 밀도 높은 서정의 봉우리를 곳곳에서 발견할 수 있다. 말들은 파편처럼 흩어져 있으나 작은 의미 영역에서마다 정신의 높은 밀도를 경험할 수 있다. 그것은 앞의 인용시에서 확인할 수 있듯이 염결한 언어의식이 있었기에 가능했던 일이다.

> 꽃들은 왜 하늘을 향해 피는가
> 그리고 왜 지상에서 죽어가는가
> —— 김성규 「절망」 전문(『천국은 언제쯤 망가진 자들을 수거해가나』, 창비 2013)

또다른 시에서도 극서정시의 전형을 확인할 수 있다. 김성규의 시 「절망」은 간명한 언어를 구사하며 전형적인 극서정시의 내적 구조를 갖추고 있다. 동일한 구문 형태가 반복되어 2행으로 구성된 시에는, '하늘'과 '지상', '피는가'와 '죽어가는가'가 대립되어 나타난다. 이들의 명시된 주체는 '꽃들'이다. 하늘을 향해 피는 욕망과 땅에서 죽어가는 운명을 지닌 것에는 꽃뿐만 아니라 시인 같은 사람도 있을 것이다. 꽃과 시인은 동일한 서술 구조 속에 하나로 묶인다. 갈등의 삼각형에 대입하면 주체는 숨어 있는 화자/시인이고, 대상은 꽃이다. 매개자는 서술부 전체일 텐데 이를 욕망과 운명으로 간추릴 수 있다. 욕망과 운명은 동경과 좌절, 천국과 지옥으로 바꾸어 부를 수도 있다. 주류 시의 범주에 포함되지 않는 시인의 시에서도 이렇듯 극서정시의 내적 구조를 확인할 수 있다.

5. 확산

앞에서 인용한 시들은 현재 트위터에서 쉽게 찾아볼 수 있다. 극서정시의 탄생 배경에 자주 언급되고 있는 '디지털 시대'는 혼란스럽고 잡박한 것을 특성으로 한다. 140자만을 허용하는 트위터도 디지털 시대에 활성화된 공간이다. 거기에서는 끊임없이 재잘거리는 말들이 들린다. 그곳은 정보를 빠르게 전달하고 공유하는 장이기도 하지만 굳이 내뱉지 않아도 될 말들의 경연장이기도 하다. 그러나 그곳은 축출해야 할 대상이 아니라 가꿔가야 할 삶의 현장이기도 하다.

140자만을 허용하는 트위터 공간은 밀도 높은 말과 짧은 길이를 요청한다. 이용자는 잡담을 끊어서 나열하기도 하지만 메시지를 응축해서 제시하기도 한다. 재잘거림이 심해질수록 반대급부로 농밀한 말들의 수요가 생겨난다. 99퍼센트의 잡담은 자연스럽게 1퍼센트의 응축된 말들을 요청한다. 고도로 응축된 말, 집중된 정신과 두터운 시간을 담은 말이 시가 아니면 무엇인가. 극서정시는 이에 응답하기 위한 최적의 조건을 갖추고 있다. 실제로 시를 지속적으로 소개하고 있는 계정에서는 여운이 길고 생각이 많이 담긴 짧은 형태의 시를 주로 들려준다. 한시와 하이쿠만 소개하는 계정도 있다. 여기에 극서정시도 포함될 것이다. 어쩌면 디지털 공간은 자신의 삶을 고양시킬 수 있는 말에 갈증을 느끼는 공간, 시의 말이 가장 둔중한 울림을 줄 수 있는 공간일 것이다.

헤맴의 궤적

◆

현대시의 리듬

1.

시의 리듬은 '나'도 입을 수 있고 다른 사람도 빌려 입을 수 있는 옷이 아니라 떼려야 뗄 수 없는 살갗과 같다. 일상 어법의 관례에 따르면 리듬은 내용을 전달하기 위해 대체 가능하다고 인식되는 표현의 범주에 속한다. 그러나 시에서는 표현의 위상이 일상 언어의 것과 다르다. 의미 전달의 수단일 뿐만 아니라 의미를 생성하는 주체 역할을 맡은 것이 시의 표현이자 리듬이다. 특정한 말이 어떠한 모습으로 어디에 배치되고 얼마큼 반복하는지에 따라 구성되는 리듬은 시의 고유한 질서를 대변한다. 같은 자질이 반복되어 질서를 이룬다는 점에서 리듬은 시의 구심력을 담당하는데, 이는 상상력이 작동하며 이룬 원심력과 더불어 시의 긴장 국면을 조성한다.

현대시에서 개별 시의 리듬은 기존의 규범을 위반함으로써 형성된다. 동시대의 문법 규범을 극복 대상으로 파악하고, 전대의 리듬에 관한 외적 규범을 폐기 대상으로 여기는 곳에서 현대시는 쓰인다. 현대시의 화자는 자신이 믿고 따라야 할 외부의 조건 자체를 불신하기 때문에 의지처를 제 안에 설정할 수밖에 없다. 내적인 마음의 파동이 독립된 리듬을 형성하는 것이다. 우리는 리듬을 통해서 시에 투영된 마음의 무늬와 개별 시의 고유한 정체성을 헤아릴 수 있다.

살갗 없는 유기체를 상상하기 힘든 것처럼 리듬과 의미의 연동은 현대시 창작과 이해의 전제 사항이다. 이 지점에서 형식과 내용의 비분리를 떠올리는 것은 자연스럽다. 오해하지 말아야 할 것은 이 비분리의 양태가 무엇이건 될 수 있는 가능성의 충만이나 기관 없는 신체와 구별된다는 점이다. 시는 모습과 특성을 갖추기 이전의 혼돈 덩어리가 아니라 기관을 갖추고 제 개성을 가진 유기체와 같다. 시는 기억의 심장과 표현의 감각으로 망각이라는 가능성의 지대를 훑는 언어예술이다.

현대시의 언어는 가리키는 대상에 닿고자 하는 욕망이 다른 어떤 언어보다 크다. 언어가 사물과 존재가 되려는 욕망이 성취된다면 세계는 한층 더 풍요로워지겠지만 이는 당연히 실패할 수밖에 없다. 언어는 감각 대상이 아니므로 사물과 존재라는 말은 비유나 상징일 수밖에 없다. 설령 만족스러운 결과를 낳는다 해도 세계의 궁핍은 계속될 것이다. 다른 한편, 언어는 기존의 사물을 은폐함으로써 존재한다. 언어의 존재감을 드러내는 현대시의 리듬은 고유한 시간의 질서를 창출하며 새로운 세계를 제시하는 한편 기존의 세계를 지운다. 리듬의 흐름에는 사라진 시간의 흔적이 묻어 있다. 수단이 아닌 목적으로 언어를 대하면서 그 언어의 성취와 실패의 딜레마 또한 환기되는 것이다.

항구의 여름, 반도네온이 파란 바람을 흘리고 있었다 홍수에 떠내려간 길을 찾는다 길이 있던 곳에는 버드나무 하나 푸른 선율에 흔들리며 서 있었다 버들을 안자 가늘고 어여쁜 가지들이 나를 감싼다 그녀의 이빨들이 출렁이다가 내 두 눈에 녹아 흐른다 내 몸에서 가장 하얗게 빛나는 그곳에 모음(母音)들이 쏟아진다 어린 버드나무인 줄 알았는데 이렇게 깊은 바다였다니… 나는 그녀의 어디쯤 잠기고 있는 것일까 깊이를 알 수 없이 짙은 코발트블루, 수많은 글자들이 가득한 바다, 나는 한번에 모든 자음(子音)이 될 순 없었다 부끄러웠다 죽어서도 그녀의 밑바닥에 다다르지 못한 채 유랑할 것이다 그녀의 목소리가 반도네온의 풍성한 화음처럼 퍼지면서 겹쳐진다 파란 바람이 불었다 파란 냄새가 난다 버드나무 한그루 내 이마를 쓰다듬고 있었다

— 정재학 「반도네온이 쏟아낸 블루」 전문(『모음들이 쏟아진다』, 창비 2014)

반도네온 소리가 파란 바람을 흘리고, 사라진 길에서 버드나무 가지가 '나'를 감싼 뒤 이마를 쓰다듬는다. 또한 '그녀'의 눈길이 모음이 되고 바다에는 수많은 글자들이 가득하다. 초현실적이라고 말할 수 있는 풍경이 시에 펼쳐져 있다. 이와 같은 모습이 낯설게 보이는 독자에게 시는 이를 익숙한 모습으로 바꿀 수 있는 실마리를 제공하는 듯하다. 시의 표현을 빌리자면 '나'는 자음이 되어, '그녀'의 밑바닥에 닿으면 된다. 그러나 「반도네온이 쏟아낸 블루」는 대상에 닿을 수 없는 주체의 한계를 논한다.

모음은 '그녀'에게서 쏟아지는데 '나'는 자음이 될 수 없다. 그리고 "죽어서도 그녀의 밑바닥에 다다르지 못한 채 유랑할 것이다"라는 예감이 든다. 이 시는 '나'와 '그녀'의 설정을 근거로 사랑의 한계에 대한 시로 읽을 수 있으며, 시집이 발간된 2014년과 시의 소재인 바다에 착안하여 세월호에 대한 애도의 시로 읽을 수도 있다. '모음'과 '자음'에 주목하여 언어의 한계에 대해 말하는 시로도 볼 수 있다. 이 중에서 언어의 한계에 대한 경우에 주목해보자. 말은 실물을 배제하는 방식으로 대상을 가리키므로 그가 자음이 된다고 한들 그녀에게 닿지는 못할 것이다. 그러나 그러한 한계에도 말은 '그녀'를 다른 대상과 구별지으며 고유한 의미를 산출한다. 한계를 인식하고 실물에 닿고자 하는 언어의 운동 에너지로 대상의 의미

가 드러나는 것이다. 리듬은 그러한 운동의 궤적과 포개진다. 모음과 자음에 결합하여 생기는 것은 그녀의 의미와 리듬이다.

2.

현대시에서 의미를 풍요롭게 하는 리듬의 예는 유래가 깊다. 김소월이 「진달래꽃」에서 "가시는 걸음마다"를 "가시는 걸음걸음"으로 바꾼 예를 떠올려보자. 이는 리듬과 의미를 함께 고려한 시인의 선택이었다. 그런데 이에 대한 감상은 리듬과 의미의 분리를 전제로 둔 경우가 많다. 'ㄹ'과 'ㅁ'의 부드러운 소리가 반복되며 리듬을 형성한다는 분석이 틀린 것은 아니지만 이로써 시의 의미가 풍성해졌다고 말하기는 힘든 것이다. 다른 한편, 걷는 모습을 말하는 위치가 개관하는 위치에서 체험하는 위치로 옮겨졌다는 것에 주목하면 '걸음마다'에서는 화자가 걷는 순간을 개괄하는 것처럼 느껴지지만 '걸음걸음'에서는 직접 걷는 느낌이 살아나는 것을 포착할 수 있다. "나보기가 역겨워 가실 때에는"으로 시작되는 시의 가정들은 이 구절로 인해 독자에게 더욱 실감나게 다가서며, 사랑의 정서를 더욱 절실하게 한다.

리듬을 고려하여 시를 읽는다는 것은 마치 연애편지를 읽는 순간의 상태와 같아진다는 것을 뜻한다. 독자는 모든 기호들의 위치, 나열되는 방법 등에 온 감각을 연다. 그와 같은 과정을 거쳐 파악된 의미들은 시를 풍성하게 한다. 리듬은 적용되는 것이 아니라 출현하는 것이다. 이러한 논의에 걸맞은 예를 떠올려보면, 리듬에 관한 논의는 기존의 운율, 율격에 대한 논의를 부정하는 것이 아니라 교정하고 보충한다는 것을 확인할 수 있다. 박재삼의 대표작 「울음이 타는 가을江」을 떠올려보자. 화자는 친구의 '서러운 사랑 이야기'를 생각하며 걷다가 등성이에 이르러 석양에 물든 강을 보게 되자 참았던 눈물을 쏟아내는데, 이때 호흡은 갑자기 거칠어지기 시작한다.

> 저것 봐, 저것 봐,
> 네보담도 내보담도
> 그 기쁜 첫사랑 산골 물소리가 사라지고
> 그 다음 사랑 끝에 생긴 울음까지 녹아나고
> 이제는 미칠 일 하나로 바다에 다 와 가는
> 소리죽은 가을江을 처음 보것네.
>
> ──박재삼 「울음이 타는 가을 江」 부분

"저것 봐, 저것 봐," "네보담도 내보담도"로 이전까지 진행되었던 4음보의 안정적인 흐름은 분절되고, 이어지는 행들에서는 홀수 음보가 개입되며 불안정함을 더한다. 흐느끼며 자신의 감정을 쏟아내고 있는 시인의 모습이 떠오르는데, 이때 가을 강과 시인의 마음은 상응한다. 동병상련이라 해야 할까, 죽음을 느낀 시인의 요동치는 감정은 울음이 타는 가을 강과 대응하면서 다시 4음보로 안정된다. 감정이 잦아드는 것이다.

이러한 분석은 개별 시편의 의미를 보충하는 최근의 리듬론과 대응한다. 현대시의 운율론은 '운'과 '율'이 작동하며 율격을 이루고, 이 율격은 시 내부에서 형성된다고 본다. 전대처럼 시 장르를 아우르는 규칙이 있는 것은 아니지만, 여기에는 개별 시편 안에서 작동하는 리듬을 추출하여 패턴화할 수 있다는 생각이 놓여 있다. 추출의 기준은 음수의 반복과 음보의 반복이고, 이렇게 반복되어 형성된 보편적 리듬이 율격 또는 운율이다. 추출되기 이전에 이 리듬은 시 안에 '내재'해 있으나, 추출된 다음에 그것은 실체가 된다. 3·4조나 4·4조나 7·5조는 음의 수를, 3음보나 4음보는 음의 보폭을 기준으로 운율을 이루었다고 보는 예이다.

메시지뿐만 아니라 말 그 자체가 가지고 있는 표현에서도 의미를 추출하는 시 장르에서, 운율을 고려한 시의 이해는 거듭 강조될 법도 하다. 하지만 현재 운율론은 일반적인 독자뿐만 아니라 비평적 담론에서 소외되었거나 고립되어 있다. 이는 최근의 비평이 표현에서 생성하는 의미를 외면하고 있다는 것을 드러냄과 동시에 기존의 운율론이 시 담론에서 동떨어져 있음을 뜻한다. 그러다 보니 개별 시편에 내재해 있는 리듬이 4음보 같은 실체를 가진 보편적 형식으로 드러나자마자 의미 구성에 실패하는 현상이 반복되고 있다. 또한 간혹 개별 시편의 의미를 드러내는 운율이 있다고 하더라도 그 범위는 전통적 운율의 세례를 받은 시에 한정될 뿐이다.

이에 최근의 리듬론은 시의 형태를 의미 영역으로 끌어들이고, 운율론을 현장 비평 영역으로 포함시키며, 전통적인 시뿐만 아니라 그렇지 않은 시까지도 논의하고자 한다. 최근의 리듬론은 기존의 운율론이 '운'과 '율' 같은 실체로 리듬을 규범화하는 데서 그 소외의 원인을 찾는다. 이들은 리듬을 눈에 보이게 하지만 눈에 보이지 않는 리듬을 논의에서 누락시킨다. 기존의 시각은 리듬을 율격이나 운율과 동일시했으나, 최근의 시각은 리듬을 율격이나 운율과 별도로 본다. 그럴 때에야 비로소 누락되었던 호흡과 흐름과 조직이 의미 생성 과정에 참여할 수 있다고 여기기 때문이다. '리듬'은 '운율'과 '율격'에 저항하고 있으나, 결국 그것을 보충한다. 리듬이 반대하는 것은 운율과 율격의 권위이다. 리듬은 모든 시에 적용되면서도 그 모든 시에 있는 의미 하나를 건져 올리지 못하는 권위의 실효성에 의문을 제기한다.

독자는 이미 가지고 있는 리듬과 현재 맞닥뜨린 시의 리듬을 견주며 그 시의 독특한 리듬을 감상한다. 기존의 리듬을 토대로 그것과 엇나가는 리듬을 파악한 뒤, 그 리듬이 어떻게 왜 나타났는지 헤아리는 과정에서 리듬은 의미를 지향하게 된다. 맞닥뜨린 리듬을 기존의 리듬으로 환원하여 이해하면 의미 산출 과정은 중단된다. 또한 기존의 리듬에 대한 토대를 마련하지 않고 새로운 시의 리듬을 접하면 그것은 의미화 과정에 접어들지 못하게 된다. 기존의 리듬이 모든 것을 해결할 수 있다는 권위적 사고만 버린다면, 그것은 새로운 리듬을 파악하는 데 유용하게 쓰일 수 있다.

3.

'흐름'과 '조직'을 중심으로 진행된 최근의 리듬론에는 고정적인 것에 대한 반성, 외부의 개입에 대한 배제의 의도가 깔려 있다. 그러나 그것의 출현 명분이 이것으로 충분하지는 않다. 한편의 시를 쓰기 이전에 이미 고정된 규칙이 마련되었던 시기, 즉 외형률의 시를 썼던 시기가 근대 이전이다. 만약 근대 이전의 시들을 대척점에 두고 있다면 '흐름'과 '조직'을 주목하는 리듬 논의는 근대 이후 진행된 운율론과의 변별점을 찾기 어렵다. 이를 변별하기 위해서는 기존의 운율론이 현대시 논의의 장에서 고립된 이유에 대해 문제를 제기해볼 필요가 있다. 즉 메시지 분석에서 누락되었던 의미들을 리듬을 통해 되살리는 예를 보여주는 것이다. 이는 특히 김소월의 시나 박재삼의 시 같은 전통적인 시 분석 과정에서, 기존의 논의와 최근의 논의를 포갬으로써 확인할 수 있다.

마지막 새끼를
보낸 날부터

단비는 집 안 곳곳을
쉬지 않고 뛰어다녔다

밤이면
마당에서 길게 울었고

새벽이면
올해 예순아홉 된 아버지와

멀리 방죽까지 나가
함께 울고 돌아왔다
  ── 박준 「단비」 부분(『우리가 함께 장마를 볼 수도 있겠습니다』, 문학과지성사 2018)

 단비는 화자가 키우는 개 이름이다. 새끼 여섯마리를 모두 입양시킨 날부터 단비는 쉬지 않고 뛰어다닌다. 분주하게 뛰어다니는 모습과 엇박자로 시의 리듬은 느리게 진행되는데, 이것이 밤에 우는 긴 울음을 환기한다. 리듬과 관련하여 주목할 부분은 마지막 두 연이다. 보통 노래나 시조에는 전형적인 종지법이 있다. 노래의 마지막은 4도-5도-1도로 끝나고, 시조의 마지막은 낙구 3음절, 가장 긴 어절, 그다음 긴 어절, 가장 짧은 길이의 어절이 차례로 들어서며 마무리된다. 위기에서 절정에 다다랐다 서서히 잦아들며 끝이 나는 것이다.
 박준의 「단비」의 마지막 두 연도 마무리에 걸맞은 리듬을 보여준다. "밤이면/마당에서 길게 울었고"와 문장 구조나 길이가 비슷한 구절이 끝에서 둘째 연이다. "새벽이면/올해 예순아홉 된 아버지와"는 앞의 부분과 길이는 비슷하지만 아직 서술어를 쓰지 않아 나머지 부분이 남아 있다는 것을 환기하는 동시에 그 둘이 합쳐져 가요나 시조 종지부의 가장 긴 부분을 연상시킨다. 이어지는 부분은 "멀리 방죽까지 나가/함께 울고 돌아왔다"인데, 방죽까지 나가는 그 걸음과 종지부의 늘어지는 부분이 상응하며 시의 전체적인 리듬이 느리게 진행된 까닭을 어느 정도 설명한다. 절정에서 결말로 전환되는 부분에 각별히 배치된 "울고"는 리듬의 정점과 의미의 정점이 같은 곳에 있으며 시의 주된 감정이 불가역적인 사건에서 비롯한 상실감이라는 것을 일러준다.

> 아욱 줄기가 연해지기 시작하면
> 우리의 제사도 머지않았다는 이야기입니다
>
> 그러면 저는 시장에 나가
> 참조기와 백조기를 번갈아 바라보거나
> 알 굵은 부사를 한참 동안 만지다 내려놓고는
>
> 우리가 함께 신어도 좋았을
> 촘촘한 수의 양말을
> 무늬대로 골라 돌아오곤 했습니다
>
> ― 박준 「가을의 제사」 전문
> (『우리가 함께 장마를 볼 수도 있겠습니다』, 문학과지성사 2018)

박준 시인이 이번에는 '우리'의 제사상을 마련한다. 시는 제철 음식을 올리는 제사상을 차리기 위해 시장 여기저기 둘러보고는, "우리가 함께 신어도 좋았을" 양말을 사가지고 온다는 이야기이다. 일상적인 제사상 장보기에서 예외적인 애도의 장보기가 되었다. 망자에 대한 의식에서 '우리'에 대한 연대가 되어버렸다. 일상적인 제사에서는 망자를 위한 조기와 부사를 준비하겠지만, 이 시에서 화자는 망자와 공유했을 법한 양말을 구입한다. 이승에 초대되어 음식을 대접받은 망자는 의식이 끝난 뒤 다시 저승으로 돌아가겠으나, 양말을 신으면 한동안 '우리'가 되어 이승에 머물게 된다. 이 시의 특별한 의식은 이승과 저승의 구분을 교란시키기 위해 치러졌다고 할 수 있을 것이다.

리듬은 각 연의 마지막 행에 배치된 낱말의 형태에서 의미와 접속한다. 아욱 줄기가 굵어진다는 첫 연의 진술은 평서형 종결 어미로 되어 있다. '우리' 집의 제사와 여느 집의 제사가 닮은 것은 여기까지다. 음식 대신 같이 신었을 법한 양말을 샀다는 부분에서 반전이 일어난다. 아욱 줄기가 굵어졌으니 가을 제사를 준비할 때라는 평범한 진술에서 시작하여 예상을 벗어나는 부분, 즉 양말을 사고 그 이유를 대는 곳까지 도달하는 데에는 한 연과 두 행이 필요한 것이다. 조기와 부사를 두루 살펴보는 연의 마지막 부분은 "내려놓고는"이다. 문장이 마무리되지 않은 채로, 연 전체가 꾸며주는 말이 된다. 꾸밈을 받는 말, 정말 하고 싶은 말의 역할을 맡은 것이 바로 양말을 사가지고 왔다는 마지막 연이다. 그 앞의 부분은 꾸며주는 말이면서 동시에 하고 싶은 말이 등장하기 전의 예비 단계 역할을 한다. 길게 끌어주는 만큼 긴장은 고조되고 곧 마무리가 될 것임을 말해준다. 마치 시조의 종장이 그러한 것처럼 말이다.

박재삼의 시 한편과 박준의 시 두편이 말하는 것은 크게 두가지이다. 하나는 현대시에서 리듬은 의미와 엉켜 있다는 점이다. 이들 시는 내용과 형식이 동떨어져 있다거나, 정해진 형식에 내용을 담는다거나 하는 인식이 현대시의 미학과는 유리되었다는 것을 보여준다. 이들의 리듬, 즉 형식은 의미를 생성하는 데 도움을 주는 것이 아니라 실제로 의미를 생성한다. 다른 하나는 규칙이 사라졌음에도 리듬의 전통이 보이지 않게 영향력을 행사한다는 점이다. 특히 시조의 마지막 종지법이 이들 시에서 반전에서 결말로 이어지는 부분에 응용되는 것을 확인할 수 있었다. 현대시가 음악성을 해체한다는 견해는, 아마도 극단적인 현대시, 실험적이고 전위적인 시에 해당할 것이다. 전통적 리듬이 압력을 행사하는 시를 한 축에 두고 다른 한 축에 리듬을 버리는 시를 상정하면 현대시에 나타난 리듬의 지형을 그릴 수 있을 것이다.

4.

리듬은 반복되는 요소가 서로 어떻게 관계를 맺고 흐름을 형성하는지 헤아리는 데에서 의미와 접속한다. 한편의 시에 들어 있는 운율과 율격이 이 과정에서 배제될 이유가 없다. 단 그것들이 여러 시편에 통용될 규칙을 설정하는 데 목적을 두지 않고 한편의 시에 있는 복잡한 욕망의 갈래를 갈피 짓는 데 도움을 준다는 전제만 지켜진다면 말이다. 최근의 리듬론이 문제를 제기했던 '반복' 같은 개념도 마찬가지일 것이다. 이것이 고정된 율격을 형성한다는 것을 입증하는 자료로 쓰인다면 의미 해석 부분에서는 불필요한 것이 되지만, 시적 개성을 도드라지게 하는 데 쓰인다면 리듬 논의에서 배제될 이유가 없다.

저것이 가을인가 묻는다. 파랗고 있는 것을. 싸늘하고 있는 것을. 두 귀가 아프고 있는 것을. 가을인가 묻는다. 기막히고 있고 눈부시고 있고 붉고도 있는 저것이 가을인가 묻는다. 가난하고 친하고 떨리고 있는 저것이 가을인가 묻는다. 어쩌면 틀리고 있는 저것이 그래서 맞으려고 있는 저것이 더 맞으려고 있는 저것에게 가을인가 묻는다. 위험하고 천만하고 외롭고도 있는 저것을 가을인가 묻는다. 저것이 저것에게 저것을 오 저것으로 부르는 저것에게 가을인가 묻는다. 무안하고 무색하고 뚝 떨어지고 있는 저것이.

— 김언 「저것이 가을인가?」 전문(『한 문장』, 문학과지성사 2018)

김언의 「저것이 가을인가?」는 말의 기능 중 하나와 실물 사이의 간극에서 의미를 생성하는 시이다. 말은 사물을 가리켜 대상으로 설정한다. 그런데 대상 중에는 구체적으로 짚어낼 수 있는 것도 있지만 관념에서 비롯한 것도 있다. 가을은 이 중에서 후자에 속한다. 말할 수는 있으나 가리킬 수 없는 대상인 것이다. 낙엽과 높은 하늘과 불어오는 바람은 '저것'이 될 수 있으나 '가을'은 그럴 수 없다. 그저 이것들이 모인 시간을 가을이라고 부르자는 사람들의 약속이 있을 뿐이다. 그러므로 제목이 환기하는 '저것'은 가을일 수 없다.

제목의 질문은 양쪽에서 두가지 효과를 일으킨다. 이 질문을 통해 가을은 구체적 대상이 되고 저것은 관념이 된다. 달성하기 어려운 목적을 향해 운동이 시작된다. 많은 말들이 관례를 어긋나 이 운동에 동참한다. 가령 문법에 어긋나는 말들, "파랗고 있는" "싸늘하고 있는" 같은 예가 여기에 해당한다. 형용사가 동사처럼 행동하는 것이다. 이 과정에서 반복의 리듬이 나타난다. '저것'의 반복, '고 있는'의 반복, '가을'의 반복, '맞다'의 반복, '틀리다'의 반복은 이 시에 고유의 리듬을 형성한다. 리듬은 화자의 욕망을 드러내는 표현의 움직임과 깊게 관련된다. 실패가 당연하므로 결과는 중요하지 않다. 그러나 실패가 당연하기 때문에 과정에 주목하는 효과를 가져온다.

사실 시의 질료인 언어는 다른 예술의 질료와 성격이 다르다. 음표는 음표 자체를 뜻하고 물감은 물감 자체를 뜻하지만 언어는 언어 밖의 무엇을 뜻한다. 음표나 물감처럼 자기 자신 이외에 어떤 것도 가리키지 않는 것을 자기 지시성이라 부른다. 이들은 예술의 질료들이다. 문학의 질료인 언어는 밖에 거주하는 어떤 것을 지향하기 위해 존재하기 때문에 자기 지시성이 애초에 없다. 그러나 문학도 예술에 속하기 때문에 질료인 언어는 자기 지시성을 갖추려 한다. 특별히 시어라 해도 사정은 바뀌지 않는다. 시를 읽으면 다른 시공간이 겹쳐 들어와 그 시어들이 무엇을 뜻하는지, 무엇을 가리키는지 애매하게 느껴질 때가 많다. 이는 시어가 물질처럼 자기 지시성을 확보했기 때문이 아니라 일상 언어보다 밖에 거주하는 대상을 가리키는 속도가 늦기 때문이다. 문제는 방향이 아니라 속도이다. 시어는 물질이 될 수도, 존재가 될 수도 없으며, 따라서 자기를 지시할 수 없다. 다만 일상 지각을 확장하기 위해 기존의 원활한 의사소통을 방해할 수 있으며, 그러한 노력의 흔적이 시의 개성을 만든다. 김언의 시도 여기에 해당한다. 시인의 노력은 불가능한 것들의 리듬을 형성한다.

> 기린이 그린 그림은 기린이 그린 구름
> 구름이 그린 기린은 구름이 그린 그림
>
> 그림 속 구름이 기린이 그린 그림이고
> 초원 위 그림이 기린이 보는 구름일 때
>
> (…)
>
> 초원의 기억은 기린을 지나치고
> 지나친 기억은 구름처럼 지나치고
> 어제의 사람은 어제의 사람으로 흐르고
> ── 이제니 「기린이 그린」 부분(『왜냐하면 우리는 우리를 모르고』, 문학과지성사 2014)

인용한 「기린이 그린」의 첫머리는 인력과 척력이 팽팽히 맞서는 곳이다. 반복되는 음운의 연쇄가 주는 방해에도 '기린이 그리는 구름 그림'과 '구름이 그린 기린 그림'이 무엇인지, 둘의 차이는 무엇인지 파악하는 시도가 생겨난다. 한편 해석의 시도를 멈추고 'ㄱ' 'ㄹ' 'ㄴ' 'ㅁ'이 연주하는 음악에 귀를 기울이고 있는 이도 있을 것이다. 앞의 태도에서 시어는 언어 밖에 거주하려 하고, 뒤의 태도에서 시어는 언어 안에서 의미를 생성하려 한다. 이 두 시도의 마주침이 긴장을 조성한다. 그러나 그 긴장은 오래가지 못한다.

이어지는 부분에서 언어 밖의 뜻에 정착하려는 과정이 연출된다. 첫 연의 1행 "기린이 그린 그림은 기린이 그린 구름"과 다음 연의 1행 "그림 속

구름이 기린이 그린 그림이고"는 그 뜻이 비슷하다. 기린은 구름을 그림 속에 그린 것이다. 첫 연 2행 "구름이 그린 기린"은 다음 연의 2행 "초원 위 그림이 기린이 보는 구름"에 의해 선명해진다. 구름이 기린을 초원 위에 그린 것이다. 뜻이 다른 두 문장은 소리가 비슷한 관계로 뫼비우스의 띠처럼 계속 공전한다. 그림 속에 정착한 과거와 초원 위에 떠 있는 현재도 함께 회전한다. 현재와 과거가 엉키게 되는 것이다.

인용 부분 마지막 연에 '지나침'과 '기억'과 '어제'가 등장한다. 이때부터 시의 의미는 뚜렷해진다. "어제의 사람은 어제의 사람으로 흐"른다는 말에는 어제가 아무리 생생해도 다시 시간을 거슬러 오늘이 될 수 없다는 뜻이 담겼다. 어제의 기억이 강조되면서 시차를 무시하는 회전보다 회전에 의해 강조되는 시차가 부각된다. 엇갈린 모습이 주목되자 시는 인력과 척력이 빚은 긴장에서 벗어난다. 긴장이 사라졌다고 해서 긴장이 풀어졌다는 뜻은 아니다. 시에는 주술처럼 생생했던 어제의 사람이, 그리고 그 시간과의 엇갈림이 실패의 흔적으로 남게 된다.

「기린이 그린」에는 시어가 물질처럼 보이기 위한 시도가 엿보인다. 언어 바깥의 세계를 가리키는 것을 멈추고 물감처럼 자기 지시성의 특성을 지향한 것이다. 이 지향이 성공했을 때, 즉 언어가 물질처럼 자기 자신을 지시할 때 언어는 순수해질 것이다. 그리고 그러한 언어로 채워진 시를 '순수시'라 부를 수 있을 것이다. 시어들은 자기 지시성을 갖추면서 사물로서 존재하게 된다. 그런데 이와 같은 상태가 성공을 거둔다면 시의 개성은 남아 있을 수 있을까. 「기린이 그린」이 보여주는 기억과 현재의 엇갈림은 시어가 물질처럼 존재하기 때문에 만들어진 것이 아니라 인력과 척력의 긴장 상태에서 튕겨나가 발생한 것으로 보는 것이 적절해 보인다. 언어 바깥을 지시하려는 척력에 맞서 인력이 작동되는 시, 불가능을 가능하게 하려는 고투가 여기에 있으며, 실패할 것을 알면서도 시도할 수밖에 없는 소명 의식이 여기에 깔려 있다. 시어들은 가리키는 방향을 제 안으로 바꾸지는 못하더라도 밖에 닿는 속도를 늦춘다. 그 과정에서 언어 고유의 자질, 즉 음운과 소리 등이 모두 의미 생성에 참여한다.

5.

리듬은 독서의 속도를 더한다. 이 과정에서 본래의 의미가 휘발되고 새로운 의미가 들러붙기도 한다. 새로 출현한 언어의 속성은 기존의 규범에 기대지 않고 내재적 리듬에 몸을 맡긴다는 뜻에서 일상보다는 자연에 가까우며, 인간보다는 신성에 가깝다. 순수시라 불리는 시에서 하나의 개념에 정주하지 못하는 시어들은 움직임을 거처로 삼되 주문처럼 이를 반복하며 고유의 리듬을 형성한다.

개별 시편의 위상을 설정할 때 한편에는 순수시를 반대편에는 사물과 관념을 지시하는 시를 둘 수 있을 것이다. 순수시의 언어는 기존의 의미와 결별한다는 점에서 자기 지시성을 지닌다. 순수시의 건너편에 있는 말들은 전통적인 리듬의 영향을 받으면서 익숙함을 바탕으로 그 나름의 감각과 감정을 독자에게 전달한다. 개성적인 리듬과 의미를 형성하건 익숙한 리듬과 의미를 변주하건 리듬은 시와 시적인 것을 지탱하는 규율이자 제도이다. 리듬을 파괴하는 시도까지 리듬의 존재를 전제로 한다는 것을 염두에 둔다면 실제 리듬을 부정하는 시도는 리듬을 무시하는 말에서 찾을 수 있을 것이다. 일상 지각의 영역 내에서 관례화되어 새로운 힘을 필요로 하지 않는 말들이 이에 해당한다.

현대시의 리듬은 시인의 개성과 함께 시대의 개성을 드러내는 증표이다. 한 시기에 속해 있을 때는 자연스러웠던 말투와 억양이 그 시기를 통과하면 어색해 보이는 것처럼 다른 시대와 변별되는 시대의 호흡이 리듬에서도 나타난다. 시대와 사회 속 개인이 시에서도 확인할 수 있는 것이다. 그러나 시대를 반영하는 시의 언어는 동시에 시대의 초월을 감행한다. 시대를 반영하는 힘에서 시의 기층 리듬이 환기된다면 시대를 초월하는 힘에서는 고유의 리듬이 형성된다. 리듬에는 시대를 초월하기 위해 시대를 헤매는 흔적이 축적되어 있다. 현대시에서 리듬은 산출된 규칙이 아니라 헤맴의 궤적이다.

현대시의 알레고리

◆

황현산의 알레고리

  자신의 시집임에도 시인이 개입하지 못하는 부분이 있다. 다른 사람이 쓴 해설의 경우 시인은 거기에 관여하지 못한다. 어떤 시집선 표지에 있는 편집자의 요약에 대해서도 그러하다. 한 편집자가 어떠한 부연 없이 시집의 특성을 '알레고리'로 요약한 것을 그 시집의 주인공과 함께 본 적이 있다. 자신의 시집을 이제 막 펼쳐든 시인은 그 부분을 확인한 뒤 만족스럽지 않은 표정을 지었다. '알레고리'는 대개의 시인에게 환대 받지 못하는 개념이다. 적어도 불문학자이자 문학평론가인 황현산이 그 말을 사용하기 전까지는 그러했다. 황현산이 이 말을 썼을 때 그 말의 세례를 받은 시인의 표정은 어땠을까. 적어도 위의 시인과 같지는 않았을 것이다. 이제 '알레고리'는 한국의 시단에서 적어도 두가지 뜻으로 쓰이는 것 같은데, 최근의 알레고리에 대해 상세히 소개된 황현산의 『잘 표현된 불행』(문예중앙 2012)의 맥락을 따라가며 그 의미를 짚어보기로 하자.

  책에는 1960년대 발간된 송욱의 『시학평전』(일조각 1963)이 얼마간 언급된다. 알다시피 『시학평전』은 당대에 발간되자마자 반향을 일으켰다. 서구의 시인과 이론을 소개하고 한국의 시인들을 그에 맞춰 비평한 이 책의 영향력은 컸다. 프랑스의 상징주의부터 영국의 이미지즘까지 소개된 이 책에서 황현산이 주목한 것은 거기에 언급된 서구의 시인과 이론가가 아니라 맥락에 따르면 당연히 그 목록에 있어야 하나 실제로는 누락된 시인이었다. 랭보는 프랑스 상징주의를 언급할 때 필수적으로 거론되어야 할 시인이지만 송욱의 책에는 소개조차 없다. 그 대척점에 있는 말라르메가 거듭 언급되고 있는 것과 견주면 이 점은 눈에 띈다. 랭보를 무시한 것이 중요한 까닭은 그처럼 무질서와 착란을 드러낸 시들이 여전히 한국에서 박하게 평가를 받는 사정과 무관하지 않기 때문이다.

『시학평전』이 강조하는 것은 말라르메와 발레리에 걸쳐 암시된 '순수시'의 미학이었다. 송욱에게는 감각 저편에 있는 이상을 향해 정신을 가다듬는 일, 혼란한 상황에서 질서를 잡고 순수를 추구하는 일이 중요하게 인식되었다. 하지만 이를 온전히 송욱의 가치관이 투영된 결과라고 보기는 어렵다. 이 책이 발간된 1960년대의 한국 상황을 염두에 두면, 폐허에서 새로운 것을 만들어내는 일이 기존의 가치 체계를 혼란에 빠뜨리고 허무는 일보다 더욱 시급하게 요청되었을 것이다. 모든 것이 허물어진 현실 안에서 더이상 허물 체계는 없었다. 폐허를 야기한 기존의 전통도 미덥지 못했다. 당대에 많은 이들이 엘리엇의 전통 개념을 숙고한 까닭도 기존의 전통과 결별하기 위해서였다. 중요한 것은 질서의 수복이자 건설이었다.

황현산의 『잘 표현된 불행』에서 줄곧 강조한 '알레고리'는 송욱의 『시학평전』에서 줄곧 생략된 혼란과 간접적으로 관련 있어 보인다. 이제는 한국시도 혼란을 인정해야 될 때가 온 것은 아닐까, 그로 인해 우리가 '시적인 것'이라고 여기는 것이 확장될 수 있지는 않을까. 알레고리에 대한 그의 견해가 이와 같은 질문의 맥락을 따라 표명된 것이라면 이 역시 시대적인 요청이라 할 수 있다. 알레고리의 위상이 조정되어야 할 정도로 오랫동안 '시적인 것'에 대한 인식이 고정되어 있었고, 이 고정된 인식으로는 새롭게 산출되고 있는 낯선 시들을 온전히 감상하기 힘들고, 따라서 알레고리의 위상 변화로 고정된 인식을 타개해보자는 의도가 암묵적으로 조성되지는 않았을까. 이를 확인하기 위해 이 글은 한국 시론에서 '알레고리'가 어떻게 다루었는지를 먼저 살펴보고, 황현산과 벤야민의 알레고리 성격을 파악한 뒤, 한국시에 어떻게 이 개념이 적용되어왔는지 살펴보고자 한다.

『시학평전』이 발간된 이후, 가치 판단을 위해 개인의 시각이 허용되는 평론집은 물론이고 보편성을 지향하는 시론서에서도 '알레고리'는 소외받았다. 황현산과 같은 불문학자이자 평론가인 김현의 글에서도 이 점은 마찬가지로 확인된다. 김현은 전대의 시인들과 단절을 꾀하고자 했고 특히 당대의 시인들 중 리얼리즘을 지향하는 '참여파 시인'들과 거리를 두려 했다. 당대의 소위 '언어파 시인'을 부각시키기 위해 그가 주목한 이는 말라르메였으니, 주목하는 시인 목록의 차이가 있을지언정 그의 논의도 『시학평전』을 계승한다고 할 수 있다.[18] 그는 순수시와 모호성과 자율성을 신뢰했으며, 이를 리얼리즘 문학을 비판하는 준거로 사용했다. 그는 랭보의 『지옥에서 보낸 한철』을 번역했으나, 그의 번역 또한 당대 담론의 장에서 조성된 세계관을 토대로 한 것이었다. 언어파의 자율성이 참여파의 현실성과 대립각을 세우는 한, 언어파의 일원이 현실과 밀접한 관계에 놓여 있는 알레고리를 온전히 탐구하기는 어려운 일이다.

1980년대 한국의 대표적인 시론서인 김준오의 『시론』에는 '알레고리'의 개념이 소략하게나마 소개되어 있다. 지금까지 늘 그래 왔고 지금도 그렇듯이 그것은 상징과 비교된다. 하지만 이 비교는 대등한 비교라고 보기 힘들다. 결과적으로 상징의 우수성을 선명히 하는 데 보족적인 역할을 맡고 있는 것이 이 책에 소개된 알레고리의 임무다.[19] 그에 따르면 알레고

---

18 이찬 「20세기 후반 한국 현대시론 연구」, 고려대 박사논문, 213~24면.

리의 원관념과 보조관념은 1:1의 관계를 이루고, 미적 가치보다 '역사적·시대적' 의미를 따르며, 명백하지만 단순한 비문학적 의미를 지닌다. 김준오는 이를 입증하는 예로 신동엽의 「껍데기는 가라」와 박남수의 「새」를 꼽고 있는데, 그에 따르면 이 시들은 당대의 시대적 삶을 명백히 하는 데 기여한다. 상징의 예로는 이육사의 「청포도」와 한용운의 「님의 침묵」이 제시되었다. 이에 대한 그의 논지는 이렇다. 시인의 전기적 사실이나 역사적 맥락으로 환원하여 이 시들을 해석하는 것은 풍부한 의미를 배출하는 통로를 차단하는 것과 같다. 그가 보기에는 단일한 해석으로 환원하는 시각이 곧 알레고리적 해석인 것이다. 그의 인식은 여기에서 명확해진다. 그는 알레고리와 상징을 역사적 의미와 미적 가치로 나누지만, 시의 장에서 유의미한 것은 상징이다. 그러니까 여기에는 좋은 것과 안 좋은 것이라는 질적 가치의 시각이 개입되어 있는 것이다. 알레고리는 시적인 영역을 확장하는 것이 아니라 그 영역 바깥에서 상징을 상대적으로 빛나게 한다. 비약하자면 시적인 영역에서 '비문학적인' 알레고리는 배제된다.

1989년 현대문학사에서 발간한 『시론』에는 알레고리가 소주제의 자격조차 부여 받지 못한다.[20] 그것은 '상징'을 다루는 장에서 부분적으로 인용되고 있는데, 이 부분의 필자 마광수가 제시한 알레고리의 의미는 김준오의 견해와 멀리 떨어져 있지 않다. 마광수는 상징과 알레고리의 관계를 표로 제시했다. 그에 따르면 알레고리는 보편에 특수사상을 맞추는 것이고 추상관념을 구체 언어로 번역하는 것이다. 그 안에는 원관념과 보조관념이 1:1로 맺어져 있으며 독자는 문면의 이야기가 성립되지 않아도 그 본뜻을 알 수 있다. 그것은 산문성, 연속성, 설화성을 띠고 현세적 종교 욕구와 관련되어 있으며, 비자의적인 유의를 가지고 부분적으로 접합하며

---

19 김준오 『시론』 4판, 삼지원 1982, 203~206면.
20 마광수 「상징」, 『시론』, 현대문학사 편, 현대문학사 1989, 94~95면.

본의를 추상적 개념으로 표현한다. 여기에서 주목할 것은 맥락이 닿지 않아도 본뜻을 독자가 알 수 있다고 말하는 대목이다. 사회역사적인 맥락이 독자의 추정에 도움을 준다는 것인데, 이는 사회역사적인 맥락으로 그 뜻이 환원되는 앞의 '알레고리'의 개념과 포개진다.

이후 시론에서도 상징은 중요하게 다뤄지고 있으나 알레고리는 대개 삭제되어 있다. 등장한다고 하더라도 상징을 부각시키기 위한 수단으로 앞의 뜻을 반복하는 정도이다. 2010년에 발간된 『문학에 이르는 길』에서 「시의 이해」를 집필한 유성호는 상징과 알레고리를 대등하게 상정한다.[21] 하지만 그가 파악한 알레고리 또한 앞의 것과 겹친다. 그는 알레고리가 표층과 심층의 뜻을 각각 하나씩 지니며 의인화와 문답법 등의 과정을 거쳐 교훈을 전달하는 특징을 가진다고 말한다. 이런 논의를 거쳐 그 또한 "알레고리는 상징보다는 낮은 차원의 기법이요 양식"이라 결론 내린다.

권혁웅의 『시론』은 전통적인 수사법에 기대어 알레고리의 뜻을 살피는 동시에 실질적으로 상징과 대등한 층위에 놓인 알레고리를 다룬다.[22] 그는 말한다. "상징과 알레고리를 가르는 막이 알려진 것과는 다르게 매우 헐겁다는 것이며, '살아 있는/죽은'과 같은 가치 판단으로는 둘을 유별할 수 없다는 것이다." 그에 따르면 상징에도 죽은 상징이 있듯이 알레고리에도 생성적 알레고리가 있다. 물론 알레고리의 가치를 높이기 위해 사용한 '생성적'이라는 말과, "은유(그 생성적 힘을 소진하지 않은 은유)와 접속된 알레고리는 이미 그 자체로 상징적인 것이 아닌가" 같은 질문에서 확인할 수 있듯, 고유의 개념 때문이 아니라 은유나 상징과 접속할 때 그 가치가 높아진다는 주장에는 이견이 있을 수 있다. 하지만 권혁웅의 이 같은 발언은 한국의 시론에서 알레고리의 가치를 인정한 거의 처음 그리

21 김용성·송하춘·유성호·최동호『문학에 이르는 길』, 서정시학 2010, 107~109면.
22 권혁웅『시론』, 문학동네 2011, 393면.

고 최근의 것이라는 점에서 주목할 만하다. 그의 시론에서 알레고리의 위상이 격상된 이유 중 하나는 그가 황현산이나 벤야민의 알레고리론을 참조했다는 데 있다. 그는 이들의 견해를 직접 인용했는데, 요약하자면 전근대가 총체적 세계라 한다면 근대는 파편적 세계이기 때문에 이 시대는 파편을 보여주는 알레고리와 잘 어울린다는 것이다. 알레고리의 예로 책에 언급된 시는 1980년 광주를 환기하는 것들이다. 그에 따르면 이성복의 '가족', 최승자의 '버림받은 여인', 황지우의 '세속', 김혜순의 '죽음', 최승호의 '동물', 기형도의 '늙은 자' 등은 광주를 알레고리화한다. 하지만 이들 시에서는 각각의 제재가 사회역사적인 참조를 얻어 원관념과 보조관념이 일대일의 관계를 이루고 있을 뿐 아니라 시에 파편화되어 있는 것을 다시 의미화하는 주체의 시선이 감지된다. 이를 황현산이나 벤야민의 알레고리와 대응한다고 말하기는 어렵다. 오히려 이들은 김준오가 예로 들었던 신동엽의 「껍데기는 가라」나 박남수의 「새」와 같은 층위에 나란히 놓이는 것은 아닐까. 그렇다면 현대시의 알레고리의 개념은 무엇이고 그에 대응하는 시들은 어떻게 그 미학을 구현하고 있는 것일까.

황현산의 글 가운데 알레고리가 전면에 부상한 것은 『잘 표현된 불행』이다. 하지만 첫 평론집 『말과 시간의 깊이』(문학과지성사 2002)에도 그에 대한 사유가 보이지 않은 것은 아니다. 그중 「정지된 세계의 알레고리」는 그의 평론 중 드물게 소설을 다룬다. 그는 알레고리의 개념을 소개하면서 이청준의 『자유의 문』을 비평한다. 그러나 이 시도가 그가 직접 밝혔듯 이청준의 소설을 알레고리로 분석한 최초의 것은 아니었다. 그렇다면 그의 목적은, 기본적으로 이청준 소설의 의미를 풍부히 하는 데 있겠으나, 이와 더불어 기존의 알레고리와는 다른 알레고리를 제시하는 데에도 있다고 볼 수 있다. 이 글은 1990년 황현산이 문단에 발표한 자신의 첫 평론이기도 하다. 이 해에 한국 문단에는 황현산과 함께 '다른 알레고리'가 등장한 셈이다.

그는 이 글 서두에 '모순'과 관련한 고사를 꺼낸다. 그가 보기에 이 이야기의 명성이 지속되는 까닭은 무엇이든 뚫을 수 있는 칼과 무엇이든 막을 수 있는 방패가 맞부딪는 순간을 예상하는 힘 때문이다. 그는 이청준의 소설에도 "우리에게 예감으로만 존재할 뿐 알려지지 않는 어떤 순간을 현실 속에 실현하기 위해 비극적인 삶을 떠맡아야 하는 사람들의 알레고리"가 제시된다고 파악한다.[23] 여기에서 재래의 알레고리로 소화될 수 있는 대목은 소설의 중요한 인물이 작가가 하고 싶은 말을 대신했다는 뜻의 "사람들의 알레고리"일 것이다. 하지만 주목해야 할 대목은 이 마지막 말보다는 이를 수식하는 앞의 말들이다. 알레고리는 말로 표현할 수 없는 진정한 불가능의 순간을 상정해야 생겨날 수 있다. 그것은 현실 속에 있으면서 현실과 거리를 두는 분석적 시선에 의해 드러난다. 이 전제 조건은 모든 '다르게 말하는' 방식이 알레고리가 될 수 없도록 제한한다.

알레고리는 극단적인 원한 감정으로 시공간을 파괴하고 파편으로 남기 때문에 변화하지도 반성하지도 발전하지도 않으며, 자신의 존재와 깊이를 증명하기 위해 주어진 환경을 거부하기 때문에 그 자신을 파멸시키고 깨어진 채 존속한다.[24] 이에 둘레 세계에 예속되지 않는 주체의 강인한 시선이 먼저 요구된다고 할 수 있는데, 그것은 진정한 신화의 순간을 예감하도록 이끄는 한편, 이 세계를 감싸는 기만과 거짓 진보의 환상을 깨뜨리는 데 일조한다. 이와 같은 알레고리에 대한 인식은 『말과 시간의 깊이』에서는 이청준의 소설에 나타난 인물의 성격을 규정하는 데 쓰이지만 『잘 표현된 불행』에서는 여러 시인들과 시어들의 성격을 규명하는 데 할애된다. 알레고리에 대한 관점은 이 두번째 평론집에서 변하지 않았다. 오히려 보들레르의 시와 그 시들을 분석하는 벤야민에 의해 그 출처가 분명해졌

---

23 황현산, 「정지된 세계의 알레고리」, 『말과 시간의 깊이』, 문학과지성사 2002, 33면.
24 같은 글, 37~40면.

으며, 한국 시인들의 풍성한 예들로 그 필요성이 뚜렷해졌다.

보들레르에 대해 여러편의 이론적인 글을 썼던 벤야민은 랭보의 저 '치졸한 것'과 보들레르의 저 일시적인 것을 모두 아울러 알레고리라고 부른다. 무너지거나 무너질 것들의 찬란했던 거짓 모습과 그 신화는 진정한 신화의 유비이며, 진정한 유토피아의 알레고리라는 것이다. 본격적인 의미에서건 대중적인 의미에서건 예술품은 나뭇잎이 우거진 나무처럼 유기적 총체로만 남아 있을 때 근본적으로 불행한 세계를 행복한 세계로 왜곡하고, 인간을 짓누르는 신화적 힘을 부지불식간에 강화하는 한편, 신화와 억압받는 인간 사이에 거짓된 그만큼 변할 줄 모르는 조화를 끌어들인다. 우리가 「시체」에서 보는 것처럼 보들레르의 알레고리는 파괴적이다. 가지가지 신발명품들과 유행들, 과학적 진보의 온갖 약속들을 찢어발겨 고발하며, 시 쓰기의 행위를 통해 자신을 괴롭힐 때(벤야민의 표현을 빌리자면 알레고리적으로 고행할 때), 잊어버렸던 전사(前史)의 기억이 확보되고, 거짓 신화 속에 내포된 진정한 신화의 약속이 드러난다고 주장한다. 헛된 잎사귀들 아래서 본디 몸체가 그렇게 현현하는 것이다.[25]

우선 주목할 것은 황현산이 파악한 벤야민의 알레고리에 대한 언급이다. 인용문의 앞부분은 알레고리를 '다르게 말하는 것'으로 규정했을 때 그 대상에 대해 논의하는 대목이다. 기존의 알레고리는 '무엇을 다르게 말하는가'에 대한 답변으로 비문학적인 것, 현실적인 것, 역사적인 것을 상정했다. 벤야민의 알레고리는 여기에 "진정한 신화" "진정한 유토피아"를 둔다. 그것은 말로 표현될 수 없고, 다만 현실적인 것, 역사적인 것을

---

25 황현산 「형해로 남은 것들」, 『잘 표현된 불행』, 문예중앙 2012, 170~71면. 이하 이 책에서 인용하는 경우에는 본문에 면수만 표기.

파괴한 뒤 남은 파편으로 인식될 뿐이다. 현실을 응시한다는 이유로 이를 현실주의라 부를 수 없으며 시공간을 파괴한다는 이유로 이를 신비주의라 부를 수 없다. 이 이물질 같은 알레고리를 타자라고 부를 수도 있지 않을까. 그것은 파편으로 남아 있기 때문에 주체의 시선에 응답하지 않는다.

뒷부분은 알레고리가 놓인 폐허에 대한 대목이다. 알레고리가 "찢어발겨 고발하"는 것은 "진보의 온갖 약속들"이다. 시간의 흐름 속에 약속들이 늘어나고 대중들은 이를 현실이라고 여긴다. 하지만 그가 보기에 그것은 거짓 환상이다. "예술품"도 여기에 해당한다. 벤야민은 예술품을 최초의 느낌에 관습적인 감상, 맹목적인 감탄이 켜켜이 쌓여 조성된 것으로 여긴다. 예술의 가치에 대한 관습화된 인식은 그에게 미 자체를 회의하도록 이끈다. 예술의 세계에 진입하지 않는 그가 서 있을 곳은 현실이다. 하지만 그 현실은 약속과 관습과 지속의 시간이 사라진 현실이다. 이를 폐허로서의 현실이라 부를 수 있지 않을까. 벤야민에게 현실은 모든 것이 파괴된 폐허이다. 하지만 그로 인해 그는 최초의 느낌을 간직하고 전사의 기억을 회복할 수 있다. 예술이 아니라 현실을 중시하는 알레고리의 성향은 황현산이 알레고리를 상징과 비교하는 곳에서 더욱 뚜렷해진다.

알레고리는 외적이고 임의적이다. 상징은 초역사적이고 통합적이지만, 알레고리는 시대적이고 파편적이다. 상징은 인류학적이지만 알레고리는 문화적이고 사적이다. (여기까지만 본다면, 본질주의 시와 '미래파 시'의 갈등은 상징과 알레고리의 싸움이라고 부를 만도 하다.) 그러나 알레고리는 바로 이 약점에 의지하여, 본질적이고 튼튼하다고 믿었던 삶의 토대가 얼마나 허망하며, 그래서 존재가 얼마나 부박하고 비극적인가를 알게 한다. 알레고리는 질서 속에 혼란을 창조한다. 문제는 이 혼란인데, 삶의 비극성뿐만 아니라 새로운 가능성도 이 혼란 속에 있기 때문이다. (…) 굳어진 현실이 한 치의 빈틈도 내보이지 않고, 말이 바닥나고, 논리가 같은 자리를 맴돌아 모든 토론이 무위로 돌아갈 때, 신비주의자들은 어떤 신화적 세계의 안개 속으로 걸어 들어가겠지만, 현실을 잊어버리지 않는 사람들에게는 이 초라한 현실이 그 조건을 그대로 간직한 채 더 큰 현실로 연결되는 한 고리가 죽음 뒤에나 볼 수 있을 것 같은 낯선 얼굴로 나타난다. 현대시는 그 얼굴을 알레고리라고 부른다. 그러나 시인은 제가 쓰는 것이 알레고리인 것을 알지 못한다. 그는 현실의 한 면모를, 그것도 찌그러지고 조각난 형식으로 그렸을 뿐이기 때문이다.(72면)

이 글에서 알레고리는 상징뿐만 아니라 신비주의와 대조된다. 이 둘과 견줘 알레고리에서 중요한 것은 '현실'이다. 현실의 강조는 이청준의 소설을 말할 때의 알레고리와 언뜻 보기에 성격이 다르다. 앞에서 시공간을 파괴하는 곳에 알레고리가 나타난다고 했는데, 여기에서는 현실을 떠난 시각이 상징주의자이자 신비주의자의 것으로 상정되기 때문이다. 하지만 현실을 파괴함으로써 현실의 허위성을 드러낸다는 점에서, 비록 파편이지만 알레고리는 현실의 잔재이다. 상징의 초역사는 모든 역사를 감싸 안으며 이루어낸 결과이지만 알레고리의 역사성은 역사를 파괴하고 남은 파편들이다. 그러므로 알레고리는 다른 역사가 다른 시간에 담겨진 것이 아니라 다른 시간이 역사의 시간에 남겨진 것이다.

주목해야 할 지점은 이 알레고리의 "찌그러지고 조각난 형식"에 의해 2000년대 미래파 시가 가치를 얻는다는 점이다. 그는 알레고리를 설명하던 도중에, 그 성격이 즉 시대적이고 파편적이며 문화적이고 사적이라고 말하다가 갑자기 "여기까지만 본다면"이라는 전제를 달고 미래파 시를 알레고리와 포개놓는다. 설명은 계속 이어져, 알레고리의 혼란 속에 비극성과 더불어 새로운 가능성이 내포된다는 내용이 뒤따른다. 이는 모든 2000년대 미래파 시가 '본질주의 시'와 견줘 파편적이고 사적이라 할 수 있으나 그 모두에 비극성이나 가능성이 담겨 있지 않다는 것을 가리킨다.

그의 알레고리는 모든 혼란을 대변하지 않는다. 극단의 절망과 진정한 유토피아의 흔적이 그 안에 있을 때 비로소 알레고리가 될 수 있다. 가령 주체의 기획에 의해, 또는 주체의 욕망을 과시하기 위해 전시된 혼란도 있을 것이다. 하지만 알레고리는 주체의 욕망과 동떨어져 있다. 알레고리는 현실을 파악하는 냉정한 분석 능력을 전제로 한다.

더욱 주목할 부분은 "현대시는 그 얼굴을 알레고리라고 부른다"는 대목이다. 현실의 논리가 절단난 뒤 "초라한 현실"이 드러나고, 그것이 "더 큰 현실과 연결되는" 지점에서 나타나는 "낯선 얼굴"이 알레고리이다. 그는 이 얼굴을 '시'가 아니라 '현대시'의 것이라고 했다. 즉 그가 말하는 알레고리는 낭만주의의 열정에서 유래한 서정시의 것이 아니라 그 열정을 바라보는 현대시의 것이다. 알레고리는 여기에서 전통적인 알레고리와 결정적으로 그 뜻이 갈라진다.

시간을 분할하고 구획하면서 역사가 진보한다는 시각으로 다른 시간을 포섭하는 것은 전통적인 알레고리의 범주에 속한다. 이에 반해 현대시의 알레고리는 분할과 구획의 기만을 폭로하고 불모의 현실을 드러내며 보이지 않는 심연의 흔적을 매개한다. 재단된 현실 안에 질서 잡힌 모습은 시적인 것을 유형화하여 드러낼 수 있으나 혼란스러운 모습은 그 유형을 깨뜨리고 시적인 것을 확장시킨다. 황현산은 이처럼 시적인 것을 드러냄으로써 한국 현대시를 풍요롭게 한 시인들을 포착해냈다. 김경주, 정재학, 김성규, 진은영, 오규원, 이수명, 김혜수 등은 『잘 표현된 불행』에서 한국시의 알레고리커로 등재된 시인들이다. 이들은 그 자신의 지속적인 시적 실천으로 황현산의 시각이 지금 이 시간에도 여전히 소중한 것임을 증명한다.

알레고리의 영역 안에 있으면서 이들의 목소리가 겹치지 않는 것은 특별해 보인다. 아마 알레고리 자체가 지닌 특성 때문일 것이다. 알레고리는 "찌그러지고 조각난 형식"이다. 이 파편들의 생김새가 동일할 수는 없는 일이다. 황현산에 따르면 김경주는 신비로운 세계를 보여주지만 여기서 그는 삶을 떠난 신비가 아니라 삶의 극단, 죽음을 걸고 모험하는 시의 신비를 보여준다. 정재학은 악마적 분석의식 속에 있는 삶의 리듬을, 김성규는 가장 어두운 곳에 가장 단단한 전망의 자리를 발견한다. 진은영은 예술이 아닌 현실 속에서 파편화된 독립된 이미지를 선보인다. 오규원은 형해로 남은 시어들로써 거짓 신화적 힘을 고발하고 그 안에 내포된 하나의 진정한 신화의 약속을 드러낸다. 이수명은 통합된 전망을 지우고 통로 없는 불행의 파편을 그려낸다. 김혜수는 낙원이 분석되는 순간을 제 시에 담아낸다. 여기서 알 수 있듯 알레고리는 시보다 먼저 유형화될 수 없다. 시에 있는 절망과 가능성이 이루는 긴장의 여러 형태가 알레고리인 것이다.

한국 현대시를 경유하며 황현산이 제시한 알레고리와 보들레르를 경유하여 벤야민이 제시한 알레고리는 대부분 겹치지만 그렇다고 꼭 포개진다고 말하기는 어렵다. 벤야민은 파국과 죽음에 대해 표 나게 강조했다. 그에 따르면 "알레고리는 멜랑콜리커의 수난의 길에 놓인 정거장"이고, "우울은 항구적인 파국에 부응하는 감정"이다.[26] 스스로 멜랑콜리커이기도 했던 벤야민이 알레고리를 '정거장'이라고 했을 때, 그 종착지는 '항구적인 파국'이라 표현한 죽음을 뜻한다고 봐야 할 것이다. 진보적 시간관과는 상이한 특성을 지녔다는 점에서 자신과 같은 범주로 묶을 수 있는 베르그송의 지속 개념을 비판할 때에도, 그는 베르그송의 개념 안에 죽음이 은폐되어 있다는 점에 주목했다.[27] 그는 전사(前史)의 기억을 무덤 속과 겹쳐놓고 그곳을 향한 도정에 알레고리를 설정해놓았다. 알레고리는 어쨌건 말의 영역 안에 놓여 있다. 죽음 뒤에 찾아오는 침묵과 견주면 말은 삶의 것이다. 살아 있는 사람이 하는 말 중에서 가장 죽음과 가까운 것이 알레고리 아닐까. 즉 죽음을 가장 가까이 인식하는 멜랑콜리커의 말이

---

26 발터 벤야민 「중앙공원」, 『발터 벤야민 선집 3』, 김영옥·황현산 옮김, 길 2010, 258, 263면.
27 발터 벤야민 「보들레르의 몇가지 모티프에 관하여」, 같은 책, 235면.

알레고리가 되는 것은 아닐까.

황현산이 알레고리를 '낯선 얼굴'이라 표현한 것을 참조하면 그가 죽음의 얼굴을 알레고리로 상정하지 않았다고 보기는 힘들다. 하지만 그는 이에 대해 직접 말하기를 꺼린다. 설령 그것이 진실이라도 거기에는 모든 알레고리가 파국을 향한 정거장으로 환원되지 않기를 바라는 마음이 있다. 그는 알레고리 시뿐만 아니라 시의 알레고리에 대해서도 고심했다. 황현산은 말한다. "시는 현실에 내재하는 *현실 아닌 것*의 알레고리다. 그 점에서 시는 진보주의자다. 제가 옳다고 믿는 것을 끝까지 포기하지 않으려는 의지 외에 다른 어떤 말로 진보주의를 정의할 것인가."(86면) 반면에 진정한 신화의 자리에 파국을 겹쳐놓은 벤야민에게서 알레고리로서의 시가 진보주의자라는 규정을 얻을 수는 없을 것 같다. 어쩌면 이 어긋남은 거짓 진보의 역사 안에서 파편적 글쓰기로 자신의 의지를 종합하려 했던 문화비평가인 벤야민과 그 안에 놓일 시의 자리에 대해 고심한 시 비평가인 황현산의 차이에서 비롯되었다고 할 수 있다. 황현산은 알레고리 시의 가치에 대해 지속적으로 강조하지만 상징적인 시가 가치 없다고 말하지 않는다. 그는 보들레르나 랭보의 전문가일 뿐만 아니라 말라르메 전문가이기도 하다. 그는 진이정과 정재학 시의 가치를 인정했을 뿐만 아니라 한용운과 김현승 시의 가치를 수긍한다. 그에게 알레고리는 상징을 대체하는 개념이 아니라 상징과 더불어 현대시의 장을 확장하는 개념이다. 시뿐만 아니라 황현산도 진보주의자다.

*

황현산의 글을 보면 그의 육성을 듣는 듯하다. 말과 글이 조성한 제 나름의 특성에 대해 상세히 적을 필요는 없을 것 같다. 다만 공고해진 각각의 특성이 때로는 안식처가 되며 때로는 피난처가 된다는 사실만 덧붙이

자. 필자는 글에 의지하여 자신의 생각을 벼릴 수 있으나 한편으로는 글 속에 자신의 의도를 숨길 수 있고, 화자는 말에 의지하여 자신의 생각을 생생히 전달할 수 있으나 한편으로는 그 휘발성을 의식하며 책임감을 덜 수도 있다. 글 속에 자신을 걸겠다는 모험이 없으면 글은 육성의 전달을 막는 차단막 구실을 한다. 황현산이 저자 서문에서 "내 생각이 시에서 벗어난 적은 없으며, 내 삶과 크고 작게 연결된 제반 문제를 시와 연결 지어 생각하지 않은 적이 없다"(6면)고 쓴 데에 과장이 섞여 있다고 볼 수 없는 까닭 중 하나는 800쪽이 넘는 글 어디에서나 들려오는 그의 육성 때문일 것이다.

실제 대화에서 그는 생각이 같건 다르건 상대방의 의견을 적극 받아들이면서 자신의 말을 풀어낸다. 하지만 대화가 끝날 무렵 상대방은 그로 인해 자신의 생각이 옳다는 것을 확인하기보다는 자신의 관점이 좁다는 것을 깨닫게 된다. 그의 글도 마찬가지이다. 그의 글은 독자에게, 빠르게 이해하려는 욕심을 가라앉히고 고되지만 생각을 확장할 것을 요구한다. 그에게 시어는 텍스트 위에 고립된 응고물이 아니라 거대한 맥락을 거느린 빙산의 일각이다. 그 맥락 안에는 기존에 별개의 것들로 인식되었던 것들이 서로 연결되어 있기도 하다. 그는 그 안에서 현실의 흔적과 순수에 대한 열망을 읽어낸다. 그의 글이 젊은 비평으로 불리는 까닭도 기존의 입장을 고수하기보다는 한계에 부딪힐 때까지 생각을 확장하려는 그의 비평적 태도와 관련이 있을 것이다.

언젠가 그의 짧은 글들을 읽고 이렇게 물어본 적이 있다. "선생님은 타자를 귀신이라고도 하셨고, 침묵이라고도 하셨는데 귀신과 침묵을 같은 것으로 이해해야 합니까." 그는 예의 당신의 방식 그대로 말했다. "그렇지…… 죽음도 그렇다." 책에서 이와 관련된 부분은 다음과 같다. "해체론자들의 전망에 따르면 주체가 소멸됨으로써 비어 있는 이 자리는 타자의 자리이며, 무의식의 자리이며, 기호 대신 말의 자리이며, 제도 대신 자연의 자리이며, 문화적으로 주변인의 자리이며, 정치경제적으로 프롤레타리아의 자리이다. (…) 우리는 바로 이 지점에서 어떤 반해체의 작업을 상상할 수 있다. 그것은 아마도 저 해체의 작업과 제도 속에서 그 최초의 의도와 이후의 장치들을 구분해내는 일로부터 우선 시작할 것이다. 관행의 피안을 상정한다는 것, 그것은 문학이 늘 하던 일이다."(220~21면) 그의 비평은 현상의 심층으로 파고 들어가 맥락을 구성한다는 점에서 깊이있는 비평이며 끝내 문학이 취해야 할 자세를 제시한다는 점에서 용감한 비평이다.

『잘 표현된 불행』에서 황현산은 번역과 관련된 문제를 여러번 다루면서 '알레고리'에 대한 개념을 집중적으로 논했다. 그는 번역가로서 직역을 우선시한다. 그에 따르면 의역은 다른 언어를 한쪽 언어에 귀속시키지만 직역은 양쪽을 충돌시켜 기존의 영역을 확장한다. 번역 방법에 대한 그의 입장은 일상 언어에 균열을 내고 그 영역을 확장하는 시의 그것과 다르지 않다. 덧붙일 것이 있다면 이 충돌과 확장이 표현 층위에서만 이루어지는 것이 아니라는 점이다. 이편과 저편의 언어 어디에도 해당하지 않으면서도 이들을 대질시키는 순수 언어의 상정이 없으면 이들은 동력을 잃는다. 그에게 순수시의 상정은 언어의 너머를, 시간의 깊이를, 시인의 도전을, 실패한 흔적으로서의 시어를 숙고하도록 이끄는 요인이다.

한국 시인은 지금까지 '알레고리' 개념을 반기지 않았다. 시인은 자신의 표현이 뚜렷하기를, 거기에서 여러 의미가 생성되기를 원한다. 하지만 그가 보기에 알레고리는 단 하나의 뜻을 에둘러 표현한 것에 지나지 않는다. 이는 뜻이 한쪽으로 수렴되어 끝내 귀속되는 의역의 기제와 닮아 있는 것이다. 하지만 황현산의 말을 따르면 "시는 현실에 내재하는 *현실 아닌 것*의 알레고리"(86면)이다. 그는 우연의 산물이자 폐허의 잔재로서의 알레고리에 주목한 뒤, 그렇게 되기까지의 시인의 노력과 실패의 윤리를 그 안에서 읽어낸다. 알레고리는 의역이 아니라 직역의 흔적인 것이다. 이와 같은 견해는 기존의 알레고리의 개념을 확장할 뿐만 아니라 알레고리에 대한 시인의 거부감을 없애는 역할을 할 것이다.

그가 구성한 맥락에 따라 기존에 동떨어져 있다고 인식되었던 많은 것들이 서로 소통하게 되었다. 가령 은유와 환유의 경우 "은유는 이제 환유의 개별적 모험의 도움으로 천상의 일을 인간세계로 끌어내리고, 환유는 그 고립에서 벗어나 제 안에 묶여 있던 은유의 힘을 발휘하여 한 세상사의 보편적 구조에 접근한다"(132면). 이들이 함께 공들여 드러내는 것은 말이 딛고 있는 현실이며 현실을 일군 시간이다. 모더니즘과 리얼리즘 또한 그에게는 다른 것이 아니다. 리얼리즘 시인으로 평가 받던 김수영을 그는 모더니티를 끝까지 구현한 시인으로 보았고, 한국 시의 전위에 놓여 있던 이상은 그에 의해 역사적 현실 속에 보편적인 문법을 고려했으나 좌절한, 결코 초현실주의를 그대로 받아들일 수 없었던 식민지 시인으로 안착한다. 서정주와 김춘수가 상대적으로 그의 비판적 시선을 받은 까닭도 그들의 시에서 현실을 덮은 무책임함과 현실을 지우려는 태도가 보이기 때문이다. 드러난 현실이건 감춰진 현실이건 자신의 현실과 대면하려 했던 시인들은 그의 따뜻한 시선을 받는다. 초현실의 정재학과 전위의 황병승과 서정의 문인수까지 이들의 앞에 붙은 수식어가 무색할 정도로 그는 시세계를 가리지 않고 지속적으로 시쓰기를 실천한 시인들의 고투를 높게 평가한다. 높은 정신과 집중된 시간이 거기에 있기 때문이다.

혹자는 황현산을 미문가라 하고 혹자는 말라르메의 후예라고 한다. 이와 같은 평가는 반은 맞고 반은 틀리다. 미문가라는 말 속에 그가 시적 표현을 중시했으며, 한국어의 결을 살려 자신의 생각을 관철시켰고, 결국 한국어의 가장 아름다운 문장을 보여주었다는 뜻이 담겨 있다면 그 평가는 적절해 보인다. 하지만 그 안에 표현에만 신경 쓰고 내용은 도외시했다는 폄하의 감정이 들어 있다면 그것은 잘못된 판단이다. 그는 맥락을 중시한 비평가이다. 같은 표현이라도 맥락에 따라 서정주의 말은 "명상적 세계에 대한 신앙 고백"이 되고 최승자의 말은 "감각의 깊이에 의지한 다른 삶의 전망"(194면)이 된다. 더욱이 그는 시적 실천을 중시했고, 그 실천의 역사적 가치를 되짚으며 "시는 진보주의자다"라고까지 말했다. 이와 같은 말은 단순한 미문가가 내뱉기 어려운 것이다.

말라르메의 후예라는 평가에 대해서도 부연할 것이 있다. 황현산이 말라르메에 정통한 학자이자 비평가임은 틀림없다. 그는 김춘수나 오규원이나 이수명의 시에서 말라르메의 흔적을 찾기도 했다. 하지만 이것이 전부는 아니다. 그는 말라르메의 대척점에 있는 랭보에 대해서도 오랫동안 숙고했다. 그는 송욱의 『시학평전』을 다루면서 프랑스 상징주의 시를 한국에 본격적으로 소개한 이 시론서에 랭보에 대한 언급이 빠져 있는 것에 대해 아쉬움을 내비쳤다. 그럴 수밖에 없는 한국 현대사의 굴곡을 그도 알고 있다. 하지만 그 때문에 우리 시의 지형이 빈약해졌다는 것을 묵인할 수는 없는 일이었다. 그는 실제로 말라르메의 시에서는 찾기 힘들지만 랭보의 시에서는 쉽게 감지되는, 우연한 계기에 솟아오른 언어, 착란의 이미지, 고양된 시간에 주목했고, 이는 진이정이나 정재학 등의 시에 대한 적극적인 옹호로 이어졌다.

2002년 『말과 시간의 깊이』가 발간되었을 때나, 2019년 『잘 표현된 불행』이 발간되었을 때나 놀랐던 부분이 있다. 2002년 비평집 서문에서 황현산은 "땀내가 나는 말들을 가장 좋아"한다고 말했다. 그가 예술의 자율성 담론에 기대어 텍스트를 내세우고 저자를 지우고 드러난 말에 집중했던 시기가 그때였다. 시어의 미세한 의미를 적절히 포착해내던 그가 '땀내'에 대해 언급했다는 점이 다소 의외였다. 그는 리얼리즘 비평가가 아니지 않은가. 이번 비평집 『잘 표현된 불행』에서 그는 말 속에 담겨 있는 '현실'과 '정신'에 대해 지속적으로 강조했다. 시는 시니피앙이라고 말한 그를 염두에 두면 정신의 강조 또한 낯선 지점이었다. 물론 이 두번의 놀람은 선입견에서 비롯된 것이다. 어떤 이가 이것과 저것을 분리한 뒤 선

부르고 협소하게 판단하는 동안, 또다른 이는 그러한 생각의 밑바닥까지
들어가 끊어진 이것과 저것을 연결하고 있었던 것이다.

빈집의 유령들

◆

리얼리즘 시의 갱신과 관련하여

리얼리즘 문학은 공통 현실의 구조와 특성에 대한 관심을 바탕으로 형성되었다. 일인칭 장르 시에서 리얼리즘 시가 주류가 되기 어려운 까닭이 여기에 있다. 일인칭 내면세계와 공통 현실의 특성이 복잡하게 얽혀 있다는 것을 입증하고, 시의 리얼리즘이 소설의 그것과 견줘 훨씬 넓은 뜻으로 쓰인다는 것을 거듭 말한다 할지라도, 각자 놓여 있는 현실의 차이를 염두에 둔다면 이에 설득되는 이가 많지는 않을 것이다. 그러나 개별 현실의 차이보다 공통점이 중요하다는 인식에 공감대가 형성된다면 이야기는 달라진다. 현실의 폭력이 만연하여 이에 대응할 필요가 있던 시대에 리얼리즘 시가 영향력을 발휘한 까닭이 이와 무관하지 않을 것이다. 그러다가 1990년대에 접어들면서 형식적이나마 민주주의가 이 땅에 도래했을 때, 민주주의는 찾는 목표가 아니라 누리는 환경이 되어버렸다. 이때 소위 리얼리즘 시뿐만 아니라 모든 시가 거대담론의 빈자리를 어찌해야 할지 모색했던 것 같다. 첫 시도는 그 자리를 다른 것으로 채우려는 것이었다. '자본' '대중' '생태' '도시' '여성' '일상' 등의 담론이 거기에 들어섰다.

거대담론의 빈자리를 다른 거대담론으로 채우려 했다는 점에서 1990년대의 시적 대응은 이전과 같은 기제를 가지고 있었다. 이 같은 대체담론들은 먹고 숨 쉬고 잠자는 일상 속에서 누리는 감각의 반응이라기보다는 그것들의 구조를 되묻는 '거대한 일상'에 다를 바 없었다. 기형도를 떠올려보자. 그는 1990년대를 말하면서 빼놓기 어려운 시인이다. 그는 몇몇 시에서 유년과 대학 시절의 기억과 회사원의 일상을 말하며 전대의 거대담론을 환기했다. 다른 한편으로 그의 시에는 거대담론을 인식했다고 말하기 어려운 힘 빠진 주체의 목소리가 감지된다. 그의 고민거리는 삶, 사랑, 죽음 등 둔중한 무게를 가진 것이었지만, 이들은 담론으로 재구되기보다는 나날의 삶 속에 스며들었다.

> 사랑을 잃고 나는 쓰네
>
> 잘 있거라, 짧았던 밤들아
> 창밖을 떠돌던 겨울 안개들아
> 아무것도 모르던 촛불들아, 잘 있거라
> 공포를 기다리던 흰 종이들아
> 망설임을 대신하던 눈물들아
> 잘 있거라, 더 이상 내 것이 아닌 열망들아
>
> 장님처럼 나 이제 더듬거리며 문을 잠그네
> 가엾은 내 사랑 빈집에 갇혔네
> ──기형도 「빈집」 전문(『입 속의 검은 잎』, 문학과지성사 1989)

이 시의 제목 '빈집'은 사랑이 빠져나간 일인칭 마음의 상태를 뜻한다. 밤과 안개와 촛불과 종이와 눈물과 열망이 한때 가득했으나 이제는 모두 떠나버렸다. '나'는 그 '빈집'에서 장님이 되어 문을 잠근다. 시대의 폭력을 상징하는 것으로 이 시를 읽는 것이 가능은 하겠지만, 1990년대는 그와 같은 시도가 더이상 유력한 해석이 되기 어려운 시대였다. 온전히 개인적인 실연의 아픔으로 읽어도 충분히 무방했다. 그런데 '나'는 문을 안에서 잠근 것일까, 밖에서 잠근 것일까. 사랑을 기억하는 '나'는 홀로 그 집에 있는 것일까, 아니면 사랑을 안에 두고 밖에서 좀비처럼 떠도는 것일까. 안에서 잠갔다면 세상과 단절하며 스스로 유폐된 것이고, 밖에서 잠갔다면 사랑의 마음을 유폐시키고 세상을 무료하게 떠돈다는 뜻일 것이다. 앞의 맥락을 따르면 우리는 다른 곳에서도 많이 본, 고뇌에 못 이겨 현실을 외면하는 전형적인 낭만주의자와 마주할 것이다. 뒤의 경우에는 현실의 압력을 받지 않는 좀비의 출현을 떠올릴 것이다. 이 글이 살펴보려는 것은 이 좀비가 출현하여 펼치게 될 이후의 활약상이다. 지난 시대의 압력에서 벗어났지만 동시에 이 시대의 영향력 안에 속에 있는 어떤 시들에 대한 논의라고 해도 틀린 말은 아니다.

　2000년이 왔다. 「오! 수정」(홍상수)이 상영된 해였다. 영화는 같은 일을 겪은 두 인물의 시각 차이에 주목하는데, 이야기가 절반쯤 진행되다가 다시 첫 시간으로 되돌아가 전반부의 사건을 재구성한다. 후반부는 따라서 전반부의 반복이자 변주인 것이다. 가령 같은 곳, 같은 시간인데 전반부에는 커피 잔이 놓여 있고 후반부에는 맥주병이 놓여 있다. 이 차이를 '시차'라고 할 수도 있을 것이다. 이처럼 같은 현실의 권위를 신뢰하기보다는 각각의 차이를 인정하는 시대가 왔다. 파란 약을 삼키면 가공의 현실 안에서 안온한 일상을 누리고, 빨간 약을 삼키면 삭막하고 거친 진실의 세계와 대면하게 된다는 「매트릭스」(워쇼스키 자매)가 상영된 해가 1999년이었다. 당시 평단은 상징과 실재의 간격에 주로 주목했으나 균열의 징표가 거기에만 난 것은 아니다. 영화는 각자 다른 개별 현실을 매끄럽게 이어 붙여 하나의 세계를 가정한다면 그것은 가상세계일 뿐이라는 점을 '매트릭스' 세계의 설정으로 분명히 보여주었다.

바야흐로 현실의 차이가 중요해졌다. 시도 마찬가지였다. 이전에는 세계를 내면에 끌어들일 만큼 큰 자아가 드러난 시가 다수였으나 이제는 스스로 '먼지'가 되기도 하고 '처남'이 되기도 하였다. '아이'나 '여자'의 목소리도 들리기 시작했다. 우리는 이 세계를 소수성의 세계라 불렀다. 의도했건 의도하지 않았건 기형도가 낭만적 열정의 상실에서 좀비적 삶을 예측했다면 이제는 공통 현실의 균열에서 소수성의 목소리가 들리기 시작했다. 그들은 단정해 보이기보다는 어지러워 보였으며 대상으로 호명되기보다는 주체로서 목소리를 냈다. 어느덧 거대담론에서 거대한 일상으로, 거대한 일상에서 미시적 세계로 시적 관심사가 확장된 시대에 접어들었다.

우리는 실재계에서 상징계로 틈입하는 타자에 대해 여러가지 이름을 붙였다. 호모 사케르, 몫 없는 자, 좀비들, 언데드(Undead), 비인간, 비존재 등, 말하지 않는다고 말하는 존재들, 목소리의 발원지에서조차 시차를 느끼게 하는 것들이 지속적으로 호명되었다. 이들은 '있음'의 세계에서 '무'를, '삶'의 세계에서 '죽음'의 세계를 환기한다.

> 죽인 자는 여전히
> 얼굴을 벗지 않고
> 心臟을 꺼내놓지 않는다
>
> 여전히 拉致中이고
> 暴行中이고
> 鎭壓中이다
>
> (…)

아, 決死的으로

總體的으로

電擊的으로

죽은 것들이, 죽지 않는다

죽은 자는 여전히 失踪中이고

籠城中이고

投身中이다

幽靈이 떠다니는 玄關들

朝刊은 訃音 같다

— 이영광 「유령 3」 부분(『아픈 천국』, 창비 2010)

「유령 3」은 발표되었을 당시 큰 반향을 일으켰다. 용산 참사라는 배경에서 솟아오른 강렬한 말들이 몫 없는 자들의 비존재성을 선명히 드러냈다. "죽은 것들이, 죽지 않는다" "죽은 자는 여전히 失踪中"이라는 시구는 전형적인 비존재의 모습을 그린다. 다만 이 시는 창작 배경인 용산참사를 참조하지 않더라도 정치적인 리얼리즘 시의 영역에 속하며 당대 현실의 훼손된 민주주의를 환기한다. 다만 기묘한 이야기 속에나 등장하는 유령이 어떻게 정치적 리얼리즘 시를 대변하게 되었나. 시에서는 '죽인 자'들이 계속 호명된다. 폭행 중이고, 진압 중이고, 납치 중이라는 말은 그것의 주체를 문면에 드러내지 않더라도 가해자를 떠올리게 한다. 죽은 자는 피해자와 포개지고 죽인 자는 가해자와 포개진다. 이 시의 유령은 거대담론이 사라진 시대에 개별 현실의 유격에서 나온 유령이 아니라 공통 현실을 훼손한 누군가에 의해 억울하게 죽은 존재이다. 그러므로 '유령'은 치안의 영역 밖에 있는 몫이 없는 자로서의 모습이자 퇴행적인 시대를 드러낸 하나의 증상이다. 이처럼 소외된 존재들에 주목하고 그들의 목소리를 담아냄으로써 공통 현실이 얼마나 협소하고 완고한지 드러내는 시편이 이후 꾸준히 제출되었다. 폭력은 다양했고 희생자는 즐비했다. 치안의 사각 지대에서 치안의 안쪽을 표현하는 시가 지속적으로 등장했다. 이들은 현실 너머에 있는 존재를 불러들여 현실을 재편함으로써 리얼리즘 시의 생명력을 유지했다.

> 이목구비는 대부분의 시간을 제멋대로 존재하다가
> 오늘은 나를 위해 제자리로 돌아온다.
>
> 그렇지만 나는 정돈하는 법을 배운 적이 없다.
> 나는 내가 되어가고
> 나는 나를
> 좋아하고 싶어지지만
> 이런 어색한 시간은 도대체 어디서 오는 것일까.
>
> 나는 점점 갓 지은 밥 냄새에 미쳐간다.
>
> 내 삶은 나보다 오래 지속될 것만 같다.
> ── 신해욱 「축, 생일」 전문(『생물성』, 문학과지성사 2009)

「축, 생일」의 화자는 자기 자신이 제자리로 돌아오는 생일의 시간을 어색해한다. 어제와 오늘과 내일의 '나'가 당연히 같다고 느끼는 것이 어색한 것이다. 연속된 시간에서의 정체성을 인식하는 그 삶이 자신보다 더 오래 지속될 것 같다는 말에서 미루어볼 때 '나'는 그 시간에서 이탈해 불연속의 시간을 살아간다고 보는 것이 적절하다. 어지럽고 부분적이며 파편적이고 정돈되지 않은 시간이 그와 함께한다. 하지만 이 단절의 시간이 공감의 여지없는 외계의 시간으로 인식되지는 않을 것이다. 정체성의 영역에서 문득 이탈하는 순간을 체험하지 않은 이 또한 드물기 때문이다. 타자가 출현하는 장소이기도 한 이 '문득'의 시간 또한 공통 현실 너머에 있다. 그러나 「축, 생일」이 앞의 시와 다른 점은 '너머'로 환기되는 안쪽 세계의 특성이다. 「유령 3」의 문제 제기가 치안이 지배하는 공통 현실을 겨냥하는 반면, 「축, 생일」의 문제 제기는 개인의 내면을 향한다. 비내면화된 유령이 일인칭 안에 출현한 것이다.

아빠가 창밖으로 나를 던졌지. 2층에서 떨어졌는데 한 군데도 부러지지 않았어. 격앙된 삼총사는 어떻게, 얼마나 맞고 컸는지 신나게 떠들어대는 것이었다.

니가 2층에서 떨어졌다고? 나는 3층에서 던져졌단다. 다행히 땅바닥이 잔디밭이라 찰과상만 조금 입었지. 어째서 우리를 던진 것일까? 이유는 잘 모르겠지만. 나는 4층에서. 아빠가 4층에서 나를 던졌어.

그게 말이 되는 소리니? 어떻게 4층에서 던져졌는데도 그렇게 멀쩡하게 살아남았어? 게다가 어떻게 그런 부모랑 아직도 한집에서 살 수가 있니? 너한테 말은 이렇게 해도.

사실은 너를 이해한단다. 내가 더 학대받았으니까. 나는 골프채로 두들겨 맞고 알몸으로 집에서 쫓겨났거든. 우리는 서로의 손을 부여잡고. 그랬구나. 너도 알몸으로 쫓겨났구나. 여름에 쫓겨났니, 겨울에 쫓겨났니? 나는 겨울에 쫓겨났어.

정말로 겨울에 쫓겨났었니? 아무리 친구의 부모라지만 정말로 너무한 부모들이군. 니가 우리 삼총사 중에 가장 많이 맞고 컸구나…… 그렇게 결론을 내리고 보니. 더 이상 할 얘기가 딱히 없었다.

— 김승일 「같은 과 친구들」 부분(『에듀케이션』, 문학과지성사 2012)

이 시는 폭력의 기억을 심드렁하게 꺼내놓아 비애감을 더욱 키운다. 이 '친구들'에게는 훈육 과정에서 벌어진 폭력의 기억이 내재되어 있다. 함께 모였을 때 그들은 피해자이기도 한 서로를 위로해주기 위해 폭력의 기억을 꺼내고 이는 잠재된 비교육의 상태, 비사회화의 단면을 드러낸다. 2층에서 떨어졌음에도 살아난 사람이 3층에서 던져진 이에게 위로 받고 또다시 그 기억은 4층에서 떨어진 기억으로 위로 받는다. 알몸으로 집 밖으로 쫓겨나던 기억을 공유하기도 하는 이들은 그러한 폭력의 기억을 은폐하는 것으로 공동체의 일원이 될 수 있었다. 달리 말하면 그들의 기억은 알몸으로 쫓겨나 어른의 세계 바깥에 여전히 '몫 없는 것'으로 놓여 있다.

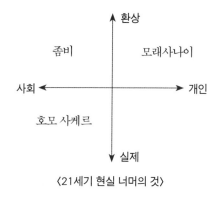

〈21세기 현실 너머의 것〉

2000년대 이후 등장한 타자들의 면면과 그것이 드러내는 공통 현실을 꼽아보자. 우울증은 상징계를 환기하고 호모사케르는 '치안'이 작동하는 공통 세계를 환기한다. 장르문학의 '언데드'는 본격문학 또는 순수문학을, 소수성은 주류 세계나 다수성의 세계를, 일탈은 훈육의 세계를 환기한다. 이들을 유형화하기 위해 편의상 x축과 y축을 마련한 뒤 x축의 양극단에는 각각 '개인'과 '사회'를, y축의 양극단에는 '환상'과 '실제'를 설정해보자. 오른쪽으로 가면 공동체보다는 개인의 균열상이 드러나고 왼쪽으로 가면 개인의 내면보다는 공동체의 분할선이 교란된다. 위쪽에는 감각 세계에서 지각하기 어려운 환상의 모습이 드러나고 아래쪽에는 실제에 가까운 모습이 출현한다. 환상적이면서 개인의 내면을 환기하는 1사분면에는 E.T.A. 호프만의 소설에 등장하는, 주인공의 트라우마로 해석되기 전의 기괴하고 낯선 「모래사나이」를 만날 수 있으며, 환상적인 모습으로 공통 현실을 환기하는 2사분면의 세계에는 카프카의 「변신」의 주인공 그레고리 잠자 등이 출현할 것이다. 공동체를 환기하면서 실제 존재하는 3사분면에서는 소수성을 상징하는 호모 사케르가 등장할 것인데, 그렇다면 4사분면에서 출현하는, 개인의 내면과 실제에 가까운 타자를 무엇이라 부를 수 있나.

기형도의 「빈집」에서처럼 사랑을 잃고 떠도는 좀비라면 4사분면에서 만날 수 있을 것이다. 그러나 그 자리를 '좀비'로 채우지 못하게 하는 다른 예들이 있으니 바로, 월남전 희생자의 애도 절차가 제대로 이뤄지지 않았기 때문에 출현한 「살아 있는 시체들의 밤」(조지 로메로, 1968)의 좀비들이다. 우리는 그들을 2사분면에서 만나게 된다. 그렇다면 신해욱의 「축, 생일」에 나타난, 뒤집힌 '나'는 4사분면에서 만날 수 있지 않을까. 그러나 그가 평행세계에서 출현한 도플갱어라면 우리는 그를 1사분면에서 만나게 될 것이다.

그림을 그려 논의가 다소 복잡해졌으나 그 대신 두가지가 조금 더 선명해졌다. 하나는 소위 리얼리즘이 갱신되고 확대되는 방식에 대한 것이고 다른 하나는 개인의 내면을 환기하면서 실제에 닿아 있는 4사분면의 빈자리에 대한 것이다. 첫째, 리얼리즘의 갱신에 대한 문제부터 살펴보자. 오랫동안 리얼리즘 시는 시대의 폭력에 맞서 자기희생을 감수한 말을 담아냈다. 이들 시는 폭력적인 시대에 자신의 모든 운명을 걸었다. 이로써 당대 독자들의 가슴은 울렸지만, 후대의 독자들에게는 어렵게만 읽히거나 아예 읽히지 않는 경우가 많았다. 시대에 저항한 비범한 말은 시대가 바꾸면 평범해지기 쉬우며, 시대적 맥락에 의해 형성된 말은 시대가 바뀌어 그 맥락을 학습하지 않으면 난해하게 인식되는 경우가 많다. '민주주의 만세'(김지하 「타는 목마름으로」)나 '조국은 하나다'(김남주 「조국은 하나다」) 같은 말이 21세기의 어떤 이에게는 평범하게 들리고, 여기에 딸린 '신 새벽의 호르락 소리'(「타는 목마름으로」)나 '아메리카 카우보이와 자본가의 국경인 삼팔선'(「조국은 하나다」) 등은 그 맥락을 모를 경우 난해하게 여겨질 수밖에 없는 것이다.

호모 사케르, 소수자 등이 3사분면에서 문제를 삼는 것은 치안의 공동체, 주류 세계, 훈육의 세계의 완고함이다. 우리는 그러한 세계를 반영하는 시를 리얼리즘 시로 불러왔다. 최근 리얼리즘 시는 공통 현실 바깥의 존재를 주목하는 방식으로 갱신되었다. 「유령 3」이나 「같은 과 친구들」 같은 시를 보면 타자들을 호명하는 것으로 현실과 현실 너머의 구분선을 다시 긋기를 요청한다. 또한 이 시들은, 치안 바깥의 존재를 호명함으로써 치안 안의 문제를 다루는 리얼리즘 시의 갱신에 동력을 제공한다. 하지만 말들이 놓여 있는 곳이 상징계 안이기 때문에 어쩔 수 없이 다음의 문제에 봉착한다. 타자가 상징계의 갱신을 위해 쓰인다면 결과적으로 상징계를 공고히 하는 타자라는 기이한 결론에 다다르게 되는 것은 아닌가. 이 질문은 우리가 새로이 진입한 현실의 문제와 관련된다.

「유령 3」이 리얼리즘의 갱신을 이끌었던 중요한 원인은 '죽은 자'를 애도할 뿐만 아니라 '죽인 자'를 명시한 데에 있었다. 그의 시는 폭력의 주체를 적시하면서, '유령'을 말하더라도 리얼리즘의 계보를 계승하면서 동시에 확장할 수 있었다. 「같은 과 친구들」도 위로의 말을 건네면서 훈훈한 분위기를 연출하지만, 훈육의 주체인 어른의 폭행을 명시하면서 그 훈훈함에 반어적 속성을 뚜렷이 새겨 넣었다. 그러나 우리는 팬데믹의 시대에 이제 막 진입했다. 팬데믹의 시대에 '죽인 자'나 '때린 자'의 명시는 이전과 같은 결과를 가져오지 않는다. '코로나 19'가 '우한 코로나'로 불릴 때 들러붙은 것은 혐오와 멸시의 감정이다. 비판과 처단의 관성은 죽인 자를 설정하여 혐오의 감정을 키우고, 몫이 없는 자들을 색출하여 가해자로 지목하는 데 쓰인다. 결과적으로 기존의 공통 현실의 치안이 더욱 강화되는 것이다. 이것이 '죽인 자'의 기제이다. '죽인 자'를 지목하지 않는 리얼리즘 시의 갱신과 재편이 요구되는 시대가 왔다.

> 세 장의 낙엽으로 분해되어
> 꿈 밖으로 떨어진다
> 밖은 춥고 그 밖은 더 춥고
> 안은 없고 그 안은 더 없고
> 슬픈 집들은 성처럼 보인다
>
> ── 장승리 「나방」 전문(『반과거』, 문학과지성사 2019)

다시 두번째 질문인 4사분면에 대한 논의로 돌아왔다. 그리 눈에 띄지 않는 모습으로 현실 너머와 내면의 균열을 동시에 그릴 수 있나? "밖은 춥고 그 밖은 더" 추우며 "안은 없고 그 안은 더 없"는 조건이 설정되면 그럴 수 있지 않을까. 그곳에는 "세 장의 낙엽"이 되어 "꿈 밖으로 떨어진" 자들이 있다. '나방'뿐만 아니라 누구나 그곳에 갈 수 있다. 4사분면은 어떤 것도 들어설 수 있으면서 아무것도 들어오기 힘든 곳이다. '도플갱어'의 존재나 '언데드'한 비존재뿐만 아니라 인간을 닮은 '좀비'도 그곳에 들어설 수 있다. 그러나 이들이 해당 분면을 상징하는 쪽으로 많이 해석되다 보면 개인의 균열을 드러내는 자리 모두를 그들이 차지하게 되는 것은 아닐까. 이 지점에서 시의 비인간화가 진행되는 징후를 감지하는 것은 기우인가. 거꾸로 말하면 4사분면을 어떤 특정 대상이 독점하는 것을 저지함으로써, 즉 그 자리를 차지하려는 힘의 균형을 유지하는 것으로써 내면성을 보존할 수 있는 것 아닐까. 의식과 무의식 너머에서 망각의 언어들이 시어로 귀환하게 되는 경우가 이때일 것이다. "성처럼 보"이는 "슬픈 집"들의 마을이 그곳에 있다. 시는 오랫동안 일상의 지각 바깥에 있는 존재들을 희생과 존중의 마음을 담아 언어로 표현했다. 존중해야 할 것은 현실 너머의 것들과 더불어 오래된 시적 마음이다.

제3부

춤추는 말과 진동하는 신념

◆

최종천의 시

많은 이들이 노동보다는 자본에 대해, 또 휴식에 대해 말한다. 지금 이 시대의 노동이라는 말에서는 언뜻 저항과 불온의 뜻이 비치지만, 그 전반에는 자기비하의 뜻이 깔려 있다. 자본과 휴식이 모두가 가지고 싶은 매끈한 모습으로 형상화되었다면, 노동은 모두가 꺼리는 것으로서 거기에는 이 시대의 굴곡이 새겨졌다. 최종천은 기피 대상처럼 인식되는 노동을 바탕으로 근본적인 사유를 펼치는 것으로 시적 개성을 확보한다.

여기서 노동시의 시적 개성이 노동의 위축과 맞물려 있는가라는 질문이 등장한다. 즉 누구나 노동을 말하기 꺼려하므로, 그것을 발설하는 것만으로도 시적 개성이 확보되는 것일까. 여기에는 몇가지 고려해야 할 사항이 있다. 우선, 노동과 노동시의 영역이 협소해졌으나 노동시의 발화 방식까지 그런 것은 아니라는 점이다. 전위에 있는 실험시들은 주로 형식의 파괴를 통해 그 실험성을 드러내지만 노동시는 대개 기존의 형식을 고수하는 방식을 따른다. 이 시대의 노동은 최종천에게 시적 개성을 안겨주는 바탕 또는 소재이지만, 일반적인 노동시의 목소리는 시적 개성을 확보하기 위해 극복해야 할 과제인 것이다. 최종천의 시는 이를 잘 수행해왔다.

그는 전위적인 노동시를 씀으로써 실험성을 확보한 것이 아니라 노동시의 발화방식을 내파함으로써 가장 근본적인 노동시를 썼다.

1986년에 등단한 뒤 2000년대에 첫 시집을 내고 2012년 세번째 시집 『고양이의 마술』(실천문학사)을 발간할 때까지 최종천은 그가 노동자란 사실을 시에서 줄곧 강조했다. 환멸의 대상이건 숭고의 대상이건 노동은 그의 지속적인 화두였다. 물론 각각의 시집들 간의 미세한 차이는 있다. 가령 첫 시집 『눈물은 푸르다』(시와시학사 2002)의 그가 다소 낭만적인 모습으로 상처나 결핍에 골몰했다면 두번째 시집 『나의 밥그릇이 빛난다』(창비 2007)의 그는 성과 속, 예술과 실체에 관한 사유를 전면에 드러냈다. 『고양이의 마술』에서는 그의 주제가 철학에 힘을 얻어 더욱 두터워졌다. 상처나 결핍, 예술과 실체, 성과 속은 서로 다른 것들이지만, 이것들이 노동을 매개로, 노동의 대응 개념으로 등장한다는 점은 주목할 만하다. 그의 시에서 이것들은 노동의 다채롭고도 근본적인 성격을 분명히 드러낸다. 다시 말해, 미세한 차이들에 주목하여 그의 시세계가 다양하게 펼쳐진다는 진단도 일견 타당하지만, 시에 노동에 대한 사유가 점점 깊어지고 두터워진다고 말하는 것이 시인의 의도에 더욱 부합하는 듯하다.

한편 최종천의 시에서 근본적인 목소리가 들린다는 것과 그가 줄곧 노동을 생각해왔다는 것은 곧바로 원인과 결과로 수렴되지 않는다. 목소리는 '어떻게'의 문제이지만 노동은 '무엇'의 문제이다. 노동이 그의 시적 개성을 형성하는 요소 중의 하나임은 분명하지만 이를 개성적인 목소리의 원인으로 둔다면 여느 노동시의 목소리도 여기에 포함될 것이다. 주목해야 할 점은 '최종천은 노동을 어떻게 말하고 있는가'이다.

　　의미의 홍수에 익사하는 정신이 있다
　　예술이 인간을 행복하게 하는가!
　　혹, 불행을 행복처럼 치장하지는 않는가?

나는 곧장 말하겠다

富의 내용이나 문명이나 예술

예술이 만들어 내는 상품이나 문화 따위가 아니다

富는 손상되지 않은 자연과

소외되지 않는 노동이다.

—「富란 무엇인가?」 부분(『눈물은 푸르다』, 시와시학사 2002)

최소한 신에게 변명을 하기 위해 맨 처음

입을 열어 핑계를 댄 아담 정도는

되어야 말을 하는 것이다

나의 말을 훔쳐간 한권의 시집을

지금 누군가가 읽고 있으리라

내가 생산한 의미를

누군가가 써먹고 있을 것이다

나무그늘 아래서 나무가 쓴 경전을 읽어본다

나무의 언어는 나무 자체다

나무의 언어는 나무로 실재하고 있다

나무의 언어는 그 자체가 목적이다

인간의 언어는 사물의 언어를 듣기 위한 수단이다

노동은 본래 그런 침묵의 언어였다

나는 인권 대신 물권(物權)을 주장하리라

사물이 나에게 증여한 이 언어로

—「침묵의 언어」 부분(『나의 밥그릇이 빛난다』, 창비 2007)

어느 시집의 시에서건 그의 목소리는 거침이 없다. 첫 시집의 시 「富란 무엇인가?」의 일부를 보자. 시중에 떠도는 예술은 인간을 행복하게 한다고 하지만 시인이 보기에 그것은 포장된 말이다. 그는 예술이 "불행을 행복처럼 치장하지는 않는가"라고 묻는다. 그의 반문은 부의 세속적 정의를 벗겨내고 부는 다시 정의할 필요가 있는 빈자리로 남는다. 여기에서 시인이 취할 입장은 두가지이다. 세속적인 부를 가차 없이 비판하거나 부 자체를 새롭게 정의하는 것. 그는 현실 세태를 비판하기보다는 다시 정의하는 입장을 취한다. 그는 주저 없이 "곧장 말"한다. 부는 상품과 문화가 아니라 "손상되지 않은 자연과/소외되지 않는 노동"이라고. 새로운 정의로 적대적인 관계에 놓여 있었던 노동과 부가 이어지며 노동의 높은 가치는 새삼 확인된다.

최종천은 늘 무엇인가를 새롭게 정의하며 노동의 가치를 높이려 한다. 두번째 시집의 시 「침묵의 언어」에서도 사정은 마찬가지이다. 그는 아담의 말 정도가 시인이 지향해야 하는 말이라고 상정하고, 자신이 쓴 시는 세월의 더께가 붙어 누더기가 되었다고 생각한다. 이때 최종천은 마치 상징주의자처럼 보인다. 그는 나무 아래에서, 나무가 '나무'라는 언어로 기호화되는 것에 반감을 가진다. 나무는 실체로서의 나무일 뿐 '나무'라는 언어가 실체를 대신할 수 없다는 것이다. 이때 그는 또한 근본주의자처럼 보인다. 자신이 사용하는 말이 퇴락했다는 것을 아는 시인이 가져야 할 태도는 무엇인가. 그가 실체라고 여기는 노동은 어떻게 시로 걸러지는가. 노동은 말이 되는 순간 절대적인 위치에서 내려앉는다. 그는 노동의 위치를 말로 걸러내지 않고 실체의 자리에 둔다. 시인에게 그곳은 타자의 자리이다. 말의 입장에서 그 타자는 침묵이기도 하다. 말은 침묵을 모태로 솟아오르고 세상은 노동을 모태로 형성된다. 그는 말한다. "노동은 본래 그런 침묵의 언어였다." 노동을 실체의 위치로 두자, 그 실체에 닿기 위해 노력하는 상징주의자와, 모든 언어는 수단이고 실체가 목적이라는 근본주의자의 태도가 맞닿는다.

'노동은 침묵의 언어이다'에서 보이는 'A는 B이다'라는 정의의 방식에 잠시 주목해보자. 이는 그의 시적 개성을 이룬 발화 방법이며, 앞의 대상과 뒤의 대상을 견고하게 잇는다는 점에서 전통적인 시작 방법이기도 하다. 한용운의 "님이여, 당신은 백 번이나 단련한 금결입니다"(「찬송」), 김동명의 "내 마음은 호수요"(「내 마음은」), 유치환의 "이것은 소리 없는 아우성"(「깃발」) 등 전통적인 발화 방식이 이와 같다. 하지만 최종천의 목소리는 이들의 그것과 다른 점이 있다. 전통적인 시에서는 이 규정 뒤에서 폭넓은 의미가 생성된다. 아침볕의 첫걸음과 오동의 숨은 소리와 얼음바다에 봄바람이라는 의미가 한용운의 시 뒷부분에서 이어지고, 호수의 잔잔한 물결과 그대를 품을 수 있는 폭넓은 여유로움이 김동명의 시에서 생겨나며, 초월의 욕망과 붙박인 운명의 갈등이 유치환의 시에서 일어난다. 이들 시에서는 파악되지 못하는 대상(님, 마음, 이것)을 선명히 드러내기 위해 구체적인 대상이 상정되어 있다. 두 대상은 제 각각의 의미로 서로를 조명하며 새롭고도 풍부한 의미를 생성한다. 그러나 최종천은 이미 파악한 대상(부, 노동, 침묵)의 의미를 전환하거나 더하기 위해 추상적인 대상을 상정한다. 부는 노동으로 수렴되고 노동은 침묵으로 귀결된다. 일상 지각이 확장되는 과정이 앞의 시들에서는 구체적인 대상의 도입으로 이뤄지는 반면 최종천의 시에서는 관념적인 대상의 도입으로 이뤄지는 것이다.

다른 점이 한가지 더 있다. 앞의 시들에서는 일인칭의 힘이 다른 두 대상을 잇고 그것을 규정하는 지점에서 드러난다. '님'이나 '마음'이나 '이것'에는 알고 싶어 하는 욕망만이 간접적으로 드러날 뿐이다. 하지만 최종천의 시에서는 대상들 자체, 즉 '부'나 '노동'이나 '침묵' 자체에 일인칭의 힘이 강하게 묻어난다. 그는 이미 이들의 의미를 알고 있고 이를 규정하고 있다. 앞의 시들이 의미가 발생하는 지점을 두 대상에게 양도한다면 최종천의 시는 그것을 스스로 장악한다.

이때 최종천의 시와 닮은 것으로 연상되는 시는 구체적인 사물들을 지우고 처음부터 관념을 앞세운 카프(KAPF)의 '뼈다귀 시'다. 그러나 이들과 최종천의 시 또한 다르다. 뼈다귀시의 관념어에는 낭만적 세계를 바탕으로 한 흔들리지 않는 신념이 있다. 그 말은 자신이 온전히 믿는 세계를 바탕으로 솟아나왔고 그 믿음과 판이한 당대 현실을 겨냥한다. 순도 높은 이 말 속에서 시인의 떨림을 찾기는 힘들다. 하지만 최종천의 말은 단정적이라 해도 거기에서 끝내 아이러니가 형성된다. '자연과 노동이 부'라고 했을 때 두드러지는 것은 그의 신념일 뿐만 아니라 자신의 신념을 제대로 드러내지 못하는 말에 대한 불신과, 그럼에도 노동과 자연의 가치를 드러내기 위해 말을 써야 하는 것을 아는 시인의 고뇌이다. 노동을 침묵의 언어라고 한 뒤, "나는 인권 대신 물권(物權)을 주장하리라"라고 했을 때에도 이 조어에 대한 거리감이 감지된다.

> 인간의 언어는 분절음인 것이다
> 동물의 언어는 비분절음이다.
>
> 노동에 의한 인간의 진화는 끝났다,
> 그다음의 진화는 어떤 것일까?
>
> 한가지는 확신을 가지고 말할 수가 있다.
> 예술에 의한 문화는 그것이
> 인간보다 한 단계 더 진화한 것이며,
> 먹이사슬에서 인간 위에 있다는 것,
> 따라서 인간을 먹이로 한다는 사실!
>
> 시가 이론적이 되는 것을 감수하고 더 쓴다면
> 문화의 것들은 썩어서 땅에 흡수되지 않는다.
> 다시 생명으로 환원되지 않는다.

이렇게 무질서가 증가하고 있는 것이다.

단언하건대 예술이란

자연을 고장 내놓는 것들이다.

나의 시는 예술이기를 포기한다.

　　　　　　—「나의 시」 부분(『고양이의 마술』, 실천문학사 2012)[28]

　『고양이의 마술』에서 자신의 시론을 밝힌 「나의 시」를 보자. "노동에 의한 인간의 진화는 끝났다" "예술이란 / 자연을 고장 내놓는 것들이다" "나의 시는 예술이기를 포기한다"의 진술은 이전의 그의 생각과 반대되는 메시지를 담고 있다. 그리고 이 단정과 규정과 선언에는 흔들리지 않는 신념이 들어 있는 것 같다. 하지만 그것들은 왜곡된 현실을 전제로 발설되었다. 평소의 생각과 다른 저 말들에서 어떤 심경의 변화를 읽을 필요는 없다. "인간의 언어는 분절음인 것이다 / 동물의 언어는 비분절음이다"에서 비롯된 시의 진술에서 노동은 원초적인 동물의 비분절음 항목에 배치되어 있다. 타성에 젖은 예술은 분절음의 항목에 놓는다. 최종천은 예술에 자신의 시가 편입되기를 거절하는 것으로 이 고착된 경계선에 불신을 드러낸다. "나의 시는 예술이기를 포기한다"는 선언이 나온 까닭이 이와 같다.

　최종천은 근 삼십년 가까이 노동과 그 둘레 세계에 대해 거침없이 규정해왔다. 하지만 그의 말은 맹목적인 신념에 휩싸여 고립되기보다는 그 안에 감지되는 비판적 거리에 의해 현실에 투사된다. 그의 규정은 낭만적 세계를 현실의 영역 안에 끌어들이기보다는 근본적 세계를 환기시켜 현실 자체를 재편하고, 특정한 의미를 포착하기보다는 확신과 의문 사이에서 진동한다. 그래서 그의 규정 뒤에는 느낌표보다는 물음표가 숨어 있다. 아마 노동하는 몸과 시를 쓰는 몸이 빚어내는 간격 때문일 것이다. 그는

28　이하 출전을 생략한 시는 모두 최종천의 『고양이의 마술』(실천문학사 2012)에서 인용했다.

노동의 근본적 속성을 거듭 환기하는 한편, 언어의 근본적 한계를 고뇌한다. 인용시의 불만도 노동과 예술의 불화에서 기인하는 것 아닌가.

노동과 시가 화해하기 위해서는 노동이 언어의 세계에 들어서거나 시가 실체의 세계로 내려앉아야 한다. 앞의 선택은 가능하지만 편안한 일이고 뒤의 선택은 불가능하지만 근본적인 것이다. 그는 뒤의 선택을 고수하는 것으로 앞의 편안한 선택을 반성하게 한다. 그는 노동과 시의 경계를 지우려는 불가능한 과업에 나선다. 노동하며 시를 쓰는 이 시대의 다른 시인인 송경동과 그의 목소리가 갈라지는 지점이 여기에 있다. 송경동이 자신의 이력을 업신여기는 듯한 운동가의 조직결성 권유에 맞서, 자신은 들에 가입되어 있고 바람에 선동당하고 있고 비천한 모든 이들의 말 속에 소속되어 있다고 말할 때(「사소한 물음들에 답함」) 그는 노동자이기보다는 시인이다. 송경동은 시인과 노동자의 경계를 뚜렷이 한 뒤 두자리를 넘나든다. 노동과 시는 여기에서 서로 길항한다. 이에 반해 최종천은 주로 시인의 틀을 거절하는 것으로 둘의 경계를 지우려 한다. 이 경계 지우기는 앞에서 살펴보았듯 노동을 자연의 일부로 상정한 근본적인 사유에서 비롯된 행동이다.

세계는 일어나는 모든 것이다.
세계는 사실들의 총체이지, 사물들의 총체가 아니다.

바다의 고등어는 하나의 사물이고
내가 먹고 있는 고등어는 하나의 사실이다.
사물은 노동에 의하여 사실로 된다.
인간을 위해서는 노동에 의하여,
최초의 에너지가 생산된다.

—「노동은 인간의 光合成이다」 부분

식물이 생산하는 에너지가 자연의 에너지라면,

물질 노동이 자연을 가공하여 얻는 것을

문명 에너지라고 할 수가 있을 것이다.

자연 사물이 노동을 통하여 사실로 된다.

세계는 사실들의 총체이지, 사물들의 총체가 아니다.

세계는 노동으로부터 시작되었다.

노동이 아니라면 자연은 인간에게 아무런 가치가 없다.

여타의 계급이 없는 사회는 가능하지만

노동계급이 없는 인간 사회는 불가능한 것이다.

―「소비자가 왕이다」 부분

그는 철학을 통해 근본적인 사유를 보강한다. 두편의 시에 함께 쓰인 "세계는 사실들의 총체이지, 사물들의 총체가 아니다"라는 구절은 시인이 밝혀놓았듯 비트겐슈타인의 말에서 차용한 것이다. 그는 노동 뒤에 찾아오는 휴식의 시간을 쪼개 철학책을 읽으며 자신의 생각을 가다듬고 글을 쓴다. 주목할 것은 그가 노동자에서 시인으로, 시인에서 철학도로 변모하는 것이 아니라 노동자이자 시인이자 철학도의 모습을 동시에 지닌다는 점이다. 노동자와 시인과 철학도가 합쳐진 그의 목소리는 그대로 시적 개성을 이룬다.

두 시에 인용된 비트겐슈타인의 말은 『논리철학수고』 두번째 줄에 있는 구절이다. 첫 시에서도 둘째 시에서도 비트겐슈타인의 말은 출처가 생략되어 있다. 시인은 이 책을 다 읽을 필요가 없다. 비트겐슈타인의 이론과 세계를 완벽히 이해할 필요는 없는 것이다. 중요한 것은 자신의 생각이 이 구절과 충돌하고, 이로써 사유가 벼려진다는 사실이다. 시인이 마주한 이 같은 철학적 언술은 시인이 지닌 언어에 대한 자의식, 노동자가 지닌 노동에 대한 자의식을 확고하게 한다.

가령 첫 시에서 '사물'은 바다의 고등어이고 '사실'은 먹고 있는 고등어이다. 그는 바다의 고등어와 먹고 있는 고등어를 매개하는 것으로 노동을 상정한다. 노동이 세계를 구성한다는 전언에 이르게 되자, 또다른 화두인 언어에 대해 생각하기 시작한다. 여기서 사실과 사물의 매개로서의 언어를 상정할 수 있지 않을까라는 질문이 이어진다. 이때 노동과 언어는 같은 층위에 놓이게 된다. 둘째 시에서도 노동은 사물과 실체의 매개로 작용한다. 그것은 자연과 인간을 잇는 매개이기도 하다. 세계를 이루는 핵심 가치로 노동을 파악한 것은 굳건한 신념이 반영된 것인데, 이 때문에 말의 진동이 멈추는 것은 아닐까. 둘째 시의 뒷부분에는 새로운 선언이 등장한다. "착취당하지 않을,/권리와 의무, 노동계급이여! 이제 반노동을 선언하자." 이 반노동에 대한 선언은 노동에 대한 가치와 충돌을 일으킨다. 이것은 선명한 의도가 전제된 반어가 아니다. 이 말은 적절한 예가 뒷받침하는 논리적 귀결로 등장한다. 그의 철학적 사유의 귀결점은 확고한 것들이 충돌하는 지점이다. 그의 단정은 끝내 충돌과 모순을 일으키는 단정이다.

최종천이 철학 명제를 끌어들여와 확신에 찬 말을 하더라도 끝내 그의 말이 철학적 명제와 갈라지는 까닭은 그의 사유가 불가능을 전제로 하기 때문일 것이다. 그가 읽는 철학책은 해답이 아닌 질문의 역할을 한다. 체험을 추상화하는 방법이 아니라 명제를 체험에 적용하는 방법에 따라 그의 말은 보편성을 획득한다. 거기에서 발생한 아이러니는 질문의 역할을 하며 지속성을 가진다. 『고양이의 마술』 거의 마지막에 배치된 「데카르트의 迷宮」도 같은 방식을 따른다. 그는 이 시에서 데카르트의 말 "진공은 단지 파스칼의 머릿속에서만 존재할 뿐이다"에 착안하여 배관공의 체험을 풀어놓는다. 그리고 진공관 앰프로 음악 애호가로서의 체험을 결합한다. 철학과 노동과 문화 향유자는 그의 다른 시에서도 이렇게 만난다. 합류하는 지점에서 그는 진공관 속에 신이 있을지 모른다고 말하며 신의 무덤은 비어 있으며 따라서 "교회와 성당이 진공" 상태라는 결론에 다다른다. 그에 따르면 데카르트의 미궁이 이것인데, 데카르트가 그의 시적 모티프를 제공하는 반면 그는 이 철학자의 사유를 따르지 않는다. 그는 인간이 자연을 지배하는 것이 지식의 목표라는 데카르트의 말을 뒤집어 자연은 하느님의 언어라고 말한다. 그가 보기에 인간은 자연을 이용하려 들기만 한다. 그것은 언어의 타락 현상이기도 하다. 시의 마지막은 이렇다.

데카르트 식으로 하자면 가장 말을 많이 하는 사람이 가장 부유한 사람이다. 그러나 부유한 자가 천국에 들어가기란 낙타가 바늘구멍으로 들어가는 일보다 어렵다. 물론, 나는 천국을 인정하지 않는다. 그러나 지금 인류의 유일한 목표는 스스로를 구원하는 것이다. 인간의 구원의 길은 두갈래로 나 있다. 나는 하나의 길에 대해서만 말하겠다. 인간이 이 지상에서 사라지는 것도 인간을 구원하는 것이 된다.

—「데카르트의 迷宮」부분

"인간이 이 지상에서 사라지는 것도 인간을 구원하는 것이 된다"는 결론은 데카르트의 말을 뒤집은 것이다. 하지만 이것이 데카르트에 반대하는 다른 철학자의 진술로도 들리지 않는다. 그가 사유를 개진시켜 다다른 결론은 모순된 것이다. 모순된 말로서 말의 타락을 비판하는 듯한 이 시인의 말에서 그가 얼마나 정공법으로 사유를 진전시키는지 확인할 수 있다. 그는 타락한 말이 이뤄놓은 세계를 굽어보는 것이 아니라, 철학자의 말을 여느 시인의 목소리로 받아내는 것이 아니라, 철학적인 진술의 세계에 자진해서 들어가 그 언술을 뒤집어놓는다. 이것이 그의 사유가 집요하고 단단하게 느껴지는 까닭이다.

목발을 짚고 걷다가 내려놓고 걸어본다
좌우로 앞뒤로 이동하는 중심을 다스려본다
얼씨구? 이건,
지금까지 보지 못한 춤이 추어진다
목발을 쥐던 두 손은 허공을 헤집고
얼굴이 들렸다 수그려졌다 한다
궁둥이가 제일 바빠진다
다리가 불구가 되면 걸음이 춤이 된다니!
춤을 위해서는 다리 하나만 자르면 되는 것이다
발레리가 말하기를 걸음은 수단이지만
춤은 그 자체가 목적이라
걸음을 배우며 아기는 춤을 잃어가리라
곧게 서서 죽음을 향하여 직선으로 걸어갈 것이다
나는 잃어버린 춤을 되찾았다
춤은 불구의 것이다 춤을 추는 것은
죽음으로 곧장 가기를 망설이며
말을 버리고 말하는 고장 난 몸짓이다
온통 불구인 삶을 보여주는 것이리라

—「춤을 위하여」 전문

「춤을 위하여」는 정상적인 걸음과 불구의 걸음을 대비시킨 시가 아니다. 불구라는 말은, 이미 성한 두 다리를 걷는 걸음에 '정상'이라는 말을 덧씌운 결과로 생겨났다. 시인은 정상과 비정상, 정상과 불구라는 대비 자체가 편향된 시각에서 조성된 결과라고 본다. 그는 정상과 불구의 구분을 지우고 그 자리를 "고장 난 몸짓"과 "춤을 추는 것"으로 채운다. 그러자 정상은 "불구의 삶"이 되어버리며 기존의 시각은 전복된다. 그의 단정이 주는 충격은 기존에 짝지어져 있던 말의 자리를 뒤바꾸는 것으로 생겨나지 않는다. 그것은 결국 타락한 말의 세계를 용인하는 일이기 때문이다. 그는 근본적인 사유에서 비롯한 다른 층위의 말을 도입하는 것으로 기존의 시각을 전복한다. 여기에서 그 일은 '춤을 추는 것'이 담당한다.

춤이 등장하게 된 원천에는 예의 '말의 타락'과 '신성한 자연'의 대비가 있다. 말이 자연(=침묵)의 상태를 망각했기 때문에 타락했다는 인식이 없으면 자연 상태로서의 춤을 상정하기는 어려웠을 것이다. 걷지 못하기 때문에 춤을 출 수 있었던 아기는 걸으면서 죽음을 향해 가는 성인으로 타락하고, 그 자체가 목적인 춤은 자연을 소외시킨 수단으로서의 말로 변질된다. 정상과 불구의 자리를 바꾼다고 해서 말의 타락이 구제되는 것은 아니다. 자연 상태로서의 춤이 상정되어야 말은 죽음으로 가는 걸음과 대응하며 그 타락상을 선명히 드러낸다.

그의 단정적 진술은 여기에서도 진동한다. 즉 기원에 대한 인식이 춤과 걸음이라는 새로운 정의로 표현되었다고 해서, 즉 전복적인 사고가 시에 등장했다고 해서, 그것이 전체를 총괄하는 정언 명령이라고 말하기는 어렵다. 시의 마무리를 보자. "춤을 추는 것"은 "말을 버리고 말하는" 것이며, 그렇기 때문에 "고장 난 몸짓"이고 또한 "온통 불구인 삶을 보여주는 것"이다. 이 새로운 단정은 이전의 단정에 포함되지 않는다. 만약 그것이 자연과 언어의 대립을 반복한 것이라면 '춤을 추는 것'의 정의는 '말을 버리는 것'이고 '순수한 몸짓'일 것이며 또한 '온통 정상의 삶을 보여주는 것'이어야 한다. 자연과 춤이 근본적이고 순수하더라도, 현실에 등장하기 위해서는 어느 정도 '고장 나야' 하는 것은 아닐까. 근본과 순수를 지키며 근본주의자들에게만 소통되어야 하는가, 아니면 조금 훼손되더라도 현실에 나타나 폭 넓게 소통되어야 하는가. 마지막 구절에서 확인할 수 있듯이, 그는 어느 정도 고장 나고 불구인 삶을 보여주는 쪽을 택한다. 계속해서 은폐된다면 그 자연 상태가 잊히지 않을까 걱정하기 때문일 테다.

근본을 순수하게 드러내는 것에 실패한 이 마지막 구절은 뜻하지 않게도 그가 생각하는 시의 운명과 자세를 환기한다. 그는 발레리의 말을 빌려 걸음은 수단이고 춤은 목적이라 말한다. 걸음은 언어를 뜻한다. 시의 언어는 흔히 수단이 아닌 목적으로 비유된다. 시는 언어 중 가장 춤과 닮았다. 훼손되는 것을 감수하더라도 자연 상태가 현실로 현현하기를, 즉 언어의 외피를 두르기를 원했듯이, 비록 수단의 운명을 짊어졌지만 목적이기를 지향하는 언어가 있다는 것을 증명하기 위해서라도 그는 계속 시를 쓸 것이다. 그것이 그가 원하는 자연 상태, 노동의 고귀한 가치를 증명하는 길이기 때문이다. 그는 언어가 노동처럼 실체가 되기를 원하는, 하지만 그것이 실현 불가능한 소망임을 잘 알고 그것을 제 운명으로 받아들이는, 그럼에도 계속해서 이 둘을 일치시키기를 원하는 시의 근본주의자이다.

그늘이 넓은 집, 마당에 사는 빛

◆

이상국의 시

1.

반민주 세력에 저항하기 위해 '우리'의 목소리가 필요했던 시기, 이상국도 거기에 동참했었다. '잔치'를 끝내고 귀가할 때가 오자 시인들은 목소리의 어조를 어떻게 취해야 할지, 어떠한 메시지를 전할지 고심했다. 이때에도 이상국은 여전했다. 그것으로 그는 자신의 목소리가 '우리'의 시에 편승한 것이 아니라 자기 본연의 시적 개성을 드러낸 결과였음을 증명했다. 그는 처음 시를 쓴 때부터 지금까지 공동체의 삶을 구체적으로 말해왔다. '우리'라는 관념의 가치를 높이고자 했던 것이 아니라 '우리'의 어긋남에서 발생하는 의미를 또렷하게 드러내려 했던 것이다.

시종일관 그는 자신이 상징적으로 쓴 시어까지도 다시 구체적으로 인식하려 한다. 첫 시집 표제작인 '동해별곡' 연작에서 '동해'는 "뭍에 사는 것들의 어린 슬픔을 완성"하는 신으로서 고향과 더불어 민족이라는 관념을 환기한다. 다른 한편 그는 신이 자신의 신하와 함께 울지 못하는 까닭을 "한쪽이 울면 다른 한쪽이 위로"하는 것에서 찾는다. 그리하여 감정을

나누는 동료 역할을 '동해'에 맡긴다(이상국 「동해별곡 6」, 『동해별곡』, 민족문화
사 1985).[29] 삼십년이 지난 최근의 시집에서도 사정은 마찬가지이다.

노랑부리저어새는 저 먼 오스트레일리아까지 날아가 여름을 나고 개똥
지빠귀는 손바닥만 한 날개에 몸뚱이를 달고 시베리아를 떠나 겨울 주남저
수지에 온다고 한다

나는 철 따라 옷만 갈아입고 태어난 곳에서 일생을 산다

벽돌로 된 집이 있고 어쩌다 다리가 부러져도 붙여주는 데가 있고 사는
게 힘들다고 나라가 주는 연금도 받는다

그래도 나는 날아가고 싶다
　　　　　　　　　　　　──「그래도 날고 싶다」 전문(『달은 아직 그 달이다』, 창비 2016)

직장에서 은퇴하고 연금을 받는 시기가 왔다. 직장을 그만두니 동료가
사라졌다. 철새들은 오고 가는데, 출퇴근할 직장과 함께 일할 동료가 없
는 시인에게 연금 생활은 곧 주저앉은 느낌을 준다. 생활하는 데 불편함
은 없지만, 그래도 날고 싶다고 그는 말한다. 그 말 안에는 새처럼 멀리 가
고 싶다는 뜻과 연금 받기 이전 생활이 그립다는 뜻이 담겨 있다. 그때에
는 물론 동료들도 있었다.

---

29 이상국은 지금까지 총 아홉권의 시집, 『동해별곡』(민족문화사 1985) 『시여 영혼의 날개
여』(미래문화사 1987) 『내일로 가는 소』(동광출판사 1989) 『우리는 읍으로 간다』(창비 1992)
『집은 아직 따뜻하다』(창비 1998) 『어느 농사꾼의 별에서』(창비 2005) 『뿔을 적시며』(창비
2012) 『달은 아직 그 달이다』(창비 2016) 『저물어도 돌아갈 줄 모르는 사람』(창비 2021)을
출간했다.

주남저수지는 여기에서 그의 바람을 구체화하는 역할을 맡았다. 노랑부리저어새, 개똥지빠귀가 지구의 반대편에 있다가 날아와 이 저수지에서 만났다. 저수지는 철새들의 터전이다. 다른 세계에 대한 동경은 저수지라는 공동의 터전에서 비롯했으며, 저수지에서 들고나는 새들의 비행은 그에게 자유로운 삶을 꿈꾸게 한다. 함께하는 삶은 '우리'의 시대가 지나가더라도 그에게 중요하다. 이 글은 그의 시에서 터전과 꿈, 그리고 함께하는 삶이 어떻게 형상화되고 변주되는지 살펴보려 한다.

2.

이상국의 초기 시에서 가족이 공동체를 대변했다면 이후에는 이웃과 사람이 그 자리에 들어서 자신의 내력을 내어주며 시의 토대를 이룬다. 주남저수지의 여러 철새의 예를 참조하건대 그 범위는 생명을 가진 모든 것으로 확대되는 것 같다. 심지어 내면의 고독을 말하는 시에서도 그는 타인을 끌어들여 공동체를 만든다. 엑스레이 단층 촬영 뒤 자신의 사진을 들여다보는 장면에서 그는 사진의 모습을 사막으로 비유하면서 굳이 의사와의 대화를 삽입하고 또 미지의 사람을 그 사막 속에 배치한다.

깨끗하군요 하며
연신 컴퓨터 키보드를 두드리는 새파란 의사에게
내 영혼은 어디 있는지,
여기서 한 십리 서쪽으로 더 가면 무엇이 보이는지
물어볼 수는 없었다

그저 돌과 모래로 아름다운 사막 한가운데로

어디론가 가고 있는 사람 같은 게 보였다

낙타야
낙타야

—「낙타를 찾아서」 부분(『집은 아직 따뜻하다』)

사막에서 어디론가 가고 있는 사람은, 아픈 몸을 이끌고 고행하는 자기 자신이다. 그는 사진에서는 볼 수 없는 "한 십리 서쪽"을 향해간다. 그곳이 어떤 모습인지 확인할 길은 없다. 시적 사유의 틀은 저곳이 아니라 이곳에 완강하게 고정되어 있다. 이상국의 시에서 화자가 다른 세계를 상상한다면 그곳은 이 세계를 거쳐 암시된다. 호주와 북극을 떠올린 앞의 시를 보아도 그렇다. 그의 눈은 주남저수지에 고정되어 있었다. 여럿이 함께 하는 이곳의 삶이 기억과 예감의 터전인 것이다.

낙타로부터 확인할 수 있듯 어디에서건 등장하는 동료의 목록을 작성하는 것은 지난한 일이다. 시간이 흐를수록 거의 모든 동시대의 삶이 그와 공생의 관계를 이룬다. 주목할 점은 공생은 하되 합심하지는 않는다는 것이다. 그들은 마치 어긋나기 위해 시에 등장하는 것 같다. 엑스레이 사막의 낙타와 사람도 만나지 않고, 주남저수지에 들어선 겨울 철새와 여름 철새도 만나지 않는다. 합심하여 무언가 이루는 과정이 없을 수밖에 없다.

이상국의 다섯번째 시집과 여덟번째 시집 제목에는 이 어긋남을 압축적으로 보여주는 낱말이 있다. 이 둘을 한 문장으로 엮으면 다음과 같다. 달은 아직 그 달이고 집은 아직 따뜻하다. 구문을 이끄는 것은 달과 집이지만 두 구문에 공통되게 들어 있는 말은 '아직'이다. 기대와 현실의 어긋남을 뜻하는 '아직'으로써 그는 따뜻한 위안보다는 냉정한 현실을 형상화하고자 했다. 성공을 뜻하건 실패를 뜻하건 '아직'은 환상을 벗겨놓은 비극적 진실을 환기한다.

나무 이파리 같은 그리움을 덮고
입동 하늘의 별이 묵어갔을까
방구들마다 그림자처럼 희미하게
어둠을 입은 사람들 어른거리고
이 집 어른 세상 출입하던 갓이
비료포대 속에 들어 바람벽 높이 걸렸다

저 만리 물길 따라
해마다 연어들 돌아오는데
흐르는 물에 혼은 실어보내고 몸만 남아
사진액자 속 일가붙이들 데리고
아직 따뜻한 집

어느 시절엔들 슬픔이 없으랴만
늙은 가을볕 아래
오래 된 삶도 짚가리처럼 무너졌다
그래도 집은 문을 닫지 못하고
다리 건너오는 어둠을 바라보고 있다
　　　　　　　　—「집은 아직 따뜻하다」 부분(『집은 아직 따뜻하다』)

　양양 가는 길에 폐가를 발견한 뒤 다섯번째 시집의 표제시가 쓰였다. 어둠 속 별이 현재 투숙객이지만, 예전 그 집의 주인은 액자 속 "어둠을 입은 사람들"이었다. 그들이 어떤 사람이었는지 시에서는 알 수 없다. 마지막까지 폐가에 시선이 고정되면서 회고는 일시적인 것이 되고 과거를 향한 감정의 유로(流露)는 차단된다. 그렇다면 시의 주인공은 폐가인가.

이 경우 조금 더 부연이 필요해 보인다. 액자 속 사람들과 별들의 시차, 이때와 그때의 어긋남 자체를 환기할 때 비로소 주인공을 그곳이라 말할 수 있을 것이다.

이상국은 함께하는 삶과 어긋나는 삶을 동시에 주목한다. 카메라의 조리개를 오래 열어두면 여러 시간이 하나의 프레임에 겹치는 것과 같이 그는 오랫동안 한 자리에 서서 여러 사람이 드나드는 것을 포착한다. 즉 여러 시간이 한 장소에 포개지는 것이다. 마치 함께하는 것이 중요하다고 말하는 것처럼, 함께하지 못하더라도 그 자리를 공유했다는 것만으로도 의미가 있다고 말하는 것처럼 그는 느슨한 연대를 중시한다. "사는 게 다 쉬운 일이 아닌 모양이다"(「있는 힘을 다해」, 『어느 농사꾼의 별에서』)라는 것에 공감하는 이들이 그의 시선에 포착된다. 그들에 의해 집의 온기가 유지된다.

> 언젠가 한번 간 적이 있는 것 같은 건
> 나말고도 많은 사람들이 지나가서 그럴 게다
> 칸칸마다 흐릿한 불빛 아래
> 어디서 본 듯한 사람들이
> 더러는 고개를 떨군 채 잠들었고
> 또 어떤 이들은 이야기로 밤을 팬다
>
> ──「밤길」 부분(『어느 농사꾼의 별에서』)

이상국이 길에 주목하는 까닭도 이와 무관하지 않다. 길은 만남과 어긋남의 흔적을 제 몸에 둔다. "나 말고도 많은 사람들이 지나"갔던 길이다. 그는 그들을 대부분 보지 못했다. 다른 시간이 포개지고 공감의 범위가 확장된 길에, "흐릿한 불빛 아래" 있으며 "더러는 고개를 떨군" 이들이 놓인다. 힘을 합쳐 고난을 극복하자는 주문은 이들에게 무례한 짓이다. 이들은 어쩔 수 없이 개별성을 띠며 어쩔 수 없이 어긋남을 연출한다. 소외된 자들은 어느 시기나 있으며 시인은 시선은 언제나 그곳에 머문다. 민주주의 쟁취와 같이 공공의 선을 함께 외쳤던 시대가 지난 뒤에도 이상국의 시가 꾸준히 발표되었고 꾸준히 읽히는 까닭이 여기 있을 것이다.

3.

길의 시작과 끝에 집이 있다. 이상국의 시에서 집은 지속적이고 집중적으로 등장하는 중심 제재이다. 여느 시인은 길과 집을 벗어나 다른 세계를 시에 제시하려 한다. 그도 그런 마음을 내비치기는 하지만, 끝내 그가 시의 전면에 제시하는 것은 한자리를 지키는 집이다. 그의 시를 지키는 집에는 사람들이 들고나는 앞문이, 기억을 향한 뒷문이, 동경하는 별을 볼 수 있는 창문이 있다. 그리고 집을 나가도 끝내 돌아와 머무는 그가 있다.

출가나 귀가의 심경은 자신의 집에서 이웃의 집으로, 또 인간의 집에서 만물의 집까지 확장되는 집의 범위와 맞물려 다양하게 나타난다. 살았던 곳이자 돌아온 곳, 돌아온 곳이지만 떠나고 싶은 곳이 그의 집이다. 그에게 집은 안온하면서도 답답한 곳이고, 자신과 동일시되는 것 같으면서 동시에 남과 같은 곳이다. 서로 대립하는 의미가 부딪쳐 발생한 유격을 들여다보면 그의 숨은 마음을 어느 정도 헤아릴 수 있다.

> 먼데 집 펌프대 삐걱거리며 물 올리는 소리
> 멍석가로 펄쩍펄쩍 개구리들 덤벼드는
> 그 머나먼 집 마당에서
> 나는 아직 저녁을 먹고 있다
> ──「저녁의 집」부분(『집은 아직 따뜻하다』)

먼 데 있다고 하면서 펌프 소리와 개구리 소리가 들리고, "머나먼 집 마당"이라면서 그 안에서 '나'가 저녁을 먹고 있다. 예전의 그리운 소리와 지금의 허전한 마음이 겹친다. 포개지지 않는 것은 시차 때문일 것인데, 그 간격에서 시적인 힘이 발생한다. "나는 늘 다른 사람이 되고자 했으나/여름이 또 가고 나니까"(「용대리에서 보낸 가을」, 『뿔을 적시며』), "나는 늘 다른 세상으로 가고자 했으나//닿을 수 없는 내 안의 어느 곳에서 기러기처럼 살았다//살다가 외로우면 산그늘을 바라보았다"(「산그늘」, 『뿔을 적시며』)는 그 간격이 시간뿐만 아니라 욕망에서 비롯했음을 알려준다. 시간이 흘러가는 동안 주위의 사람들이 뒤바뀌고 욕망이 발현되는 동안 '다른 세계'의 모습이 바뀌었다. 그러는 동안 확인할 수 있는 것은 역설적으로 늘 그자리를 지킨 '그'와 '집'이다. 집은 같은 곳에서 시간과 욕망의 격차를 실감하게 하는 대상일 뿐만 아니라 시인과 자주 동일시되는 대상이다.

> 봄이 되어도 마당의 철쭉이 피지 않는다
> 집을 팔고 이사 가자는 말을 들은 모양이다
> 꽃의 그늘을 내가 흔든 것이다
>
> (…)
>
> 옛 시인들은 아내를 버렸을 것이나
> 저 문자들의 경멸을 뒤집어쓰며
> 나는 나의 그늘을 버렸다
>
> 나도 한때는 꽃그늘에 앉아
> 서정시를 쓰기도 했으나
> 나의 시에는 먼 데가 없었다

이 집에 너무 오래 살았다
머잖아 집은 나를 모른다 할 것이고
철쭉은 꽃을 버리더라도 마당을 지킬 것이다

언젠가 모르는 집에 말을 매고 싶다

——「그늘」 부분(『달은 아직 그 달이다』)

마당에 있는 꽃의 그늘을 흔든 이도, 자신의 그늘을 버린 이도 '나'이다. 그늘을 가지고 있다는 면에서, 그 그늘이 사라질 위기를 겪고 있다는 면에서 '나'와 꽃은 처지가 같다. "너무 오래 살았"던 집에도, 한때 "꽃그늘에 앉아/서정시를" 썼던 시인에게도 그늘은 있다. 이사를 고심하던 해 철쭉이 피지 않는 것을 보고 쓴 시이지만, "나의 시에는 먼 데가 없었다"는 말을 들으면 시적 동기에 지금까지의 자신의 시에 대한 아쉬움도 투영된 것처럼 보인다.

그러면 그는 이사를 감행할까. 그러면 철쭉에 꽃이 필까. 이 질문에 대한 답은 구할 길 없다. 시는 그저 이사 갈 새로운 집과 먼 데 있을 새로운 시를 상상하기보다는 식구가 빠져나간 뒤의 집 풍경을 떠올리는 것으로 마무리된다. 예의 그답다. 마지막 시의 주인공은 '집'이며 철쭉이 지키는 것은 '마당'이다. 그리고 먼 데 있을 새로운 말의 내용보다는 그 말을 묶을 "모르는 집"이 전면에 등장한다. 그는 욕망이 발현되는 장면보다는 욕망이 좌절되는 장소를 중시하는 현실주의자이다.

봄날 옛집에 갔지요
푸르디푸른 하늘 아래
머위 이파리만한 생을 펼쳐들고

제대하는 군인처럼 갔지요

어머니는 파 속 같은 그늘에서

아직 빨래를 개시며

야야 돈 아껴 쓰거라 하셨는데

나는 말벌처럼 윙윙거리며

술이 점점 맛있다고 했지요

반갑다고 온몸을 흔드는

나무들의 손을 잡고

젊어선 바빠 못 오고

이제는 너무 멀리 가서 못 온다니까

아무리 멀어도 자기는 봄만 되면 온다고

원추리꽃이 소년처럼 웃었지요

　　　　　　　──「봄날 옛집에 가다」 전문(『어느 농사꾼의 별에서』)

　집은 시인의 기억을 축적하고 있다. "파 속 같은 그늘" 밑에 어머니는 여전히 아들 걱정이다. 현존의 어머니인지, 부재의 어머니인지 확실치 않지만, 파 속의 알싸함과 싱그러움으로 그녀는 아들 앞에 생생하다. 그곳에서 어머니는 아들의 돈을 걱정하고 아들은 술이 맛있다 한다. 서로의 마음이 엇갈린다. 젊어서는 바빠 자주 못 온 그가 이제는 "너무 멀리 가서" 못 온다고 한다. 멀리 이사 간 적이 없었으니 시간이 흘렀다는 뜻일 것이다. 집은 기억을 축적하고 있으나 그 축적의 순서까지 챙기지는 않는다. 그 대신 일년에 한번씩 "봄만 되면 온다고" 하는 원추리꽃이 순서를 지키며 피는데, 어김없는 개화는 귀향하지 못하는 이유를 더욱 궁색하게 한다.

　여기에서도 "멀리 가" 있는 곳이 언급되지만, 시인의 시선은 이 집에 고정되어 있다. 이상국은 한두 차례 서울행을 감행했던 젊은 시절을 제외하면 언제나 고향 인근에서 삶을 꾸려왔다. 그의 시는 집, 고향, 강원도의 삶을 사유의 토대로 둔다. 시간을 달리하여 한 공간에 드나드는 것들에 드리워진 그늘은 그들을 묶는 동병상련의 구체적 이미지이다. 집과 고향을 떠난 시가 등장할지라도 그것이 귀향을 전제로 한 외출이나 나들이인 경우가 많은 까닭이 이와 관련될 것이다. 밖에서 본 그늘진 물상들은 집에서 본 스러진 것들의 확장판이다. 시적 사유는 드리워진 그늘을 디디며 확장된다.

> 나 지금 너무 멀리 와
> 다시 돌아갈 수 있을지 몰라
> 그래도 며칠 더 서쪽으로 가보고 싶은 건
> 생의 어딘가가 아프기 때문이다
>
> (…)
>
> 기러기 같은 생애를 떠메고 날아온
> 부안 대숲 마을에서
>
> ——「줄포에서」 부분(『어느 농사꾼의 별에서』)

너무 멀리 떠나온 자신의 모습이 기러기 같다고 화자가 말한다. 그가 있는 곳은 부안 대숲 마을 줄포이지만, 어디에서 멀리 온 것인지, 어디로 돌아갈 것인지 정보가 확실치 않다. 서쪽으로 며칠 더 가보고 싶다며 날짜를 한정한 걸 보면 지금 여행 중인 것은 맞는 것 같은데, 돌아갈 곳을 꼭 집이라고 말하기는 어렵다. "생의 어딘가가 아프기 때문"에 서쪽을 향한다는 말에는 '생애'가 곧 여행이라는 전제가 깔려 있다. 이와 같은 맥락에서는 돌아갈 곳이 생애의 바깥에 있는 별이나 침묵일 수는 있으나 현 거주지일 수는 없다.

사실 세상 어디에나 아픈 생은 있다. 생애 전체를 아픈 것으로 파악하면 특정한 집이 필요치 않을 것 같다. 그러한 삶을 사는 사람은 누구나 지금 이곳의 상황을 벗어나 더욱 멀리 떠나기를 원하기 마련이다. 그런데 그가 도착한 곳은 부안이다. 그곳은 더 가려야 갈 곳이 없는 한반도 서쪽 끝에 있다. 한계를 느끼면서, 즉 귀가를 전제로, 실패할 것을 알면서, 그는 욕망을 부려놓았다. 집이 필요치 않은 상황인데 집을 염두에 두는 삶, 벗어나고 싶지만 벗어나지 않는 이 역설적 상황에 그는 또다시 집중한다.

영하의 날씨가 계속된다

엄동이다

길가의 나무들이 안으로 들어오고 싶어서 손을 흔들다가

차가 지나갈 때마다 저만큼씩 따라간다

냇물도 애들처럼 시퍼렇게 얼었다

히터가 제 몸에 달린 온도계 눈금을 끌어올리려고

애는 쓰는데 안 되니까

버스매표소 구석에서 그냥 울고 있다

　　　　　　　　　　　　　　　　　　—「용량(容量)」 전문(『뿔을 적시며』)

외출을 감행한 다른 시 「용량(容量)」을 보자. 집 밖에 그가 있다. 그곳은 오가는 사람들이 모인 버스매표소다. 귀가와 외출이 교차하는 곳에서 그는 풍경에 자기 자신의 심정을 입힌다. 영하의 날씨에 나무는 "안으로 들어오고 싶어서" 흔들리고, 냇물은 "애들처럼 시퍼"런 모습으로 얼어 있다. 밖으로 나가는 차는 타향을 향하고 안으로 들어오는 차는 고향을 향한다. 원심력을 발휘하는 곳에 다른 세계가 있다면 구심력을 발휘하는 곳에는 집이 있다. 그리고 행복한 유년이 거기에 있다.

하지만 돌아가고 싶어도 돌아갈 수 없는 곳이 유년이다. 그렇다면 그가 떠날 수는 있을까. "애는 쓰는데 안 되니까"가 등장하는 맥락이 이와 같다. 밖으로 나가지도 못하고 안으로 들어오지도 못하는 현재는 춥다. 히터는 애를 써 온도를 높이려 하지만 바깥의 추위는 그것을 저지한다. 버스매표소의 구석에서 그냥 울고 있는 것은 히터다. 비단 히터만이 '용량'의 한계를 느끼는 것은 아닐 터이다. 운명의 그늘 밑에서 한계를 느끼며 우는 모든 존재가 그렇게 산다.

4.

인력의 구심점에 '집'이 있고 척력이 닿는 곳에 '별'이 있다. 별은 어둠을 바탕으로 운명의 굴레를 짊어진 인간에게 빛을 선사한다. 이상국의 시에서도 이는 마찬가지인데, 이에 대해서는 조금 더 부연이 필요하다. 그 빛은 동경의 빛이면서 동시에 공감의 빛이다. 여느 시인의 별이 그러하듯 이상국의 별도 멀리서 반짝이는 것으로 지상에서의 삶이 누추하다는 것을 새삼 일깨운다. 이때 별은 동경의 빛을 지상에 보낸다. 공감의 빛을 보낼 때도 닿을 수 없기는 마찬가지이다. 다만 그것은 한번도 도달하지 못했던 곳이 아니라 이미 지나친 시간 속에서 반짝인다. 기억이 뚜렷하다고 그 시간으로 돌아갈 수는 없는 일이다. 수많은 이들과 함께 있는 별, 아니

수많은 이들로 조성된 별은 그의 기억에 공존하며 제각각 빛난다. 그래서일까. 그에게 가장 별다운 별은 여러 삶의 터전인 지구별이다.

> 어떤 날은 잠이 안 와
> 입김으로 봉창 유리를 닦고 내다보면
> 별의 가장자리에 매달려 봄을 기다리던 마을의 어른들이
> 별똥이 되어 더 따뜻한 곳으로 날아가는 게 보였다
>
> 하늘에서는 다른 별도 반짝였지만
> 우리 별처럼 부지런한 별도 없었다
>
> 그래도 소한만 지나면 벌써 거름지게 세워놓고
> 아버지는 별이 빨리 돌지 않는다며
> 가래를 돋워대고는 했는데
>
> (…)
>
> 나는 그 별에서 소년으로 살았다
> ──「어느 농사꾼의 별에서」 부분(『어느 농사꾼의 별에서』)

부지런한 '우리 별'에는 소년 '나'가 살고 이승을 떠난 마을 사람은 별똥별이 된다. "이보다는 훨씬 못하더라도/내리는 사람끼리 모여 사는/별은 없을까"(「이 별에서 내리면」, 『어느 농사꾼의 별에서』)라며 저승에서도 함께하는 삶에 관해 물었던 그였다. 이상국 시의 별에는 홀로 멀리서 빛나기보다 함께 땀 흘리는 연대의 뜻이 짙게 배어 있다. 그들은 멀리 떠나서도 함께 농사를 지으며 빛난다. 모두 유년에 모여 있던 이들이다. '땅'은 현실을

상상력의 토대로 두게 하고 '별'은 먼 곳에 시선을 두게 했으나 '농사꾼의 별'은 다시 돌아가지 못하는 먼 유년에서 신호를 보낸다.

어둠이 내리고 길이 지워지면 그늘은 넓어지고 깊어진다. 아침에서 저녁으로, 유년에서 장년으로 이동하는 운명의 그늘도 마찬가지일 것이다. 최근 그는 자주 제 몸을 들여다보는 모습을 시로 그려낸다. 한때 연민의 공동체를 넓혔던 그다. 집, 고향, 생명체, 만상으로 넓어지며 그늘의 범위도 확장되었다. 용산 참사나 세월호 비극 등 거대한 아픔이 그의 시에 나타난 것은 놀랄 만한 일이 아니다. 그러다 문득, 제 몸이 연대의 대상에 합류한다. 그는 느지막이 연대의 대상으로 자기의 몸을 발견한다.

> 아버지 제발 좀 징징거리지 말라고
> 자식처럼 타이른다
>
> 어느덧 그 아들이 나이고
> 그 아버지도 나였다
>
> 그동안 몸을 그렇게 위했는데
> 여기서는 모든 몸이 남이다
>
> 밤이 깊자
> 예수 믿는 사람도 칸막이 안에서 죽은 듯 조용하고
> 아들도 아버지 병상 옆에 누웠다
>
> 나도 더는 갈 데가 없어
> 병상 위에 내가 든 몸을 눕히고
> 한방울 두방울 절벽을 뛰어내리는 수액을 센다

가족과 함께했던 집을 주시하던 그가, 지금 '나'가 거주한 몸에 대해 헤아린다. 마음대로 몸이 말을 듣지 않게 되는 순간, '몸이 남'이 되는 순간, 몸이 마음과 정신의 거처가 되는 것이다. 집 역할을 하는 병실에, 시인과 함께 예수를 믿는 사람, 늙은 아들과 아버지 등이 모였다. 그들은 각자 더 높은 존재에, 서로에, 고독에 의지한다. 모두 의지처가 다른 것처럼 보이지만 "그 아들이 나이고/그 아버지가 나"인 것처럼 실제로는 서로에게 기대고 있다. 몸이 그들의 집으로 인식되는 과정을 겪기 때문일 것이다. 제목 '봄밤'은 이들이 입원한 시기의 한때를 가리킬 것이다. 그 밖의 뜻이 없는 것은 아니다. '밤'이 어둠이 짙어지고 제 몸을 들여다보게 되는 시기를 환기한다면, '봄'은 제 몸의 그늘을 나누며 마음을 주고받는 병실의 온기를 환기한다.

비 오는 날

안경쟁이 아들과 함께

아내가 부쳐주는 장떡을 먹으며 집을 지킨다

아버지는 나를 멀리 보냈는데

갈 데 못 갈 데 더듬고 다니다가

비 오는 날

나무 이파리만한 세상에서

　　달팽이처럼 뿔을 적신다

　　　　　　　　　　　—「뿔을 적시며」 전문(『뿔을 적시며』)

　뿔을 적시는 달팽이의 등 위에는 집이 있을까, 없을까. 즉 그는 일반 달
팽이일까 민달팽이일까. 아들과 아내와 함께 집을 '지키고' 있는 것을 보
면 등에 가정을 짊어진 달팽이가 떠오른다. 그러나 갈 데 못 갈 데 더듬고
다닌 데다 아버지에게서 멀리 떨어져 나온 것을 보면 민달팽이가 떠오른
다. 집이 있으면서 집을 잃은 상황 설정은 모순된 것처럼 보인다. 그러나
이 또한 아버지에게서 떨어져 나온 시기를, 가리킬 수 있되 다가갈 수 없
는 그리움의 가장 먼 곳으로 상정했다고 보면 이해하지 못할 것도 없다.

　이상국의 시에서 집의 의미는 부모와 함께 살던 거처에서 시작하여 동
해라는 지역으로 넓어지고 이 지구별까지 확장되었다. 최근에 그것은 아
내와 자식이 있는 가정으로 줄어들었다가 이제 자신의 몸으로 축소되었
다. 이차원의 도면에 이 과정을 옮기면 점점 확대되었다가 점점 축소되는
그림을 떠올릴 수 있을 것이다. 그러나 그가 마련한 시간의 깊이와 공감
의 넓이는 이 그림에서 볼 수 없다. 몸이라는 집에 지구별 하나가 있는 것
을, 연민의 공동체 구성원 하나하나가 곧 빛나는 지구별이었다는 것을, 우
리는 그의 시를 통해 확인했다. 집의 인력과 별의 척력으로 그가 형상화
하고자 했던 것은 인간의 보편적 삶의 여정이자 시적 민주주의였다. 그
러므로 우리는 이상국을 보편적이면서 특별한 시인이라고 부를 수 있을
것이다.

최정례의 과외 수업

'이번에 실린 글 잘 읽었어. 좋더라.' 지금은 남아 있지 않지만, 그래서 정확한 문구는 아니겠지만, 최정례는 글을 쓰기 시작한 지 얼마 안 된 초짜 평론가에게 가끔 이런 문자메시지를 보내주었다. 원고 하나를 겨우 마감하고 기진맥진할 때, 나도 읽고 싶지 않은데 누가 읽겠는가 하며 허탈해할 때, 최정례는 그렇게 기별을 넣어주었다. 좋더라는 표현이 애썼다는 뜻인 줄 알면서도 그 부풀린 말이 큰 힘이 되었다. 그는 그저 주변의 대소사를 잘 챙기는 성격인가. 그럴 수도 있을 것 같다. 그러나 여기에서 내가 알고 있으며 말하려는 것은 조금 더 구체적인 최정례의 면모이다. '기진맥진한 시간'을 챙기며 그 옆에 함께 있으려 하는 그의 모습들.

최정례를 만난 건 대학원에서였다. 그와 나는 입학 동기이다. 그는 이미 주목을 받는 시인이었고, 나는 이제 학부를 졸업한 학생이었다. 그의 학부 졸업과 대학원 입학 사이에는 결혼, 출산, 취업, 퇴사, 등단, 출간 등 여러 일이 놓여 있었다. 직장을 둔 시인으로서 오규원의 창작 수업을 청강한 뒤 계속 그에게 시를 배운 일화 등을 나는 이런저런 그에 관한 글을 접하고 뒤늦게 알았다. 그렇다면 내가 그를 처음 보았을 때는 삶의 파고가 어느 정도 잦아들 무렵 아니었을까, 그러므로 시쓰기의 위기가 닥쳐온 때는 아니었을까. 첫 시집 『내 귓속의 장대나무 숲』(민음사 1994)이 출간되자 그는 문단의 주목을 받았고, 둘째 시집 『햇빛 속에 호랑이』(세계사 1998)가 출간되었을 때에는 여러 신춘문예에서 예비 평론가들이 그의 시를 텍스트로 자신의 문단 진입의 운명을 걸었다.

어스름이 어둠으로 다져지고
어린 나는 우물가를 뱅글뱅글 돌면서 아버지를 따라가겠다고 악을 쓰고 울었습니다 아버지는 품에서 털신 한 켤레를 꺼내 안기며 다음 다음에 이걸 신고 함께 가자며 달래 재워 놓고 떠났습니다

그날 이후 무엇이었던가 어디로부터였던가 나는 그만 깜빡 잊고 세상에 나와 너무 오래 서성였습니다 더이상 오므려 넣어볼 수 없이 커버린 발을 여기저기 끌고 다녀야 했습니다
──「첫 눈물」 부분(『내 귓속의 장대나무 숲』,민음사 1994)

기습 결혼을 했었지 황소 배 속 같은 곳에서 아이를 낳고 아파트가 당첨됐으나 허물어지고 길길이 뛰고 난리 치고 아무나 붙잡고 사정했지만

「초록불이 켜지면 출발하시오」
나가라는군 초록불이 켜지면 방을 빼라는군 빗자루와 비누 걸레는 늘 협박이지 옷 입고 샤워하다 3분 만에 밀려나는군 아무리 방망이로 땅을 쳐도 끄떡하지 않는 나라 이상한 나라
──「3분 자동 세차장에서」 부분(『햇빛 속에 호랑이』, 세계사 1998)

많은 시인의 첫 시집이 그렇듯 이 시집에서는 유년의 기억이 많이 등장

하고, 둘째 시집에서는 내밀한 기억들이 일상과 뒤섞여 등장한다. 어릴 적 아버지와 헤어지면서 흘린 '첫 눈물'에 대하여 말한 첫째 시나, 대학 졸업 후 순탄치 않았던 시간을 떠올린 둘째 시는 그러한 예들 중 하나이다. 기억은 그의 자산이다. 섬세한 시각으로 미묘한 순간을 포착하고, 먼 시간을 끌어당겨 일상에 현시하는 것이 그의 시적 개성이라 할 수 있지만, 이 또한 기억이라는 자산을 토대로 구축된 것이다. 둘째 시집을 냈을 즈음 그는 자문하지 않았을까. '이제는 무엇으로 시를 쓰지? 예전의 기억과 최근의 기억은 소진되었는데.' 대학원에 진학하기 한 해 전의 일이었다. 둘째 시집 출간과 대학원 진학의 고민은 동시에 이뤄졌다.

우연찮게도 시인과 집으로 가는 방향이 같았다. 간혹 그가 운전하는 차를 얻어 탈 수 있었다. 나에게는 행운이었고 그에게는 아마 부담이었을 것이다. 차를 타고 가는 동안 그는 자신이 읽은 시와 시인에 대해 말했다. 나는 정규 수업에서는 송욱의 『시학평전』을 읽으며 1960년대 시학을 공부했고 수업이 끝난 뒤 차 안에서는 그를 통해 다양한 시를 접할 수 있었다. 그가 소개하는 범위에는 제한이 없었다. 황인숙·장석남·정화진 등의 동시대 시인, 김수영·이상 등의 문학사 속 시인, 그리고 실비아 플라스·사이토우 마리코·테드 휴즈 등 외국 시인 등 그는 때로는 짧게, 때로는 가는 시간 내내 이들을 언급했다. 이들이 꽤나 오랫동안, 그리고 깊이 그의 인식에 각인되어 있었다는 것은 뒷날 이들 시 중 한편씩 골라 해설을 붙여 출간한 책 『시여, 살아 있다면 힘껏 실패하라』(뿔 2007)를 보고 새삼 확인할 수 있었다. '최정례의 시읽기'라는 부제가 붙은 이 책에는 차를 타는 동안 들었던 그의 말이 문자로 새겨져 있었다.

생각해보니 여기 담은 시들은 단순히 나의 취향을 넘어서 시에 대한 내 생각을 한조각 한조각 형성시켜준 것들이다. 이 시들을 통해 나는 나 자신과 비슷한 사람의 목소리 속에서 나의 외로움을 위로할 수 있었고, 또한 나와 전혀 다른 이의 생각과 느낌을 대하면서 내가 갈 수 없는 먼 곳까지 가볼 수가 있었다. 이미 나 있는 길만 따라가서는 도달할 수 없는 곳에 간 시들, 개척된 땅에 포진하여 잘 살고 있는 세력으로부터 칭찬받는 것을 포기하는 대신 시의 극지에 닿은 시들을 나는 사랑한다.

─「책머리에」부분(『시여, 살아 있다면 힘껏 실패하라』)

그는 책에 소개된 시와 자신의 시가 다르다고 인식한다. 이를 '다름의 존중'으로 정리하고 끝낼 문제는 아니다. 그가 꼽은 시인들은 특정한 곳, '먼 곳' '극지' '도달할 수 없는 곳'에 있다. 안온한 일상 지각의 영역에 진입하는 것을 거부함으로써 보통은 실패한 것으로 여겨지는 시들이 그곳을 개척했다. 그는 지극히 멀거나 지극히 높은 곳의 시를 사랑한다. '시적인 것'이 놓여 있는 곳이 바로 그곳이다. '극지의 시'를 떠올리며 그는, 한편으로는 의욕을 불태우고 한편으로는 좌절에 휩싸인 것 같다. 그곳이 도달할 수 없는 곳이라서 그는 고립감을 느끼며 좌절하지만, 누군가 그곳까지 갔다는 것에 힘을 얻어 고립된 일상 자체를 북돋는다. 그는 인식의 전환을 위해 낯선 곳에 가기보다는 일상 자체를 낯설게 하는 쪽을 택한다.

그리고 그의 책에는 김영승과 최승자가 있었다. 최정례는 두 시인을 기회가 닿는 대로, 차 안이나 책 아닌 데서도 자주 말했다. 첫 시집 『반성』(민음사 1987) 이후 김영승의 시집은 상대적으로 잘 알려지지 않은 출판사에서 출간되고 있었다. 김영승의 시는 어느새 나의 관심사에서 멀어졌다. 최정례는 김영승이 지속적으로 시를 쓰고 있다는 사실을 알려주었을 뿐만 아니라 자신이 좋아하는 그의 시들을 보여주었다. 나뿐만 아니라 다른 사람도 그 사실을 알 수 있도록 신문 칼럼 등에 그의 시와 삶을 소개하기도 했다. 어느새 나는 그의 시를 찾아보게 되었다. 그후 등단 소감에 김영승 시를 언급하며 말을 풀어냈고, 몇편의 글에서 그를 언급했으며, 그 뒤로 인연이 닿아 그의 시집 해설을 쓰는 기회를 얻기도 했다.

최승자 또한 최정례를 경유하여 내 앞에 나타났다. 그즈음 서정시학에서 네명의 선생님이 일주일에 한번씩 시쓰기를 가르치는 수업이 운영되었다. 나는 학생이었고 최정례는 선생님 중 한명이었다. 그러던 어느 날 최승자가 1주간의 수업을 맡아 우리 앞에 나타났다. 『내 무덤 푸르고』(문학과지성사 1993)를 상재한 후 길게 침묵하다가 육년 만에 『연인들』(문학동네 1999)을 상재한 후 또다시 길게 침묵한 지 오륙년이 지났을 때였다. 그의 말은 직전의 시집에서처럼 건조했고 툭툭 끊어졌다. 자신을 돌보지 않던 최승자에게 뒤풀이에서라도 밥을 조금 들게 하려고, 수업에서라도 사람들과 이야기를 나누게 하려고 최정례는 강의를 주선했던 것이다. 최승자는 여전히 좀처럼 숟가락을 들지 않았고 말을 길게 하지는 않았으나 간혹 시 속의 신비로움을 말할 때에는 눈빛이 빛났으며 목소리에 탄력이 붙었다.

최정례는 이후에도 오랫동안 살뜰히 최승자를 살폈다. 그는 상처 받은 시들을 사랑했으며 다른 상처에 위안을 주는 큰 상처를 지지했다. 그리고 상처 난 말이 삶과 이어져 있다면 옆에 오래 머무르며 그 말과 삶을 돌보았다. 그들은 시가 분리되지 않는 삶을 살되, 시를 끌어내리는 것이 아니라 삶을 끌어올려 시와 삶을 일치시켰다. 최정례는 그들이 그 과정 중에 입은 상처를, 자신을 대신하여 입은 것으로 여긴 것 같다. 그는 비록 그가 사랑한 시인들의 길을 걷지는 못하더라도 지속적으로 그들을 언급하는 것으로써 그들을 곁에 두었다.

그녀는 지독하게 목이 마르다
우물 바닥에 한없이 가라앉는다
일어설 수가 없다
한때 배꽃이었고 종달새였다가 풀잎이었기에
그녀는 이제 늙은 여자다
징그러운

추악하기에 아름다운

늙은 주머니다

―「늙은 여자」 부분(『붉은 밭』, 창비 2001)

　거꾸로 꽂혀 서 있었던 이제 남이 된 내 시집을 뒤적거리는 밤. 식어버린 관계가 되어 난처해진, 피하려다 마주쳐서 읽게 되는 낯 뜨거워지는 밤.

　오늘 밤은 그래. 수동적으로 남의 손에 의해 아주 조금 숨을 한번 쉬어본 거다. 이젠 남의 힘을 빌려야만 겨우 숨을 쉴 수 있는 거다.

―「자기 시집 읽는 밤」 부분(『레바논 감정』, 문학과지성사 2006)

　그의 세번째 시집 『붉은 밭』(창비 2001)은 그가 대학원에 들어와서 펴낸 첫 시집이기도 하다. 대학원 생활은 선택에 따라 느슨할 수도 분주할 수도 있다. 그는 발표와 토론 모든 일에 열심이었다. 그 와중에 시집에 묶을 시도 계속 쌓았던 것이다. 그의 시는 한편으로는 여전했고 한편으로는 줄곧 바뀌었다. 그는 여전히 어긋난 시간에 민감했고 그 원인을 지속적으로 탐구했다. 그러나 달라진 부분도 있었다. 예전 시에는 기억이 낡고 있었으나 이제는 자신이 늙고 있었다. 자신을 "이제 늙은 여자"로 인식하는 『붉은 밭』의 「늙은 여자」나, 예전에 낸 시집에 가득 차 있던 열정을 이제 "식어버린 관계"로 인식하는 『레바논 감정』의 「자기 시집 읽는 밤」에서도 사정은 마찬가지이다. 그런데 최정례는 늙음과 죽음을 동일시하기보다는 늙음 속에 있는 삶의 관능에 주목한다. 어찌 보면 관능의 발견이야말로 그의 주전공인 것 같다. 그렇지 않다면 「늙은 여자」의 "추악하기에 아름다운"이라는 표현도, 「자기 시집 읽는 밤」의 "피하려다 마주쳐서 읽게 되는 낯 뜨거워지는 밤"이라는 구절도 등장하기 어려울 것이다. 적어도 이 '아름다움'과 '낯뜨거움'은 반어나 역설이 아니다. 이는 거의 진심에 가깝다. 대학원 수업에서 보았던 그의 모습을 떠올리면 그러하다.

수업 중에 정지용의 「호랑나비」를 다루었을 때였다. 시에는 화가가 겨울 산속에 들어가 과부와 '비린내 나는' 연애를 하는 서사가 담겨 있다. 호랑나비 한쌍이 청산을 넘어가는 것으로 시는 마무리되는데, 이를 어떻게 해석해야 하는가. 대부분의 학생들은 둘이 죽어 환생한 것으로 읽었고, 최정례는 둘이 살아 있으며 호랑나비는 봄을 알리는 표식으로 보았다. 그는 오로지 자신만이 내놓은 견해를 굽히지 않았다. 많은 이들의 견해도 틀렸다고 보기는 어렵지만 그렇다고 살아 있다는 것을 폐기할 결정적 증거가 있는 것도 아니었다. 그는 쉽게 판단을 내릴 수 있는 완결된 죽음보다는 희미하더라도 남아 있는 삶의 관능성에 민감하게 반응했다.

최정례의 학위 논문은 석사와 박사 모두 백석을 대상으로 했다. 그때까지 백석 시를 해석하는 시각은 크게 둘로 대별됐다. 하나는 전통 지향으로 백석의 시를 보는 것이고, 다른 하나는 모더니티로 보는 것이다. 오래된 앞의 시각은 뚜렷했으나 최근에 형성된 뒤의 시각은 모호했다. 최정례는 백석의 시에서 모더니티를 찾고자 했다. 기존의 견해와 다른 개성적인 시각이 그에게 매력적으로 다가왔을 테지만 그것이 이유의 전부는 아니었을 것이다. 그에게 모더니티는 모순된 속성을 내장하고 있으면서 미완의 상태를 유지한다. 백석의 시는 그에게 전통의 시가 아니라 관능의 시였다. 그가 백석 시에 보낸 시선은 고정된 바깥을 향한 것이 아니라 꿈틀대는 내면을 향한 것이었다.

> 이불 밖으로 삐죽이 빠져나온 당신 한쪽 발
> 엎어져 자고 있는 발바닥이 바다 위에 섬 같애
> 숨도 쉬지 않고 조용히 조용히 자고 있는 쓰시마 섬
>
> (⋯)

당신 발바닥은 영 딴 나라 같네

동떨어져서 낯설기만 하고

당신의 쓰시마, 쓰시마 섬

—「당신 발바닥 쓰시마 섬 같애」 부분

(『캥거루는 캥거루고 나는 나인데』, 문학과지성사 2011)

나는 왜 이렇게 쓰는 걸까. 거미줄에 걸려 허우적거리는 나방처럼 너를 그리며, 너의 여행기를 왜 내가 쓰고 있나. 너의 여행기를 쓰며 읽으며 나도 어쨌든 이곳을 떠나야 하는데 왜 이러는 것일까. 내가 무슨 효녀 심청이라고 샤워꼭지에 얼굴을 대고 흐느끼나. 화장실도 못 가면서 밤새도록 연설을 하는 부친과 먹지도 못하면서 끊임없이 닭죽을 달라며 틀니를 닦는 모친을 위해, 안되겠다 더이상 아무도 어찌해볼 수가 없어, 요양원을 알아보러 다녔다.

—「너의 여행기를 왜 내가 쓰나」 부분(『개천은 용의 홈타운』, 창비 2015)

학위논문을 낸 다음이었나. 최정례는 외국 체류 프로그램에 참여한다. 이불 밖에 삐져나온 남편의 발가락을 두고 쓰시마섬(「당신 발바닥 쓰시마섬 같애」)을 연상하는 그다. 가까운 곳에서 먼 곳을 감지하는 그에게 실제로 먼 곳에 갈 기회가 생겼다. 그는 온라인으로 근황을 간혹 전했다. 자신의 시를 번역해서 외국 시인에게 소개하고 외국 시를 읽고 있다고 했으며, 조금은 외롭고 조금은 고양된 듯했다. 체류 기간 중에 발표한 시들은 무엇인가 달라져 있었다. 낯선 세계를 동경하는 말이 아니라 낯선 세계의 말이 거기에 있었다. 어찌 보면 형이상학적으로 보였고 어찌 보면 지극히 현실적으로 보였다. 낯선 곳에 대한 그의 편향은 이국 취향이라기보다 보편적 감수성에서 비롯한 선호였다.

그는 자신의 삶을 벗어나기보다는 자신의 삶을 넓히고 싶어 했다. 당시 그의 시를 보며, 어쩌면 최정례의 시에는 입말투가 사라질 수도 있으며, 형이상을 추구하는 쪽으로 전개될 수도 있겠다고 생각했다. 하지만 다른 이의 여행기를 읽으며 "나도 어쨌든 이곳을 떠나야 하는데 왜 이러는 것일까"란 질문을 하면서도, 몸이 편찮은 부모님을 위해 "요양원을 알아"(「너의 여행기를 왜 내가 쓰나」)보는 이후의 시편들은 그와 같은 추측이 섣불렀다는 것을 일러주었다. 그는 첫 시집에서 가족에 대해 말하더니, 먼 길을 돌아 이제 다시 가족에 대해 쓰기 시작한다. 유년 시절에는 시인이 보호 받아야 했겠으나 이제는 가족이 보호를 필요로 하게 되었다. 먼 곳을 계속 기억하는 것과 마찬가지로, 이곳을 떠나야 한다고 말하는 와중에도 그는 이곳을 내내 품고 있다. 먼 곳을 꿈꾸는 그의 방식은 극단에 가기보다는 극단을 기억하는 것이다.

이걸 뭐라고 번역해야 좋을까
You are living for nothing

당신은 뭔가를 위해 사는 게 아니네
당신은 헛것을 위해 사네
의미 없이 하루하루를 지내는 당신,
그러니까 우리는 아무것도 아닌 것을 위해 사네

(…)

사막 저편에 납치된 것은 어쩌면 우리 모두지
정거장에 서서 모든 기차를 기다렸다던 당신
그것은 당신이 아니라 사실은,

사실은 모르고 있는 우리 모두겠지

—「존재의 서글픈」 부분(『개천은 용의 홈타운』, 창비 2015)

최정례는 수년 전 자신의 시를 영어로 번역한 시집 *Instances*(Parlor Press 2011)를 출간했다. 자신의 시를 널리 알리고 싶어서 낸 것은 아닐 것이다. 지금도 아마 자신의 시를 꾸준히 번역하고 있지 않을까. 최근에 최승자를 떠올리며 쓴 시의 첫 구절이 "이걸 뭐라고 번역해야 좋을까/You are living for nothing"(「존재의 서글픈」)이다. 그에게 자신의 시를 번역하는 것은 최승자를 번역하는 것과 같다. 그는 자신의 시를 보편성의 장으로 끌어올리려 하며, 동시에 시적인 것을 일상 속으로 끌어내리려 한다. 그의 말은 몸 대신 그곳에 진입했으며 최승자의 시는 그 대신 그곳에서 귀환하지 않았다. 그는 그곳을 허무의 사막으로 보고 있으며 그곳에 '우리 모두'와 '최승자'가 납치되었다고 본다. 이 둘은 대척점에 놓여 있다. 최정례의 시쓰기와 번역은 이런 것이다. 만나기 힘든 대상을 만나게 하는 것. 실제로 내가 그를 매개로 최승자를 볼 수 있었던 것처럼. 그의 시는, 그리고 그는, 미안하지만 사막으로 떠날 수 없다. 그는 계속해서 사막의 존재를 이 세계에 알려 이 세계가 얼마나 비옥한지, 또 얼마나 누추한지 환기할 것이다. 이 글을 쓴 뒤에 최정례는 제임스 테이트의 시집 『흰 당나귀들의 도시로 돌아가다』(창비 2019)를 번역하여 출간했고 자신의 마지막 시집 『빛그물』(창비 2020)을 병원에서 발간했다. 희귀한 병이 그를 갑자기 찾아왔다. 시인의 면회가 제한된 것에서 일년 정도 투병 생활을 했다. 2021년 1월 16일 그는 이승을 떠났다. 저간의 사정에도 이 글의 마지막 부분은 수정이 필요해 보이지 않는다. 다시 한번 적는다. 그의 시는, 그리고 그는, 미안하지만 사막으로 떠날 수 없다. 그는 계속해서 사막의 존재를 이 세계에 알려 이 세계가 얼마나 비옥한지, 또 얼마나 누추한지 환기할 것이다. 그가 펼쳐왔던 시세계는 지금까지 그랬왔듯이, 앞으로도 고맙게 여겨질 것이다.

어디에도 있는 너는

◆

곽효환 『너는』에 부쳐

　곽효환의 새 시집 『너는』(문학과지성사 2018)이 상재되었다. 그가 내내 북방시편을 연구해왔고, 무엇보다 북방의 자연과 정서와 인물에 집중한 뒤 거기에서 들려나온 말들을 공들여 시에 적어왔기 때문에, 나는 그의 시에 등장하는 '북방'을 특별한 상징으로 여겨왔다. 그러나 『너는』을 접한 뒤 생각이 조금 바뀌었다. 북방은 유인책이며 정작 하고 싶은 말이 따로 있지 않은지 의심을 품게 된 것이다. 이 경우 북방은 특정 장소를 가리키기보다는 일반적인 노스탤지어를 환기하고 시인은 거기에서 뿌리 뽑힌 자의 마음을 취재하는 시인-기자의 역할을 맡게 된다. 사유의 출발이자 지향점이었던 북방이 어쩌면 알레고리나 알리바이의 대상일지도 모르겠다는 것이다. 시집을 읽기 전의 생각과 읽은 후의 생각이 자칫 모순되어 보일 수 있는데, 이에 논리적 연관성을 부여하면 다음과 같다. 그는 북방이라는 특수한 시공간에 집중하는 과정에서 뿌리 뽑힌 자와의 연대라는 보편적 목소리에 접속했고, 마침내 북방이라는 소재를 취하지 않더라도 거기에서 느꼈던 정서를 바탕으로 일관되고 개성적인 목소리를 내게 되었다. 그리고 그의 의심과 확신이 한 곳에서 소용돌이치는 시집이 『너는』이다.

그동안 곽효환의 시에서 친밀감을 느꼈다면 기억에 대한 존중 때문일 가능성이 크다. 그는 거듭해서 스러져가는 역사와 사람을 형상화하며 망각을 향해 가는 시간의 흐름에 맞섰다. '시는 기억술'이라는 말은 대개 시들이 지닌 이 같은 기능을 일깨워준다. 만약 그의 시에서 이질감을 느꼈다면 시인-기자 같은 특별한 화자의 태도 때문일 수 있다. 그의 시는 사건 현장을 취재한 기록물과 같다. 벤야민에 따르면 초기 종교적 분위기가 농염하게 남아 있던 초상 사진은 곧 사건의 발생 현장을 찍은 것 같은 장소 사진으로 대체되었다. 인물이 사라진 거리의 사진에는, 포착된 순간에 종교성을 부여하지는 못하더라도 스스로 결정적인 증거가 되어 그 순간을 흘려보내지는 않겠다는 안간힘이 엿보인다. 곽효환의 시에는 이곳저곳을 취재하며 기저에 깔린 독특한 정서를 저장하는 시인-기자의 정신이 짙게 풍긴다. 그것을 곽효환은 "오래전 그가 나이고 내가 곧 그였던/아름답고 거대한 그리움 같은 것이라고 생각한다"(「훌승골성에 오르다 2」)에서 확인할 수 있듯 '아름답고 거대한 그리움'이라 했다.

너를 보내고
아무 일 없는 듯이 몇 날 며칠을 보냈다
검은 글자가 기괴하게 움직이는 책장을 넘기다가
마음이 가난한 사람들이 사는 마을에 왔다

(…)
먼 곳에서부터 여행자를 실어 날랐을
고단한 당나귀 방울 소리, 울음소리 잦아들고
어느새 인적 끊긴 밤은 점점 깊어가는데
하얗게 쌓이는 눈을 온몸으로 받아내며
가장자리에서부터 중심을 향해 조금씩 얼어가는

어둡고 깊고 아름다운 호수를 보며 나는
당신이 감추어둔 슬픔을 서성이다
혹한의 빙야와 혹서의 마른 초원을 홀로 지킨
미루나무가 비워놓은 깊은 그늘을 생각한다
그 마음과 기다림의 숨결이 이러했으리라고
───「가난한 사람들의 마을에서」 부분

혹한의 빙야와 혹서의 마른 초원이 시의 배경이다. 그러한 곳이 북방에
만 있지는 않겠지만, 그렇다고 정주한 삶이 일상적으로 맞이하는 풍경도
아닐 것이다. 취재 현장을 떠도는 삶은 여전하다. '너'가 떠난 뒤 '나'는
이별 뒤의 헛헛함이 인도한 대로 상상이건 실제이건 '가난한 사람들의 마
을'에 도착했다. 가난한 사람들이 모여 사는 그 마을은 잠시의 휴식으로
여독을 풀어주는 곳이며, 따라서 배웅하는 사람의 마음이 모여 사는 곳이
기도 하다. 먼 곳에서 여행자를 실어 나를 당나귀도 쉬어가는 곳, "당신이
감추어둔 슬픔을 서성이"던 곳이 그곳이다. 북방으로 표상되었던 공간은
이제 어디든 슬픔이 쉬어가는 곳이 될 수 있을 것 같다. 그런데 왜 슬픔을
서성이나. 슬퍼하거나 슬픔 속에 빠지면 안 되는 것인가. 주위를 배회한다
는 것은 중심이 있다는 것을 전제한다. 그가 찾는 곳은 "어둡고 깊"은 슬
픔의 중핵이 있는 곳이다. 마른 초원을 홀로 지키는 미루나무가 바로 슬
픔의 근원을 형상화한 대상인데, 이는 마을의 정서뿐만 아니라 시인이 지
닌 마음까지 포함된 매개라고 할 수 있다.
　곽효환이 지닌 물음은 다른 시의 한 구절 "나는 얼마나 더 가야/발원에
닿을 수 있을까/굵은 눈물 훔치고 몸 들여 기댈 수 있을까"(「강의 기원」)에
집약되어 있다. 그는 여행자나 방문자가 아니다. 이들은 집에 돌아올 것을
전제로 떠난다. 그는 유랑자나 방랑자 또한 아니다. 이들은 떠돌기 위해
떠돈다. 그는 슬픔을 취재하는 기자에 가깝다. 때때로 특파원이면서 때때

로 인터뷰어 역할을 맡지만, 그러나 그는 끝내 시인이다. 그의 취재 대상은 사람과 사연에 내재된 거대한 슬픔과 그리움의 기원이다.

> 폐허가 된 거리에서 피아노를 친 사내
> 다마스쿠스 외곽 팔레스타인 난민촌 거리
> 스물일곱 깡마른 청년이
> 손수레에 싣고 나온 낡은 피아노 건반을 두들겼다
> 그의 가족들이, 그의 친구들이, 그 거리의 아이들이
> 하나둘 피아노 주변에 모여 함께 노래를 불렀다
>
> (…)
>
> 몇 달을 걷고 또 걸어 도착한 땅
> 독일 국립 무대의 청중들 앞에서
> 다시 「야르무크의 노래들」을 연주하기 시작했다
>
> 그의 피아노 선율은 끝을 알 수 없는 기나긴 싸움의 서곡
> 그의 눈물은 우리의 부끄러움
> 그의 절망은 우리의 분노
> 그의 사랑은 우리의 슬픔
> 그는 야르무크를, 야르무크는 그를 그리워하는
> 그의 난민 생활은 여기서 다시 시작되었다
>
> ──「피아노맨」 부분

팔레스타인에 직접 가보지 않았다고 하더라고 거대한 그리움의 기원이 그곳에 있다면 곽효환은 시에 이를 기록한다. 팔레스타인 거리에서 피

아노를 연주했던 시리아 난민 아이함 아흐마드가 난민 자격으로 독일 국립 무대에서 연주하는 장면은 실제로 많은 이들의 심금을 울렸다. 그 역시 마찬가지이다. 그러나 그는 시에서 시리아 난민의 참상을 고발하는 데 목적을 두기보다는 자신을 울리는 심금의 기원을 찾아가는 데 공들인다. "기나긴 싸움의 서곡"에서 추정하건대 아이함 아흐마드의 연주는 승리의 서사를 마감하는 것이 아니라 슬픔이라는 서정의 동력 구실을 한다. 시는 누가 이길지 모를 지난한 싸움에서 쉽게 사그라지지 않는 부끄러움과 분노가 슬픔과 그리움의 감정과 어우러지면서 마무리된다. 이는 실태 조사와 객관적 판단이 적시된 기사의 방식을 따른 것이 아니다. 그보다는 여러 감정의 직접적인 노출로 시라는 형식을 취할 수밖에 없는 필연성이 확보된다고 할 수 있다.

돌의 뼈를 본 적이 있다
들녘 가득한 감나무 황금색으로 물드는
청도읍성 언저리 석빙고
수백 년 풍장에
홍예虹霓로 남은 돌의 뼈대
(…)
많은 것들이 맺히고 풀리고 흘러갈 때마다
더 가까이 더 깊숙이
서로가 서로의 몸으로 파고들며 견디어온
돌의 뼈대에는 단단한 시간의 문양이 있다
수많은 바람이 실어 오고 실어 간
풍경과 삶이 물결치는 세월의 무늬가 있다

—「돌의 뼈」 부분

기다리는 것

침묵하는 것

무심해지는 것

괜찮아,라고 말하지 않는 것

괜찮아질 거야,라고 믿지 않는 것

그렇게 다시 그렇게

먹먹한 가슴에 슬픔을 재우고

돌이 되는 것 그리고

힘들게 내밀었던 손을 거둬들이고

남은 사랑을 접는 것

단호하게 그렇게 끝내는 것

—「남은 사랑을 끝내야 할 때」부분

『너는』에는 뼈와 돌멩이의 함의를 지닌 말들이 간헐적으로 배치되어 감상의 길라잡이 역할을 한다. 이는 그리움을 찾아다니는 그의 시적 여정에 균열이 났다는 뜻이기도 하다. 시집의 첫 시가 「돌의 뼈」이고 첫 구절은 "돌의 뼈를 본 적이 있다"이다. '본 적이 있다'는 시인-기자의 정체성을 재확인할 수 있는 부분인 반면, '돌의 뼈'는 인식의 변화를 암시하는 부분이다. 일반적으로 돌과 뼈는 단단함의 속성을 주고받아 그가 찾아다닌 슬픔의 중핵, 거대한 그리움의 또다른 표상이라 할 수 있다. 이와 더불어 곽효환의 시에서 그것은 정지의 의미를 추가한다. 누가 들어주기 전에는 움직이지 않는 것이 돌이고, 삶이라는 여행이 끝나고 남은 것이 뼈이다.

「돌의 뼈」에서 뼈에 새겨진 것을 '시간의 문양'이라 했다. 「남은 사랑을 끝내야 할 때」에서는 "돌이 되는 것"을 단호하게 "남은 사랑을 접는 것"이라고 표현한다. 돌과 뼈는 그의 시에서 밀도나 무게로 측정되지만은 않는다. 그만큼 중요한 것이 시간의 경과라는 요소이다. 끝내 기다리고 침묵하고 무심한 것, 괜찮다 말하지 않고 믿지 않는 것이 돌의 의미라고 한다면, 그 돌은 깨지고 단련되어 마침내 세파에 흔들리지 않는 내면으로의 침잠과 동일시된다. 슬픔을 잠재우고 내밀었던 손을 거둬들이고 사랑을 접는 것을 보면 더욱 그러하다. 사랑을 끝내는 순간과 취재를 마치는 순간이 이때 겹쳐진다. 주체와 객체가 뒤섞인 사랑과, 주체와 객체가 반듯하게 나뉜 취재를 포개면 간격이 발생할 수밖에 없다. 그 틈은 새롭고 풍부한 시적 의미가 생성되는 지점이기도 하다. 사랑이 끝나면 시쓰기는 멈추는 것이 아니라 다른 국면에 접어든다. 그때가 곧 침묵 속의 사랑을 발견하는 예비 단계이기도 하다.

> 다시 한 사람이 가고
> 더는 보낼 것이 없는
> 텅 빈 여름날 오후
> 덩그러니 남은 슬픔의 그늘
> 성채처럼 견고하다
> 그 사람 떠난 자리마다
> 더디게 흐르는 단단한 고요
> 오랜 침묵의 틈새로
> 가녀린 바람 한 줄 속삭이더니
> 푸르던 잎새 하나 고개를 떨군다
> 생각해보니 웃어본 지 오래다
> 몸서리치며 울어본 기억 또한 아득하다
>
> 그 여름부터 다시 여름까지
> 나는 너무 오래 서 있었다
>
> ──「나는 너무 오래 서 있었다」 부분

끊임없이 옮겨 다니던 그가 "나는 너무 오래 서 있었다"고 한다. 이를 돌의 인식이라고 말할 수 있지 않을까. 슬픔과 고요를 찾아다녔는데, 어느덧 그것이 마음에 젖어 들었다. "다시 한 사람"이 떠나갔기 때문이다. 슬픔의 중핵을, 거대한 그리움을 확인하기 위해 여러 곳을 다닌 것 같았으나 실은 이별 연습을 위해 그랬는지도 모르겠다. 일부러 찾아간 곳에 남아 있는 이들, 이미 그리워하고 있는 것들을 기어코 찾아가, 관계 맺기와 끊기의 곤혹을 줄이려 했던 것은 아닐까. 인용시에서 '그 사람'은 지금까지의 시에서 '그곳'을 뒤집은 것이다. 예전에는 '나'가 '그곳'을 방문했다가 떠났다. 그러나 여기에서는 '그 사람'이 '나'를 방문했다가 떠난다.

대상의 자리와 속성이 바뀌면서, '그곳'이 지닌 필연성도 누그러졌다. 꼭 '북방'일 필요가 없을 뿐더러 방문할 '그곳'이 필요하지 않게 된 것이다. 서두에서 말했던 '오해'의 일정 몫은 이 위치 변경에서 비롯되었다. 이전에 중요했던 질문은 다음과 같다. 간 곳은 어디이며 거기에서 담아내는 것은 무엇인가. 여기서 초점은 '어디'와 '무엇'에 맞춰져 있다. 이제 중요한 질문은 다음과 같다. 오간다는 것은 무엇이며 담는다는 것은 무엇인가. 조금 더 포괄적인, 조금 더 근본적인 질문이 제기되는 것이다. 이 질문은 그가 찾아다녔던 슬픔과 그리움의 기원에 더욱 다가간다.

바람을 갖지 않으려고 했는데
그게 어렵다고
한꺼번에 울지 않기 위해
아침부터 조금씩 나누어 울었다고 이제
더 이상 소리 내어 울지 않기로 했다고
너는
젖은 나무껍질 냄새가

몸 구석구석에 배어 지워지지 않는다고
아직 잎새를 다 떨구지 못하고
우두커니 겨울을 맞는 나무 한 그루에
나,라고 이름 붙였다고 했다
너는

(…)

너는, 나는
많이 싸웠어야 했다
불확실한 위험과 시련에서
등 돌리지 말고 도망치지 말고
그 차오르는 말들을
그 세세한 기억들을
그 기적 같은 감정을 지키기 위해
한때 가까웠던 우리는
더 많이 더 열렬하게 싸웠어야 했다

아무 데도 없으나 어디에나 있는
너라는 깊고 큰 구멍

—「너는」부분

　표제시 「너는」의 일부이다. 시의 첫머리에서 '너'는 통영에 머물고 싶
다고 했다. 인용 부분은 특정한 지명을 생략한 것인데, 온전히 보존된 시
적 정서를 보면 그의 사유가 특정한 곳에 기대지 않는다는 것을 새삼 확
인할 수 있다. '나'와 많이 싸우기도 하고 '우리'라 불리기도 했던 '너'는,

그것이 타인인지 또다른 자아인지 확인하기 어렵다. 하지만 그것을 따져보는 일이 소모적일 수 있다는 것을 다른 부분이 보여준다. 시가 정작 하고 싶은 말은 일인칭과 이인칭이 실제로 둘인지 하나인지 구별하지 않고 같은 의미를 지닌다는 것이다. 일인칭은 이 시에서 이파리를 다 떨구지 못한 채 한 곳에 붙박여 "우두커니 겨울을 맞는 나무 한 그루"로 지칭되고 있으며, 그렇게 말한 '너'는 "아무 데도 없으나 어디에나 있는"의 수식을 받는다. 특정한 시간이나 특정한 장소에 얽매이지 않는 '너'는 "깊고 큰 구멍"이기도 하다. 여기에서 '너'는 돌이나 뼈대의 의미에 그치지 않는다. '나'를 돌멩이와 견주게 한, 슬픔의 시간들, 거역할 수 없는 운명 같은 것이라고 해야 하지 않을까. '나'와 대별되는 '너'는 결국 '나'를 형성한 주요 기제이다. 이 기이한 역설은 그가 현재 다다른 인식의 거처이다. 그에게 "차안은 곧 피안"(「꽃을 만드는 손」)이다. "모두를 끌어안지만 어디에도 정주하지 않는"(「새 만다라」) 곽효환의 시는 『너는』에 이르러 특정한 장소를 경유하여 누구나, 어디서나 느낄 수 있는 거대한 그리움을 형상화했다.

유안진이 이야기를 들려주는 시간

유안진의 최근 시에는 이야기가, 그 이야기에는 웃음이 담겨 있다. 시인의 감정 표현이 뒤로 물러나고 다른 이들의 일화를 전면에 내세운 이야기의 웃음은 단정하다. 단정함이 단순하다는 것을 뜻하지 않듯, 웃음 또한 가벼움을 뜻하지는 않는다. 그의 시는 단정한 웃음으로 짙은 여운을 남긴다. 그 여운의 테두리는 공동체이거나 죽음인 것 같다. 공동체를 테두리로 할 때에는 더불어 잘 살아갈 수 있는 지혜가 들리고, 죽음을 테두리로 할 때에는 삶의 고귀한 가치가 드러난다. 그는 이 무거운 주제를 웃음과 함께 전하고 있는 것이다.

이야기의 형식을 빌려 말하고, 무거운 주제에 웃음을 섞어 말하며, 복잡한 의미를 단순하게 말하는 그의 말하기 방식은 말하는 사람의 자리에 깔끔하고 지혜로운 어른을 상정하도록 한다. 어떻게 삶을 살아야 할지 모르는 아이들에게, 또는 불투명한 삶의 전망에 힘들어하는 사람들에게, 그는 권위를 감추면서 지혜를 전한다. 그의 시는 그래서 따뜻하고 화사하다. 그는 말한다. 자, 귀를 기울여보렴. 이제부터 이야기 하나 들려줄게.

상수리나무가 말했다, 난 내 힘으로 꼿꼿이 자랐어, 내 몸에는 가시가 없어 남에게 피해도 안 주고……

아카시아나무가 응수했다, 내 몸에는 가시가 있어서 늘 부끄럽고 미안한데, 이런 날 싫어하지 않고 칡넝쿨이 나와 함께 자라줘서 고마워, 나도 남에게 도움 될 수 있다니

칡넝쿨이 말했다, 내 힘으로는 땅바닥을 길 수밖에 없지만, 아카시아가 잡아줘서 높이 올라왔는데, 아카시아에게 보람까지 느끼게 했다니, 정말 고마워, 내 못남도 쓸모가 있네.

―「보람」

어떤 나무는 제 결핍으로 다른 나무에게 도움을 준다. 시인은 못 생겨서 주눅 든 이들에게 나무의 예를 들어 그 생김새로 타인에게 도움을 줄 수 있다고 말한다. 잘생긴 상수리나무와 견줘 아카시아 나무와 칡넝쿨은 못 생겼다. 하지만 "못남도 쓸모가 있"다는 말이 있듯, 그 못남은 공동체를 유지시킨다. 그런데 공동체의 유지가 시인이 말을 건네는 목적의 전부도 최선도 아닐 것이다. 우화의 형식을 빌려 공동체의 규칙을 각인시키는 여러 동화는 얼마나 섬뜩한 경고를 담고 있는가. 할머니를 잡아먹은 늑대는 끝내 배가 갈라지고, 거짓말을 일삼는 양치기는 늑대의 밥이 된다. 이 같은 동화를 떠올리면 공포와 두려움으로 공동체가 유지되는 듯하지만, 유안진의 시에는 무시무시한 경고 대신 따뜻한 웃음이 깃들어 있다. 이야기를 담는 시의 그물은 공동체를 유지하는 경고와 교훈으로 짜인 것이 아니라 자신이 살아온 체험의 씨줄과 날줄로 짜여 있다.

49세 아들이 89세 아버지를 모시고 대중목욕탕에 갔다

아버지는 매표소에다
어른 한장 아이 한장이라고 했다

표 파는 이가 창구 밖을 살피더니
두분 다 어른이잖아요!?
아버지가 말했다, 저 앤 내 아들아이지
어른표 두장 사셔야 하는데요

그럼 내가 아이하지
89세 아버지는 음성도 정정한데
할아버지가 어떻게 아이세요?
매표인이 정색하자
연세 높으면 저절로 아이 된다 하고
아이는 어른의 아버지라는 시구(詩句)도 있고 해서……
아들이 윙크하자 매표구 안에서 들려왔다

어른표 하나 아이표 하나에 거스름 받으세요.
　　　　　　　　　　　　　　　　　—「둘 중 하나는 아이」

　목욕탕 매표소에서 벌어진 일을 그린 시이다. 성인 부자가 목욕탕 매표
소에서 아이표 하나 달라고 요구하는데 그 이유가 계속 달라진다. 처음에
는 49세의 중년이라도 89세의 아버지에게는 아들이기 때문에 아이표를
달라고 했다가, 나중에는 나이를 먹으면 아이가 된다는 말이나 아이는 어
른의 아버지라는 말에 기대어 아이표를 달라고 한다. 첫째 이유에는 '한
번 아들은 영원한 아들'이라는 인식이 깔려 있다. 당연하게 들리는 말이
다. 하지만 그 아들이 시간이 흐르면 성인이 되는 것도 당연하다. 아버지

는 '당연한 절반'을 이유로 들어 '당연한 나머지 반'을 감춘다. 왜 감추는 지는 나중 이유와 엮여 있는데, 아버지가 아이인 여러 이유가 제시되지만 목적은 하나이다. 이유야 어찌되었건 표만 할인 받으면 그만인 것이다. 결국 표를 할인 받은 것으로 훈훈한 분위기를 연출하며 시가 마무리된다. 웃음은 규정이나 상식을 이기는 부자의 욕망 때문에 발생하며, 그 욕망 안에서 어른과 아이는 착종된다. 「둘 중 하나는 아이」는 시간의 어긋남으로 웃음을 발생시키지만, 못났으나 그 못남으로 쓸모 있게 된다는 앞 시 「보람」은 시간이 흐르면 상처가 치유된다는 메시지로 미소 짓게 한다. 두 시 모두 시간이 일으킨 변화와 현재를 대질하고 있으며 그 격차에서 웃음이 생겨난다. 이를 시인은 이야기 형식을 갖춰 독자에게 전달하는 것이다.

그런데 어른을 아이로 여기건 못나도 언젠가는 쓸모가 있게 되건, 시간의 흐름이 언제나 웃음을 발생시키는 것은 아니다. 시간의 흐름은 위안을 주기도 하지만 고통을 불러일으키기도 한다. 대개 고독의 감정은 시간의 흐름을 전제로 생겨나지 않는가.

> 현재는
> 가지 않고 항상 여기 있는데
> 나만 변해서
> 과거가 되어 가네.
>
> ——「시간」(『둥근 세모꼴』, 서정시학 2011)

이 짧은 시는, 유안진이 시간을 어떻게 인식하는지 간명하게 보여준다. 굳이 시인의 종교가 가톨릭인 것을 상기하지 않더라도 과거에 홀로 남아 있다는 고립감이 큰 것을 보면 그는 일직선상의 시간 축에 과거와 현재와 미래를 질서 정연하게 배치해놓은 듯하다. 또한 시에 과거와 현재에 대한 인식은 드러나되 미래에 대한 예측이 보이지 않은 것을 보면, 아직 겪어

보지 않은 시간에 대해서는 말하지 않겠다는 시인의 의지도 보인다. 미래가 사라지자, 갈등 또는 긴장은 과거와 현재의 그것에만 집중된다. 현재는 늘 "여기에 있는데" 나는 "과거가 되어 가"는 인식은 당연하게 들리지만 중요한 것은 그 뒤의 이야기다. 현재는 미래를 먹고 살고, 과거는 나를 붙잡는다. 현재와 멀어진 나에게 밀려오는 것은 고독이다. 과거에 고립되어 있다는 인식, 그럼에도 시간은 흘러간다는 인식을 전제로 한다면 이 고독한 감정은 자연스럽게 생겨나는 보편의 감정이기도 하다.

이 즈음에서 유안진이 2010년대에 펴낸 시집 제목들을 떠올려보자. 2012년에 펴낸 시집의 제목은 '걸어서 에덴까지'이고 2011년 시집 제목은 '둥근 세모꼴'이다. 모순을 일으키는 한쪽 축에는 완전하거나 온전한 의미가, 다른 한쪽 축에는 모나거나 고난이 전제된 의미가 담겨 있다. '걸어서'가 인생을 뜻한다는 견해에 이견은 적을 듯하다. 또한 그 걸음걸이가 가볍기보다는 무거울 것이라는 짐작에도 대개는 동의할 것이다. '에덴' 역시 본래의 뜻이 환기하듯, 낙원이자 이상향을 뜻할 것이다. 그는 낙원에 가는 방법으로 걷기를 택했다.

누군가는 이 둘의 관계를 고행을 거쳐야만 낙원에 이를 것이라는 원인과 결과로 이해할 것이다. 하지만 이를 고행 속에 낙원이 있다고 이해하는 이도 있을 것이다. '둥근 세모꼴'을 염두에 둔 독자라면 더욱 그러할 것이다. 둥근 씨를 감싼 세모 껍질의 메밀 형상에서 따온 저 제목은, 흔한 것에도 고귀함이 깃들어 있다는 인식을 표현한다. 비천함 속에 있는 고귀함은 때로는 지상에 있는 에덴으로, 일상에 있는 예술로, 진부한 말 속에 있는 시의 언어로, 고독 속의 웃음으로 변주되어 그의 시에 나타난다.

　　날마다 불타는 낙조에 입은 화상이
　　생피냄새 비릿한 배반에 맛들이는 황홀이
　　다 저녁의 갈대 머리카락 바람 빗질이

다른 생애에도 딴 길로는 가지 마라
　　　　―「추억도 환상이다」 부분(『걸어서 에덴까지』, 문예중앙 2012)

꿈의 죽음을 조상(弔喪)하느라고
상장(喪章)을 가슴에 달고 다니다가
평생 상중(喪中)이 되고 있다
내 몸의 일부가 되다가 온몸이 되겠지
　　　　―「검은 리본을 문신하다」 부분(『걸어서 에덴까지』)

　유안진의 시에서 에덴에 대한 신뢰는 두텁지만 그 모습은 모호하다. 시와 신에 대한 유안진의 믿음을 염두에 두면 에덴의 모습도 선명할 것 같다. 하지만 그는 자신의 믿음이 펼쳐놓는 세계보다는 몸이 겪은 세계를 시로 그려낸다. '추억도 환상'(「추억도 환상이다」)이라는 말에는 기억이 불확실하다는 뜻이 아니라 확실한 기억이 미래에도 재생되었으면 하는 뜻이 담겨 있다. 언젠가 보았던 낙조와 갈대의 모습이 그대로 재현되기를 원하는 뜻에서 "다른 생애에도 딴 길로는 가지 마라"고 하는 것이다.
　다른 한편 그는 '검은 리본을 문신'(「검은 리본을 문신하다」)한 채로 어두운 생애를 걷고 있는 중이다. 상장(喪章)이 "내 몸의 일부가 되다가 온몸이 되겠지"라는 말에는 죽음이 언젠가는 닥칠 것이라는 예측뿐만 아니라 그 죽음과 더불어 삶을 살고 있다는 우울한 진단까지 포함된다. 꿈을 조상(弔喪)한 자리에 죽음이 문신처럼 새겨져 있는 것이다. 유안진은 자신의 기억이 내세까지 뻗어나가기를 기원하지만, 죽음은 그 기억의 배경에 늘 도사리고 있다. 죽음에 대한 인식은 에덴의 모습을 뿌옇게 흩트리는 한편, 기억을 선명히 밝히고 있다.
　에덴의 모습이 모호해진 데서 삶에 대한 일종의 겸손한 태도를 엿볼 수 있지 않을까. 에덴에 대한 체험이 없는데, 어찌 그 모습을 자세히 그릴 수 있겠는가. 이 질문은 시인이 아닌 일반인에게 유효한 것이다. 시인은 현실보다 더 구체적인 이상향을 그리는 데 익숙한 사람이다. 도저히 관련 없어 보이는 것들을 연결시켜 지각을 확장하고, 겪어보지 않은 일도 겪을 수 있으며, 상상의 세계를 현실로 지각하는 이가 시인 아닌가. 이러한 시인의 권능을 유안진도 알고 있을 것이다. 하지만 그는 적어도 에덴의 모습을 형상화하는 데에는 그 권능을 아껴 쓰고 있다. 마치 그것이 불손하거나 부정직하다고 느끼는 것처럼. 그렇다면 웃음이 그의 시에서 새어나오는 것은 에덴을 보았다고 말하지는 못하겠으나 그렇다고 없는 것은 절대 아니라는 뜻을 담은 것 아닐까.

유안진의 발은 수난을 기억하고 있으며 그의 눈은 에덴을 바라보고 있다. 그가 자신의 기억에 대해 말할 때 다른 시보다 죽음의 기운이 강한 것도, 다른 이의 체험을 이야기의 형식을 빌려 말할 때 웃음과 여유가 깃들어 있는 것도 이와 관련 있을 것이다. 즉, 웃음은 세상을 살아가는 지혜의 방편이기도 하지만, 자신의 체험에서 한 걸음 뒤로 물러난 증거이기도 하며, 에덴의 믿음에서 비롯한 한줌의 여유이기도 할 것이다. 어떠한 이유에서건 그의 시에서 발생한 웃음은 짧지 않은 삶을 살아온 사람만이 가질수 있는 것이다.

보여준 병아리그림을 답지와 바꾸며 선생님이 물었다
병아리 다리는 몇 개일까요?
1) 하나 2) 둘

"둘이요 2번요" 일곱 유아가 신이 나서 한 목소리로 대답했는데
한 유아만 당황한 듯 우물쭈물하더니, 선생님과 눈이 마주치자
"하나요"라고 기어드는 목소리로 대답했다
선생님이 물었다, "왜 하나라고 생각하지?"

그 아이는 눈물이 그렁한 눈을 내리깔더니 겨우 대답했다

"나도 병아리다리가 둘인 줄은 알아요, 근데 아무도 하나라고 안 해주
니까

1)이 슬퍼할까 봐서요"라고.

—「어른의 할아버지」

유안진의 시는 윤리적이다. 공동체가 와해되는 것을 미연에 방지하기
위해 경고의 메시지를 던지는 방식이 아니라 강자의 시선에 의해 억압되
기 쉬운 약자의 입장을 헤아리는 방식을 따라 윤리적이다. 그 헤아림은
섬세하면서도 간명해서 시의 목소리를 어른의 목소리로 여기는 중요한
단서가 된다. 인용시에서는 오답 '1)'이 슬퍼할 것만 같다는 추측에서 그
러한 모습이 확인된다. 정답을 맞히는 상황에 놓인 이들에게 오답은 피해
야 할 대상이지 연민의 대상이 아니다. 그러나 오답의 심정까지 헤아리는
아이의 마음은 주어진 조건에 맞춰 어떤 것은 피하려만 들고 어떤 것은
맞히려만 드는 태도를 반성하게 한다. 오답은 그의 시각에 의해 '틀린 것'
에서 '다른 것'으로 바뀐다.

웃음을 선사하는 이 시의 여운이 긴 까닭이 비단 약자의 입장을 드러내
공동체의 윤리를 환기하는 것에 있지만은 않을 것이다. 시의 제목은 '어
른의 할아버지'이다. 시간에 대한 인식은 이 에피소드를 시에 등재시키는
데 각별히 도움을 주었으며, 그로 인해 시의 의미는 더욱 풍요로워졌다.
시의 제목에서 알 수 있듯 이번에도 합리적인 시간 인식은 어긋나 있고,
거기에서 시적 의미가 생성된다. 나이가 들면 지혜가 쌓일 것 같지만 생
각 또한 편향되기 쉽다. 어른들은 세상의 이치를 터득할 수 있는 기회를
많이 얻는 동시에, 그 이치에 기대 세상사를 맞고 틀린 것으로 파악하려
들기도 한다. 물론 뒤의 것이 지혜는 아닐 것이다. 1)을 선택한 일곱 살의
아이는, 옳고 그른 것을 같고 다른 것으로 바꾸라고, 굳어진 인식을 풀어

유연하게 사고하라고 어른에게 말하는 듯하다. 이 점에서 이 아이는 '어른의 할아버지'이다.

> 어리둥절 어쩔 줄 모르던 집돼지는
> 사람들과 개들의 와자지껄 소리에 바위 뒤에 엎드렸다
> 뜀박질 소리와 개 짖는 소리와 총소리가 한바탕 산을 뒤흔들었고
> 잃었던 정신을 차리고 둘러보니
> 저만치 사냥개들 따라 내려가는 사냥꾼들 어깨에는
> 시커먼 것이 거꾸로 매달려 있었다, 산돼지 얼굴 같은 것이.
> ──「사냥개는 냄새를 안다」 부분

유안진은 늘 어른의 모습을 하는 시인이 아니라 특정한 경우에만 어른이 되는 시인이다. 시간을 약으로 삼아 어떻게 세상을 견디는지 자신의 체험에 비추어 약자에게 지혜를 건넬 때가 바로 그런 경우이다. 그 어른은 권위적인 모습으로 다그치기보다는 다정한 모습으로 웃고 있다. 살면서 입은 상처는 자신의 의지를 발휘하여 극복할 수도, 시간의 변화를 기다리며 치유할 수도 있다. 상처를 극복한 이는 특별하고도 강인한 정신력을 갖추었을 것이다. 그러나 그와 같은 이가 적기 때문에 그의 말에 공감하는 사람 또한 적을 것이다. 더욱이 그의 말에 힘입어 용기를 냈다가 또다시 실패한 경우 상처는 더 커질 것이다. 또다시 실패하는 사람은 늘 있다. 시간의 변화에 따라 치유를 기다리는 경우, 그렇게 위로한 사람은 덜 돋보이지만, 그 말은 하나의 지혜가 된다. 상처가 언젠가는 자산이 되리라는 말은 끝내 실패한 사람 곁에 늘 함께할 수 있는 위안이다.

유안진은 시간의 치유를 체험한 뒤 독자에게 자신의 체험을 이야기의 형식에 얹어 들려주곤 한다. 대개 약자로 설정되어 있는 독자를 염두에 두며, 내가 그랬듯이 당신의 상처도 곧 아물 것이라는 위안을 그는 웃으

며 건네고 있는 것이다. 「둘 중 하나는 아이」의 89세 할아버지도 노인이라
는 약자이지만 웃음을 잃지 않고 있고, 「보람」의 아까시나무나 칡넝쿨도
상수리나무와 견주어 약자이지만 서로에게 웃음을 건넨다. 「사냥개는 냄
새를 안다」에서도 마찬가지이다. 집돼지와 산돼지를 예로 들어 이기적인
산돼지에 벌이 내려진 이야기와 공동체 유지를 위한 경고의 메시지를 담
은 이 시는, 비록 시간의 추이나 자기 위안의 색채가 옅지만, 집돼지의 위
치에서 서술됨으로써 시인의 시선이 약자에게 닿아 있다는 것을 은연중
에 드러낸다.

시간의 흐름에서 뒤처져 있으나, 그는 그 뒤처진 마음의 연대가 다시
삶을 고양시킬 수 있다고 믿는 것 같다. 그의 이야기는 그 낙후되고 상처
받은 자의 연대를 형성한다. 이야기의 형식을 빌리지 않은 시에서 내면의
어두움이 짙게 드리워진 것을 염두에 둔다면, 또 이야기 형식을 빌린 시
에서 위안과 더불어 웃음이 생겨나는 것을 염두에 둔다면, 그가 차용한
이야기 방식은 자신의 어두운 내면을 웃음으로 승화시키고, 그 웃음으로
타인의 슬픔을 위로하기 위한 것으로 보인다.

유안진이 자신의 산문에서 시와 모국어에 대한 무한한 애정을 표현해
온 것을 떠올려보면, 그를 예술지상주의자라고 말할 수 있을 것 같다. 하
지만 2010년대에 발간한 시집의 제목이나 지금까지 살펴본 시를 염두에
두면 그 예술의 고귀함이 누추한 일상을 토대로 형성되었다는 점을 부연
해야 할 것 같다. 에덴을 상정하고 있으나 거기에 가기 위해서는 인생이
라는 길을 걸어야 한다. 또한 모든 면에서 완벽한 원형은 평범한 세모 안
에 놓여 있다. 유안진의 시에 대한 고귀한 인식은 그러니까 삶과 유리된
곳에 낙원을 상정한 결과라기보다는 늘 그러한 삶의 깊은 곳에 더 높은
가치가 있다는 생각에서 비롯한 결과이다.

서툰 연인들, 외국어 주체들

◆

황인찬 「나의 한국어 선생님」에 부쳐

"때리지 마세요." "우리도 사람이에요." "사장님, 사랑해." 외국인 노동자가 배우고 사용하고 있는 한국어라고 한다. 앞의 두 문장의 경우 실제로 한국어 교재에 있다고 한다. 이 서툰 말들은 매끄러운 말을 사용하는 모국어 사용자를 어느 정도 부끄럽게 할 것이다. 그런데 앞의 두 말과 뒤의 말은 부끄러움을 유발하는 부분에서 차이가 있다. 앞의 두 말이 지시적인 기능에 기대어 부끄러움을 일으킨다면, 뒤의 말은 그 안에 있는 반어적 기능에 더 많이 기대어 부끄러움을 일으킨다.

저 마지막 말을 예로 들어 노동시의 갱신 가능성을 타진해본 적이 있다. 그 말에는 복잡한 감정이 담겨 있다. 상황에 어울리지 않는 '사랑'을 꺼내어 사장에게 더 잘 보이고자 하는 마음, 실직에 대한 불안함과 일을 계속하고 싶은 욕망에서 비롯한 조급함, 고향에 두고 온 가족에 대한 책임감, 그리고 '사랑'이라는 말의 타락까지…… 하나의 문장에 담긴 이 같은 다양한 목소리가 이전 노동시의 단일한 목소리에 균열을 일으켜 더 많은 시적 의미를 생성할 수 있지 않을까 기대해보기도 했다. 물론 이전 노동시의 목소리가 주로 힘차고 뜨거웠던 필연적인 이유는 있었다. 현실을 타개하고 싶은 마음이 한데 모였고, 같은 계급의 공감대를 빨리 형성해야 했다. 듣는 사람이 쉽게 이해할 수 있도록 말의 지시적 기능에 기댄 발화 방법이 필요했던 것이다.

그토록 좋아지기를 원했던 세상이 더 나아졌는지 확신이 서지 않은 현재에 시에서 응집시킨 단일한 목소리가 잘 보이지 않는 까닭은 그것이 관례화되었기 때문은 아닐까. 노동시의 목소리가 다채로워질 수 있는 가능성을 저 말에서 타진한 데에는 소수 집단의 목소리를 구제하고 보존해야 한다는 들뢰즈의 말이 일조했다. 소수 집단이건 노동자이건 이들의 목소리는 유창함을 목적으로 세운 규범에 흠집을 낸다는 면에서 포개진다. 목청 높인 저항의 목소리는 이전 노동시뿐만 아니라 앞으로 더 좋은 세상이 있으리라는 믿음을 가진 많은 시에서 두루 써왔다. 그 와중에 소외된 마음이 있을 것이다. 그 마음 중 하나를 저 서툰 말이 감당할 수 있지 않을까. 소수 집단과 이주 노동자의 목소리를 함께 고려했던 데에는 이런 생각이 자리한다.

생각할 여러 문제가 남았다. 외국인 노동자의 서툰 말은 시의 한 구절이 아니다. 노동시에, 더 넓게는 시에 유입되었을 때에도 저 말은 균열을 낼 수 있을까. '시적인 것'이 여기에서 태어날 수 있을까. 노동계급 내에서의 균열을 드러낸, 즉 비정규직 노동자들의 목소리와, 민중이라는 주체의 21세기 버전인 '시민' '인민' '다중'의 어떤 부분과, 소외 계층의 주체 개념인 '루저' '잉여'와 저 말들은 접속할 수 있을까. 저 말은 여러 주체들이 말을 서툴게 함을 지시하지 않고, 이 시대가 유창함으로 포장되어 있음을 환기해준다. '유창한 시'는 그동안 세련되고 정돈된 목소리나 장황하고 과잉된 목소리를 주로 들려주었다. 그렇다면 저 서툰 목소리는 기존의 '시적인 것' 또한 교육으로 조성된 것은 아닐까 하는 의문을 제기할 수 있지 않을까.

앞의 질문은 여전히 막연하게 들린다. 구체적인 예를 통해 확인할 길이 없었기 때문이다. 그러던 중 최근 황인찬의 시집 『구관조 씻기기』(민음사 2012)의 시 「나의 한국어 선생님」을 만나게 되었다. 이 시는 서툰 말이 어떻게 시적인 것을 확보하며 어떻게 새로운 주체를 제시하는지 보여준다. 시 전문을 보자.

나는 한국말 잘 모릅니다 나는 쉬운 말 필요합니다 길을 걷고 있는데 왜 이 인분의 어둠이 따라붙습니까

연인은 사랑하는 두 사람입니다 너는 사랑하는 한 사람입니다 문법이 어렵다고 너가 말했습니다

이 인분의 어둠은 단수입니까, 복수입니까 너는 문장을 완성시켜 말하라고 합니다 그것은 어려운 일입니다 매일 나는 작문 연습합니다

— 나는 많은 말 필요합니다.
— 나는 김치 불고기 좋습니다.
— 나는 한국말 어렵습니다.

너는 붉은 색연필로 OX표시합니다. X표시투성이입니다 너 같은 애는 처음이다 너는 나를 질리게 만든다 너는 이제 끝이다 당장 사라져라 이것은 너가 한 말들입니다

한국말이란 무엇입니까 처음과 끝을 한꺼번에 말하는 말을 나는 잘 이해하지 못합니다
이마에 난 X표시가 가렵기만 합니다

나는 돌아오는 길을 이 인분의 어둠과 함께 걸어갑니다 이 인분의 어둠
이 말없이 걷습니다

—「나의 한국어 선생님」 전문

「나의 한국어 선생님」의 화자를 꼭 외국인 노동자로 설정할 필요는 없
다. 그는 연애에 실패하여 실어증을 앓는 한국인일 수도 있으며 연애에
실패한 외국인일 수도 있다. 여기서 어느 외국인 노동자의 모습을 떠올리
고, 이것이 한국시에 편입된 새로운 외국인 노동자 주체의 탄생을 알린다
고 말하는 것은 다소 성급한 일이고 무엇보다도 다른 주체일 수 있는 가
능성을 무리하게 지우는 일이다. 중요한 점은 저 말이 한국어뿐만이 아니
라 모든 언어를 이제 막 습득하기 시작한 주체의 모습을 형상화하며, 그
것이야말로 바로 시적인 순간, 즉 언어가 관례에 따라 운용되기 이전의
순수한 모습을 드러낸다는 점이다.

이 시의 화자는 이제 막 말을 배우기 시작한 사람이다. 그가 연습하고
있는 것은 인칭과 수이다. 그가 쓰는 인칭은 일인칭 '나'와 이인칭 '너'뿐
이다. 그는 이 둘이 모이면 '연인'이 된다고 배운 것 같다. '나'를 주어로
내세운 기초적인 문장이 반복되고 있는데, 능숙한 모국어 화자가 이와 같
은 문형을 반복하면 '나'를 중심에 놓은 자기중심적 사고의 표출이라는
평을 들을 것이다. 그러나 그가 사용하는 이 일인칭 주어의 반복은 주체
의 왜소함과 미숙함을 드러낸다. 이 문형밖에 사용할 수 없다는 점에서,
'저'나 다른 일인칭을 사용할 수 없다는 점에서 미숙한 것이다. 그 미숙
함은 다른 문형과 다른 일인칭을 사용한 말과 견줘지며 왜소해진다. 이는
유연하고 유창한 언어 속에 왜소함과 미숙한 자아를 가리는 욕망이 숨어
있는 것은 아닌지를 역으로 되묻게 한다.

이인칭 '너'도 마찬가지이다. 문맥상 '너'보다는 '당신'이 어울리겠으
나 이 시의 화자는 그 말을 쓸 줄 모른다. '당신'으로 쓰였으면 다정함이

나 애틋함으로 포장될 수 있으나 시의 문장들은 냉혹한 이인칭의 실상을 드러낸다. 거침없이 일인칭에 ×표를 치는 이인칭, '너'는 다른 것이 아니라 틀린 것이라고 말하는 이인칭의 모습은 냉혹함을 대변한다. 모국어 화자는 서툰 상태에서 능숙한 상태로 자신의 언어능력을 신장시키지만, 그 반대 방향 즉 능숙한 상태에서 서툰 상태로 변화하려 하지도 않고 그럴 수도 없다. 저 서툰 상태에 놓인 언어 구사 능력은 곧 망각의 영역에 빠진다. 여기서 서툰 상태를 벗어나기 어려운 시의 화자는 바로 그 상태, 말이 지각되는 최초의 순간을 드러낸다. 이와 같은 상태의 말은 화자에게 이물질처럼 느껴진다. 그것은 곧 시적 순간이기도 하다. 의사소통을 지연시키고 그 낯선 형태와 뜻을 곰곰이 생각하게 하는 말을 읽으면서 우리는 흔히 '시적인 것'을 떠올린다. 익숙함으로 억압되었던 것들이 다시 눈앞에 현시된다.

서툰 말은 그 안에 담긴 마음까지 환기한다. '나'는 그 안에 갇혀 있는 갑갑한 감정을, '너'는 민낯을 드러낸 야멸찬 현실을 드러낸다. 작문 연습한 세 문장 "나는 많은 말 필요합니다" "나는 김치 불고기 좋습니다" "나는 한국말 어렵습니다"를 보자. '필요하다'는 현재의 궁핍을, '좋다'는 싫어하는 대상을 발설할 수 없는 자신의 처지를, '어렵다'는 능숙해지고 싶은 욕망을 보여준다. 그것들은 잘린 욕망과 그 욕망을 잘라낸 현실을 드러낸다. 많은 말보다는 정확한 말을 하고 싶었을 것이고, 좋아하는 음식이 아니라 질려버린 음식을 말하고 싶었을 것이며, 한국말이 어렵다기보다는 한국 생활이 어렵다고 말하고 싶었을 것이다. 짓눌린 욕망은 초라한 말에 의해서 그 기미를 겨우 보여줄 뿐이다.

시의 화자가 배우고 있는 수에 주목해보자. 화자는 모든 대상을 단수와 복수로 구분해야 겨우 표준 문법에 도달할 수 있다고 오해하고 있다. 자신을 둘러싸고 있는 어둠을 "이인분의 어둠"이라고 표현한 까닭이 여기에 있다. 이 말은 자신을 둘러싼 짙은 어둠과 일인칭의 어두운 마음, 불공

평한 현실의 누추함을 동시에 드러낸다. 또한 이 말은 '나'에게 상처를 주는 타인의 존재를 환기한다. '너'를 호명하는 순간, 연인이 되리라는 예상과 달리 '너'는 '나'에게 상처를 주는 것이다. 이렇듯 상처를 드러내는 '너', 점점 더 어두워지는 '나'는 수의 쓰임새를 잘못 이해하고 있는 서툰 화자에 의해 선명해진다. 진실은 그 오해에 담겨 있다.

어린애의 말처럼 순수한 시어를 쓰라는 말이 있다. 어린아이의 순수함을 닮으라는 것은 해맑은 언어를 쓰라는 것이 아니라 최초의 서툶을 기억하라는 것이다. 내가 사용하는 말이 타락되었다는 전제는 지각을 확장해주는 새로운 주체를 출현시킬 수 있다. 현재의 유창함과 능숙함과 익숙함을 반성할 때, 그로 인해 소외되었던 감정과 시의 외국인 화자는 비로소 '이인분의 연인'이 될 수 있을 것이다. 우리의 감정을 건드렸던 저 외국인의 말 '사장님, 사랑해'가 시적 순간이라고 느낀 까닭도 여기에 있을 것이다.

제4부

불투명한 바람과 투명한 마음

◆

이은봉 『봄바람, 은여우』

1.

세상은 그것이 투명하기를 바라는 사람의 마음을 굴절시킨다. 그 사람은, 체험과 역사가 지닌 깊이, 자신과 타인이 품은 뜻이 마치 거울 속의 모습처럼 일치하길 바란다. 그의 바람이 실현되기 위한 최소 조건은 배려, 정직 등일 터인데 이를 공동체의 구성원 모두 내내 지니고 있기란 불가능하다. 구부러지고 잘려 나간 욕망의 파편들, 공존하고 있으나 이해할 수 없는 것들이 도처에 흩뿌려진다. 『봄바람, 은여우』에서 이은봉의 시선이 자주 허공을 향하는 것도 이러한 사정 때문일 것이다. 그가 눈길을 거둔 지상의 모습은 어떠한 모습일까, 그리고 그가 파악한 허공은 어떤 의미를 지닐까. 이를 헤아리기 위해서 일단 종이와 펜을 준비한다.

세상은 벌써 눈 덮인
겨울 산, 겨울 하늘

눈 감으면 마음의 허공 한 가운데로
어린 꾀꼬리 한마리

파릇파릇 솟구쳐 오른다
길게 대각선을 그으며.

──「허공」 전문

백지에 난을 치듯 왼쪽 아래에서 오른쪽 위로 선을 긋는다. 맞물린 삼각형 두개가 생겨났으나 이것은 의도한 바가 아니다. 「허공」에 등장하는 꾀꼬리의 동선처럼 '길게' 대각선을 긋기 위해서는 종이가 더 크거나 깊이를 갖춘 공간이 필요하다. 시인은 '대각선'으로 평면을 마련하고, '길게'로 그 평면을 의심하게 한다. 즉 눈 덮인 겨울 산을 배경으로 설정하며 공간을 백지에 옮기려 했으나 매끄럽게 그리지 못한 것이다. 왜 입체의 흔적이 종이 위에 남아 있는 것일까. 아니 그보다 먼저 그는 왜 입체의 흔적을 지우려 했을까.

'길게'는 이차원이 되는 과정 중에 삼차원이 남긴 흔적이다. 어떤 그림들은 소실점과 원근법으로 평면의 깊이를 재현하지만 이 시의 그림은 하나의 선으로 그 깊이를 환기한다. 이것이 의도로 남았는지 의도치 않게 남았는지 판단하기는 어렵다. 그러나 최소한 이 시가 입체적인 공간을 평면화하는 방식으로 쓰였다는 것은 말할 수 있다. 세상은 눈에 덮이는 것으로 한번, 눈을 감는 것으로 다시 한번 입체성을 줄인다. 바깥세상이 있던 그 자리에 "마음의 허공"이 들어서자 비로소 어린 꾀꼬리가 날아간다. "파릇파릇 솟구쳐" 오르는 모습은 마치 희망 찬 미래를 상징하는 듯하다. 그러므로 지워진 세상은 더는 희망이 보이지 않는 막막한 현실이다.

2.

예전이나 지금이나 이은봉의 시는 삶의 현장을 토대로 구축된다. 개인적 체험과 공통 현실은 구체적 삶을 조성하는 두가지 핵심요소인데, 그의 시적 개성은 이 둘이 거의 겹쳐 있는 데에서 발생한다. 가령 밝은 미래를 꿈꾸었던 시절 마포경찰서 근처 식당을 기억하는 것은 개인적 체험이지만, 그가 언급한 근처의 창비, 문지, 자실 등은 당대 문인이 겪은 공통 현실의 상징이기도 하다(「꿈」). 또한 역전 대성다방에서의 추억은 구체적 체험이지만, 조국이니 민중이니 하는 말을 하며 "반유신의 불화살로 날아가고 싶"었던 마음은 공통 현실을 기반으로 한다(「싸락눈, 대성다방」). 구체적 체험과 공통 현실이 포개지며 시련이 찾아오고 욕망이 생겨난다.

그럼에도 이번 시집에는 형이상학적 사유가 전면에 드러난 것처럼 보인다. 구체적 삶이 회상의 굴레에 갇혀 있기 때문일까. 실제로 뜨거운 마음은 과거에, 찢겨진 날개는 현재에 있다. 가난했으나 꿈이 있었던 과거와 "그렇게 내 날개는 찢겨져버렸다 부러져버렸다 꺾여져버렸다"(「꿈」)며 비상의 가능성이 꺾인 현재가 대조되고, 앞의 시간에는 시련과 낭만이 뒤의 시간에는 좌절과 실패가 배치된다. 꿈꿀 시간이 예전보다 덜 남았기 때문이기도 하겠지만 그동안 공동체의 다른 구성원에게 입은 내상도 한몫하는 것 같다. 그는 마치 지상의 삶에는 더이상 기대할 것이 없다는 듯이, 세상을 납작하게 인식하고 시선을 허공으로 옮긴다.

> 민들레 샛노란 꽃들 지고
> 화들짝 꽃솜들 피어난다.
> 민들레 꽃솜들에게는
> 다리가 달려 있다
> 꽃솜들의 다리는 바람……

바람 다리가 달려 있는
민들레 하얀 꽃솜들
하늘, 가득 날아오른다

잘 익은 해 그만 땅으로 떨어진다.
광화문 시청 청계천
오조조 별들 뜬다 촛불별들
아직 어두운 촛불별들에게도
다리가 달려 있다.
그들의 다리는 사람……
사람 따라 촛불별들 걷는다
세상, 차츰 밝아온다.

——「다리」 전문

　　낮에 꽃솜들은 바람을 다리 삼고 하늘을 터전 삼는다. 밤에는 촛불별이
뜬다. 바람에 대응하는 촛불별의 다리는 사람이다. 사람은 촛불별들의 다
리가 되어 세상을 밝히고 동을 틔운다. 그가 지상에서 하늘로 시선을 옮
겼다고 하더라도, 그의 마음까지 공동체를 떠나 허공을 향했다는 진단은
섣부르다. 세상이 탁하다고 하면서도 "그냥 그렇게 탁한 세상이나 웃으며
살으리"(「그냥 그렇게」)에 위안과 희망이 없다고 말하기는 어렵다. 그는 "가
지가 부러지고 잎사귀가 찢긴 나무가 피워 올리는 꽃은 얼마나 초라한가"
라 말하면서 동시에 "어린 새벽의 발자국 소리를 들으며 나는 거듭 내 속
에서 크는 가지가 부러지고 잎사귀가 찢긴 황금나무를 어루만졌다"(「잎사
귀가 찢긴 황금나무를 어루만졌다」)고 고백한다. 타인과 공동체에 대한 오랜 신
뢰가, 희망이 곧 도착하리라는 믿음으로 이어진다. 날개가 찢어진 상태이
지만 그 날개를 꿰매줄 이들이 공동체에 있다고 믿는 것이다.

허공은 이처럼 지상에서 입은 상처를 위로하는 역할을 한다. 특별한 메시지 없이 그것은 존재만으로 지상을 상대화한다. 이로써 지상에서 입은 상처도, 피할 수 없고 나을 수 없는 운명에서 벗어난다. 지상의 의미를 상대화하는 개념은 이것 말고도 있다. 가령 자연을 꼽을 수 있으나 이들은 정형화된 의미를 가지고 지상의 뜻도 고정시킨다. 시집에는 마치 허공의 의미를 비워두겠다는 듯이 형상 없는 바람이 만상에 닿고 있다. 허공은 의미가 아니라 위상으로 절대적인 대상을 상대화한다. 삶 옆에 죽음을, 안 옆에 밖을, 끝 옆에 시작을 생각할 수 있도록 하는 것이다.

감나무 아래 대나무 평상 위에 다시 눕는다
눈 감았으면서 뜨고, 뜨면서 감는다
그러는 사이 감나무 잎새들
보이면서 보이지 않고, 보이지 않으면서 보인다
감나무 아래 대나무 평상 위에 누워 나는 지금 무엇을 기다리고 있는가
홍시들이 떨어지기를 기다리는가
그늘이 펼쳐지기를 기다리는가
홍시들 사이, 그늘들 사이 푸르른 하늘이 나타나면서 사라지고, 사라지면서 나타난다
하늘 가까이 새하얀 뭉게구름 몇 점도 그렇게 나타나면서 사라지고, 사라지면서 나타난다
있으면서 없고, 없으면서 있는 저것들 사이
언뜻언뜻 허공이 보인다
있으면서 없고, 없으면서 있는 저것들, 허공으로 솟구치면서 가라앉고, 가라앉으면서 솟구친다
허공이 만들면서 지우는 저것들
내게서 나가면서 내게로 들어오고 있다.

「대나무 평상 위에 누워」에는 시집의 중심 사유가 압축적으로 제시되어 있다. 시인은 평상 위에 누워 있다. 긴장의 시간이라기보다는 이완의 시간이다. 눈을 감았다 뜨자 감나무 잎이 안 보였다 보인다. 그가 묻는다. 무엇을 기다리는가. 쉬면서 흘려보내던 시간이 그 질문 주위로 모여들어 시적인 힘을 만든다. 재차 묻는다. 홍시가 떨어지기를, 그늘이 펼쳐지기를 기다리는 것인가. 예측으로 가까운 미래를 불러들여 시간이 두터워지기 시작한다.

반전이 일어난 것은 이때이다. 피사체였던 홍시와 그늘이 배경으로 물러나고 그것들 사이에 눈이 간다. 하늘이 펼쳐져 있고 뭉게구름이 떠다닌다. 아니 이제는 어떤 대상이 부각되기보다는 차라리 대상의 변화 그 자체가 주인공이 된다. 사라지면서 나타나고, 나타났다가 사라지는 운동성이 전면에 부상하는 것이다. 마지막으로 허공이 나타난다. 그 속에서 가라앉음과 솟구침이, 있음과 없음이, 사라짐과 나타남이 서로 긴장하며 변화한다. "내게서 나가면서 내게로 들어오는" 이 변화의 운동성을 바람이라 할 수 있지 않을까.

3.

이은봉은 『봄바람, 은여우』를 바람의 시집으로 읽어주기를 권한다. 「시인의 말」을 잠시 요약해보자. 바람은 사람이었다가 세상이었다가 역사가 된다. 바람은 공기이고 소리이며 언어이고 기표이자 기의이다. 바람은 형상이자 형상이 아니다. 마치 선문답과도 같은 이율배반의 진술이 연속된다. 분포도를 작성하여 빈도수로 바람의 성향을 따질 수도 있을 것이다.

그러나 그와 같은 시도가 부질없다고 말하려는 듯 이은봉은 '시인의 말'에서 바람의 뜻을 계속해서 미끄러트린다. 바람은 겹겹의 의미를 안고, 그래서 주술처럼 의미들을 흐트러트리며 허공을 떠다닌다. 바람은 상충하는 대상들을 움식이게 하며 그것들을 서로 걸려 있게 한다.

봄바람은 은여우다 부르지 않아도 저 스스로 달려와 산언덕 위 폴짝폴짝 뛰어다닌다
은여우의 뒷덜미를 바라보고 있으면 두 다리 자꾸 후둘거린다
온몸에서 살비듬 떨어져 내린다
햇볕 환하고 겉옷 가벼워질수록 산언덕 위 더욱 까불대는 은여우
손가락 꼽아 기다리지 않아도 그녀는 온다
때가 되면 온몸을 흔들며 산언덕 가득 진달래꽃더미, 벚꽃더미 피워 올린다
너무 오래 꽃더미에 취해 있으면 안 된다
발톱을 세워 가슴 한쪽 칵, 할퀴어대며 꼬라지를 부리는 은여우
그녀는 질투심 많은 새침떼기 소녀다
짓이 나면 솜털처럼 따스하다가도 골이 나면 쇠갈퀴처럼 차가워진다
차가워질수록 더욱 우주를 부리는 은여우, 그녀는 발톱을
숨기고 달려오는 황사바람이다.
　　　　　　　　　　　　　　　　　　　―「봄바람, 은여우」 전문

봄바람은 생명의 경쾌함을, 은여우는 야생의 활달함을 북돋는다. 봄바람은 은여우 덕분에 까불대며 빛을 내고, 은여우는 봄바람 덕분에 변덕스럽고 화사해진다. 봄바람, 은여우, 그리고 뒤이어 등장하는 그녀까지 모두 소멸보다는 탄생에 가까운 것들이다. 하지만 바람을 탄생의 메신저로 규정하기는 어렵다. 곧이어 다른 뜻이 첨가된다. "너무 오래 꽃더미에 취해

있으면 안 된다"가 등장하더니, "차가워질수록 더욱 우주를 부리는 은여우, 그녀는 발톱을/숨기고 달려오는 황사바람이다"로 시가 마무리된다. 탄생을 재촉하는 바람 다음에 따뜻한 바람이 아니라 위기의 바람이 불어온다. 봄은 화사함 이면에 불길함을 내장하게 되는 것이다.

마지막에 등장하는 황사바람은 허공 위에 '길게' 그어진 대각선과 같다. 기대하지 못한 결과를 낳았다는 면에서, 지각의 범위를 확장했다는 면에서 그렇다. 이는 우선은 변화무쌍한 바람과 맞물려 시집이 지향하는 의미가 어느 하나로 고정될 수 없음을 일러준다. 두번째로는 평면에 깊이를 확보했던 것처럼 차원을 하나 늘려 봄의 풍경에 다른 시간이 있음을 환기한다. 바람은 여기에서 종잡을 수 없는 실체이면서 동시에 다른 세계의 존재를 암시해주는 전달자이다.

멈춰 있는 바람에는 "태풍의 꿈은 다 접었는가"(「골짜기에 나자빠져 있는 바람」)라 하고, 민들레 홀씨에 부는 바람에는 "봄바람은 하느님의 낮고 작은 숨결"(「봄바람」)이라 한다. 날개를 편 새로 비유된 바람에 대해서는 "접혀 있는 속날개의 깃털은 노랗다"(「바람의 발톱」)로 맺는다. 또한 노숙자로 비유된 지쳐빠진 바람을 두고는 "그는 아직 회오리로 이 세상 거칠게 몰아칠 때가 오리라고 믿는다"(「지쳐빠진 바람」)며 반대의 의미를 계속해서 끌어들여 의미를 두텁게 한다.

오해의 여지없이 뜻 하나를 가리키는 낱말을 투명하다고 말한다면 시집의 바람은 불투명하다. 바람이 닿는 이율배반의 말은 논리적 파탄을 이끌어 뜻을 헤아리는 시도를 막는다. 그 말은 초점 없이 흘러가지도, 허무의식에 잠겨 있지도 않지만, 합리적 이성의 권위에 도전한 이들의 시도에는 동참한다. 그러나 엄밀히 말하면 바람에 담겨 있는 뜻은 모순될 것이 없다. 무엇이건 뚫는 창과 막는 방패는 한자리에 모이되 한순간에 부딪치지는 않는다. 봄바람과 황사바람이 시간차를 두고 부는 것처럼 불투명한 다른 바람도 시간의 격차를 두고 오가는 것이다.

나뭇가지, 푸른 나뭇가지는
멧새처럼 날갯짓하며 푸른 생명을 키운다

나뭇가지, 검은 나뭇가지는
가위손처럼 버걱거리며 검은 죽음을 키운다

생사의 나뭇가지는 당신의 마음
가까이 다가올수록 검고 푸르다

가까운 것은 늘 먼 것을 꿈꾼다
생사의 나뭇가지는 지금 희망의 산으로 가고 싶다

생사의 바깥에서 저 스스로 꿈이 되는 산
이제는 잿빛 옷의 구름바다를 데리고 가고 싶다.
　　　　　　　　　　—「구름바다 —— 정취암 언덕에서」 부분

　「구름바다」를 보자. 구름바다로 자욱한 산이 원경으로 펼쳐진다. 구름
바다는 그에게 감상이 아닌 외경의 대상이다. 시인은 범접하지 못하는 풍
경을 묘사하기보다는 어떤 관념 하나를 질서 있게 배열하는 데 공들인다.
푸른 나뭇가지가 푸른 생명을 키우고 검은 나뭇가지가 검은 죽음을 키운
다는 진술은 논리 정연한 말이지 환상으로 어지럽혀진 말이 아니다. 그런
데 생명과 죽음을 함께 매단 기이한 나뭇가지가 "당신의 마음"에서 자라
기 시작한다. 마음이라는 내적 풍경과 구름바다라는 외적 풍경이 중첩되
며 점점 더 시가 어지러워진다. 이것을 모순의 순간으로 갈무리할 것인가.
안과 밖의 소통이 이뤄지는 순간이라 볼 수 있지 않은가.

멀리 보이는 산이 원경의 시야를 그에게 제공하자 그는 삶 옆에 죽음을 끌어놓게 된다. 둘이 한 가지에서 나왔다는 말은 모순이 아니라 진실에 가깝다. 때로는 불투명하게 보이고 때로는 혼란스럽게 보이고 때로는 이율배반으로 보이는 진술들은 건너지 못하는 심연을 드러내기 위해서가 아니라 숨은 진실을 보여주려 마련된 것이다. 이로써 삶과 죽음은 함께 긴장하며 서로를 허무의 늪에 빠지지 않도록 지지한다. 논리적 파탄의 순간이 아니라 새로운 소통의 순간이다. 원경과 근경, 생명과 죽음, 그리고 생사의 안과 "생사의 바깥"이 서로 걸려 있는 인식의 전환이 이뤄진다.

『봄바람, 은여우』에는 시작과 끝이 이어져 있으며 안과 밖이 통해 있다. "바람은 사람, 사람은 마음, 마음은 자유…… 자유가 발길을 만들고, 발길이 역사를 만들지"(「바람의 파수꾼」)나, "어디에도 나는 없다 나는 없다 나는 없다 있으면서 없다"(「나무, 나무, 나무」)에도 모순의 상황보다는 소통의 국면이 강조된다. 삶은 죽음과 맞닿고, 말의 한계는 침묵의 세계와 접목한다. 모든 것이 아무것도 아니며, 아무것도 아닌 것이 모든 것이다. '바람'은 자유이자 역사이고 '나'는 있으면서 없다. 허공이 마련한 공간에서 상충하는 의미들이 바람을 매개로 인연을 맺는다. 이들의 반대편에는 집착과 허무가 있을 것이다.

4.

허공은 공간이고 바람은 매개이다. 마치 밤하늘의 별자리처럼, 허공과 바람이 포개지며 인연의 공동체가 구성된다. 바람에 의해 서로 걸려 있는 것들에는 앞에서 확인한 바와 같이 상충하는 것까지도 포함된다. 가장 큰 생명, 가장 작은 솜털 등이 모두 인연을 맺으며 서로를 긴장시킨다. 굳이 허공과 바람이 시에 명시되어 있지 않더라도 사정은 마찬가지이다. 아래

시는 실제와 환상이, 안개꽃과 달빛 세상이 인연의 국면을 보여준다.

우르르 몰려다니는 안개더미, 이미지
벌떼처럼 몰려다니는 안개꽃더미
세상은 안개꽃더미지 흐리고 뿌옇지

안개꽃더미가 세상을 바꾸지 이미지가
세상을, 시간을 밀고 다니지 달빛처럼

한 생애의 어제와 오늘과 내일이
여기 모여 있지 환상덩어리가 그것을 끌고 다니지
한 생애는 환상덩어리지 흐리고 뿌옇지

모르는 것이 약이라고, 아는 것이 힘이라고
'모르는 것'이 어디 있기라도 하니
'아는 것'이 어디 있기라도 하니?

—「안개꽃더미」 부분

멀리서 보면 뿌옇고 흐릿해서겠지만 안개더미와 안개꽃더미는 환상의
이미지로 인식된다. 시인은 한 생애를 안개에 비유한다. 삶의 허무를 드러
낸 것인가. "모르는 것이 약이라고, 아는 것이 힘이라고/'모르는 것'이 어
디 있기라도 하니/'아는 것'이 어디 있기라도 하니?"를 어떻게 보는지에
따라 해석이 갈라진다. 시인은 앎과 모름의 구분에 대해 그런 것이 애초
에 있는지 질문한다. 이 질문이 앎을 좇아 살아온 과거의 삶을 회의하는
것이라면 안개꽃의 이미지는 허무의 색채를 띤다. 그러나 질문이 "달빛처
럼" 시간을 '밀고' 다니는 현재를 향한 것이라면 생생한 이미지를 돋보이

게 하려는 의지의 표현으로 읽힌다.

　시인은 계속 질문하고 단정한다. 보통 질문은 불확실한 것에 하고 단정은 확실한 것에 하는데, 여기에서는 짝이 바뀐다. 확실한 과거에 대해 질문하고, 불확실한 현재에 대해서는 단정하는 것이다. 그는 과거를 돌이켜보니 확실한 것이 없다고 느낀다. 그럴 것 같기도 하다. 앎과 모름의 경계선 자체를 문제 삼는 것도 예상할 수 있는 일이다. 그런데 어떻게 가장 불확실한 현재를 단정할 수 있을까. 시인은 유사 방법적 회의론자가 된다. 회의론자는 이렇게 말한다. 모든 것은 의심할 수 있으나, 의심하고 있는 자신은 의심할 수 없다. 그는 이 주체의 자리에 이미지를 넣는다. 모든 것은 불확실하다. 그러나 현재 불확실해 보이는 이미지는 확실하다. 시의 말을 빌리자면 모든 것이 뿌옇고 흐릿하다. 그러나 뿌옇고 흐릿한 안개꽃은 선명하다.

　안개꽃이 없다면 삶에 대한 회의는 삶에 대한 허무나 부정으로 이어지기 쉽다. 지나온 생애의 불확실성은 남은 생애의 불확실성으로 이어지고, 도저한 불확실성은 확실성을 폐기하도록 이끈다. 그는 안개꽃을 통해 불확실성을 앎과 모름의 영역으로 양도하고, 확실성을 이미지에 배당한다. 이미지는 질서정연한 순서에 따라 차곡차곡 시간을 배열하지는 못하더라도, 기억과 예감을 쟁여넣어 그 시간을 두텁게 한다. 안개꽃의 이미지는 인식의 공터가 지닌 함의를 공허라는 무덤에서 허공이라는 요람으로 전환하여 바람의 길을 터놓는다.

　　늙어가는 저녁별
　　더욱 찬란하거늘
　　강물 위 조용히 떠 흐르고 있구려
　　더러는 자맥질해
　　눈뜬 물고기들 잡기도 하는구려

당신 따라 새끼오리들도

자맥질하는구려

그것들도 물고기들 잡으러

강물 속 진흙 말 끌어안고 있구려

공주 금강가 언덕

모처럼 착하고 아름답구려

이 모든 것들 위해

물오리 한 마리,

물속의 발갈퀴 재빨리 휘젓고 있구려.

―「물오리 ――L.T.J」부분

강물은 속으로 진흙을 끌어안고 있고, 위로 허공을 받아낸다. 오리는 그 경계에서 자맥질을 한다. 새끼들이 따라한다. 분주하게 다른 목숨을 잡아먹어야 생을 지탱할 수 있는 비천한 운명들이다. 바빠 보이기도 하고 슬퍼 보이기도 한다. 그러나 시인은 이 모습을 두고 다른 말을 꺼낸다. "모처럼 착하고 아름답구려." 여백이 많은 호흡으로 평화로운 풍경처럼 보이게 연출한다. 그는 어디에서 아름다움을 발견한 것인가. 조용히 떠가는 강물 위에 허공이 비치고, 부모를 믿고 따르는 새끼들의 자맥질 속에서 가능성으로 충만한 다음 인연을 발견한 것은 아닐까.

『봄바람, 은여우』는 「소나무 자식」에서 시작하여 「창공」으로 끝난다. 지상에서 시작하여 천상으로 마무리되는 것이다. 소나무를 푸르고 싱싱하며 굳세고 강건한 사람과 연관 지을 때(「소나무 자식」) 창공에 오랜 꿈과 희망이 있다고 말할 때(「창공」) 어디서나 건강한 희망을 기원하는 그를 찾을 수 있다. 그는 발밑의 세상과 머리 위의 세상에서 같은 모습이기를 희망하지만, 그래서 시련이 그를 따라다닐 수밖에 없지만, 바로 그 두 세계를 함께 엮어내기 때문에 오래 절망하지 않는다. 그가 본 창공은 지상의 공허까지 안은 허공이다. "텅 비어 있으면서도 꽉 차 있는 창공/창공에서 깨닫는 것은 공허만이 아니다/당신의 오랜 희망도 함께 깨닫는다"(「창공」).

나기철의 발송 작업

◆

나기철 『지금도 낭낭히』

1.

콧잔등에서 조금씩 흘러내린 안경이 코끝에 걸쳤다. 그 옆에는 빈 서류 봉투가 쌓여 있다. 그중 한장이 책상 위에 반듯이 놓인다. 꽤나 긴 주소 목록의 한줄이 봉투에 또박또박 적힌다. 근래 발행된 동인 시집 한권이 밀봉된다. 『작은시앗 채송화』가 인쇄된 발신자 주소 밑에 그는 자신의 집 주소를 적는다. 보내는 이와 받는 이의 주소를 적고 봉투에 테이프를 붙이는 일을 그는 시집이 간행될 때마다 반복한다.

그가 부친 시집을 받을 때마다 발송작업을 하는 그를 상상하곤 한다. 그의 안부 인사는 물질성을 띤다. 손에 박혔을 굳은살은 시를 쓰는 힘과 주소를 적는 힘의 합작품이다. 노동자의 손과 시인의 손은 그에게서 하나가 된다. 그의 손에는 송수신자의 주소가 있는 이 세계와 시가 도달하고 싶은 미지의 세계가 함께 들려 있다. 먼 세계를 바라보며 스스로 먼 세계에 있는 사람의 개성이라 할 수 있을 것이다. 그는 제주도에서 시를 쓴다.

발신자의 위치에 오래 있었던 나기철은 좀처럼 되돌아오지 않던 반응에 대해『올레 끝』(서정시학 2010) 시인의 말에서 "그래,/이번으로//어디서/살짝 비춰주기라도 한다면,//그렇지 않는다면,//나는 망했다!"고 토로한 바 있다. 불안한 감정을 내비친 뒤 팔년이 지난 지금 그는 제주를 대표하는 시인 중 한명이 되었다. 그사이 고독은 견고해졌고, 감정은 물러났으며, 시의 형태는 짧아졌다.

2.

나기철의 초기 시는 일인칭의 감정을 드러내는 데 후했고, 시의 형태 또한 지금과 같이 짧지만은 않았다. 날것의 감정을 벼리고 온전한 문장을 가지치기하면서 시가 '극서정시'의 형태를 띠게 된 것이다. 그의 시가 찰나의 이미지를 선보이며 유현한 세계를 표상하는 여느 짧은 시와 변별되는 지점도 여기에 있을 것이다.

    좀처럼 오지 않는 홍여새 삼백 여 마리
    조천리 집
    담 위에 와 푸르덩, 콩짝, 날 듯

—「그 날」전문

배경은 제주도의 한 마을이고 마무리는 불완전하다. 이를 열린 마무리라 할 수도 있을 것이다. 어찌 보면 열려 있고 달리 보면 불완전한 마무리 "날 듯"의 주체는 홍여새 무리이다. 그런데 어디에서 그것들을 본 것일까. 조천리 집의 담 위에 새떼가 내려앉은 것인가, 아니면 홍여새를 보니 조천리 집의 콩짝들이 연상된 것인가. 문장의 형태와 간결한 이미지 때문에 어떤 정황인지 단정하기 어렵다. 하지만 분명한 것은 장관을 연출했던

'그날'이 지금 생생히 소환된다는 점이다. 짧은 시 형태의 불완전한 마무리에 다른 시간이 개입하여 역동적인 심상을 불러일으키는 모습을 나기철의 시에서는 자주 확인할 수 있다.

> 눈 피해 눈이 자꾸 갔습니다
> 그 사이 달라진
> 머릿결
> 파동의 남오미자꽃
> 지금도
> 낭낭히 들리는,

—「별후別後」 전문

이별 이후의 삶이 그러하다는 듯이 여기에서도 마무리가 불완전하다. 문장의 열린 틈으로 이별 이전의 상황이 들어선다. 예전의 머릿결과 꽃이 지금도 "낭낭히" 들린다. 어떤 한 순간이 예리하고 뚜렷한 이미지로 제시되고 있는가. 다시 시에 주목해보자. 낭랑히 들리는 것이 머릿결과 꽃이라 했으나, 엄밀히 말하면 그것들은 달라진 것들이고, 들리는 것의 자리는 비어 있다. 무엇인가 어긋나게 하는 힘이 배면에서 작동하고 있는데, 이 시에서는 숨겨진 그 '소리'가 열쇠를 쥐고 있는 것 같다.

그의 시는 다른 시간과 공간이 틈입하여 짧은 형태이지만 역동성을 발휘한다. 시인이 열어놓은 그 자리에 들어서는 것은 함께했던 나날이다. 꽃을 배경으로, 이별의 선언이건 재회의 갈구이건 아니면 최초의 고백이건 달뜬 밀어이건 어떤 소리와 사연이 있었을 것이다. 은폐된 서사는 문면의 틈을 타고 나와 시에 활력을 불러일으킨다. 나기철의 짧은 시가 지닌 여러 개성 중 먼저 주목할 점은 바로 현재와 과거, 이곳과 저곳의 긴장 국면이 일으키는 역동성이다.

고요
흘러넘치는

주인 문패 여전히
달린

아직 피지 않은
벚꽃

문득
문 앞에 서 있는

—「다리 지나」 전문

그의 시선에 닿으면 고요는 고이지 않고 "흘러넘"친다. 의도치 않게 다리 지나 도착한 그 집의 대문에는 예전 주인의 문패가 달려 있다. 벚꽃은 피지 않았다. 표면의 진술은 문 앞이라는 공간과 벚꽃이 피기 전이라는 시간의 한 단면이 전부이다. 공간은 한정되고 시간은 정지되었다. 흘러넘치는 고요가 아니라 고여 있는 고요 같다. 역동성을 부여하는 것은 제각각 다른 질감의 시간을 환기하는 부사들의 공명이다. '문득' 생각이 나 이곳에 왔고, '여전히' 그 문패가 있으며, '아직' 벚꽃은 피지 않았다. 과거와 단절된 현재가 '문득'이고, 과거와의 지속을 뜻하는 현재가 '여전히'이다. 미래에 대한 기대와 성취되지 않는 현재의 교차 지점은 '아직'이다. 이렇듯 여러 부사는 서로 다른 시간을 거느리며 대문 앞에 모여 소용돌이친다.

벚꽃이 핀다고 하더라도 '그날'이 다시 오지는 않을 것이다. 그날을 떠올리는 일은 부질없지만 그렇다고 그날이 떠오르는 것까지 막을 수는 없다. '문득'은 불수의적으로 떠오르는 기억에 대해 자신에게 면죄부를 주는 욕망의 표시이다. 시간을 거스를 수 없으므로 그날을 돌이킬 수는 없겠으나 일렁이는 마음은 고요의 배후를 이루어 불완전한 구문이 남긴 여운 속에 섞인다. 좌절된 채 문면의 뒤로, 여백 안으로 틈입하는 그 마음을 다른 이름으로는 그리움이라 할 수 있을 것이다.

3.

그리움은 시공간의 간격을 필요로 한다. 나기철의 시에서 제주도는 그의 시적 정서를 일으키는 토대이자 실제 주거지이다. 중학생 때부터 거주한 제주도는 그에게 아늑한 고향이 아니라 안온한 타향이다. 그는 마음속 고향을 아버지의 고향인 이북에 두고 있다. 태어나지 않은 곳에 정신의 뿌리를 박으면서 실제 거주지인 제주도는 유배지가 되고, 그는 자진해서 유배자가 된다. 가지 못할 곳을 고향으로 상정함으로써 영원히 향수를 지닌 낭만주의자의 모습이, 오래 유배지였던 곳에 거주함으로써 리얼리즘 시인의 모습이 그의 시에 나타난다. 그는 제주도에서 아늑함과 구속감을 동시에 느끼는 듯하다.

> 너 만난 후
> 난
> 모슬포 바다
> 너울물결
> 철렁
> 장대비다가,

(…)

다시 네게 가면,
모슬포 바다,
한담 바다,
협재 바다여서

─「다시,」 부분

「다시,」에서는 모슬포와 한담 바다와 협재 바다 등 제주도의 구체적인
지명이 선보인다. 주목할 것은 제주도의 구체상이 시의 취지에 해당하지
않는다는 점이다. 시는 제주도 바다 곳곳에 내리는 비가 곧 '나'이며 그렇
게 내리는 까닭이 '너'에 있다는 것에 주목한다. 일인칭과 이인칭의 간격
에서 발생하는 그리움이 시의 핵심 전언이며, 이 그리움의 구체성을 형성
하는 데 제주도 바다가 토대 역할을 하는 것이다. 제주도는 나기철의 시
에서 주인공 역할로부터 물러나 있지만, 그렇다고 단순한 배경에 머물지
도 않는다. 그의 제주도는 시적 정서에 구체성을 띠게 하면서 동시에 종
종 시인 자신과 동일시된다.

조용한 데로
이사 오니
버스가 두 시간,
세 시간 꼴이다

가파도,
마라도에 가면
하루에 두 번 쯤

배가 올 게다

저 세상에
날 데려가시면
다시 못 올
이 세상

—「명도암 마을」 전문

　버스가 몇시간에 한번 정도 오는 명도마을에 시인이 이사 왔다. 가파도나 마라도 같은 제주도의 주변 섬도 배가 하루에 한두번밖에 다니지 않는다. 명도마을과 가파도와 마라도는 모두 조용하고 인적이 드문 곳이다. 그곳에 이사 온 시인은 자신도 마찬가지로 쓸쓸해질 것 같다고 예감한다. 그러다 문득 다음과 같은 진술이 이어진다. 인적마저 끊기는 곳이 저 세상 아닐까. 시적 의미는 이 도약에서 발생한다.

　저 세상을 떠올렸다는 면에서 위의 상상은 그에게 불안감을 주지만, 아직 이 세상에 있다는 점에서 위안이 될 수도 있다. 그 두 감정이 뒤섞이는 곳에 그는 이사를 왔다. 제주도의 여러 지명이 이 과정에서 자연스럽게 언급되지만 시적 의미의 생성 지점은 이승과 저승의 거리이다. 제주도는 다른 세계의 존재와 그 세계와의 간극을 환기하며 벗어날 수 없는 운명을 시인에게 부여한다.

　전주 터미널에서 간신히 버스로 광주 터미널로 와 리무진 타고 공항 가서 제주행 비행기에 탔다. '고마웠습니다. 다시 어항 같기도 한 곳으로 갑니다.' 문자를 보내니 얼마 후, '예뻐도 너무 예쁜 어항엔 잘 도착하셨지요.' 하고 답이 왔다.

　아침에 섬 토박이 아내에게 그 얘기를 했다가 한 소리 들었다. 여기가 얼

마나 넓은 데냐고. 바다도, 산도, 초원도 있고. 당신 맘이 금붕어 눈 같이 작
아 그렇다고. 나는 내내 눈 껌뻑이며 가만히 있었다.

—「금붕어 눈」 전문

제주도는 넓은 곳인가 좁은 곳인가. 어항 같은 곳인가 바다 같은 곳인
가. 뭍에 다녀온 시인이 어항 같은 제주도로 귀가했다고 하자, 시인의 "섬
토박이 아내"는 제주도는 넓은 곳이라고 핀잔을 준다. 구체적인 모습을
보여주기보다는 비교 층위의 대상 역할을 맡은 제주도는 비교 대상이 무
엇인가에 따라 어항처럼 좁아지기도, 우주처럼 넓어지기도 하는 것이다.
제주도를 어느 하나에 고정시키려 하면 "금붕어 눈 같이 작"은 시야라고
핀잔을 받는 이유도 이와 같다. 나기철의 시에서 제주도는 역설적으로 유
연한 의미를 지니게 된다. 매우 아름다운 경관과 매우 비극적인 역사 어
느 하나에 고정되기보다는 그것에 견주는 대상이 무엇인지에 따라 입체
적인 의미를 띠게 되는 것이다. 나기철이 "섬 토박이"가 아니라 반(半) 토
박이의 정서를 지녔기 때문에 가능한 일이 아닐까 싶다.

4.

짧은 시는 한순간의 정경을 포착한 경우가 많으며, 그 순간은 유현한
한폭의 그림으로 비유되곤 한다. 나기철의 시에 그러한 부분이 없는 것은
아니다. 그러나 그의 시적 개성은 조금 다른 곳에서 형성되었다. 그의 시
는 서사를 감추고 있으며, 그 서사의 중심에는 사람이 있다. 즉 그림으로
비유하자면 자연이 배경이 되고 사람이 앞에 있는 인물화라고 할 수 있을
것이다. 그의 시에서는 흔히 산수화에서 확인할 수 있는 풍경 속 인물이
아니라 인물 속 풍경이 드러난다.

이른 아침
노인들이 사는 집
불빛들

주저앉지 말라고
절물 숲
가득히 울리는
새 소리

—「무릎」 전문

「무릎」에서는 사람이 시적 사유의 중심에 있다. 여기서 무릎은 숲의 무릎이라기보다는 삶의 무게를 버텨내는 노인의 무릎에 가깝다. 초점이 절물 숲을 배경으로 스러져가는 노인들에게 모인다. 여기에서 절물 숲 한쪽에 인물이 작게 배치된 산수화를 연상할 수 있을까. 그의 시 문면 또는 배후에서 사람이 소거되는 일은 좀처럼 드물다. 그 그림의 중심에는 불빛을 밝히는 집과 그 안에서 새벽을 맞이하는 노인들과 그들의 표정이 있을 것이다.

시의 장면을 따라가보자. 새벽 숲이고 집에 불빛이 켜져 있다. 정지된 이미지를 벗어나는 지점은 제목 '무릎'과 관련된 "주저앉지 말라고"와 "가득히 울리는" 새소리이다. 고요한 장면 같지만 사실 그것은 무릎 꿇지 않으려고 버티는 장면이다. 절물 숲의 새소리는 저무는 인생과 대비되어 빛과 어둠의 교차 시점을 대변한다. 그런데 이것이 의미의 끝은 아니다. 새소리는 새 생명뿐만 아니라 저무는 노인들에게도 들릴 것이다. 여명기의 새소리는 빛과 어둠의 영역 모두에 울려 퍼진다. 이처럼 나기철의 시는 정지된 것처럼 보이나 움직이고 있으며, 자연 풍경처럼 보이나 그 중심에는 사람이 있다.

> 노을진 방파제
> 바다 보며
> 입술 바르는
> 여자
>
> 나는 안경을 잃었다
>
> ——「서부두」 전문

　안경을 잃어버려 붉은 노을과 붉은 립스틱을 구분하기 힘들어졌고, 방파제에서 립스틱을 바르는 여자는 뚜렷이 보이지도 않는다. 풍경과 사람의 경계가 허물어지는 것이 아쉽고 방파제의 여성을 똑바로 보지 못하는 것도 아쉽다. 하지만 달리 방법이 있는 것도 아니다. 주로 사람을 바로 볼 수 없다는 데에서 비롯하는 여러 아쉬움과 체념의 정서는 마지막 구절의 여운으로 뒤섞여 시적 의미가 고정되는 것을 막는다. 안경을 잃어버린 아쉬움과 되찾기 어렵다는 체념의 정서가 겯고트는 것이다.

　마지막 부분과 관련하여 주목할 점이 한가지 더 있다. 일몰의 풍경이 묘사되다가 마지막에 '나'가 갑자기 등장한다. 일인칭의 존재감이 부각되는 것이다. 일인칭이 등장하기 전까지 풍경을 보는 주체는 사람일 수도, 카메라 렌즈일 수도 있다. 그림 속에 갑자기 일인칭이 등장하자 시는 복잡한 시선을 확보하면서 시선의 주체가 사람이라는 것을 입증한다. 여백의 효과가 작건 크건 간에 사람의 시선, 사람에 대한 그리움이 그의 시를 지탱하는 주춧돌이다.

　도서관 로비, 녹색 체크 무늬 교복 치마 입은 여고생 셋이 그냥

지나간다

날 모르나 보다

—「그만 둔 다음 해, 시월」 전문

'당신과 함께 했던

사흘의 시간이

제겐 너무 소중했습니다'

—「가을 편지―1977년 겨울날, 낳은 지 3일 만에 낳은 날과

시간만 남겨 미국에 입양된 김옥희(37)씨」 전문

「그만 둔 다음 해, 시월」은 시인 자신의 체험을, 「가을 편지」는 입양된 김옥희씨의 사연을 토대로 구성된 시이다. 「그만 둔 다음 해, 시월」에서 시인은 명예퇴직으로 교직 생활을 마쳤다. 이듬해 도서관에서 낯익은 교복을 발견하지만, 학생들은 자신을 알아보지 못한다. 시는 순간의 당황과 수긍을 교차하며 여운을 확보한다. 담담한 어조 밑에 여러 감정이 뒤섞인다. 「가을 편지」는 신문 기사에 났을 법한 김옥희씨의 사연을 접하고 그중 마음을 울리는 짧은 대목을 시에 담았다. 시의 본문은 사흘 동안밖에 같이 있지 못했던 생모에게 건네는 편지의 한 구절이다. 그 사흘은 태어난 직후의 시간으로 개인의 기억에는 없으나 공공 서류에 남아 있는 시간이다. 김옥희씨는 서류의 차가운 시간을 토대로 따뜻한 감사의 인사를 전한다. 이 온도차에서 시적인 여운이 발생한다.

앞의 시가 익숙한 것과 낯선 것의 격차에서 의미가 생성된다면, 뒤의 시는 익숙한 것과 익숙해야 했던 것의 격차에서 의미가 생성된다. 나기철 시에서는 익숙하거나 자연스러운 것과 낯설거나 부자연스러운 것 사이가 언제나 벌어져 있다. 이 또한 그리움이라고 말해야 하지 않을까. 한때 있었으나 지금은 없는 것, 한때 가까이 있었으나 지금은 멀어진 것, 이 간극

나기철의 발송 작업 267

이 나기철 시의 의미가 생성되는 자리이다.

5.

나기철 시의 사람들 중 어머니, 아내 등의 여성은 그의 시심을 불러일으키는 특별한 존재이다. 일반적인 사람을 소재로 취한 경우 그의 시는 자연을 배경으로 두지만, 특정한 여성을 소재로 취한 경우 그의 시는 고독을 비교 대상에 둔다. 그는 일찍이 어머니와 함께했으며, 그 뒤 아내와 함께 생활했고, 오랫동안 여학교에서 가르쳤다. 여성은 그가 세상에 적응하고 인식을 확장하게 도움을 준 존재이다. 이들이 시인의 곁을 떠나거나, 본인이 이들 곁을 떠났을 때, 고독과 향수의 정서가 짙어질 수밖에 없다. 달리 말하면 여성들은 그리운 감정에 구체성을 부여하는 이들이다.

> 두 여자가
> 날 밥 먹여 왔구나
>
> 스물일곱까진
> 돌아가신 어머니
>
> 그 후론
> 아내
> 더 긴
>
> ──「비 오는 날 터미널에서 국밥을 먹으며」 전문

어머니와 아내는 그에게 "밥(을) 먹"였다. 사변적이고 추상적일 수 있는 사유에 구체성이 더해졌다. 마지막 구절 "더 긴"에서 시는 멈추었는데, 그다음 말에는 아마 시간을 환기하는 뜻이 담겼을 것이다. 충분히 추정할 수 있는 말을 왜 가려놓았을까. 의도적으로 감추었다기보다는 드러내기 힘들었을 것 같다. 아내와 함께 오래 있고 싶지만, 어머니가 그랬듯 이별의 시간이 언젠가 오리라는 생각이 '디 긴' 다음의 말을 가로막은 것 아닐까. 또한 어머니에 대한 헤아리기 힘든 고마움이 지금 옆에 있는 아내에 대한 고마움과 겹쳐 말문이 막힌 것 아닐까.

나기철은 어머니를 떠올리며 자신의 역사를 두텁게 하고, 아내를 떠올리며 둘레 세계를 풍요롭게 한다. 어머니가 이북에서 월남하고 결혼한 뒤 자신을 낳은 사연을 말하다가, 만약 전쟁이 없었으면 자기도 없었을 것이라고 상상하는 시(「사진 2」)에서는 그녀의 삶과 질곡 많은 한국 현대사가 구체적으로 언급된다. 어머니는 역사를 환기하면서 곁에 없고, 아내는 현재를 다채롭게 하면서 곁에 있다. 아내와의 에피소드가 소개된 시를 한편 보자.

지난겨울 세 뼘 뜰에, 산수유나무 사서 심었다. 삼월, 꽃이 왔다 갔다.

어제 밤, 바람이 몹시 불 거라는 예보에, 미사도 안 보고 아내와 들어갔다.

아침에 아내가,
"대형 사고 났네.
산수유나무가 꽃 폈어요!"

음, 대형 사고로군, 하는데,

"산수유나무가 뽑혔어요!"

한다.

———「예감」 전문

　아내는 시인의 곁에서 인식의 확장을 유도한다. 아내는 산수유나무가
'뽑혔다'고 하고 시인은 '꽃 폈다'고 알아들었다. 이 오해는 웃음을 유발
하며 생활의 여유를 보여준다. 또한 아내의 위상과 역할이 무엇인지 선명
히 드러나기도 하는데, 이를 파악하기 위해서는 엇갈린 대화에 좀더 주목
할 필요가 있다. 대형사고의 '대형'에 어울리는 말은 꽃보다는 나무이고
'사고'에 어울리는 일은 피는 것보다는 뽑히는 것이다. 나무가 뽑히는 것
은 죽음의 범주에 들지만, 꽃이 피는 것은 탄생의 범주에 속한다. 여러모
로 대형사고라는 말과 어울리는 것은 아내의 말이다. 그와 견주어 시인의
생각은 시적이다. 생활은 아내의 편에 있고 예술은 시인의 편에 있다.
　나무가 뽑힌 일이 대형사고에 가깝다고 하더라도, 그래서 그렇게 표현
한 것이 일상적인 진술이며 비시적인 표현이라 하더라도, 지난겨울부터
함께한 시간을 염두에 두면 뽑힌 일 그 자체가 일상 시간에 균열을 낸 것
이며, 따라서 시적이라고 할 수 있지 않을까. 자연스럽게 쌓인 시간이 다
른 무엇보다 시적인 것이 발생하는 토대임을 보여주는 에피소드이다. 시
적인 것은 아내에게 있으며 시인의 오해는 재치에 가까워진다. 아내는 그
에게 생활과 시가 밀접하다는 것을 곁에서 일깨워주는 존재이다. 아내는
베개를 베고 하늘을 보며 나는 베개 없이 모로 누워 아내를 보는 까닭이
여기에 있다(「합장」).

　섬 여자 만나기 어렵다는
　서울에서
　아들이
　섬 아가씰 데려왔다

제4부

이어질 것 같다

──「물마루」 전문

"이어질 것 같다"에서 생략된 말 '대'를 구성하는 주체는 여럿이다. 아들, '아가씨', 그리고 섬, 이들은 나기철 시에서 의미를 구성하는 세가지 축과 닿아 있다. 시인 자신을 투영할 수 있는 대상은 아들이다. 아들은 섬 출신의 여성과 미래를 기약하는 것으로써 대를 이으려 한다. 섬의 구체적인 특성보다는 서울에서 만나기 힘들다는 말로써 육지와의 거리를 환기하고, '섬 아가씨'는 어머니와 아내가 그러했듯 대를 이어가는 주체 역할을 맡는다. 물마루는 글자대로 풀이하면 수평선의 두둑한 부분, 바다와 하늘이 맞닿는 것처럼 보이는 부분이다. 이는 섬에서 바라보는 최대치의 먼 곳이다. 그 멀리에서부터 대를 잇는 조짐이 보인다. 크게 기대하지 않았으나 어느덧 좋은 소식이 들리는 것, 섬에 있는 시인의 고독은 이렇게 위로받는다.

나기철 시의 주된 정서인 그리움은 서정시의 오랜 테마였다. 그는 제주도의 생활을 거름 삼아 여러 경향들을 흡수하고, 그것들을 단련시켜 그리움의 개성을 형성했다. 사람을 시적 사유의 중심에 놓되 짧은 시 형태로 의미의 역동성을 지향하는 그의 시는 때때로 극서정성을 띠곤 하는데, 달리 말하면 극서정시는 그의 시를 포섭하며 품을 넓혀왔다. 서정의 극단은 시인이 도달한 섬광의 순간이 곧 영원이기를, 정확하게는 무시간이기를 꿈꾼다. 한순간에 모든 순간이 담기기를 원하는 것은 신비로운 역설이 아니다. 이는 모든 순간에 체험의 순간이 기억되기를 바란다는 뜻과 크게 다르지 않다. 독자들과 오래 소통되기를 바라며 그는 시를 쓰고 우표를 붙인다. 지금까지 걸어온 길로 그는 소망과의 간극을 메우고 있다.

근시(近視)의 천사

◆

박라연『헤어진 이름이 태양을 낳았다』

오랫동안 박라연의 시는 쓰는 리듬보다는 말하는 리듬에 기대어왔다. 다 쓴 뒤 고칠 수 있는 글과 달리 한번 뱉으면 주워 담을 수 없는 말과 같이, 그의 시에는 우회로를 거치지 않고 직진 대로를 통과한 것 같은 거침없는 사유가 가득하다. 박라연은 길게 퇴고하는 시인이라기보다는 깊은 사유를 거쳐 도달한 상태에서 한꺼번에 말을 쏟아내는 시인에 가까운데, 청자이자 독자는 그의 정교한 표현에 감탄하기보다는 그가 선보이는 고양된 상태에 가닿으며 시적 체험을 하게 된다.

그의 시 속 목소리의 주인공을 확인하기 위해 주위를 둘러보면 아무도 없다. 그는 친구나 가족처럼 우리 곁에 서 있는 것이 아니라, 천사처럼 숨어 있거나 약간 높은 곳에 있다. 실제로 그는 천사의 모습과 포개지는 면이 많다. 그는 삶 바깥에서 "버림받은 시간의 냄새"(「걸어서 미소까지」)를 맡고, "사람과 무덤과 폐가 사이"(「딜레마」)에서 꽃을 키우며, "뭘 선택하려고 세상에 온 신분이 아니"고 "누군가의 구원인 신분도 아니"(「너에게 아직은 없는 것」)라며 신과 사람의 중간, 그리고 세상의 바깥에 제 위치를 설정한다. 이런 그를 천사가 아닌 무엇이라 부를 수 있을까.

우리는 폐허인 지상에 천상의 언어를 전달하는 김춘수와 릴케의 '천사'를 기억하고, 또한 천상에서 불어오는 진보의 바람을 등지고 지상의 폐허를 안타깝게 바라보는 벤야민과 보들레르의 '천사'를 기억한다. 박라연의 '천사'는 세계의 바깥에서 세계의 지형도를 그리고자 한다는 면에서 다른 천사들과 그 특성을 공유한다. 그러나 천상의 계시를 옮기는 말보다는 지상의 고통을 정리하는 말을 사용한다는 면에서, 자신의 거처를 폐허의 한 부분에 두고 그곳을 개간하여 전망을 제시한다는 면에서, 그의 천사는 특별하다.

고민,이란 친구에게 밥과 잠을 넘겨주면서
너의 허리는 얼마나 가늘어져야 했는지
두 눈은 또 얼마나 퀭해져야 했는지

분노와 슬픔으로 저녁을 짓고 뿌리내리던 주인들에게
감히 부탁해도 될까

누구의 고통이든
산 자들의 세끼들인데 화면을 확 돌려버리듯
외면하려 한 죄 용서해다오
살아서 펄떡이는 심장에서만 반짝이는 금모래빛

너의 빛으로 나의 내일을 뜨개질해다오
뼛속까지 휘파람 불게 해다오

—「봄」전문

시인은 살아 있는 사람들의 세끼 식사를 고통이라 하며 그 고통을 외면한 죄에 대해 용서를 비는 한편, 어둡고 추워 움츠러들었던 겨울의 죄를 속죄하며 봄의 희망을 말하기 시작한다. 청자인 "분노와 슬픔으로 저녁을 짓고 뿌리내리던 주인들"은 천상의 존재라기보다는 고통의 주체였던 지상의 사람들이다. 고통의 주체에게 세상의 고통을 오래 직시하는 힘을 달라는 것이 기도의 내용이다. 그의 시선은 세상 사람들을 좀처럼 떠나지 않는다.

천사의 언어는 일상적인 언어의 분류 체계에서 자유롭다. 하늘에서 바라보면 건물들의 높낮이를 구별하기 어렵듯, 박라연의 시에서 종과 속의 위계를 파악하거나, 구체어와 추상어, 생물과 무생물, 진과 선과 미의 영역을 구별하는 일은 무용해 보인다. 마음을 표현하고 세계를 이해하고자 오랜 시간 축적한 분류 체계는 여기에서 부질없다. 「봄」에서 고민은 친구이고, 분노와 슬픔은 밥 짓는 재료이고, 뜨개질 재료는 빛이다. 한 바구니에 빵과 과일과 절망이 담기기도 하고(「휠체어에 오늘을」), 그늘과 경이가 나란히 놓이기도 한다(「언젠가 너를」).

나비와 벌들이 종일 예쁜 짓 하는데 새까지

나의 비애를 유쾌한 노래로 바꿔주려는 거야?
　　　　　　　　　　　　　　　　　—「동명이인이어서?」 부분

고통께서 여러 세력을 불러 모아
뭉텅뭉텅 잘라내어 기꺼이 분말이 되겠다고 손가락을 걸던가요?
　　　　　　　　　　　　　　　　　—「어느날 셋이서」 부분

아름다움이
울음을 터뜨릴 때 들으셨나요?

'고통' '아름다움' '울음' 등 일상에서 너무 많이 쓰여 시에서는 오히려
경계해야 하는 말들이 거침없이 쓰이고, '비애' '분말' 등 너무 오랫동안
쓰이지 않아서 꺼려지는 말들이 태연하게 자리를 차지했다. 다른 영역에
놓였던 말들은 구분 선이 흐려져 서로 영향을 주고받기 쉬워졌다. 추상어
는 구체성을, 무생물은 생물성을 조금 보완할 수 있을 것 같은데, 박라연
의 시에서는 좀처럼 그러한 기미가 보이지 않는다. 앞의 시들에서 비애와
고통, 그리고 아름다움이 구체성을 띠고 있는가. 구체성이 확보되는 기회
는 질문의 형식으로 다른 시간에 유예되었고, 이들의 발생 원인은 불문에
부쳐졌다. 수난의 원인도 역사도 현상도 가려졌다. 상처와 고통과 인내에
대해 이 시집보다 더 많이 말한 시집이 있을까 싶지만 그 세부 모습은 안
개처럼 뿌옇다.

고통을 말하되 고통의 세부를, 상처를 말하되 상처의 세부를 보지 못
하면, 고통의 현장과 떨어진 근시의 천사를 상정해야 하지 않을까. 천사
는 멀리 떨어진 지상의 세부를 자세히 보지 못한다. 서로 다른 경계와 위
계를 지닌 말들이 여기에서는 평면에 나란히 놓여 있다. 병을 앓는 사람
과 피를 흘리는 사람과 웃음을 짓는 사람이 있을 경우, 그에게는 병과 피
와 웃음과 세사람이 모두 각각의 것으로 보인다. 증상과 사람을 따로 떼
어놓고 본다고 처방에 관심이 없는 것은 아니다. 시인은 증상의 원인을
불문에 부칠 뿐 치료에 대해서는 관심이 많다. 원인을 모르고 어떻게 처
방이 가능할지 의문이 들 수도 있으나, 그는 지상에서의 삶이 곧 상처와
고통의 연속이며 이는 곧 삶의 전제라고 여기는 듯하다. 천상에서 내려온
자가 아니라 지상의 고통을 이미 겪은 자로서의 천사는, 증상을 종합하고
소화한 뒤 사람들에게 그 증상의 좌표를 제시하려 한다.

만약에
사람의 피와는 다르게 너무
오래 버텼다면

지금 어디쯤인가
닭을 치고 꽃을 치고 채소를 치면서
고통에 둔한 피가 흐르기 시작한 셈인가

타자를
위해서만 체중을 불리는 버릇이 생긴 것인가

(…)

무엇이 되어가다 멈춘 나를 그런 나를
누가 경작 중이거나 진화를 견디는 중이라면
견디다 못해 나를 놓아버린다면?

고통에게 밥이 되는 즐거운 놀이를 다시 시작해도 될까
뜨거워지는 피

———「나의 진화」부분

　화자는 '사람의 피'와 너무 다른 피를 지녔고, 자신을 누군가 '경작'한
다고 가정한다. 고통은 여기저기에서 자주 호명되는 한편, 그 세부 내용을
독자가 알 길은 차단되었다. 그러나 "고통에게 밥이 되는 즐거운 놀이"를
준비하는 모습에서 비록 뭉뚱그렸으나 고통을 외면하지 않는 그의 모습
을 엿볼 수 있다. 그는 고통 속으로 들어가기를 준비하는 한편 고통에 둔

해지는 것을 경계한다. "타자를/위해서만 체중을 불리는 버릇이 생긴 것" 아니냐고 자문하는 것을 보니 앞의 '고통'은 자신의 것이며, 뒤의 '고통'은 타인의 것이다.

고통은 지상의 삶에 늘 있는 상수인데, 타인의 고통을 덜기 위해 자신의 고통을 늘리는 것이 그에게는 '진화'이다. 그래야만 자신의 피가 뜨겁게 유지될 것이라 믿는다. 그는 타인을 챙기다 "나를 놓아버"릴까 두렵다고 하지만 또한 이를 기꺼이 즐긴다고도 말한다. 이와 같은 역설에서 확인할 수 있는 것 중 하나는 세상을 거두는 일에 대한 긍지이다. 폐허로 변해버린 지상을 향해 시선을 거두지 못하는 모습은 예의 '천사'와 포개지지만 이 천사에게는 천상에서 온 기억 대신 지상에서 겪은 기억이, 천상으로 올라갈 계획 대신 지상에 남아 있을 계획이 있다. 박라연 시의 '천사'는 날개를 접었다.

너를 향해 걷는 힘을
또 그 죄 속에서 찾아내면서

벌을 서듯 폐가의 땅을 일구다보면
너의 면면이 보들보들해져서

자라나는 무수한 손가락들을 깨물며
넓어진 시간들을 천천히
내려오는 일일까

　　　　　　　　　　　　　　　　—「보들보들한 희망이란」 부분

손에 호미를 쥔 그가 "벌을 서듯 폐가의 땅을 일구"기 시작한다. 그 의미는 포기일까 타협일까 아니면 개간일까. 세상의 고통과 슬픔 곁에 있으려 하는 것은 태생적인 성향에 따른 자발적인 선택이다. 보람과 소명이 그곳에서 찾아온다고 믿었기 때문일 것이다. 화자는 오랜 시간 동안 천천히 스러지는 폐가와 그 자신을 동일시하지 않고 그곳에 활력을 주는 꽃과 나비, 또는 풀과 꽃을 길러내는 흙과 동일시한다. 그가 밀려났다고 보기 어려운 까닭이 여기에 있다. 또한 이를 세상에 대한 환멸로 보기도 힘들다. 그는 개간을 통해 세상을 넓히려, 끝내 '보들보들한 희망'을 주려 그곳에 간 것이다.

천사는 세상에 "사랑은 있다,라고 그렇게/다시"(「그렇게 다시」) 말하러 왔다. "서울 분들은 무서워서/못 자겠다고 하던 낡은 집"에 짐을 부려놓자 "금방 내 둘레가 되었는지 튼튼해지는 집"(「흘러 흘러서」)도 마련되었다. 그래서인지 호미질을 하는 동안 "폐가의 시간들을 호강시켜주리라"(「디엔에이」)는 다짐이 이어진다. 세상을 바꾸기에는 힘이 부치고 폐가와 동일시하기에는 힘이 넘치는 그는, 세상을 폐가로 인식하고 그곳과 주위를 가꾸며 세상을 넓힌다.

풀벌레와 새소리가 진 그 옆자리엔
이웃집의 아들딸이 피어나고 꽃다운 세상의
남매들이 꿈꾸는
세상의 밥상엔 공평 의리 사랑이란
의미들이

(…)

저희도 잘 풀리며 자랄게요! 치맛자락
끌어당기는
오래 키운 꽃들의 손가락이 피어나고

우리 가고 없는 세상에 피어나고
피어날 옆의 세계

—「옆구리」 부분

어머니! 겨울이 코앞이네요
저는 세상이 모르는 흙, 추운 색을 품어 기르죠
길러낸 두근거림을 따서 바칠게요
개나리 다음엔 수선화 그다음엔 꽃잔디로 붉게
채워질 때쯤 눈치챌까요?
꽉 찬 이 두근거림을

(…)

화엄은 너무 멀겠죠? 화음이라도
어떻게든 보여주려고 사람 몸에 꽃을 보내신 것
나팔꽃 채송화 분꽃으로 와서 가늘고 낮은
야근하는 손을 잡는 것

—「화음을 어떻게든」 부분

　이 두편의 시에서는 둘레 세계가 구체적으로 표현되는데, 이는 이 시집을 통틀어 이 두 시에서만 도드라진다. 「옆구리」의 지상에는 '수선화'가 지고 있으며 그 옆자리에 '튤립 가족'이 피어난다. 그는 폐가를 거처라고 여기지만 스스로를 그곳의 주인이라고 여기지는 않는다. 그에게 만물은 모두 세상의 세입자이다. 남매들과 새소리와 수선화와 양귀비 등은 오는 순서는 있되 위계 없이 '옆의 세계' 안에서 평등하다. 그가 주목하는 세상이, 그가 가꾸려는 세상이 이러하다. 모두 귀해서 같은 가치를 가진 곳에서 그들 각자의 모습이 섬세하게 나타난다.

「화음을 어떻게든」은 세상을 더는 욕하지 않겠다는 다짐으로 끝난다. 마치 천상의 신에게 올리는 말 같지만, 청자는 지상의 어머니로 명시되었다. 그는 '화엄'에 가지 못하면 '화음'을 내겠다고 한다. 다른 세계에 도달하지 못하더라도 세계 내의 공동체를 잘 가꾸어 화합을 이루겠다는 뜻이다. 그의 시선은 개체보다는 공동체에 닿아 있다. 생성과 소멸은 개체에게는 절대적 운명이지만, 공동체를 기준으로 보면 자연스러운 과정이다.

세상의 구체적인 모습은, 폐가를 배경으로 한 만물의 변화 속에 포착된다. 천사는 개체의 생성과 소멸을 변화의 한 과정으로 받아들이려 한다. 태어나 죽는 것 자체가 삶의 가장 큰 고통이겠으나, 그것이 해가 뜨고 지는 자연사의 일부라는 점을, 운동과 변화의 터전을 넓히며 그는 수긍한다. 폐가는 그에게, 세상이란 포기하기보다는 가꿔야 할 곳이라는 점을 되새기게 하는 장소이다.

> 당신이 어디쯤 저물어가듯
> 호주머니 속 오래된 실패들이 어디쯤
> 저물어갑니다
>
> 어둠의 물을 받아먹으며 콩이 콩나물로 자라듯
> 눈물을 먹고 자란 실패들이 저마다의
> 물레를 돌려 실을 뽑아내기 시작하는 밤입니다
>
> (…)
> 오직 제 주인의 눈물을 먹고
> 뽑힌 실들은 둥글게 부풉니다

누군가의 둥근 실패에게서

드디어 풀려나기 시작합니다
누군가의 재봉틀에서 손가락 사이에서

저요! 저요! 저요!
비단실과 무명실과 나일론실이라는 이름표를 달고
헐거워진 목숨들과 관계들을 묶어주거나 꿰맵니다
　　　　　　　　　　　　　──「실패가 실패의 품에서」 부분

저물어가는 목숨이 있는 반면 태어나는 목숨이 있다. 시인은 만물이 피
고 지는 현상을 개관하는 한편 공동체가 유지되는 기제에 주목한다. 지상
에 흐르는 실패의 눈물을 그는 새로운 목숨의 태반으로 여긴다. 실패라는
말은 반복되지만 그 원인을 알 수 없어, 이에 누군가는 실패의 세부를 들
여다보지 않는다고 탓할 수도 있다. 그런데 어찌된 일인지, 저마다의 실패
들은 부풀어 "저요! 저요! 저요!" 하고 각종 실들이 그곳에서 개별적으로
뽑혀 나온다. 고통을 유발하는 '실패'가 실을 두른 '실패'로 바뀌었다. 주
목할 점은 동음이의어가 쓰인 것이 아니라 그로 인해 개별성이 확보되었
다는 것이다. 이 변화의 자양분이 지상의 슬픔과 눈물이다.

실은 씨줄과 날줄이 교차하며 '관계를 이루어' 곧 천이 될 것이다. 각자
의 이름표를 달고 "헐거워진 목숨들과 관계들을 묶어주거나 꿰"매는 일
은 공동체가 유지되는 구체적인 모습이자 그의 시선이 세상에 머무는 이
유이다. 살아 있는 사람들은 실패를 거름 삼아 저마다 독립적으로 북적이
며 관계를 이룬다. 비단 사람만 독립적인 것은 아니다. 근시의 천사에게는
슬픔과 눈물과 실패도 사람과 마찬가지로 독립적이다.

박라연의 시에서 근시의 시선이 지속되는 까닭도 이와 관련되어 있지

않을까. 실패와 실패를 겪은 사람이 같은 층위에 놓이는 그의 눈에는 구체와 추상, 생물과 무생물, 미와 선과 진의 위계와 경계가 흐릿하고 사람과 실패도 제각각이다. 사람의 입장에서는 실패가 빠져나갔으니 고통이 줄어드는 한편 독립한 실패와 대면할 수 있는 기회가 생겨난다. 은폐나 회피가 아닌 대면에는 슬픔을 정면돌파하겠다는 뜻이 담겨 있다. 근시의 시선에서 용기가 비롯한다.

성난 불우가
죄 없는 세계의 절반을 점거했을 때에도
누군가의
따뜻함은 흘러가 사과를 붉어지게 하고
상처는 흘러가 바다를 더 깊고 푸르게 하는 걸까

(…)

그런데 이 마음은 또 뭐지
성난 불우에게 아군이고 싶은 이 마음 말이야
마음 너머로
끝없이 펼쳐지는 금빛 물결은 누가 보낸 설렘이지
위로의 빛은 어디서 오나
　　　　　　　　　　　—「헤어진 이름이 태양을 낳았다」 부분

대지의 유전자에게 내 울음을 보내면 어떨까
왜? 음…… 씨앗인 나를 황무지에 버려진 나를
혹시 물어다가
꿈의 마지막 회로까지는 이동시켜주려나?

라일락으로 피어날까? 하면서

(…)

이번 생엔 뭐랄까
내 울음의 소속이 바깥일 것 같아서
왜? 음…… 정은 사람의 시작이니까
상처 없는 길에는 마음이 없을지도 모르니까
　　　　　　　　　　　　——「내 마음에 들어오지 마세요」 부분

　박라연의 시에서는 패자뿐 아니라 잊힌 것들도 공동체를 유지하는 데
참여한다. 「헤어진 이름이 태양을 낳았다」에서는 망각 속의 것, 다른 세상
의 것들까지 태양을 떠오르게 하는 거름이 된다. 세계의 반은 죄로 덮였
고, 죄 없는 나머지 반쪽도 불우가 '점거' 중이다. 불우는 그것을 겪은 이
와 떨어져 독립해 있고, 불우한 이 또한 '헤어진 이름'으로 지각 바깥에
있다. 기억의 안쪽, 행운의 편은 하루하루의 태양을 맞이하겠지만, 죄의
세계와 기억의 바깥쪽, 불우의 편은 태양을 떠오르게 한다. 공동체는 늘
그러하듯 관습적이고 자연스럽게 유지되는 것이 아니라, 헤어진 이름 즉
망각의 세계에 빠져든 모든 이름의 염원이 모여 유지되는 것이다. 그는
"성난 불우에게 아군이고 싶"다. 다른 말로 하자면 망각과 불우를 기억하
는 이가 그다. 사라지고 상처받은 영혼들 옆에 오래 있으면서 태양이 떠
오르고, 사과가 붉어지고, 바다가 깊어지는 현상을 그는 목격한다. '따뜻
함'을 가장 많이 지닌 이가 천사 자신인 것이다.
　「내 마음에 들어오지 마세요」에서 그가 있는 곳은 '황무지'이고 그의
'눈물'이 있는 곳은 '바깥'이다. '대지의 유전자'인 '눈물'이 그에게서 독
립했기 때문에 '황무지'가 그가 있는 곳일 수밖에 없고, 자기보다는 타인

을 위했기 때문에 '바깥'이 '눈물'의 거처일 수밖에 없다. 자신을 위해 흘릴 눈물이 그에게는 없다. 타인을 위한 눈물이 그에게는 사람 사이에 흐르는 '정'이고 '사람의 시작'이다. 이와 같은 맥락에서 "상처 없는 길에는 마음이 없을지도 모르니까"는 타인의 상처를 읽지 못하면 마음 자체가 없다는 뜻 아닐까. 그에게서 타인은 절대적인 의미를 지닌다. 그는 타인이 사라지고 고독하고 권태로운 상태에 대해 "모두가 조용히 빈틈없이 죽고 없는 시공에/혼자 남아/죽다 깨다를 반복하면 어쩌지?"(「잠」) 하며 불안함을 내비치기도 했다. 사랑을 받기 위해서가 아니라 사랑을 주기 위해, 그는 누구보다 오래 지상의 눈물 곁에 머문다.

> 바깥이 오히려 집 같아서 눈뜨면 바깥으로!
> 눈 감기 전에야 돌아와 눕던 어린이가 자라서
> 그녀가 되었는데
>
> 왜 푸른 시냇물 내내 푸른 하늘 내내 골방에만 머물렀나?
> 아픔은 집에서만 만나려고?
> 텅 빈 얼굴을 아무에게나 보여주기 싫어서?
>
> 믿거나 말거나 물과 불과 바람이라는 이름을 지어
> 바깥이 되었는데
>
> 없는 이름처럼 흐르거나 불타서 날아가버리게?
> 믿거나 말거나
>
> (…)

저를 위해 쓰는 일은 도둑질 같고 바깥을 위해 쓸 땐
편안하지? 믿거나 말거나

없다,는 의미를 반대로 알고 세상에 나왔나?

—「친애하는 바깥에게」 부분

「친애하는 바깥에게」에는 '바깥'의 의미와 위상이 집약되어 있다. 제목의 호명으로 미루어 시인에게 바깥은 감정을 지닌 존재이자, 애정 어린 대상이다. 어린 시절부터 그는 바깥을 좋아했다. 그런데 성인이 되자 '골방'에 머물게 된다. 골방에는 아픔과 그와 이름 없음, 즉 무명이 함께 기거한다. 골방은 내면을 비유한 것일 텐데, 그는 허무한 것일까. 바깥에는 "물과 불과 바람"과 여러 '이름'이 있다. 시인이 눈길을 주고 있는 곳도 바깥의 세상이다.

'없음'과 관련된 마지막 질문, "없다,는 의미를 반대로 알고 세상에 나왔나?"는 통상적인 인식과의 차이에서 의미가 형성된 구절이다. 우리가 사는 세상에서는 내면의 충족을 중시하고 바깥 생활에 집중하는 것을 공허하다고 인식하는 면이 없지 않다. 이때 없음은 바깥과 연결되고 있음은 내면과 관련된다. 그런데 그는 "저를 위해 쓰는 일은 도둑질 같고 바깥을 위해 쓸 땐/편안"함을 느낀다. 시인은 '반대'의 인식을 가지고 일상적이지만 이기적인 세상에 균열을 내고 세상의 영역을 확장하려 한다.

망각 속에 빠져버린 이름, 생존을 위해 묻어두었던 고통, 여러 이유로 버려진 기억과 감정을 언어로 표현하고 끝내 그것들과 대면하게 하는 것, 그리하여 일상 지각에 균열을 내고 지각의 영역을 확장하는 것, 그래서 공동체의 삶을 유지할 뿐만 아니라 유연하게 하고 나날의 삶을 풍요롭게 하는 것, 이것들을 우리는 박라연의 시에서 천사의 역할이라고 말해왔다. 그런데 또한 이를 우리는 오랫동안 시적인 것이라 말해오지 않았던가. 박라연의 천사는 시적인 것의 현현이다. 시적인 것은 그의 시에서 도달해야 할 목표로 설정된 것이 아니라 이미 체화되어 이 세상과 끊임없는 만남을 도모한다. 그렇다면 우리가 할 일은 천사의 목소리에 귀 기울이며 그의 마음을 따라 계속 확장되는 세상을 두리번거리는 것이 아닐까.

박순원의 시는 웃프다

◆

박순원『그런데 그런데』

거창하게 말하자면 지난 세기의 끝자락에, 소박하게 말하자면 십수년 전 대학원에서 박순원을 처음 만났다. 그는 대학을 졸업한 후에 오랫동안 사회생활을 경험한 뒤였고, 나는 이제 막 대학을 졸업했을 때였다. 학교 밖의 생활 자체가 없었던 내게 그의 경험은 낯선 것이었지만, 지난 일에 대해 먼저 물어보지는 않았던 것 같다. 이야기하기를 즐기는 그를 앞에 두고 굳이 그럴 필요는 없었다. 그의 경험은 함께 있는 동안 그의 입을 통해 조각조각 들려왔다. 그 경험의 조각들이 부분적으로나마 꿰어 맞춰진 것은『주먹이 운다』(서정시학 2008)가 발간된 이후였다. 시집에서 그는 영화 연출부 막내, 출판사 교정자로 일하고 있었다. 그의 회상은 웃음을 유발했으나 그 일은 고되어 보였다.

그가 사회생활에 지쳐 대학원을 선택하지는 않았을 것이다. 또한 그가 홍진에 묻힌 분내를 털어내려고 시를 전공으로 택하지도 않았을 것이다. 시공부와 시쓰기가 사회생활과 동떨어져 있지 않다는 것을, 오히려 그 일이 생활을 더욱 곤궁하게 할 수도 있으리라는 것을 그는 충분히 알고 있었을 것이다. 그는 여러 직업을 갖기 이전에 이미 시인이었기 때문이다.

'아무도 사랑하지 않겠다'라 잘못 말했다가 어느 시인의 뜨악한 시선을 받은 적 있는 『아무나 사랑하지 않겠다』(나남 1992)를 그는 대학을 막 졸업했을 시기에 발간했다. 시인의 말을 빌리지 않더라도 이 시집은 충분히 기억할 만한 것이다.

그의 시는 박물관에 전시된 예술품이 아니라 시장에 펼쳐진 질그릇과 닮아 있다. 생활과 동떨어져 있는 것이 아니라 생활 속으로 침투한다. 첫 시집에서는 '1980년대'의 일면이, 둘째 시집에서는 그 이후의 생활이 웃음을 배경으로 드러난다. 생활은 박순원 시의 자양분 역할을 하고 있으며 웃음은 활력소 역할을 하고 있는 것이다. 즉, 생활과 웃음은 그의 시를 지탱하는 두개의 중요한 축이라 할 수 있다.

하지만 그를 처음 만났을 때 그가 보여준 시는 이 두가지 축 중 어느 하나가 고장 난 것처럼 보였다. 첫 시집 발간 후 약 팔년이 지났고 둘째 시집이 나오기 전까지 약 팔년이 남아 있을 때였다. 그때의 시들은 이전의 시와도 이후의 시와도 다른 것이었다. 생활의 흔적이 사라진, 그래서 기호의 놀이에서 생겨나는 웃음이 그의 시를 덮고 있었다. 박제된 웃음이라고 해야 할까. 그 웃음은 핏기가 사라진 것이었으며 언어를 뒤틀어 짜낸 것이었다. 한마디로 그것은 기이했다. 그 시를 읽으면서 나는 그가 왜 대학원에 들어왔는지 조금은 알 것 같았다. 잃어버린 투구 폼을 찾기 위해 다시 재활군을 찾은 야구선수가 떠올랐다.

왜 그의 시에서 생활이 사라졌을까. 자신의 시적 개성이 웃음에서 확보되는 것을 알고 거기에 집중한 나머지 다른 하나의 축에 소홀하게 된 것일까. 자신의 생활이 시를 상하게 할까 걱정되어 시를 지키기 위해 생활상을 그곳에서 몰아낸 것일까. 어쨌건 결과적으로 그의 시는 다친 상태였고, 그는 이후 이를 회복하기 위해 오랫동안 고심을 거듭했다.

나는 떨어진 과일이다 떨어져서 엉덩이가 썩고 있는 과일이다 다 익지

도 못 하고 떨어져 억울하게 썩어가고 있는 과일이다 향기와 빛깔과 맛과
감촉이 바뀌고 있는 중이다 썩지 않은 부분으로 눈을 시퍼렇게 뜨고 얼마
나 잘 사나 보자 노려보고 있는 중이다 윤곽과 윤곽을 채운 살들이 뭉개지
고 있는 중이다

　　　　　　　　　　　—「서정적 구조」 부분(『주먹이 운다』, 서정시학 2008)

　그의 시는 생활을 "노려보고 있는 중"의 상태에 도달했다. 이 시를 기점
으로 둘째 시집에 실려 있는 여러 시편들이 쏟아져 나왔다. 그의 시가 다
시 그의 삶을 초대하기 시작한 것이다. 가족을 청주에 두고 고시원에서
생활하며 겪은 일화, 고시원 이웃들의 사연. 그의 시는 둘레의 삶까지도
초대하기 시작했다. 그는 웃으며 이들을 맞이했다. 『주먹이 운다』라는 인
상적인 시집은 그렇게 발간된 것이다.
　대학원을 졸업하고 둘째 시집을 발간한 뒤 그는 가족이 있는 청주의 오
창으로 내려갔다. 이는 서울은 조금 조용해지고 청주 일대가 화사해졌다
는 것을 뜻한다. 이번에도 그의 소식을 먼저 수소문하진 않았다. 여러 지
면에서 보이는 그의 시가 그곳에서의 근황을 알려주었다. 그는 청주 일대
의 여러 시인들과 교유하고 있었다. 사람은 바뀌었으나 생활은 그대로였
다. 자주 술잔을 기울이는 것도, 그 뒤 노래방을 찾아 서울시스터즈의 「서
울 탱고」를 부르는 것도 그랬다. 조용필의 「킬리만자로의 표범」도 등장하
는 것을 보니 그의 공연 시간은 여전히 긴 듯했다. 그는 서울에 있었을 때
와 같이 김수영의 시를 읽고 있었고, 간혹 주변의 지인들의 생활상을 시
에 담아내었다.
　하지만 모든 것이 궁금하지 않은 것은 아니었다. 둘째 시집에서 박순원
은 이제 막 말놀이의 세계에서 빠져나와 자신의 삶을 응시하기 시작했다.
이후의 시편에서 웃음과 생활은 어떻게 조응하고 있을까. 사실 이 질문은
중요하다. 박순원 시의 개성을 대변했던 웃음은 이제 우리 시에서 주류는

아니더라도, 그 계보를 써내려갈 수 있을 만큼 흐름을 형성했다. 웃음이 생겨난다는 사실만으로는 더이상 그의 개성이 확보되지 않는다. 그의 두 번째 시집은 그 웃음이 어떤 것인지, 왜 생겨나는 것인지 묻고 찾을 때 박순원의 시적 개성이 도드라진다는 점을 보여준다.

그의 웃음은, 지적인 우월감을 가지고 세상을 비판하는 풍자와 같으면서도 다르다. 비판할 때 그 대상과 거리를 둔다는 면에서 그의 시는 풍자이다. 하지만 대상을 향한 공격이 빠져 있다는 면에서 그의 시는 풍자가 아니다. 그의 시에 줄곧 인용되는 텍스트를 꼽아보자. 김소월, 김수영 등의 시 구절, 서울시스터즈와 조용필의 대중가요 가사, 스피노자 등의 철학적 언술, 여러 상업 광고의 카피 등이 그것이다. 이 구절들은 시와 원 텍스트 간의 거리를 확보한다. 하지만 이것들은 원 텍스트의 맥락을 보존하며 시의 의미를 풍성하게 하기보다는 시인의 감정과 처지를 고조하는 데 쓰인다. 거리는 곧 지워진다. 그러므로 비판적 거리 또한 찾기 힘들다.

　　경비가 삼엄했다 어른들은 마스게임보다도 절도 있고 철통같은 군인들 경찰들 얘기를 더 많이 했다 행사는 휙 지나갔다 그때 청주를 휙 지나간 대통령은 그해 가을에 죽었다 담임선생님은 국사와 도덕을 가르치시는

　　자상하고 인자하신 분이었는데 조그맣고 조용한 청주를 이렇게 들썩거리게 한 역사적인 큰 행사에 참여하게 된 것이 나중에 좋은 추억이 될 거라고 거듭거듭

　　　　　　　　　　　　　　　──「마스게임」 부분(『그런데 그런데』, 실천문학사 2013)

　　사장은 나에게 왜 내숭떨고 지랄이냐고 했다 나는 내숭을 떠는 것이 무엇인가에 대해서 고요히 생각하고 있었다 이렇게 말대답도 안 하고 불쌍한 척 가만히 있는 것이 내숭떠는 것인가? 사장이 내숭이라면 내숭인 것이다

나는 어떻게 내숭을 안 뗄 수 있을까? 대들까? 며칠 있다가 나는 좋은 마음
공부 세상공부를 했다고 생각했다 그리고 또 며칠 있다가 회사를 그만 두
었다 세상에는 사장들이 널려 있어서 그때 마음공부 세상공부가 퍽 도움이
되었다

—「멧새소리」 부분(『그런데 그런데』, 실천문학사 2013)

박순원은 이미 겪은 세계의 억압상을 그려내면서도 그에 대해 판단을
유보한다. "좋은 추억이 될 거라고 거듭거듭"으로 마무리되는 「마스게임」
은 시인이 중학교 3학년 때의 일화를 담은 시이다. 당시는 시에서 확인할
수 있듯 군사정권 시대였다. 시에서는 시대의 엄혹함을 '마스게임'이라는
상징으로 제시한다. 둘째 시 「멧새소리」는 사회생활 때의 일화를 담고 있
다. 사장은 시인에게 비아냥과 욕설을 퍼붓는다. 사장은 권위나 억압의 주
체로 상징된다. 개인적이건 사회적이건 억압의 주체가 명시되어 있기 때
문에 그에 대한 비판적 의식을 드러낼 법도 한데, 그는 직접 혹은 에둘러
서라도 그것에 대해 말하지 않는다. 하지만 첫째 시의 경우를 보자. 자상
하고 인자한 선생님의 "역사적인 큰 행사에 참여하게 된 것이 나중에 좋
은 추억이 될 거"라고 거듭 말하는 것으로 시가 마무리되고 있다. 여기에
서 기만을 읽을 것인가, 순진함을 읽을 것인가. 기만을 읽기에 선생님은
자상하고 인자하며, 순진함을 읽기에 그 선생님은 거듭거듭 그것을 강조
하여 말하고 있다. 기만과 순수 어느 쪽으로 판단이 기울지 못하도록 시
인은 마무리를 열어놓았다. 둘째 시도 사정은 마찬가지이다. 납득하기 힘
든 사장의 질책이 있었다. "세상에는 사장들이 널려 있"다고 생각하는 것
으로 보아, 이 사장은 세상의 납득하기 힘든 권위를 상징한다. 그러나 시
인은 사장을 비꼬거나 야유하지 않고 직장을 그만둔다. 풍자의 색채가 흐
릿하다. 그가 직장을 그만둔 것을 포기라고 인식해야 할까. 그렇게 말하기
도 어렵다. 그는 이를 "마음공부 세상공부"라고 받아들이며 진심을 감추

고 있기 때문이다.

비판의식을 감춘 것인지, 감추도록 길들여진 것인지, 아니면 그것이 아예 없는 것인지 분명히 보여주지 않기 때문에 그의 시에서 생겨나는 웃음은 문턱에 걸린 풍자라고 해야 할 것이다. 풍자가 아니라면 대상과 화해하는 해학으로 보아야 할 텐데, 웃음 뒤에 전제되어 있는 슬픔은 또한 그의 시를 온전한 해학으로 보기 어렵게 한다.

장식으로 내놓은 바닷가재 머리에 붙은 다리가 조금씩 움직였다 박사논문 심사 뒷자리에 어떻게 끼여 앉은 것인데 나는 구석에서 가끔씩 헛기침을 하면서 앞발만 조금씩 움직여 음식을 먹었다 그리고 집에 와 잠이 들었는데 일본말을 하게 된 것이다 나는 속으로 일본말을 할 줄 몰라 겁이 나면서도

—「홋카이도」 부분(『그런데 그런데』, 실천문학사 2013)

나는 아직 이불 속에 웅크리고 있는데 이른 아침 아내가 배춧국을 끓인다 배추는 이른 아침부터 불려나와 끓는 물속에서 몸을 데치고 있다 배추는 무슨 죄인가 배추는 술담배도 안 하고 정직하게 자라났을 뿐인데 배추에 눈망울이 있었다면 아내가 쉽게 배춧국을 끓이지는 못했을 것이다 생각이 여기에 미치자 그래 나도 눈망울을 갖자 슬픈 눈망울 그러면 이른 아침부터 불려나가 몸이 데쳐지는 일은 없을 것이다

—「이른 아침」 부분(『그런데 그런데』)

숯불도 사랑도 닭발도 다 부질없었다 밑천이 딸려서 상권이 죽은 데다 자리를 잡은 것이 가장 큰 패착이었다 고민고민하다 열라 부채질을 해서 숯불까지 피웠는데 닭발한테 사랑한다고 고백까지 했는데

—「내 사랑 숯불 닭발」(『그런데 그런데』)

시집에서 가장 많은 웃음을 유발하는 대목들이다. 「홋카이도」에서 눈치 보이는 자리에 낀 시인은, 상에 놓인 가재가 발을 움직이듯 조금씩 손을 움직여 음식을 맛보고 있다. 「이른 아침」에서 시인은 슬픈 눈망울이 있다면 아침부터 배추가 끓는 물에 데쳐지지는 않았을 것이라 가정하며, 일찍 데쳐지지 않기 위해서 슬픈 눈망울을 짓는 연습을 해야겠다고 다짐한다. 「내 사랑 숯불 닭발」의 시인은 손님이 없어 폐업하는 지인의 닭발집 상호를 되새기며 "닭발한테 사랑한다고 고백까지 했는데"라고 아쉬워한다. 각각의 대목들이 재밌는 정황을 담고 있지만 이를 마냥 즐기지 못하는 까닭은 그 속에서 약자의 처지가 느껴지기 때문이다. 「홋카이도」에서 가재와 시인이 동일시되는 장면은 웃기다. 하지만 가재는 죽기 직전이고, 시인은 눈치 보는 자리에 있다. 즉, 웃음 뒤에 슬픔과 연민이 있다. 「이른 아침」에서도 눈망울이 달린 배추를 상상하는 것은 재미있다. 하지만 "아침부터 불려나가 몸이 데쳐지는 일은 없"기 위해 슬픈 눈망울을 짓는 연습을 해야겠다는 다짐은 슬픔을 유발한다. 「내 사랑 숯불 닭발」은 닭발에게 사랑을 고백했다는 진술은 유쾌하나, 가게가 폐업하기 직전인 상황은 좋지 않다. 웃음 뒤에 드러나는 것은 냉혹한 현실이다.

박순원의 시에서 비롯되는 웃음은 온전한 풍자도 온전한 해학도 아니다. 풍자로 보기에는 공격성이 무디고 해학으로 보기에는 화해가 불완전하다. 그는 웃음을 시에 부려놓았으나, 곳곳의 슬픔이 그 웃음을 빨아들인다. 가재가 그렇듯, 배추가 그렇듯, 또한 닭발이 그렇듯 그 화해는 대상이 지닌 슬픔의 공유로 이뤄진다. 그렇다면 이를 동병상련이라고 해야 할까. 같은 아픔을 겪는 이들끼리 서로 연민하며 고통을 줄이려는 것일까. 하지만 이때 슬픔의 대상들은 스스로가 슬퍼하는 게 아니라 시인에 의해 슬픔이 발견되는 것들이다. 누가 가재와 배추와 닭발의 슬픔을 알았겠는가. 박순원의 시를 거듭 읽다 보면 슬픔이 치유되기보다는 그것이 확산됨을 느끼게 된다. 또한 그 과정에서 슬픔을 나누기 위해 다른 대상을 찾기보다는 자기 자신의 고립감을 확인하기 위해 대상을 상상하는 시인의 모습을 그리게 된다.

그는 '웃기면서 슬픈 시'를 쓴다. 그의 웃음은 타고난 것이지만 그의 슬픔은 살면서 생겨난 것이다. 한때 꿈꾸었으나 이내 접어야만 했던 욕망과 좌절의 격차가 그의 슬픔을 조성한다. 그 욕망은 그리 크지 않다. 정기적으로 연말정산할 수 있는 일자리나 가끔 눈치 보지 않고 동료 후배들에게 넉넉히 술을 살 수 있을 정도의 수입이다. 시쓰기에 대해서도 "오십에든 육십에든 좋은 시/다섯 편만 쓰면 되지 않겠어요"(「마산에서」)라고 말할 정도로 그 꿈은 소박하다.

하지만 그는 욕망이 좌절된 원인을 자기 자신 이외에서 찾지 않는다. 스스로 욕망을 가졌기 때문에 좌절했다는 것이다. 이는 그를 납득시킬 수는 있어도 적절한 답변은 아닌 것 같다. 욕망이 좌절된 원인이 자기에게만 있겠는가. 더욱이 그 욕망은 소박하다고 할 수 있는 것 아닌가. 그럼에도 그가 다른 원인을 찾지 않는 것은, 그의 타고난 낙천적인 기질 때문이기도 하겠지만, 비판할 경우 더 큰 좌절을 가져다줄 세상의 힘을 인식하기 때문이기도 할 것이다. 그는 세상을 탓할 수 있는 상황에서도 이를 세상공부라 여긴다. 하지만 감내하기 힘든 절망이 찾아올 때 그의 시에서 웃음은 사라진다.

지나가다 어떤 강아지에서 체념의 표정을 읽을 때가 있다 대부분의 강아지는 명랑하지만 간혹 시무룩한 강아지를 만나기도 한다 주인의 비위를 맞추기 위해 일부러 낑낑거리며 불쌍한 척 슬픈 척 연기를 하는 강아지도 있다

강아지는 체념이라는 말을 모르기 때문에 자신이 무엇을 하고 있는지 모르겠지만 체념이라는 말을 아는 내가 보기에 그것은 분명 체념의 표정이었다 나도 체념이라는 말을 알지 못했다면 모든 것을 단념해야 하는 이 상

　나는 낙지의 표정을 읽을 수는 없지만 산낙지로 연포탕을 끓일 때 마지
막으로 크게 한번 몸을 뒤트는 것 그것이 체념이 아니면 무엇이겠는가
　　　　　　　　　　　　　　　　—「나는 개를 기르지는 않지만」(『그런데 그런데』)

　이 시에서 슬픔은 '체념'이라는 조금 더 시무룩한 모습으로 나타난다.
시인은 슬픔을, 체념의 정서를 강아지에게서 발견한다. 강아지가 "주인의
비위를 맞추기 위해 일부러 낑낑거리며 불쌍한 척 슬픈 척 연기"를 하고
있기 때문이다. 여기서 그는 자신도 그렇다고 생각하는 것은 아닐까. 그는
끝내 자기의 슬픔을 낳은 주체를 밝히지 않는다. 어쩌면 알 수가 없는 것
일지도 모르겠다. 그는 그 주체를 지목하지 않고, 체념의 모습에 주목한
다. 연포탕을 끓일 때 "마지막으로 크게 한번 몸을 뒤트는" 낙지의 모습으
로 형상화된 체념은, 비천한 존재는 목숨을 걸어야만 한번 눈에 띨 수 있
다는 슬픈 사실을 일러준다.
　그는 이렇게 마음공부, 세상공부를 하고 있다. 좌절의 원인을 드러내는
대신 좌절의 모습 그 자체를 이야기하는 것은 그의 시에 개성과 깊이를
확보해주기도 한다. 그는 재밌는 상상력으로 각각의 대상에게서 사소함
과 비천함을 찾아 자신과 동일시한다. 이들은 그의 시에 불려나와 웃음을
주는 동시에 슬픔을 다채롭게 형상화한다. "불 밝히는 일 딱 한 가지 일만
하다가 끊어지면 끊어져서 덜렁거리면 유리와 함께 버려지는"(「필라멘트」)
필라멘트, "아무것도 아니니까" "뻥뻥 걷어찰 수 있는"(「축구공」) 축구공
등이 그것들이다.
　한편, 그는 이 사소하기 때문에 버려지는 것들, 아무것도 아니니까 걷
어찰 수 있는 것들과 자신을 견주는 과정에서 고귀한 의미들을 하나씩 새
겨넣기도 한다. 필라멘트는 끊어지기 전까지 "불 밝히는 일 딱 한 가지"를

계속한다. 그 일이 그에게는 좋은 시를 쓰는 일처럼 삶을 지탱하는 보람된 일일 것이다. 축구공은 "둥그렇게 굴러가"기 때문에 아무나 걷어차도 좋다. 그가 대놓고 축구공을 야유하는 까닭은 그도 아무 생각 없이 굴러가는 것처럼 보이지만, 실제로는 시를 쓰며 모난 구석을 만들어놓기도 하기 때문이다.

배가 나와서 발톱 깎기가 여간 불편한 것이 아니다 오른쪽 발톱은 깎을 만한데 왼쪽 발톱을 깎으려면 힘을 주어 몸을 구부렸다가 하나 깎고 허리를 폈다가 또 하나를 깎고 해야 한다 자라나는 발톱이 부담스럽다

레오나드로 다빈치는 발톱을 어떻게 깎았을까 몸도 날씬했고 헬리콥터를 설계할 정도로 머리가 좋았으니까 별문제 없었을 것이다 세종대왕은 발을 내밀고 있으면 깎아주는 사람이 있었을 것이다 퇴계께서는 율곡께서는 나날이 자라나는 이 성정을 어떻게 처리하셨을까 불감훼상하기에는 너무 불편하시지 않았을까

김구 선생님께서는 발톱을 깎으면서 무슨 생각을 하셨을까 보들레르 랭보 말라르메 마야꼬프스키 등등은 발톱을 어떻게 다듬었을까 오사마 빈 라덴의 은신처에는 발톱을 깎을 만한 것이 있을까 그냥 군용 대검을 잘 갈아서 쓰고 있지는 않을까 백악관에는 미 대통령의 발톱에 대해서도 어떤 매뉴얼이 있지 않을까

발가락 끝을 덮어 보호하는 뿔같이 단단한 반투명한 케라틴 재질 끊임없이 자라면서 여기까지가 당신입니다 당신이 손을 뻗어 만져지는 여기까지가 당신입니다

—「발톱」(『그런데 그런데』)

발톱을 깎으며 "여기까지가 당신입니다"라고 되뇌는 이의 마음은 어떤 것일까. 이 '까지가'는 연장을 뜻하는 것일까, 아니면 한계를 뜻하는 것일까. 연장을 뜻한다면 배가 자연스럽게 나올 나이가 와도 성장하는 손톱에 대한 고마움이 이 안에 담겨 있는 것인가. 아니면 그 나이가 되어도 계속 자라는 손톱에 대한 민망함이 담겨 있는 것인가. 시의 맥락만을 보자면 한계의 의미가 담겨 있다고 해야 할 것인데, 그 의미는 결국에는 어느 하나로 환원되지 않는다. 시인이나 역사적 인물이나 모두 손톱이 자라고, 자란 만큼 깎는다. 손톱을 깎는 일 앞에서는 모두 똑같은 인간인 것이다. 이와 같은 해석은 약간 서글픈 동일시이기는 하지만 자신을 사소한 존재로 인식하는 시인에게는 위안을 준다. 다른 한편, 꺾여도 다시 생겨나는 욕망과 깎아도 다시 자라는 손톱이 동일시되며 자신의 소박한 욕망이나마 끊어내야 하는 운명이 환기되기도 한다. 시인은 시 곳곳에서 욕망을 다스린다.

"인생은 구름 같은 것에서 구름이 무척 높은 음인데 그런 높은 음을 내고 나면 곧바로 그냥 쉬었다 가세요 술이나 한잔하면서"(「아! 사루비아 꽃을 든 남자」)에서 확인할 수 있듯 그는 욕망을 뜬구름으로, 시쓰기를 휴식으로 상정한다. 그의 시는 높은 음을 내려고 애썼으나 그 높은 음에 도달하지 못하고 내려앉은 이들의 쉼터이자, 그곳에 한때 도달했으나 그 순간이 짧다는 것을 인식한 이들이 마음을 놓는 자리이다. 그는 그 자리에서 술 한잔하자고 권한다. 그의 요청에 응할 독자들이 적지 않을 것이다.

박순원의 시의 웃음과 슬픔의 성격에 대해 덧붙이며 글을 마무리하자. 박순원은 늘 유쾌한 사람이다. 그의 웃음은 그만의 고유한 것일 수 있다. 하지만 거기에서 파생되는 슬픔은 보편적인 것이다. 그의 시에 배어 있는 슬픔은 웃음이 삶과 부딪치며 생겨난다. 그 삶은 이 시대의 일상과 크게 다르지 않다. 앞에서도 말한 것처럼 그는 소박한 일상을 동경하고 일상이 좌절되는 것에 대해 슬퍼한다. 또한 그는 비판적 시선을 바깥에서 안으로 돌리곤 한다. 소박한 욕망이 좌절되고 강요받지 않았는데도 자책하는 습관은 우리 시대에 편재하는 방식이다. 공격성이 거세되고 체념을 강요당하는 것 또한 어디에서나 그러하다. 그의 웃음은 슬픔을 더욱 두드러지게 한다는 면에서, 다른 한편으로는 그 슬픔을 견디게 해준다는 면에서 끝내 보편적이다. 근래 유행하는 '웃프다'는 '웃기다'와 '슬프다'가 합쳐져서 만들어진 말이다. 어떤 말이 유행하는 데에는 까닭이 있다. 박순원의 시는 이 시대의 일상을 충실히 반영하는, 그리하여 '웃픈' 시들이다.

최두석의 사무사(思無邪)

◆

최두석『숨살이꽃』

　　최두석은 전형적인 시인보다는 시인-채록자에 가깝다. 내면의 감정만큼 체험의 역사도 중요하다는 듯 그는 직접 발품을 팔아 현실의 반경을 넓히고 그곳에서 만난 이야기와 노래를 시로 구현해왔다. 최두석 시의 발원지를 탐사할 수 있다면 거기에서 우리는 넘실대는 개인의 감정보다는 둘레 세계에 대한 존중을 발견할 수 있을 것이다. 그는 성실한 채록자가 낼 법한 차분한 목소리로, 이 태도를 오래전부터 꾸준히 유지해왔다.

　　이야기에 주목하는 까닭은 인간의 기억을 존중하기 위해서이고, 노래의 가락을 중시하는 까닭은 전승되는 정서를 놓치지 않기 위해서이다. 그는 발품을 팔아 시의 소재가 될 대상들을 만났고, 차분히 가라앉은 목소리로 시의 진술을 이끌었다. 이와 같은 기존의 평은 오랫동안 최두석이 구축한 시 세계를 집약한 것이면서 동시에 그가 말한 '리얼리즘의 시정신'이 구체적으로 현현한 것이다. 그동안 그의 시는 줄글 형태에서 행과 연을 구분하는 형태로 바뀌었고, 분단이나 민중을 시작으로 개인과 촛불, 그리고 만물에 이르기까지 주요 관심사를 넓혀왔다. 이 변화가 눈에 띄기는 하지만, 그가 격동의 한국 현대사와 시대 반영의 시를 지향했던 점을 염두에 두면 자연스러운 것이기도 하다.

오히려 눈에 띄는 것은 거의 사십여년의 시간이 흐르는 동안 변하지 않는 개성이다. 『대꽃』『성에꽃』『사람들 사이에 꽃이 필 때』『꽃에게 길을 묻다』『투구꽃』을 지나 『숨살이꽃』에 이르기까지 줄곧 시집 제목에 등장하는 '꽃'(그의 시선집 명은 『망초꽃밭』이다), 설화의 활용, 고유명사 제목 등에서 오랫동안 묵묵히 고집스럽게 시를 쓰는 한 사람의 모습이 떠오른다. 이처럼 그가 줄곧 추구한 시의 정신이 『숨살이꽃』에서는 어떻게 나타나는지, 시대의 영향으로 돌릴 수 없는 몇가지 변화는 무엇인지 이 글에서 살펴보려 한다. 먼저 이십년 전 시인의 말에 귀 기울여보자.

> 이야기는 그늘 속에서 곰삭아
> 노래가 되고
> 노래는 아스라이 하늘로 스러지며
> 이야기를 부른다.
>
> ── 시인의 말(『사람들 사이에 꽃이 필 때』, 문학과지성사 1997)

시인은 하늘로 스러지는 노래와 그늘에서 삭는 이야기가 섞일 가능성에 대해 말하고 있다. 여기에는 이야기와 노래의 분리가 전제되어 있는데, 최근 최두석 시에는 이들 모두 생명이 깃든 만물 속에 있다. 인간의 기억을 보존하기 위해 도입되었던 이야기도 이제 그 대상을 만물로 넓힌 반면 인간의 비중은 퍽 줄었다. 『투구꽃』부터 보이던 이러한 기미가 『숨살이꽃』에서 만개한 듯하다. 이는 인간에 대한 회의나 적의 때문이라기보다는 만물 속에 인간이 포함되기 때문일 것이다. 그의 시는 시인 자신을 포함하여 자아와 대상 간의 구분을 지우는 쪽으로 진행된다. 하늘과 땅의 구분이 없으니, 섞이거나 스며들 까닭도 없다. 시인은 낮은 목소리로 비약과 도치 없이 순리에 따라 차근차근 이 땅의 여러 만남을 시에 풀어놓는다. 최두석의『숨살이꽃』에서 우리는 이 시대의 '사무사(思無邪)'를 확인할 수 있는 것이다.

최두석의 시에서 간혹 보이던 돌올한 이미지가 자취를 감춘 까닭도 이와 관련된다. 그의 대표시「성에꽃」을 상기해보자. 혹한기 새벽 시내버스에 탄 승객들의 한숨으로 차창에는 성에꽃이 핀다. 줄곧 관찰의 거리가 유지되다가, 갑자기 마지막 부분에서 화자의 감정이 드러나며 "오랫동안 함께 길을 걸었으나/지금은 면회마저 금지된 친구여"로 시가 마무리된다. 같은 시집에 수록된「달팽이」에서도 임진강이 역류해 들어오는 문산천에서 달팽이 무리의 죽음을 차분히 관찰하다가, 근처 돌비를 발견한 뒤 "핏빛 글씨로 '간첩사살기념비'"라는 문구를 클로즈업하며 시가 마무리된다. 반전의 이미지가 출현한 배경에 우선 시인의 개성을 두어야겠지만 당대 시대상도 빼놓기는 어렵다. 안정된 구도를 뚫고 나오는 시대의 울분이 잔존했던 것이다. 다른 한편, 이 같은 안정된 구도에는 개인의 감정과 시대의 정서가 골고루 분산될 수 있는 통로가 확보되어 있기도 하다.

시집의 제목이기도 한 '숨살이꽃'은 죽은 사람의 삶을 되돌린다는 뜻을 지닌 설화 속 꽃으로서 이름만 보면 숨과 생과 꽃이 서로 어울려 환한 분위기를 연출하지만 그 배경에는 죽음이 놓여 있다. 다시 말해『숨살이꽃』은 각종 소재들이 생명을 지탱하는 '숨'과 생명의 가치를 높이는 '미'가 함께 죽음에 저항하는 기록이다. 1부의 음식에서는 꽃의 흔적을 발견할 수 있고, 2부 꽃에서는 그것들의 숨으로 인식되는 향기를 맡을 수 있으며, 3, 4부 지명·나무·시인을 다룬 시들에서는 보편적 사유의 힘과 언어의 숨소리를 느낄 수 있다. 음식에서건, 나무에서건, 지명에서건 '꽃'과 '숨'은 만난다. 숨이 있는 곳에 꽃이 있다기보다는 숨 그 자체가 꽃이다. 어떠한 삶도 소홀히 여길 것이 없으며 어느 하나 필요 이상 떠받들 이유도 없다.

처음으로 고들빼기를 안 것은
꽃이 아니라 김치로였네
잎과 뿌리를 함께 먹을 때
아삭하게 씹히면서 혀에 감기는 쌉싸름한 맛
밥맛 돋구는 별미로 아껴먹었네

김치로만 알고 먹다가
꽃을 안 것은 한참 나중이라네
늦은 봄날 길가에서 흔히 만나는 꽃
노랗게 빛나는 꽃이름을 처음 듣고서는
세상의 한 귀퉁이가 문득 환해졌네

꽃과 김치 사이의 안개가 걷히고서
고들빼기 김치 맛은 한층 각별해졌네
김치 한가닥 밥숟갈에 얹어 먹으면
언제라도 밥상머리에 꽃이 아른거리네
참 고맙고 귀한 밥상이라네.

—「고들빼기」 부분

꽃으로는 씀바귀, 음식으로는 고들빼기로 불리는 식물이 소재로 선택되었다. 별개인 줄 알았던 것이 하나였다는 것을 알게 되었는데, 이 같은 깨달음이 전언의 전부는 아니다. 잎과 뿌리의 고들빼기, 꽃의 씀바귀는 서로에게 영향을 끼치는데, 고들빼기를 먹을 때 더욱 각별한 맛을 느끼게 되는 까닭은 미각의 차원에서 비롯되는 것이 아니라 "밥상머리에 꽃이 아른거리"는 대목에서 확인할 수 있듯 아름다움에서 비롯한다. 감각적 쾌감에 미적 쾌감이 첨가되는 것이다. 이를 음식과 꽃의 위계 설정이나 이에 대한 인식의 변화로 이해하는 것은 무리이다. 오히려 인식의 확장이라고 해야 하지 않을까. 전언을 풀어 쓰면 다음과 같다. 사소해 보여도 꽃을 품고 있지 않은 것이 없으며 귀중해 보여도 숨 쉬지 않는 것이 없다.

　줄기나 뿌리에서 꽃을 느끼는 방식은 시집에서 계속 반복된다. 최두석의 목소리는 한결 같아서 마치 평지를 걷거나 완만한 경사를 오르내릴 때처럼 목소리의 힘이 골고루 분산된다. 인식이 확장하는 순간에도 차분하고 낮은 목소리는 갑자기 높아지거나 강해지지 않는다. 그 대신 질문의 형식이 많아지는 순간에는 그 질문들을 담당한다. 최두석 시에서 질문은 답을 구하기보다는 상상의 폭을 여는 역할을 한다. 「고들빼기」에서도 표나게 드러나지는 않지만, "세상의 한 귀퉁이가 문득 환해졌네" 같은 답변에서 잠재된 질문을 추정할 수 있다. 음식을 소재로 한 다른 시들을 보자.

　　노루와 산양이 뛰노는 낙원의 언덕에서
　　가시를 버리고 기꺼이 순한 먹이가 될까

　　　　　　　　　　　　　　　　　　—「섬나무딸기」 부분

　　웅녀의 신화 속 마늘과 쑥은
　　실상 유목이 농경으로 바뀌는 데 필요한
　　먹거리가 아니었을까?

　　　　　　　　　　　　　　　　　　—「두메부추」 부분

　　그때 내가 품은 의문은 고작
　　손오공은 왜 자두가 아니고 복숭아를 따먹었을까였다네.

　　　　　　　　　　　　　　　　　　—「자두나무」 부분

　　스님으로 늙어가면서도

어머니의 젖내음을 잊지 못해서?

—「일지암 유천」 부분

「섬나무딸기」의 질문은 딸기의 가시를 보면서 제기된 것이다. 섬나무 딸기 가시는 제 몸과 맛을 보호하기 위해 생겼다는데, 천국에 가면 경계 할 대상이 사라지니 가시 또한 사라지지 않을까. 천국이라는 다른 세계가 불려오고 감각의 구체성이 곧 이 세계의 특성이라는 점이 새삼 환기된다. 「두메부추」의 화자는 유목의 피를 확인하러 간 몽골에서 농경의 피를 확 인한다. 한국에서는 음식인 두메부추가 여기에서는 풀에 지나지 않으니 혹시 웅녀의 마늘과 쑥도 유목에서 농경으로 바뀌는 시기를 상징하는 음 식 아니었을까. 질문에 의해 신화의 시간이 초대된다. 「자두나무」에서는 먼저 손오공이 자두 아닌 복숭아를 따 먹은 이유를 물으며 설화의 시간을 호출한다. 그리고 또 하나의 다른 시간이 덧붙는다. 자신은 걱정 없이 자 두나무를 따 먹었던 그 시절 몰락해버린 친척의 삶을 떠올린 것이다. 「일 지암 유천」의 화자는 질문의 형식을 빌려 찻물로 쓰는 샘물 이름에 젖이 들어간 까닭을 경전이 아닌 자신이 맡았던 젖 냄새에서 찾는다. 자신이 기억하는 최초의 시간이 경전의 말씀과 같은 층위에서 지금 이 시간에 소 환된 것이다.

그의 질문은 다른 세계로 나아가는 구름판이자 이 세계를 유지하는 안 전판 구실을 한다. 달리 말하면 그 질문에 따라 이 세계에 다른 세계가 유 입되는 것인데, 그로 인해 일상 세계는 상서로워지고 이 세계의 감각은 도드라진다. 음식의 맛에 존재의 기원이, 멀리 있는 세계가, 신화의 시간 이, 잊고 있던 최초의 시간이 덧씌워지는 것이다. 여기서 다른 세계를 향 한 동경이나 이 세계의 고뇌가 강조되진 않는다는 점은 부연할 필요가 있 다. 그는 줄기와 뿌리의 숨길에서 꽃향기를 맡아낸다.

『숨살이꽃』에서는 딸기, 부추, 자두 등 낮은 목소리로 말해야 열은 그

숨소리를 들을 수 있는 미물이 그들의 세계를 연출한다. 시인은 마치 답사 도중 우연한 만남을 채록하는 사람처럼 터벅터벅 걸으며 그곳에서 마주치는 음식, 꽃, 지명 등을 시에 옮겨놓는다. 여기에서 넘치는 정념, 기발한 비유 등 시인으로 기대할 만한 주체의 능력을 확인하기는 어렵다. 그곳에서 확인할 수 있는 것은 한발치 물러나 있는 시인-채록자이며, 자신의 시간을 시에 풀어놓는 대상들이다. 그의 시가 순리를 따르면서 동시에 타성을 깨는 까닭이 여기에도 있을 것이다.

올망졸망 검게 여문 열매를 보고
남녘에서는 쥐똥나무라 부르지만
북녘에서는 검정알나무라 한다고 한다
약으로도 쓰고
차로 달여 먹기도 하기 때문이란다

꽃내음을 그윽이 맡고
차를 달게 마시려면
쥐똥이라 부르면 안되는가
아마도 이름으로 하여 향과 맛을 망칠 수 없으리라
약효야 무슨 상관이랴만

하지만 나는 계속 쥐똥나무라 부를 것이다
누군가 생긴 대로 부르기 시작하여
입에서 입으로 전해오는 말을 꺼리지 않으리라
입맛에 거슬리는 차는 마시지 않고
좋은 향내는 이름에 방해받지 않고 맡으리라.

　　　　　　　　　　　　　　　　　　—「쥐똥나무」 부분

그렇다면 최두석은 어떻게 자신을 낮추고 둘레 세계를 존중하는지 살펴보자. 첫번째로 그가 대상의 특성을 보존한다는 점을 꼽을 수 있다. 인용시의 제목이기도 한 쥐똥나무는 검정알나무로도 불린다. 약으로 쓰이기에 쥐똥이라는 표현이 어울리지 않는다는데, 호명이나 효용은 사실 나무의 특성과는 상관없는 일이다. 나무에는 작은 꽃이 있고 검은 열매도 있다. 그는 질문한다. 오랫동안 여러 사람이 쓴 '쥐똥'을 넣어 부르면 왜 안 되는가. 그는 이 질문으로 개별 대상들의 맛과 향 그리고 생김새 같은 성질을 의사소통에서 필요한 이름과 분리한다. 즉 세계를 인식하는 층위를 감각과 추상으로 나눈 것이다.

"이름으로 하여 향과 맛을 망칠 수 없으리라"는 말에서 확인할 수 있듯 시인은 감각적 세계의 고유한 특성에 주목한다. 또한 그는 여러 사람에 의해 구비전승되어온 이름이 그 자체로 생명을 가졌다고 생각하는 듯하다. 필요에 의해 만들어진 이름이 추상적이라면 구비전승된 명칭은 이미 추상의 범주를 벗어났다는 듯, 그는 "입에서 입으로 전해오는 말을 꺼리지 않으리라" 다짐한다. 최두석은 만물의 소리에 귀 기울이고 민중을 중시하는 한편 쓸모와 논리로 세상을 재단하는 인위적인 시도를 경계한다. 굳이 명망 있는 자나 이름 있는 화초가 시에 나올 필요가 없는 것이다.

산책길에 만나는
복사나무에 복숭아가 익어서
꽃 필 때부터 기대한 열매가 탐스럽게 익어서
따서 한 입 베어무니 벌레가 나오고
다른 복숭아를 베어무니 또 벌레가 나오고
예닐곱 개의 복숭아를 시험해보아도 다
벌레가 들어 속살을 파먹고 있다

(…)

벌레에게는 복숭아가 전부이지만
나에게는 여러 먹거리 중의 하나
하지만 벌레나 나나
태고로부터 전해지는
복숭아를 탐하는 맛망울을 함께 지니고 있다는
상념이 불쑥 떠올라 지워지지 않는다.

—「복숭아 벌레」 부분

　산책길 복숭아나무에 꽃이 피고 열매가 익어 예닐곱개를 따먹었는데, 그때마다 벌레가 나온다. 복숭아를 먹이이자 집으로 대하는 애벌레를 보며 시인은 특별한 감정에 사로잡힌다. 복숭아를 먹는 것은 애벌레나 자기 자신이나 매한가지, 열매를 못 먹게 하는 방해꾼에서 같은 취향을 가진 동료로 바뀌는 순간이다. 이처럼 자신을 투사하여 시의 소재와 동일시하는 것 또한 최두석이 세계를 존중하는 방법 중 하나이다. 벌레와 인간은 맛을 매개로, 즉 같은 취향을 매개로, 더 나아가 생명을 매개로 대결하는 사이에서 공감하는 사이가 되었다. 그것은 자의적인 선택이 아니라 "태고로부터 전해지는", 운명 공동체의 의미를 띤 필연적인 결과다.
　시에서 자신을 낮추고 벌레를 높이는 과정은 자연스럽다. 나무를 보고 꽃을 보며 열매를 기다리고 열매를 먹어보며 애벌레를 발견하고 동변상련을 느끼는 과정에 인위적인 요소가 개입될 여지는 없다. 시간의 순서를 복잡하게 얽어 흥미를 끌거나 본인이 아니면 발견할 수 없는 유사성을 내세워 자신을 드러내지도 않는다. 그는 시간의 흐름에 진술의 순서를 맡겨 벌레와 화자가 동병상련의 관계가 되는 과정을 차근히 서술한다. 모두 같은 시간에 숨 쉬고 있는 인연이라고 말하는 듯 자신의 고유한 권한을 내려놓고 다른 대상들과 함께 시간의 흐름에 동참하는 것이다.

현대판 전설의 꽃 가까이 보며
칠백년 동안 기약 없이 기다리던
씨앗은 땅속 어둠에 묻혀
어떻게 잠자고 숨 쉬었을까
꿈결처럼 아득히 아릿하게 그려보네

지상의 햇살 누리며 시 쓰는 자로서
지면에 발표는 되었으나
가뭇없이 사라지는 수많은 시편들 가운데
몇십년 몇백년을 묻혀 있다
발굴되어 새로 꽃 피울 시를 상상하네

숨구멍이 막힌 씨는 썩는다네
말에 숨구멍 만드는 이가 시인이라면
곳곳에 은밀하게 숨구멍이 있는 시라야
오랜 세월 움틀 날 기다리는
씨가 되리라 생각하네.

—「아라홍련」 부분

둘레 세계를 존중하는 세번째 방법은 시의 소재에 설화와 역사를 기입하는 일이다. 시의 제목 '아라홍련'은 설화 속 연꽃의 고유명이다. 시인은 함안에 가서 연꽃을 보고 오래된 연못을 발굴하며 수습한 설화 속 꽃을 떠올린다. 칠백년 동안 땅속에 묻혀 있었다는 사실에 경이로워하며 연꽃에 자신이 쓴 시를 대입해본다. 시인이 쓰는 시도 그럴 수 있을까. 수없이 쓴 시 중 어떤 것이 수백년 후 발굴되어 재조명을 받을 수 있을까. 미래의 일은 알 수 없다. 지금 할 일은 연꽃이 그러했던 것처럼 그때까지 견딜 수 있는 숨구멍을 시에 내는 것이다. 연꽃의 가르침이 이러하다.

시는 여정을 밝히고 견문을 적고 감상을 표현하는 순서를 따랐다. 기행 답사를 닮기도 했고 한시의 선경후정(先景後情) 방식을 닮기도 했다. 어느 쪽이건 경물을 자신의 감정보다 앞에 세운 겸손한 자아의 모습을 새삼 엿볼 수 있다. 일인칭 대신 주목을 받는 '아라홍련' 즉 연꽃은, 고유한 속성을 간직하는 동시에 스승의 역할을 맡아 시인에게 일깨움을 주고, 더 나아가 설화와 접속하며 아득하고 편한 시간의 깊이를 확보한다. 시인-채록자로서 최두석은 둘레 세계의 반경을 넓히며 그 깊이를 확보한다. 이때 숨길은 공동체의 구성원을 묶는 근본적인 매개체이다.

산길 가다가 좋은 꽃밭 만나면
살살이꽃이 어디에 숨어 있나
숨살이꽃이 어디에 숨어 있나
두리번거리는 버릇이 있다
마치 산삼 찾는 심마니처럼

(…)

사진으로는 찍을 수 없고
늙은 무녀의 목쉰 노래로
귓가에 맴돌며 피는 꽃
상처에 문지르면 살이 돋아 살살이꽃
가슴에 문지르면 숨이 트여 숨살이꽃

산길 가다가 그윽한 꽃내음 맡으면

향내가 숨결에 스미고

핏속에 번지는 느낌이 좋아

잠시나마 그 꽃을 두고 살살이꽃 혹은

숨살이꽃이라 여기기도 한다.

——「숨살이꽃」 부분

　표제시인 「숨살이꽃」은, 숨길이 지닌 맥락을 선명히 보여준다. 시인은 오늘도 산행을 한다. 산행은 평범한 것이지만, 그 일상 자체를 비범하게 하는 것은 보이지 않는 살살이꽃과 숨살이꽃이다. 바리데기 설화에 등장하는 꽃은, "상처에 문지르면 살이 돋아 살살이꽃/가슴에 문지르면 숨이 트여 숨살이꽃"의 역할을 맡고 있는데, 이로 인해 산행은 설화 속 꽃을 찾는 여정과 겹쳐진다. 그러나 지상에 없는 고귀한 가치를 좇아 자신의 생을 소모하는 모습을 시에서 떠올리는 것은 무리다. 설화의 꽃은 삶 전체의 희생을 요구하지 않는다. 그는 「시인의 말」에서 "사람의 숨결도 꽃으로부터 온다./나는 시의 꽃을 피우려 하고/꽃은 나의 호흡에 생기를 불어넣는다"고 말한다. 「숨살이꽃」에서는 꽃을 찾는 과정이 곧 고귀한 삶이다.

　"사진으로는 찍을 수 없고/늙은 무녀의 목쉰 노래로" 귓가를 맴도는 꽃에 주목해보자. 꽃은 고정된 피사체가 아니라 치성을 오래 드려 쉰 목에서 흘러나오는 노래이며, 소유하는 대상이 아니라 사는 과정 그 자체이다. 화자는 간혹 맡는 다른 꽃향기를 살살이꽃, 숨살이꽃의 향기로 여기려 한다. 현실에서 굳이 그 꽃들을 볼 필요 없다는 뜻이다. 설화의 사건은 설화 속에서 생명을 지니고 현실에 영향을 끼친다. 현실에서 이를 입증하려 할 때, 삶이 성스러워지기보다는 설화가 낭비되기 쉽다. 그에게는 '숨을 살리는' 꽃이 곧 삶인 것이다.

물길은 말길과 통하고
말길은 숨길과 통한다

물길이 제대로 열려야
모든 생명이 고르게 숨쉴 수 있다

말길이 제대로 열려야
사람답게 사는 세상이 된다

우리 몸 어디에 생채기가 나도
피가 스며나온다는 것은 얼마나 놀라운 일인가
어디나 몸속에는 실핏줄이 통하고 있다

세상의 물길과 말길과 숨길은
몸속 핏줄과 통하고 있다
그래서 살아 숨쉴 수 있다

시인이란 자신의 말길을 열어
세상의 물길과 숨길과
은밀히 소통하는 자이다.

—「시인」 전문

산행과 마찬가지로 시를 쓰는 일도 살을 돌게 하고 숨을 트이게 한다.
그가 생각하는 시인의 모습이 응축된 「시인」을 보자. 물길은 모든 생명을
받들고 말길은 사람다운 세상을 일군다. 몸을 받들고 있는 실핏줄은 몸속

의 물길이며, 시인을 지탱하는 것은 보편적 개성을 지닌 또다른 말길이다. 이 밖에도 길은 여러 갈래로 나 있다. 이들은 숨을 매개로 서로 통한다. 길은 다른 세계와 만나는 가능성을 열어준다. 길은 서로에게 평등하다.

"은밀히 소통하는 자"는 숨살이꽃을 삶 깊숙이 간직한 자이자 다른 말로는 시인이다. 독자는 언어를 소통의 도구로 대하는 데 익숙하지만 시인은 평소 언어를 물질로, 존재로, 목적으로 다루려 애쓴다. 즉 일상적인 말은 즉각적인 소통을 중시하지만, 시의 말은 이를 지연시켜 은밀한 소통을 지향한다. 소통의 은밀함은 그 은밀함을 즐기고자 하는 방종함이 아니라 말길의 물질성을 드러내려는 안간힘에서 비롯한다. 그것이 이뤄질 때 말길은 다른 길과 함께 숨을 살리는 길에 동참할 수 있다.

'은밀한 소통'이 환기하는 것은 비가시적인 소통의 경로이면서 동시에 폭넓은 소통의 범위이다. 길의 연대는 만물의 평등을 전제로 한다. 큰 자아가 작은 대상을 해치고, 큰 말이 작은 말을 억압하는 위계가 여기에서는 용납되지 않는다. 최두석의 시가 닿기를 원하는 대상은 인간을 넘어선 생명을 가진 만물이다. 이번 시집에서 유독 숨과 생명의 기미를 찾는 까닭도 이와 연관 있을 것이다. 개별 대상의 고유한 특성을 존중하고 기억을 복원하며 설화의 시간을 잇대놓으면서 그의 시세계는 조용히 확장한다. 그러므로 앞으로 펼쳐질 최두석의 행보에 대해서는 다음과 같이 이야기할 수밖에 없다. '사무사(思無邪)'의 길은 완만한 경사로 길게 이어질 것이며, 그 길은 어느새 '만물보(萬物譜)'의 장관을 이룰 것이다.

어두운 기도의 형상

◆

최정진 『버스에 아는 사람이 탄 것 같다』

1.

복도를 서성이는 이가 있다. 그는, 빛이 있기는 하지만 왜 그런지 대체로 어두운 복도에 계속 머물러 있다. 사실 지나가거나 거니는 용도로 쓰이는 곳이라면 명칭은 복도가 아니라 다른 무엇이라도 괜찮다. 물의 분리를 목격하는 아쿠아리움의 통로(「가상의 침묵」)이거나, 아니면 수도관이 있는 아파트 계단(「햇볕에 비춰진 먼지가 빛나고 있었다」), 모르는 사람이자 아는 사람이 탄 버스(「부른 사람을 찾는 얼굴」, 9면), 아무도 태우지 않고 문이 닫히는 엘리베이터(「인간의 교실」), 공원, 정원, 숲, 우회로 등. 그곳이 어디이든 편안한 거주의 의미만 없다면 된다는 듯, 수많은 통로가 호명된다. 그곳에서 사물의 형상은 흐릿하다.

그곳에는 주인공 없이 행인만 있다. 일인칭의 감정을 드러내기 어려울 뿐만 아니라 삼인칭의 감정 또한 표현되더라도 잠시 공명하다 이내 사라진다. 흐릿한 형상 때문인지 그들의 존재감을 드러낼 기회는 좀처럼 없다. 스스로의 존재감을 지워야 등장할 수 있는 곳이라니, 이곳을 문학의 공간,

시의 장소라 할 수 있을까. 대체로 어두운 이들은 익명으로 공평하다. 그러니 복도를 서성이는 이가 있다는 말은 수정할 필요가 있다. 복도가 있다, 아니 통로가 있다.

최정진은 『버스에 아는 사람이 탄 것 같다』의 통로를 마련한 뒤 여러 상반된 의미의 만남을 주선한다. 그곳에서는 서로 다른 시간이 현재 시제 구문에 함께 묶여 독자의 상상력이 진척되는 것을 저지한다. 또한 실물과의 만남을 도모한 언어가 등장하여 그것을 굴절시켜 재현할 수밖에 없는 한계와 비극이 되풀이되어 나타난다. 그곳에서의 만남 중 마지막으로 주목할 것은 어둠과 빛이다. 어둠을 밝히기보다는 어둠을 어둠이게 하는 통로의 빛은 그곳에서 살아가야 하는 근거를 제시한다.

2.

만남의 장소는 생활과 유리되었다. "그는 시간과 같은 장소에 있을 수 없었다"(「풍경의 표현」)라는 문장에서 확인할 수 있듯 납득하기 어려운 시간의 영역이 그곳에 있다. 또한 "쿠키는 구워지지 않는데/쿠키 타는 냄새가 공원을 맴돌고 있고/너는 쿠키를 구울 반죽을 해야 한다고 중얼거린다"(「인간의 가벽」)에서 확인할 수 있듯 개연성을 이탈한 사건이 그곳에서 일어나기도 한다. 소통하고 관계를 맺은 사람들의 공간이 아니라 조건을 세우고 실험을 진행하며 그 결과를 관찰하는 곳에 그가 있다. 그곳이 실험실 같은 곳이라 여기게 된 데에는 현재형의 시제가 큰 몫을 차지한다. 쿠키에 대한 시 전체를 보자.

　너는 누군가 쿠키를 구워 선물한다면 거절하겠다고 한다
　저녁이었다

너는 네가 구운 쿠키를 선물하지 않을 것이라고 한다
저녁이었다
쿠키 타는 냄새가 공원으로 퍼져나간다
공원을 걷는 사람들이 얼굴을 치켜든다
공원 주변 아파트 창문에 불이 켜지고 사람의 그림자가 비치고 있었다
저녁이었다
공원이 쿠키 타는 냄새로 가득하다

쿠키는 구워지지 않는데
쿠키 타는 냄새가 공원을 맴돌고 있고
너는 쿠키를 구울 반죽을 해야 한다고 중얼거린다

—「인간의 가벽」 전문

쿠키가 구워질 경우를 전제로 주고받을 선물을 헤아린다. 수락과 거절 사이에 초점이 모이는 듯하더니, 쿠키 타는 냄새로 가득한 공원의 풍경이 제시된다. 굽지도 않았는데 이미 타버린 상황을 이해하기는 쉽지 않다. 마지막에 곧 반죽을 해야 한다고 중얼거리는 '너'는 또 누구란 말인가. 타는 냄새는 공원 주위를 맴돌고 있는데, 진술은 계속 반죽의 시간으로 되돌아온다.

반죽의 시간은 현재이다. 그러나 그 시제가 환기하는 의미는 시의 정신 중 하나인 '카르페 디엠'과는 거리가 멀다. '현재를 잡아라'라는 말에는 과거나 미래 때문에 현재를 희생하지 말라는 뜻이 담겨 있다. 이때 현재의 의미는 과거, 미래와 연결되는 것을 전제로 형성된다. 그리움이나 기대의 감정이 없는 이 시의 현재는 과거나 미래와의 연결 고리를 끊고 현재의 순간을 되풀이한다. "잡은 손을 잡고/놓은 손을 놓는 것" "너는 지어지지 않는 복도를 걷는다"(「부른 사람을 찾는 얼굴」, 34~35면) 같은 구절 역시 다

른 시간에 놓인 사건을 현재로 불러들인 결과이다. 축적된 시간을 지닌 여느 시와 달리 홀로 동떨어진 최정진 시의 시간은 얇다. 하지만 그의 시에는 그 시간의 지평 위에 선택한 것과 그로 인해 배제된 것이 함께 있다. 그의 시간은 혼란스러워 보이기도 하지만 한편으로는 풍요로워 보인다. 그는 그것을 질료로 '인간의 가벽'을 세운 뒤, 그 벽 너머를 인식하려 한다.

버스에 아는 사람이 탄 것 같다

마주친 사람도 있는데 마주치지 않은 사람들로 생각이 가득하다

그를 보는 것이 긍정도 부정도 아니고 외면하는 것이 선행도 악행도 아니다

환멸은 차갑고 냉소가 따뜻해서도 아닌데

모르는 사람들과 내렸다 돌아보면 버스에 아는 사람이 타는 것 같다
———「부른 사람을 찾는 얼굴」(9면) 전문

마주친 사람은 마주치지 않은 사람과, 아는 사람은 모르는 사람과 대질하고 있다. 이뿐만이 아니다. 보는 것과 외면하는 것, 긍정과 부정, 선행과 악행, 환멸과 냉소, 차가움과 따뜻함, 타는 것과 내리는 것이 연이어 짝을 이룬다. 독자는 마주친 사람이 어떤 일을 겪게 되는지 확인하기 어렵다. 마주치지 않는 사람의 등장이 사건의 진척을 가로막기 때문이다. 대척점의 말들이 한곳에 모이자 시간은 경과하지 않고, 대상을 비추는 스포트라이트는 분산된다. 버스 안 누구든 아는 사람이었다가 익명의 무엇이 된다. '나' 또한 예외가 아니다. 승객이자 익명의 사람들이 버스에 타고 내린다.

그들은 긍정과 부정, 악행과 선행 같은 가치 판단의 주체가 아니며 차갑고 따뜻한 감정의 주체도 아니다. 현재 시제가 부각되는 동안 만상은 익명이 되며 시의 정황은 공통의 체험 세계와 유리된다.

어떠한 상황에서도 참조할 수 있는 모델을 제시하려는 데에서 이와 같은 현상이 비롯됐다고 여기기에는 시의 목소리가 무덤덤하다. 기획에 대한 확신이나 의욕도, 현실에 지친 기색이나 피곤한 모습도 그곳에서는 찾기 힘들다. 버스의 자리는 주인공의 것이 아니라 승객의 것이다. 버스 안에서는 개성을 발휘할 필요가 없다. 버스의 세상은 익명으로 공평하다. 그러나 이름을 지우더라도 그들은 '아는 사람' 같다는 예감을 불러일으킨다. 현재 시제에 상충하는 것들이 배치되자 아는 사람이 곧 모르는 사람이 되고, 이름 있는 자가 곧 이름 없는 자가 되었다. 선택한 자와 배제된 자가 같이 탄 버스는 계속 현재를 반복하며 정체된다.

"부른 사람을 찾는 얼굴"이라는 제목의 시가 여러편 있다는 사실 또한 반복되는 시간과 관련이 없지 않다. 일련번호가 없기 때문에 각각의 시편은 제목으로 변별되지 않는다. 시는 변주하며 전개되는 것이 아니라 반복되며 중첩된다. 구절 또한 중첩되는 것은 마찬가지이다. 앞의 예뿐만 아니라 "쓰러진 나무를 보는 데서 그치지 않고 나무를 보는 것을 그친다" "부러지는 가지를 분지른다" "섬세한 것을 보지 않고 섬세하지 않은 것을 본다"(45면), "너는 잊은 것을 떠올리려는 표정이었다는 것을 너는 잊어버린 것 같은 표정을 잃고 싶어 한다"(48면), "욕조의 물을 틀지 않았는데/물소리가 들려온다"(63면) 등의 예는 다른 시간이 한 문장에 모여 이룬 모순의 진술들이다. 사람을 부른 뒤 그를 찾았는지 찾지 못했는지 그다음에는 어떤 일이 있는지의 예측을 무화시키는 진술, 이 진술은 독자를 '부른 사람을 찾는' 최초의 순간으로 거듭 데려온다. 그 시간에는 선택과 배제, 확신과 불안이 뭉뚱그려진 상태로 놓여 있다.

나는 살아 있는데 살아나는 것 같다

(…)

누가 좋아하는 노래인지를 우선 기억하고
그 노래의 제목을 생각해내는 나무

내가 살아나는 기분은 밤과 이어져 있다

어디론가 가자고 묻지 않고 어디로 가는 중이라고 답하고 있는 그런 밤
과 말이다

너는 속삭인다

어항이 반사하는 빛깔들에 방의 어두움처럼 혼자 드러나서
—「인공과 호흡」 부분

살아 있는데 살아나는 것 같고 죽어서도 살아 있는 것 같은 느낌은, 죽음 가까이 있는 사람을 되살리려는 '인공호흡'의 뜻과 어울린다. 그런데 '인공'과 '호흡' 두 낱말이 처음 결합할 때에도 지금처럼 죽음에 가까운 삶이라는 의미를 바로 연상시키지는 않았을 것이다. 과연 이 합성어가 말이 되는지부터 의도를 정확히 표현한 것인지까지 의견이 분분했을 텐데, '인공'과 '호흡'으로 분리된 두 낱말이 시의 제목으로 설정되자 명명의 최초 순간이 소환된다. 시에는 그 말을 처음 접한 사람들이 가졌을 법한 어색한 느낌들이 가득하다. 존중받는 삶, 죽음의 형식 같은 둔중한 질문도 근처에 있을 것이다. 명명 직전의 시간에는 모든 느낌이 표현의 물망에

오른다.

"어디론가 가자고 묻지 않고 어디로 가는 중이라고 답하"는 것을 보면 현재형 시제는 여전히 중요하다. 그러나 이율배반의 비중은 상대적으로 줄어들었다. 삶과 죽음, 아침과 밤이 팽팽히 긴장하기에는 어둠의 색채가 짙다. 명명 이전과 어둠과 침묵이 같은 의미를 공유하기 때문에 삶은 죽음이 쏟아지는 밤과 "이어져 있"는 것인가. 그렇다면 마지막에 급작스럽게 "어항이 반사하는 빛깔"은 무엇인가. 만남의 유형을 과거와 현재, 실물과 언어, 어둠과 빛 세가지로 분류했으나 실제로 이들은 반듯하게 나뉘지 않고 서로 얽혀 있다. 다른 곳에서 할 말을 당겨쓰자면 이 빛깔은 어둠에 포획되지 않지만 전적으로 밝음을 뜻하지도 않는다. 어항의 빛깔은 '혼자 드러나는 어둠'과 동일시된다. 까만 점이 흰 바탕을 더욱 하얗게 인식하게 하듯 어항의 빛깔은 방 안을 더욱 어둡게 인식하게 한다. 이 빛깔은 실물에서 떨어져 나와 실물을 호명하는 언어처럼, 어둠이 밝음을 통해 드러난다는 사실을 일깨워준다. 언어는 실물을, 빛은 어둠을 환기한다. 아니 실물은 언어에 의해, 어둠은 빛에 의해 환기된다. 때마침 "너는 속삭인다".

3.

최소주의 언어는 개별 언어에 두루 통용되는 법칙이 있다는 것을 가정하고, 순수 언어를 상정한다. 어떠한 개별 언어에도 적용할 수 있지만 거기에 포획되지 않는 것이 특징이다. 언어가 반영하는 대상의 자리에 언어 그 자체를 놓는 시가 대개 이를 염두에 둔다. 체험 세계는 여기에서 배후로 물러나는데, 이에 비춰보면 『버스에 아는 사람이 탄 것 같다』도 최소주의 언어를 지향하는 시의 지형에 놓인다고 할 수 있다. 체험이나 감정과 거리를 두며 언어 그 자체를 반영하는 시가 시집의 주를 이루었을 뿐 아니라 만남의 장소에 등장한 이질적인 것들, 같은 시간에 놓여 모순을 일으켰던 구절 또한 언어를 소재로 한 경우가 많다. 가령 모순된 진술인 "계속 사라져도 좋다고 누가 나를 부른다"(「풍경의 표현」, 58면), "아무도 없는 데서/아무도 없다고 누군가 대답을 한다"(「고통의 영상」)의 예에서와 같이 부르고 말하고 듣는 행위를 노출하는 경우를 그의 시에서 드물지 않게 찾을 수 있다.

이것이 정원이라면 조언을 구한다

우리는 정원이 없다는 것을 알고 정원에 가고 있다

여름은 전부를 조언이라 생각한다

숲에서 정원과 공원과 숲을 구분하게 된다

정원은 공원이 공원은 정원이 되어 있다

여름을 통과해서 여름이 오고 있다

―「설명의 마음」 전문

　숲과 정원과 공원을 구분해 설명해보라는 문제가 제기되었다. 이에 자연과 인간, 사유와 공유 등에 대한 기준을 세우고 정원이 무엇인지 헤아려본다. 정원과 공원의 뜻은 끊임없이 포개졌다 갈라진다. 그 과정 끝에 "여름을 통과해서 여름이 오고 있다". 여름의 기준을 지나 실제 여름이 온다. 상징의 숲을 가로질러 자연이 오는 것이다. 여름을 통과한 여름이 들어서자 숲과 정원과 공원의 구분은 언어의 문제라는 것이 자명해진다. 그것들은 여름이 아니라 '여름의 조언'들이다. 실제 풍경은 무엇으로 불리건 그것과 무관하게 변화한다.

언어의 슬픔은 지각 대상이나 내면의 감정과 떨어졌다는 데에서 비롯하지만 그러한 대상과 감정을 일부나마 표현할 수 있다는 데에 언어의 기쁨이 있다. 구분하고 분류하고 이름 붙이기가 쓸모없는 것은 아니다. 시는 더욱 그러하다. 시의 표현은 여느 언어와 마찬가지로 실물과 언어의 간격을 드러내지만 한편으로는 실물에 육박한 언어의 극한을 제시한다. 시는 실패이자 도전의 결과이다. 최정진의 시가 종종 상징의 숲을 거슬러 올라가 자연을 감지하는 까닭도 여기에 있을 것이다. 선택된 것은 언어로 기억되고 배제된 것은 자연으로 되돌아가겠지만, 그는 반성과 예측을 토대로 정돈된 그 시간을 흩뜨린다. 그의 시는 어수선함을 감수하고서라도 선택하고 배제하는 그 순간을 제시해 자연의 상태에 밀접해지려 한다. 자연은 때로는 어둠으로 때로는 침묵으로 때로는 타자로 번역된다. 조언자의 역할을 맡던 여름이 직접 등장하는 것은 이러한 세계의 현현과 무관하지 않다.

누군가 익은 열매를 손에 쥔다 나와 내 마음이 떨어진 것같이 뜬다 여기서 사랑이 시작된다면

계속 떨어지고 있는 것으로부터, 이미 떨어진 것으로부터,
떨어진 것 같은 순간은 무엇인가

누군가 익은 열매를 손에 쥔다 그것을 나뭇가지에서 떨어진 새라고 믿기 위해 안간힘을 다한다 그런데 나와 내 마음도 이전엔 붙어 있었다는 듯이 뜬다

여기서 사랑이 시작된다면 누군가 돌아왔냐고 묻는다

길게 자란 나뭇가지들이 이마에 스치는 것처럼

—「인과」 전문

　나뭇가지가 이마에 스칠 것 같다는 말은 나무와 '나'의 인연을 환기하지만 어디까지나 예감으로 이뤄진 일일 뿐 실제로 이들은 서로 무관하다. 그런데 나무의 열매는 가지에서 떨어져 나와 '누군가'의 손에 닿는 과정을 거치며 개별 대상을 엮는 매개자의 역할을 맡게 된다. 화자는 그 순간을 사랑이 시작되는 순간으로, 그 열매를 '떨어진 새'로 믿으려 애쓴다. 손에 쥔 열매에서 '사랑의 시작'과 '비상을 마친 새'를 동시에 연상하는 것이다. 인과, 즉 원인과 결과는 '열매'를 매개로 한 '나뭇가지'와 '손'의 새로운 관계를 가리킨다. 언어를 가진 인간은 인식 바깥의 세계를 기껏해야 영원성으로, 기껏해야 우연성으로 파악한다. 시인은 이 영원성과 우연성에 시간의 깊이와 필연성을 부여하는 사람이기도 하다.

　이 과정에서 "나와 내 마음이 떨어진 것같이 뛴다"의 진술은 "나와 내 마음도 이전엔 붙어 있었다는 듯이 뛴다"로 바뀐다. 하나는 분리를 다른 하나는 비분리를 가리키는데 이들은 같은 현상에서 파생된 상반된 속성이다. 이들 사이에 시간이 경과되었는지 확신하기는 어렵다. 즉 바뀌었다고 했으나 동시에 일어났다고 말해도 상관없는 것이다. 시집의 다른 시를 참조하건대 두 진술 역시 함께 일어났다고 보는 것이 무리는 아니다. 최정진은 분리와 결합을 동시에 경험하는 순간을 연출하고 있으며 그것을 '여기서 시작하는 사랑'이라고 규정한다. 시간을 압착하자 '계속'과 '이미'가 한데 모인다. 그는 이 둘을 한덩어리로 보고 시에 제시했다. 그의 사랑은 무관한 말들의 인과관계를 형성하는 것이면서 동시에 그것들이 한덩어리였던 상태를 현재에 제시하는 것이다.

그는 해변을 걸으며 쓰러진 나무를 본다 나무가 계속 쓰러져 있는데 이어져 있지 않다는 것을 쓰러진 나무를 보는 데서 그치지 않고 나무를 보는 것을 그친다 쓰러진 나무들 사이를 이야기로 채운다 손이 닿을 정도의 거리에 있는 이야기로 부러지는 가지를 분지른다 그리고 쓰러진 나무를 보는 것을 그쳤다는 것을 알고 그는 본다 섬세한 것을 보지 않고 섬세하지 않은 것을 본다 나무의 무게를 통과하지 못하는 연기의 이야기를 본다 그의 손에 폭죽같이 밝은 냉소가 남아 있었다 그는 끝나지 않는 해변을 걷는다

            —「부른 사람을 찾는 얼굴」(45면) 전문

쓰러진 나무가 있고 그것을 보는 화자가 있다. 화자는 자신이 본 것을 말로 옮기려 한다. 이를 이행하는 과정에서 "이어져 있지 않다"라는 말이 급작스럽게 등장한다. 무엇이 끊어져 있는가. 실상 나무가 아니라 '나무'라는 말을 시에 옮긴다는 것을 염두에 두면 저 말은 실물과 언어의 간격을 가리키는 것일 터이다. 즉 '이야기'는 선택한 언어와 배제된 실물을 잇는다. 앞 시의 열매 역할을 이번에는 이야기가 직접 맡았다. "손이 닿을 정도의 거리"에 있다고 하더라도 그것의 이음새가 매끄러울 리 없다. 이야기는 좀처럼 앞으로 진행되지 않는다. "쓰러진 나무를 보는 것을 그쳤다는 것을 알고 그는 본다"나 "섬세한 것을 보지 않고 섬세하지 않은 것을 본다"와 같이 이율배반처럼 보이는 구문들이 들러붙어 사물과 언어의 간격을 거듭 환기한다. 주목할 지점은 그다음이다. 화자는 그 풍경 속으로 언어를 가지고 들어간다. 비록 손에 "밝은 냉소"밖에 남지 않을지라도, "나무의 무게를 통과하지 못하는" 이야기를 연기에 양도한 뒤 그는 "끝나지 않는 해변을 걷는다". 선택한 것도 배제된 것도 없었던 그 상황으로 그가 진입한 것이다.

들판의 나무는 움직이려 한다

네가 사라지기 전에도
너는 없었다고 말하려다가 말았다

또 다른 나무가 생기려 한다

네가 들판의 한가운데로 향하는 동안
한가운데로 향하는 누군가를 보게 된다

나무가 자란 적은 없으려 한다

아무도 너를 부르지 않았다는 말이
마치 그것이 내가 하려던 말인 것처럼

들판의 한가운데를 향한, 질문은 기도를 하고 있다
　　　　　　　　　　　　　　　　—「모든 것의 근처」 전문

　질문이 기도를 하고 있다. 질문의 답은 지혜를 선사하는 경우가 많으며 기도의 응답은 기도에 내재된 욕망을 드러내는 경우가 많다. 질문은 알지 못하는 것을 묻는 형식이다. 그에 대한 답변은 인식의 영역을 확장한다. 기도는 한계 너머의 것을 요청하는 형식이다. 그에 대한 답변은 언어의 형식을 초과하기 때문에 언어로 정리된 자신의 욕망을 대면하게 해준다. 질문은 도달할 수 있는 앎의 대상을 지향하고 기도는 도달할 수 없는 바깥의 타자를 지향한다. "질문은 기도를 하고 있다"는 말의 뜻은, 알 수 있다고 믿었으나 도달하기 힘든 한계를 실감했다는 것과 다르지 않다.

질문이 향하는 곳은 "들판의 한가운데"이다. 그곳은 인용시에 등장하는 모든 대상이 향하는 시간이기도 하다. 들판의 나무가 움직이려 하는 것도, 또다른 나무가 생기려 하는 것도, 나무가 자라다 말려는 것도, '한가운데'를 향한 질문의 역할을 한다. 이는 나무가 보내는 시간 자체가 한가운데를 향한 질문으로 설정될 때 가능한 일이다. "없었다고 말하려다가 말았"던 것, "너를 부르지 않았다는 말이/내가 하려던 말"인 것, 시도한 것뿐만 아니라 시도하려다 만 것들까지 질문을 향한다. 부연이 필요하다. 그 '한가운데'는 텅 비어 있다. 질문이 아니라 기도라 했으니 언어로 표현할 수 있는 곳은 그 근처까지다.

주인공인 줄 알았는데 익명의 승객이 되고, 출발지나 목적지가 아니라 통로의 역할에 주목하는 시들을 떠올려보면 최정진의 목소리는 주체의 한계를 드러내는 기도의 형상을 떠올리게 한다. 그의 시는 '한가운데'를 인식하기 위해 근처에 있는 다양한 말들의 만남을 주선하는 한편 '모든 것의 근처'를 제 시의 터전으로 삼는다. 이 점은 흥미롭다. 초월의 과정을 거쳐 진리를 파악하는 것이 시인의 몫이 아니라는 듯 그는 중심을 향하되 그 근처에 머무른다. 그곳에서 질문의 형식을 빌려 기도를 하는 것인데 어쩌면 모든 근처를 중심으로 여기는 데에서 시인의 기도가 시작되는 것인지도 모르겠다.

4.

어두운 통로에 떠도는 먼지를 햇볕이 비춘다. 또는 빛이 사각의 격자처럼 쏟아진다. 이번 시집에서 자주 볼 수 있는 이미지이다. 시인은 삶을 통로로 보고 있으며 그 밖으로 빠져나오는 것에 자진해서 관심을 거두었다. 이를 고려할 때 빛과 어둠의 이분법이 환기하는 일반적인 의미, 즉 빛이 삶의 고통을 치유할 구원의 역할을 맡는다고 여기기는 어렵다. 빛은 기도에 대한 응답이나 종교적인 계시가 아니다. 이미 "신이 내 눈에서 빛을 꺼내"(「축제의 인상」) 가지 않았는가. 이 빛은 앞에서 언급했듯 어둠을 어둠이게 하는 한편, 텅 빈 한가운데를 인식한 자가 허무의 나락에 빠져드는 것을 막는 역할을 한다. 모든 것의 근처에서 비분리의 세계를 언어로 표현하려는 시도는 이를 통해 그 나름의 가치를 부여 받는다.

　　정교하게 조정돼 있으니 손대지 마세요 수도관에 안내문이 붙어 있었다
　　안내문이 물에 젖어 읽을 수 없었는데 한참을 쳐다보았다

　　다음 계절에 작은 화분들을 정돈하다가 수도관에 새롭게 붙은 안내문을 보았다 같은 말이 다르게 적혀 있었다
　　안내문에 물이 번져 글자를 알아볼 수 없는데 나는 읽고 있게 된다

　　정교하게 조정돼 있으니 손대지 마세요

　　계단과 창문 사이
　　햇볕에 비춰진 먼지가 빛나고 있었다
　　　　　　　　　　　　　—「햇볕에 비춰진 먼지가 빛나고 있었다」 전문

기본 시제가 드물게도 과거형이다. 그러나 이 시의 과거형은 체험의 시간을 온전히 드러내지 않는다. "정교하게 조정돼 있으니 손대지 마세요"라는 문구는 옛날에도, 더 옛날에도 적혀 있었다. 두 시간은 변별되지 않는다. 그 글자가 물에 젖거나 번져 있어도 그것을 읽을 수 있다는 것이 강조될 뿐이다. 시의 과거는 느낌의 기원을 알려주기보다는 반복의 한 요소를 담당한다. 과거 시제에서 확인할 수 있는 것은 역설적으로 최정진의

시가 상상의 토대를 과거에 두지 않는다는 점이다. 그에게 최초의 시간은 이후의 삶에 심대한 영향을 끼치는 원체험이 아니라 매 순간 무엇을 선택하고 배제할지 혼돈스러워하는 상황이다. 그는 그 순간을 꺼내 거듭 현재에 부려놓는다.

햇빛은 매 순간 먼지를 빛나게 한다. 먼지가 지닌 덧없음의 의미와 밝은 빛의 이미지는 서로 충돌하며 부질없지만 한순간 빛나는 존재를 부각시킨다. 언어의 한계를 느끼면서 한계에 도전하는 시인의 운명을 먼지에서 연상하는 것은 자연스러운 일일 터인데 여기에도 부연이 필요해 보인다. 계단에서 빛나는 먼지는 시에서 공들여 조성한 비교 대상이 있다. 안내문이 젖어 있건 번져 있건 춥건 덥건 변하지 않는 문구 내용이 그것이다. 그에게 불변하는 것은 언어 바깥에 있는 실물의 본질이 아니라 언어로 표현할 수 있는 인식 내용이다. 이 점에서 최정진의 시는 인식론의 시라고 여길 수 있을 것이다. 그러나 시인의 운명을 환기하는 햇빛과 먼지에 주목함으로써 그와 같은 생각은 미세하게 조절된다. 최정진 시의 '시적인 것'은 인식론과 존재론의 간격에서 생성된다.

너는 돌고 있는 것이다

어둡게 만들어진 아쿠아리움에서
입구의 햇살을 밝게 상상하면서

통로에 대한 노래를 그쳐도
네가 아닌 것을 부를 순 없는 것처럼

뛰지 않는 사람에게 멈추면
어떻겠냐고 물을 것이다

네가 원하는 방향을 보여줄 것이다

수압이 휘어지고 있다

통로에 대한 노래를 그쳐도
네가 아닌 것을 부를 순 없는 것처럼

물속의 공기가 다양한 수종의 물고기처럼 움직이고
너는 유리를 향해 손을 뻗는 것이다

물은 이어져 있지 않다는 희열 속에서
—「가상의 침묵」 전문

침묵을 침묵이라 말하면 침묵이 아니다. 침묵의 세계는 가상의 세계를 경유하여 재현될 수밖에 없다. 이때 침묵은 죽음이자 수조 속의 물과 연관되는 반면, 말은 삶이자 수조 사이의 통로와 연관된다. 삶이 침묵 속에 껴 있다면 말의 통로는 죽음 사이에 껴 있다. 통로의 바깥에 있는 물은 만질 수 없다. 침묵을 설명할 수는 있어도 표현하거나 체험할 수는 없는 것과 마찬가지로 그와 같은 시도는 "유리를 향해 손을 뻗는 것"이 될 뿐이다. 그나마 아쿠아리움의 통로는 침묵의 세계에 둘러싸였기 때문에 침묵을 표현하는 언어의 최전선이기는 하다.

그는 그곳에서 휘어지면서 방향을 제시하는 수압에, 그리고 끊어진 물에 주목한다. 사실 "물은 이어져 있지 않다"는 것은 시집의 맥락을 고려하면 물이 끊겼다기보다는 끊긴 물 사이를 통로가 메웠다고 봐야 할 것이다. 통로의 방향은 물의 방향과 평행한데, 침묵과 침묵 사이의 말이 그러하듯 그 방향을 제시하는 것은 "입구의 햇살"이 아니라 통로를 어슴푸레

비추는 물빛이다. 물의 빛은 멀리 있는 것이 아니라 매 순간 언어를 통과하여 침묵을 비춘다.

풍경과 봄볕이 떨어져 보이는 건 무섭고 슬프다

여름과 개가 떨어져 보이는 건 무섭고 슬프다

옥상에서 개가 짖는다

거리距離는 잠겨 있다

—「옥상에서 내려오는 동안」 전문

시집의 마지막 시 「옥상에서 내려오는 동안」에서 화자는 무섭고 슬픈 감정을 드물게도 내비친다. 단 한가지 조건이 달린다. "떨어져 보이는" 경우가 그것인데 구체적으로 풍경과 봄볕, 여름과 개의 짝이 여기에 해당된다. 풍경은 봄볕을 받지 않으면 어둠 속에 온전한 실체를 감추고 여름은 개 짖는 소리가 없으면 침묵의 세계에 빠져들 것이다. 어둠과 침묵에 빠져드는 것은 화자에게 무섭고 슬픈 일이다. 하지만 '인공'과 '호흡', '인공'과 '호수'를 분리했던 최정진을 상기하면 그가 자진해서 접근했던 세계가 바로 그 세계이기도 하다.

무섭고 슬픈 일이지만 최정진은 지속적으로 이들을 분리했고 그 간격을 언어로 채웠다. 분리하지 않았다면 어떻게 되었을지는 다음 구절에서 제시되었다. "거리는 잠겨 있"는 경우 '옥상에서 들리는 개 짖는 소리'와 같이 무슨 말인지 알 수 없는 상태가 지속될 것이다. 그 소리를 번역하기 위해 화자는 옥상에서 내려온다. 작업실은 옥상보다 어두울 것이다. 그는 봄볕의 풍경과 소리를 언어로 번역하며 둘의 거리를 벌릴 것이며 동시에 봄볕의 풍경과 소리 근처까지 침투하여 그 거리를 다시 이으려 할 것이다.

5.

『버스에 아는 사람이 탄 것 같다』에서 최정진은 공들여 인식의 통로를 마련했다. 그곳에서 최초의 시간과 현재가, 실물과 언어가, 어둠과 빛이 만남을 도모한다. 시인은 축적된 기억을 토대로 구축된 정념을 돌보는 대신 정념이 들러붙기 이전 최초의 시간을 꺼내 매 순간 제시한다. 여러 시간이 중첩되고 반복되어 서로 엉킨 곳에서, 그는 무기질 같은 먼지가 되어 어둠을 번역하는 빛을 공유한다.

어둠과 침묵에 휩싸인 언어 실험실에서 최정진이 보여주고자 했던 것은 무엇인가. 기억의 틈입을 막고 시제를 현재로 고정해서 언어의 순수성과 한계를 동시에 드러내고자 했던 까닭은 또한 무엇인가. 공통 체험과 거리를 둔 언어 실험실은 현실의 대안이나 도피처가 아니다. 그는 독자에게 선택과 배제의 순간으로 구성된 낯선 세계에 방문하기를 지속적으로 권유한다. 그 세계를 몽환적이라 여긴다면 그는 신비의 윤리를 제시한 것이다. 그 시간을 혼란스럽게 여긴다면 그는 윤리의 시제를 제시한 것이다. 몰이해의 위험을 무릅쓰고 그가 제기하고자 한 문제는 언어의, 윤리의, 삶의 기원이다. 저기 두 손을 모은 어두운 형상이 있다.

내 이름은 숨은 돌

◆

한영수 『케냐의 장미』

그는 예민하다. 무심코 지나칠 만한 일에 그의 눈길은 오래 머물러 있으며 기어코 거기에서 미세한 움직임을 포착한다. 시멘트벽에 있는 애호박 한덩이가 천천히 "중심을 옮기고 있"(「애호박과 분꽃」)는 것을 예사롭게 볼 수 있을 뿐만 아니라 꽃의 뿌리가 뻗어가는 모습까지 "무릎을 펴는 실뿌리"(「위험한 그곳」)로 예감할 수 있는 이가 그다. 심지어 그는 생각이 말로 표현되는 과정까지도 "단 하나의 이름을 발음하는 여정"(「백일홍을 건너는 동안」)이라고 말할 정도로 섬세하다. 짧은 순간이 그의 감각을 거치면 긴 여행으로 인식되듯, 평평한 일상이 그의 감각을 거치면 굴곡진 시적 시간으로 변모한다.

그는 말이 없는 편이다. 앞의 말이 뒤의 말을 불러오고 뒤의 말이 앞의 말에 끌려 나오는 수다와는 달리, 그의 말은 하나하나 의도가 있는 것 같고, 매 순간의 말이 처음의 말과 같아서 침묵에서 막 건져올린 듯하다. 이는 그의 말에 부연이 거의 없다는 뜻이기도 하다. 짧은 구절이 비슷하게 반복되며 리듬을 형성하는 것도 이 때문이다. 말에 결단과 긴장의 순간이 감지되는 것도 여기에서 비롯되었다고 할 수 있다. 특히 그의 말에 결단과 긴장이 느껴지는 까닭은 작은 일에 예민히 반응하는 특성 때문이기도 하겠지만 지난날 겪은 일에 대해 함구하려는 그의 시적 태도에서도 비롯되었을 가능성이 크다.

실제로 그는 자신의 체험에 대해 말하기를 꺼린다. 보통 첫 시집에는 시인의 내력이 담겨 있기 마련이다. 하지만 그의 시집에서 이를 찾기란 힘들다. 공장에서 손가락을 잃은 읍내에 살았던 여자 애(「옛날의 금잔디」), 베트남의 이주 노동자(「꽃같이 숨어서 아가는」), 징용 간 소리실양반(「시루떡탑」), 대장암 걸린 옆집 남자(「옆집 남자」) 등 제 이웃의 사연은 알뜰히 챙기면서 그는 유독 자기 자신의 과거에 대해서는 매정하다. "여기쯤에서 한 장 기억이 되자"(「그곳에 속하는 두 귀」)라고 했을 때 그의 체험 내용은 '기억'이라는 말에 대체되어 드러날 기회를 잃고, "밥물 안치는 손이 도착한 저녁"(「겨울나무에 등 밝힌」)이라고 했을 때 아침과 점심에 겪은 일들은 저 매력적인 수식어에 가려 발설될 기회를 잃는다.

따라서 그의 현재는 고립되어 있다. 과거가 없다는 것은 미래 또한 없다는 것을 뜻한다. 미래의 꿈은 과거의 기억을 토양으로 가꿔지기 때문이다. 눈은 밝지만 입은 무겁고, 현재에 집중하지만 과거를 지운 한영수의 시를 어떻게 이해해야 할까. 영역을 가른 기준이 모호하고 뜻이 수상쩍기는 하지만 우리 시를 이해하는 데 쓸모 있는 큰 개념들이 있다. 리얼리즘 시, 모더니즘 시, 또는 순수 전통 서정시 등. 다만 그의 시는 이미 마련된 이해의 영역에 포개지지 않는다. 리얼리즘으로 이해하기에 그의 시는 짙건 흐리건 있을 법한 더 좋은 세계에 대한 열망이 드물게 나타난다. 모더니즘으로 이해하기에는 그의 시는 당대 공통 현실에 대한 관심이 크다고 할 수 있다. 하지만 그의 시는 말 그 자체에 대한 울림의 진폭에 공을 들이면서 동시에 둘레 세계에 대한 관심을 놓지 않는다. 이는 순수 전통 서정의 좌표에 그의 시를 가두기 어렵게 하며, 동시에 세 영역 모두에 걸치게 한다.

분명하게 그는 발견되었다

뉴타운 3구역이었다
텔레비전 케이블에 목이 감긴 채
주머니엔 3만 원이 전부였다
전부를 위아래로 만지작거렸을 지문은
언제 자취를 감췄을까
뭉개진 자리에 얼굴이 있었다고
자주색 남방이 겨우
더듬거렸다

사회면 하단을 빠끔히 밀고
몇 줄에 요약된 그는
3인칭 여전히
단수
내장을 드러낸 매트리스처럼
입을 닫은 냉장고 위 푸른 빵처럼
따로 뒹구는 음료수 캔처럼

분명하게 발견되었을까 그는

　　　　　　　　　　　　　—「그는 발견되지 않았다」 부분

「그는 발견되지 않았다」를 보자. '그'는 뉴타운 3구역에 살고 있다가 재
개발 사업 도중에 매몰된 것으로 추정되는 이다. 한 사람이 실종되었으나
신문지상에서는 단신 처리된 사실이 시를 쓰도록 이끌었다. 제재가 당대

현실을 반영한다는 점에서 이 시는 리얼리즘의 영역에 속한 것으로 보인다. 하지만 구체적인 진술들은 그렇게 판단하는 것을 주저하게 한다. "분명하게 그는 발견되었다"는 단정에서 시작해서 "분명하게 발견되었을까 그는"이라는 의문으로 바뀐 진술에는 현실의 누추함을 고발하거나 미래의 전망을 내포할 때 들어 있을 법한 확신이 보이지 않는다. 더욱이 "매트리스" "푸른 빵" "음료수 캔"으로 이어지는 '그'의 연쇄적인 비유에는 매몰된 이의 존재를 각인시켜 사회적으로 확산하려는 의지보다는 그 죽음을 어떻게 표현할지 모르는 안타까움이 묻어난다. 죽음에 당황하여 어쩌지 못하는 시인의 애석한 마음이 표현 층위에 기대 시적 의미를 생성시키고 있는 것이다.

전망과 확신 없는 이러한 진술과 비유는 "사회면 하단을 빠끔히 밀고/몇 줄에 요약된 그는/3인칭 여전히/단수"로 요약된 기사와 대조된다. 간결한 기사가 냉혹한 현실을 대변한다면 비유의 연쇄는 안타까운 개인의 마음을 대변한다. 그런데 이 '3인칭 단수'라는 표현은 다른 몇가지 층위에서 주목할 만하다. 흔히 사회가 구성되기 위해서는 먼저 인칭의 변화가 구성원들에게 용인되어야 한다고 한다. 일인칭은 이인칭이나 삼인칭으로 바뀔 수 있고 이인칭이나 삼인칭은 일인칭으로 바뀔 수 있다는 것을 용인할 때, 관용과 배려의 미덕이 생겨나고 공동체가 구성될 수 있다는 것이다. 그러나 인용시의 삼인칭은 사회면 하단에 고립되어 있다. 그것은 일인칭은 언제나 일인칭이고, 이인칭은 언제나 이인칭에 머물러 있으리라는 것을 전제로 한다. 억압 주체는 언제나 억압 주체이고 억압 대상은 언제나 억압 대상일 때, 그 사회를 온전한 사회라고 할 수 있는가. 한영수는 신문 하단에 고립된 '그'에 주목함으로써 건강하지 못한 현실을 에둘러 환기한다. 같은 현실 반영의 시라도 비판과 열망이 사라진 주체를 제시하며 그의 시는 전형적인 리얼리즘의 시와 어긋난 모습을 보여준다.

철거 현장의 잔해와 뒤섞여 있을 것 같기도 한 이 '3인칭 단수'는 그의 시를 이해하는 또다른 틀을 불러들인다. '현대시의 알레고리'라는 개념은 전망이 실패한 자리에서 생겨난 것이다. 그의 시에도 전망의 징후는 잘 드러나지 않는다. 알레고리는 폐허 위에 흩어져 있는 잔해들을 다루는 방식이다. 그의 시 또한 철거 현장의 잔해들을 비춘다. 하지만 알레고리가 주체의 시선을 되돌려주지 못하는 잔해들을 분석하는 반면, 한영수는 기억을 재구하려는 시도로 '그'와 대화한다. 비록 약속이 일군 미래의 모습이 드물고 실패한 약속만이 있다고 하더라도 약속이 있었다는 사실까지 그의 시에 삭제된 것은 아니다. 그의 시적 대상은 기존의 의미가 범접하지 못하는 알레고리가 아니라, 입을 다물었으나 그 안에 많은 의미가 담겨 있는 상징과 닮아 있다.

> 자주 돌 하나가 사라진다
> 한 바가지 모래와 크고 작은 돌덩이가 열다섯
> 흐린 날의 눈물이 보태진 나의 정원은
>
> 너에게 비밀이다
>
> (…)
>
> 다른 세기
> 이국異國의 정원
>
> 하나가 숨어 있어 세계는 팽창한다
>
> 모래 속으로 은하가 흐른다
> 돌들은 지느러미를 기억해내고

우주를 헤엄친다

―「숨은 돌」부분

　이번 시집 제목의 물망에 오르기도 했던 '숨은 돌'은 그의 시적 상징이 어떠한 특성을 지니는지 구체적으로 보여준다. 돌은 이 세상의 정원에서 자주 사라지지만, "다른 세기/이국의 정원"에서 자주 출현한다. 이 세상에서 실종된 것처럼 보이지만 실은 다른 세상과 내통하고 있었던 것이다. 그 안에서는 "은하가 흐"르고 있고 돌 스스로 "우주를 헤엄"치기도 한다. 작고 고요하고 단단하다고 여겨지는 돌이 그의 시에서는 우주를 배경으로 은하를 품은 채 움직이고 있다. "한 줄로 요약할 수 없는 견해"(「흰바위」)로 제시되기도 하고, "돌멩이란 무엇일까" "돌멩이는 어디까지일까"(「백 개의 발을 끄집어 내어」) 같은 질문을 유도하는 그의 돌은 그 자체로 시를 대변하고 있는 것이다.

　많은 뜻과 여러 의문을 품은 이 돌(=시)은 신성하다. 하지만 조금 막연해 보이는 것도 사실이다. 은하와 우주가 돌 속에 담긴 세계의 크기를 일러주기는 하지만 그 자체가 어렴풋하게 짐작되는 것이기 때문이다. 더욱이 이 돌은 숨어 있어 보이지도 않는다. 돌은 그저 숨어서 비밀인 채로 신성하다. 그의 생각이 다른 이들을 강요하지 않기를 바라듯, 숨은 돌 또한 더 좋은 세상으로의 변화를 강요하지 않기를 바라는 것 같다. 단지 누추한 세상에도 고귀한 가치가 있다고 말하듯, 그렇게 조심스럽게 정원 구석에 숨어 있다.

오해와 오해가 만나 피어난 웅덩이
동그마니와 덩그마니 사이에 오솔길이 놓인다

오솔길, 매일매일 이름은 불리고

단 하나의 이름은 통점이었지
돌멩이는 그 돌멩이일까
산비둘기는 그 산비둘기가 아닌지도 몰라
사랑스런 말을 잃었지

(⋯)

동그마니와 덩그마니 웅덩이에
여럿이거나 없어도 좋은 이름이 물결친다
빨강 노랑 파랑 혹은 빨강 초록 파랑
이 조합된 괄호, 오늘은

티티카카 호수라 부르자

굵은 잎들이 한꺼번에 지느러미를 흔들면
호수는 혼돈의 신화를 쓰고
물결은 잉카풍이다

——「티티카카 호수」 부분

「티티카카 호수」는 그의 돌멩이에 어떤 뜻이 담겨 있는지 구체적으로 보여준다. 오해와 오해가 만나 웅덩이를 이루었다. 그 사이에 돌멩이가 있다. 돌멩이는 수많은 오해를 옆에서 지켜보았다. 한때 "단 하나의 이름"으로 불리기를 원했던 때도 있었다. 거기에서 자기 정체성이 확보된다고 본 것이다. 그러나 그러한 희망을 가지는 것은 약점이자 "통점"을 노출하고 다니는 것과 다르지 않았다. 오해는 세상 바깥으로 몰아내야 할 대상이 아니라 세상을 유지하는 구성체였던 것이다. 그는 이를 인정했다. 그러자

"여럿이거나 없어도 좋은 이름이 물결친다"고 할 정도의 여유가 찾아왔다. 이 여유를 진정한 여유라고 말하기는 어려울 것 같다. 그는 오해로 구성된 세상 구석에 "사랑스런 말을 잃"은 돌멩이 하나를 얹어놓는다. 이 돌멩이는 세상이 오해로 구성되어 있다는 것을 기억하는 진실된 것이다. 그가 돌멩이를 옆에 놓자 세상은 "티티카카 호수"가 된다. 옛날의 영화와 오늘의 퇴락을 상징하는 '잉카 제국'은 이렇게 그와 접속한다. 세상은 잉카 제국이 되었고, 그는 돌멩이가 되었다. 돌멩이는 옛날의 영화와 열망과 혼돈을 본 목격자와 같다. 그러나 침묵하고 있으므로 증언자가 될 수는 없다. 마치 신문에 요약된 삼인칭 단수처럼 그렇게 혼돈의 시대를 제 존재로서 증언할 뿐이다.

잉카 제국으로 상정된 지난날은 그에게 어떻게 인식되었을까. 저마다 제 이름을 지니고 더 좋은 세계를 꿈꾸었던 세계, 기억이 현실에 뿌리내리고 전망이 현실 속에서 잎을 피워내는 세계, 거짓 진보에 대한 확신을 물리치며 제 나름의 진보를 가꾸었던 세계를, 그는 퇴락한 제국과 입을 다문 돌멩이로 환기하고 있는 것은 아닐까. 더 좋은 세상을 꿈꾸는 것이 아니라 더 좋은 세상을 꿈꾸었던 기억을 머금었다는 면에서 그의 시는 뒤늦은 리얼리즘이다. 그 기억들이 단단한 돌멩이에 모여 있다는 면에서 그의 시는 침묵의 리얼리즘이다. 이 시대에 가라앉은 열정이나마 리얼리즘의 흔적을 여기저기 심어놓았다는 면에서 그의 시는 잔해로서의 리얼리즘이다. 뒤늦었고 과묵하고 부서진 리얼리즘이기는 하지만 이 시대에 볼 수 있는 형식에 맞춰 표현된다는 면에서 그의 시는 변용된 리얼리즘이다.

변용된 리얼리즘의 모습 중 하나가 현실을 반영하되 중심이 아니라 주변에 주목하는 그의 시선일 것이다. 김정일의 사망을 그린 「리춘희는 예순여덟」에서 그는 김정일이 아니라 그 사건을 전하는 북의 아나운서를 주목하고, 2차대전 가스실을 그리고 있는 「악의 꽃」에서 그는 가해자나 피해자보다는 옆에서 피어나는 꽃에 주목한다. 「장수갈매기」에서는 지난날

번성했던 공단의 노동자를 그리기보다는 그곳의 밥집 여주인에 주목하며 그의 입을 빌려 "양평동 기름밥 시대는 갔다"고 간명하게 말한다. 리춘희 씨와 꽃과 여주인은 자칫 소홀히 지나칠 수 있는 주변인이다. 한영수는 여기에 주목하여 현실을 풍요롭게 한다. 자신에게는 인색하지만 둘레 세계에는 너그러운 그의 시적 태도를 여기에서 다시 한번 확인할 수 있다. 하지만 이들도 간명한 리듬의 방식에 얹혀 표현된다. 그 간결한 리듬은 한때 들끓었던 열정을 가라앉혔다는 증거이기도 하고, 시적 의미를 생성시키는 중요한 토대이기도 하다.

> 그는 한 명뿐인 종업원
> 오늘 아침 해고된 제빵사
>
> 눈보라가 밀린다
> 크지도 작지도 않지만
> 그다지 맛이 뛰어나지는 않지만
> 혀끝을 은밀히 말아올리는 모데르노,
> 우리 동네 빵집
>
> 얼굴이 벽을 향한다
> 무엇을 생각할까
> 생각하지 말자
> 그런 게 선택이다
> 참새 몇 마리 짹짹거리다 가는 오늘은
>
> (…)

그는 한 명뿐인 제빵사
오늘 아침 해고된 사장님

다른 곳의 눈보라를 포함한다
단순한 표정으로

—「모데르노」 부분

　오래 기억될 시 「모데르노」의 촉발 지점은 자본의 위력이다. 그로 인해
점점 자취가 사라지는 동네 빵집에 주목하여 그는 주인의 입장에서 오늘
문을 닫은 심경을 시로 서술한다. 이처럼 그의 시적 제재는 당대 현실과
밀접히 연관된다. 냉혹한 현실을 비판할 것인가 아니면 아쉬워 할 것인가.
두가지 선택 모두에는 여전히 들끓는 정념이 들어 있다고 판단한 듯, 그는
한발 물러서서 관찰자의 시선으로 빵집 주인의 처지를 담담히 그려낸다.
이는 현실을 반영하되, 주변에 있으며 열정을 가라앉힌 '돌멩이'의 태도
를 따르는 것이라 할 수 있다. 열정이 가라앉았다고 해서 그것이 사라진
것은 아니다. 그의 열정은 표현에 심혈을 기울이는 데 할애된다.
　빵집 주인에 대한 호명이 종업원에서 제빵사를 거쳐 사장님으로 바뀐
다. 성공의 과정이 이와 같을 것이다. 하지만 "해고된"이란 수식어는 실제
상황이 실패로 귀결되고 있음을 뜻한다. 수식어를 빼면 성공한 것처럼 보
이지만 수식어와 함께 고려하면 실패한 것이 된다. 외견상의 성공과 실제
적인 실패 사이에서 그의 복잡한 심경이 노출된다. 그런데 이것은 절제된
방식으로 시에 표현된다. 아이러니는 여기에서도 발생한다. '모데르노'
라는 빵집 이름은 어떤가. 세련되어 보이는 빵집 이름의 뜻은 '근대'이지
만 가게는 오늘이면 문을 닫는다. 말과 말이 빚어낸 삼중의 엇갈림은 여
러 시적 의미를 산출한다. 하지만 빵집 주인은 그와 같은 처지를 "단순한
표정"으로 받아들인다. 현실을 반영하는 것 이외에도 말과 말이 엇갈리는

상황 자체에서 시적 의미가 발산된다. 내용 층위에서건 형식 층위에서건 그것들은 제 개성을 유지하며 시의 매력을 구축하는 데 기여하고 있는 것이다.

마을버스를 탄다 종점까지 간다
전철을 탄다 종점까지 간다
오늘의 날씨는 영하이거나
다시 영하일 듯 하고
나는 케냐로 가고 있는 중이다
케냐의 장미 밭에서
내 손목은 까망
발목은 까망
장미 향기는 나를 감싸고
온종일 허리를 숙이며
내 이름은 노 — 바디
내 목소리는 까망
프라이팬이 볶은
쥐눈이콩같이 까망
일당 일 유로를 받아들며
또는 애니바디
날씨 덕분이지
케냐에는 늘 장미꽃이 피고
천만 송이 장미 밭에서
내 이름은 천만 송이
새벽의 이슬
꽃잎 위를 구르다

다른 세계로 옮겨가지
손목과 발목과
목소리가 먼저 귀화하지

　　　　　　　　　　　　　—「케냐의 장미」전문

　오래 기억될 또 한편의 시「케냐의 장미」에서도 서로 다른 개성들이 협
업하여 시적 매력을 형성하고 있다. 종점으로 상정되었다는 점에서, 추운
날 떠올렸다는 점에서 '케냐'는 이상향의 외향을 갖추었다. 그러나 시에
서 드러난 케냐의 구체적인 모습은 그와 같은 이상향에서 많이 벗어나 있
다. 그곳에는 일당 일 유로를 받으며 살아가는 노동자가 있다. 따뜻한 이
상향이 그곳에 마련되어 있는 것이 아니라 냉혹한 현실이 거기까지 뻗어
있는 것이다. 그렇다면 전 세계를 뒤덮은 자본의 위력을 재확인하고자 이
시가 쓰인 것일까. 거기에서 시가 촉발되었을 수는 있다. 하지만 시적인
의미가 모두 거기에 기대어 드러났다고 보기는 힘들다.
　우선 간명한 리듬이 시적인 의미를 만드는 데 기여한다. 손목과 발목뿐
만 아니라 목소리까지 "까망"이라고 반복되는 데에서는 억압을 받을 수
밖에 없는 태생적인 운명의 굴레와 그럼에도 자기 정체성을 확인하려는
욕망이 동시에 확인된다. 복잡한 심경이 간단하게 반복되는 방식은, 의미
와 표현 사이의 간격을 확보하며 시적인 의미를 생성시키는 토대가 된다.
이어지는 "노—바디"이자 "애니바디"의 연쇄는, 정체성을 확인하려는
시도가 실패로 귀결되었다는 것을 역설적으로 드러낸다. 경쾌한 리듬 속
에 절망적인 상황이 있다. 여기에서도 시적 의미가 발생하고 있는 것이다.
냉혹한 현실이 낭만적 정서 안에 수렴되거나 절망적 체험이 현실 고발로
귀결되는 것이 아니라 개인 정서와 시대 현실 사이에서 여러 시적 의미를
발생시키는 것은 그만의 목소리, 또는 그의 시적 개성이라 할 수 있다.
　이 개성은 한영수가 처음 시를 쓰기 시작한 시기와 본격적으로 시를 쓴

시기의 간극에서 비롯된 것으로 보인다. 그는 1980년대부터 시를 쓰거나 시에 대해 고심했을 것 같고, 2000년대에 등단했으며 2010년대에 첫 시집을 낸다. 개인의 역사로서는 짧다고 말하기 어려운 시간을 통과한 그는 이 오랜 시간이 빚어낸 차이 자체를 그의 목소리로 승화시켰다. 첫 시집을 내지만 그는 지금 시작점에 있는 것 같지 않다. 오래전부터 시를 써왔기 때문이다. 종점에 있는 것은 더욱이 아닐 것이다. 앞으로도 계속 시를 쓸 것이기 때문이다. 「케냐의 장미」를 참조하면 그는 마을버스를 타고 종점으로 가고 있는 중이다. 정지해 있는 것처럼 보이는 대상에서도 미세한 움직임을 포착했듯이 그 역시도 이동 중인 것이다.

어디로 가는 것일까. 「가로수 잎에 가을이 머뭇거리는 사이」에서 그는 "어디만큼 왔나/얼마를 더 가야 하나"라고 자문하며 거기에 대해 "때가 되면 저절로/시간의 버스는/모가지가 무거운 계절의 종점에/나를 내려놓으리니"라고 짐작한다. 그의 종점은 침묵의 시간이며 파국의 장소일까. 그가 종점으로 상정한 '무거운 계절'의 뜻을 상기하면 그렇다고 할 수도 있다. 하지만 그 계절은 생성의 시간을 다시 예비하는 계절이기도 하다. 이상과 현실이 조금씩 겹쳐 있는 곳, 냉혹한 상황과 경쾌한 리듬이 긴장하는 곳, 단단한 돌멩이와 혼돈의 웅덩이가 공존하는 곳, 옛일의 파편들과 오늘의 정념이 시선을 주고받는 곳이 그의 종점이 될 수 있다. 그 시간, 그 장소는 시를 통해 보여준 그의 현재이다. 종점을 현재로 여길 때 그의 시간은 긴장을 유지하고 그의 시는 이 시대의, 우리 일상의 통점이 될 것이다.

마당을 쓰는 사람

◆

황동규『겨울밤 0시 5분』

1.

아픔은 내가 잘 모르는 언어로 말한다.
(…)
침묵에서 나오는 소리 같기도 하다.

—「쪽지 1」부분

2009년 황동규는 김달진문학상을 받으며『겨울밤 0시 5분』을 쓰는 동안
가르치는 일을 끝낸 자유와 잠복해 있던 여러 병이 함께 찾아왔다고 말했
다.[30] 2015년 시집을 재발행하며 새롭게 붙인 시인의 말에서는 '인고의 속
내'를 보여준 시집이라 당시를 술회했고 각 부 앞에 붙인 쪽지는 다음과
같은 말로 시작한다. "아픔은 내가 잘 모르는 언어로 말한다." 곳곳에 당
시 겪은 고통의 크기를 짐작할 수 있는 말들이 있다. 쪽지에서는 이 아픔

---

[30]「공든 탑 무너트리고 새로 쌓기」참조,『서정시학』2009년 여름호.

이 "침묵에서 나오는 소리 같"다는 추측으로 이어지는데, 아픔은 개인적인 것이고 침묵은 보편적인 것이라는 점에서, 아픔은 지금 겪는 것이고 침묵은 앞으로 겪을 것이라는 점에서 둘의 개연성을 선뜻 이해하기 어렵다.

이들은 모두 언어 밖에 놓였다는 면에서 연관이 아예 없지 않다. 말로 설명하기에 아픔은 너무 가깝고, 침묵은 너무 멀다. 근시와 난시를 떠올릴 수 있는데, 유의할 점은 눈에 관한 이 증상들이 정상적인 시각의 범위를 환기하는 것처럼 아픔과 침묵이 그가 생각하는 언어의 범위를 환기한다는 것이다. 시인은 아픔과 침묵의 관계를 추정하고 있으나, 은연중에 언어의 한계를 되묻는다. 그에게 언어는 아픔과 침묵 사이, 몽상과 상상 사이에 놓인 것들이다. 따라서 그의 말은 명징하다. 그는 명징한 말로써 말 밖에 거주하는 아픔과 침묵에 도달하려 한다. 이 점에서 그의 말은 집요하기까지 하다.

이끄는 발길 따라 조심조심 대웅전 뒤로 돌아가본다.
환하다,
땅바닥에 큰 타원 수놓으며 깔려 있는 저 융단, 저 이끼,
저 색깔!
몸 오싹할 만큼 마음을 쪽 빨아들이는,
그냥 초록도 아니고 빛나는 연초록도 아닌
그 둘을 보태고 뺀 것도 아닌
초록 불길 속에서 막 나온 초록 불길 같은,
슬픔마저 빼앗긴 밝은 슬픔 같은,
이런 색깔이 이 세상 어디엔가 있었구나.
이 만남을 위해 70년 가까운 세월이 훌쩍 지나갔는가?
바로 이게 혹시 저 세상의 바다은 아닐까?
살아서는 두 발을 올려놓지 말라는.

뒤뜰 이끼의 황홀한 색깔에 대한 반응은 그의 시가 지닌 리듬의 면모를 단적으로 보여준다. 그는 기어코 이 색깔을 언어로 포착하려 한다. "저 융단, 저 이끼,/저 색깔!" 이어지는 행을 보자. 융단처럼 펼쳐진 이끼의 색깔에 닿고자 하는 노력은 두번의 '아닌'과 두번의 '같은'으로 마무리되는 수식어구를 이끌어낸다. 이는 결국 여섯행에 걸친 하나의 문장으로 제시된다. 보통 한 문장을 여러행으로 나누면 리듬이 이완되기 마련이다. 그럼에도 그의 긴 호흡에서 감지되는 긴장감은 익숙한 리듬에 기대지 않은 채 자신이 목격한 대상의 색깔에 다다르고자 하는, 그 색깔을 정확히 묘사하려는 마음에서 비롯한다.

그래서 이끼의 색깔을 만족스럽게 표현했는가. 독자는 알 수 없다. 그는 정곡을 찌르기 직전에 멈춘다. "그냥 초록도 아니고 빛나는 연초록도 아"니고 이 둘을 보태거나 뺀 것도 아니라고 하며 조금씩 범위를 좁혀나가더니, "밝은 슬픔 같"다며 변죽을 울린다. 또한 "저 세상의 바닥"이라 하지 않고 여기에 의문형을 붙여 "저 세상의 바닥은 아닐까?"라 말하며 여전히 판단을 보류한다. 황홀한 색깔을 제 것으로 소화하려는 의지가 나타나되 그 결과 앞에서 말은 멈춘다. 묘사의 의지는 드러나되 아름다운 풍경은 제 시에서 보존된다. 황동규가 오미자술에 대해 시를 쓰면 오미자술을 맛보고 싶고 여행시편을 쓰면 차를 몰고 몰운대나 미시령에 가보고 싶은 마음이 드는 것도 규정을 유보하는 것으로 대상을 보존하는 그의 시쓰기 방식과 무관하지 않을 것이다. 시의 마지막 말은 "살아서는 두 발을 올려놓지 말라는"이다. '발'을 '말'로 바꾸어 읽으면 자연스럽게 그가 취해왔던 시쓰기의 자세가 된다.

황동규가 오랫동안 한국 시단의 중심을 지켜왔다고 해서 그의 시가 주류시의 전형을 보여준다는 생각은 오해다. 여느 시가 삶과 죽음의 엄숙함에 대해 말한다면, 그는 삶과 죽음의 가벼움에 대해 말한다. 여느 시가 시어에 두꺼운 시간을 넣으려 한다면 그는 현재 이 시간을 두껍게 하도록 시어를 활용한다. 여느 시가 리듬의 탄력을 위해 호흡을 짧게 끊어간다면, 그는 한 문장에 짧은 호흡을 이어붙여 집요함을 드러낸다.

> 여자가 들릴까 말까 그러나 단호하게
> '이제 그만 죽어버릴 거야,' 한다.
> 가로등이 슬쩍 비춰주는 파리한 얼굴,
> 살기(殺氣) 묻어 있지 않아 적이 마음 놓인다.
> 나도 속으로 '오기만 와봐라!'를 몇번 반복한다.
>
> (…)
>
> 어둠 속에서 먼지 몸 얼렸다 녹이면서 빛 내뿜는
> 혜성의 삶도 살맛일 텐데.'
> 누가 헛기침을 했던가,
> 옆에 누가 없었다면 또박또박 힘주어 말할 뻔했다.
> '무언가 간절히 기다리고 있는 사람 곁에서
> 어둠이나 빛에 대해선 말하지 않는다!'
> 별들이 스쿠버다이빙 수경(水鏡) 밖처럼 어른어른대다 멎었다.
> 이제 곧 막차가 올 것이다.
>
> ―「겨울밤 0시 5분」 부분

그가 지금 집요한 태도와 명징한 시어로 특별한 자리를 주시하기 시작한다. "이제 그만 죽어버릴 거야" 말하는 사람은 그가 아니라 파리한 얼굴의 여자다. 이야기의 절정에는 그녀가 있으며 그녀가 지켜보거나 지나치는 자리에 그가 있다. 절정이자 마감을 뜻하는 겨울밤 0시에 그녀가 있다면, 여운이자 시작을 뜻하는 겨울밤 0시 5분에 그가 있다. 그녀가 한밤중에 떠 있는 별과 같다면 그는 "몸 얼렸다 녹이면서 빛 내뿜는/혜성의 삶"과 연관된다. 그는 비켜나 있으면서 무언가를 기다린다. 사람? 어둠? 빛? "무언가 간절히 기다리고 있는 사람 곁에서/어둠이나 빛에 대해선 말하지 않는다!"고 하니 기다림 자체도 목록에서 빠질 수 없다. 다른 곳에서 "기다림이 없으면 끄트머리도 없지요"(「다시 돌아오지 못하더라도 갈 준비돼 있다」)라 하지 않았던가.

그는 5분 뒤에 있으면서, 떠난 사람을 돌아보거나 지나는 사람을 지켜본다. 또는 사람이 떠나는 것을 지켜보거나 지나친 사람을 돌아본다. "그가 늘 앉곤 하던 연못 벤치에/오늘 다른 사람이 앉아 있"(「누군가 눈을 감았다 뜬다」)는 것을 확인하는 자리에 그가 있다. "뜯기기 전 허수아비"(「또 한번 낯선 얼굴」)처럼 끝을 맛보는 사람이 아니라 끝을 지켜보고 무언가를 기다리는 자, 살아난 자의 시선이 여기에 있다. 그는 많은 사람과 인연이 떠난 자리 그 자체이다. 오래전에 말했던 '기다림의 자세'가 이것일까. 『겨울 밤 0시 5분』(현대문학 2009)의 목소리는 절정에서 비켜나 있으면서 절정을 오래 바라보는 자의 것이다.

2.

결국 벌레들에게 먹힐 건데
저 벌레들과 미리 눈인사를 해두자.
이따금 벌레처럼 꿈틀거려도 보자.
꿈틀거리면서 벌레가 되든지 벌레의 꿈이 되든지.

—「쪽지 2」 전문

벌레들에게 건네는 눈인사는 극적인 데가 있다. 곧 먹힐 것이라는 예감 때문에도 그렇지만 꿈틀거려보자는 다짐 때문에도 그러하다. 몸이건 꿈이건 함께할 인연을 감지한 벌레들에게 그가 정다운 인사를 건넨다. 먹히는 것은 끔찍하지만 인연을 맺는 것은 감사한 일이다. 어디까지 사유의 영역을 설정하는지에 따라 절망이 찾아올 수도 있고 희망이 찾아올 수도 있다. 그의 시에 깃든 여유는 인연을 맺는 데까지 사유가 연장되면서 확보된 것이다. 쪽지를 다시 보자. 인사를 건넨 까닭은 모두 미래에 걸려 있다. 전형적인 여행자인 그는 과거를 떠올리며 아늑해하기보다는 미래를 예감하며 설레어한다. 가끔 과거를 회상하고 자주 미래를 예감하는 이가 그이다.

예전에도 그는 앞날을 생각했다. 가령 '풍장' 연작의 첫 시 「풍장 1」을 떠올려보자. 그는 바람에 육신을 맡기는 장면을 그려보거나 육신을 떠나며 느끼는 소회를 상상하지만, 과거를 떠올리지는 않는다. 십수권의 시집을 상재하고 수권의 산문집을 발간하며 늘 이번 것이 가장 좋다고 말하는 그에게는 지금 이 순간의 결과가 최선이자 최고이다. 그의 말이 편히 들린다면 과거에 얽매이지 않으려는 자세와 무관하지 않으며, 그의 말이 경쾌하게 들린다면 현재와 미래에 대한 기대와 무관하지 않을 것이다. 좀처럼 과거를 드러내지 않으려 하는 것은 이번 시집도 마찬가지이다. 차이가 있다면 이번에는 '견고하지 못한 기억'이 원인이라는 점이다.

> 변화하지 않는 지명과 인명들만 여기저기 발자국들로 남았다./ (…) 그
> 발자국들이 얼지는 않았어./되돌아온 바퀴 자국은 보이지 않았어.
> ——「허공에 한 덩이 태양」 부분

> 추억도 시간 속에 불을 켰다가 끈다./(…) 그대 것이었던 싱싱한 얼굴 하
> 나/봄물에 녹고 있다.

맹세들은 너무 수가 많아/추억에서 쫓겨났다./더 쫓아낼 게 없어진 추억
은/휑해질 것인가 우그러들 것인가? (…) 모르는 새 주먹이 쥐어진다, 다시
한번!/순간 눈발이 펄럭이고/언덕길이 상체를 들려다 말고/차가 그림자처
럼 기어올라간다.

─「다시 한 번!」부분

독일어 지명과 인명이 맥락을 잃은 채 발자국처럼 어지러이 남았고(「허
공에 한 덩이 태양」), 섬진강의 추억이 불현듯 솟아올랐다 이내 사라진다(「섬
진강의 추억」). 추억거리가 왜소해지자 새로운 맹세도 부질없어 보인다(「다시
한 번!」). 이전에는 자의적으로 과거를 회고하지 않았던 반면에 이제는 불
수의적으로 기억의 순서가 뒤엉킨다. 기억이 불완전한데, 앞날에 대한 맹
세가 미더울 리 없다. 애초에 "추억에서 쫓겨"난 것이 맹세이다. 오늘과
내일의 생각까지도 위협 받는, 낙담할 수밖에 없는 상황이 연출된다.
　그는 이 와중에도 긍정적인 모습을 찾아 분주히 시선을 옮긴다. 어지럽
게 남아 있는 발자국들이 아직 완전히 얼지 않아서 다행이고(「허공에 한 덩
이 태양」), 싱싱한 추억이 봄물을 녹여서 다행이다(「섬진강의 추억」). 눈 덮인
오르막길에 계속 미끄러지는 차도 눈에 띄는데, 기어코 "그림자처럼 기어
올라"가는 차를 보며 그는 "다시 한 번!"을 속으로 외치기도 한다(「다시 한
번!」). 기억을 소재로 한 시들은 왜소해지는 과거에 대한 아쉬움으로 시작
해서 앞으로 일어날 일에 대한 기대로 마무리된다. 마치 얼음 사이로 흐
르는 계곡의 물처럼, 지금 이곳의 감각 대상은 부산스러우면서도 경쾌하
게 그에게 "다시 한 번!"이라는 말을 이끌어낸다.

　여기 어디쯤에 무추억의 보(洑)를 깔아야 할까부다.

흐르는 듯 안 흐르는 듯 흐르는 물,

송사리 몇 계속 눈 뜨고 헤엄치고,

가랑잎들 모여 바로 흙으로 돌아가지 않고

땅 가장자리를 조심스레 만져보며 떠내려갈,

어느 날 곧장 물에 뛰어들던 첫눈 알갱이들이

그 위에 옹기종기 모여 앉아 조용히

자신들의 짧은 추억을 하나씩 되새김질할.

— 「무(無)추억을 향하여」 부분

　그의 시에서 기대와 낙관은 불쑥, 무책임하게 나온 것이 아니다. 위태로운 기억의 대비책으로 그가 하는 일은 두가지이다. 인식의 주체를 확대하는 것이 첫번째고 추억거리를 확보하는 것이 두번째이다. 마지막 "자신들의 짧은 추억을 하나씩 되새김질"한다는 구절을 보자. 여느 시에서 쉽게 찾을 수 있는 '한 개인의 오랜 추억'의 자리에 '여러 개인의 짧은 추억'이 들어섰다. 송사리와 가랑잎과 첫눈 등은 모두 앞으로 보에 들어설 추억의 대상이자 주체이다. '무추억의 보'가 곧 그가 쓰는 시인 것이다.

　사실 '무추억'의 상황은 선택의 여지없이 찾아온다. 그럼에도 시인은 '향하여' 같은 의지를 담은 말을 제목에 붙였다. 어서 빨리 추억을 없애자는 것이 아니라, 없어지더라도 추억거리를 쌓아두자는 것이다. 과거에 연연하지도 운명에 주저앉지도 않겠다는 이 지향은, 현재에 자신의 지각을 개방시킨다. 둘레 세계의 대상들이 각자의 시간을 가지고 시적 정황에 동참하기 시작한다. 대개의 시어가 시간의 깊이를 확보하고 있으나 특별히 『겨울 밤 0시 5분』의 시어에는 그와 이웃의 현재와 가까운 미래의 시간이 새겨져 있다.

　기억의 화면에는 온갖 것들이 무작위로 뜹니다.

산책길에 굴러 내리다 간신히 자리 잡았던 돌이

또다시 구릅니다.

싸락눈 흩날리는 뜰에 혼자 핀 꽃이

겁 없이 골똘한 생각에 잠겨 있습니다.

왜들 그러는지 모를 만큼 멍청합니다.

(……)

언젠가 이런 편지 쓰는 일마저 싫증나면

마음 한가운데 생짜 공터가 생기리라는 생각이

마음 설레게 합니다.

—「삶은 아직 멍청합니다―편지」부분

온갖 것들이 무작위로 기억의 화면에 뜬다. 그래서 제목이 '삶은 아직 멍청합니다'인가. 그럴 수 있다. 그러나 이 뜻이 전부는 아니다. "골똘한 생각에 잠겨 있"는 꽃도 멍청하다 하니 시인은 생각하고 기억하는 모든 것이 멍청하다고 보는 것 같다. 이 멍청함의 끝에, 생각하는 일의 끝에 "마음 설레게" 하는 것이 들어선다. "생짜 공터"는 생각이 지워진 자리, 기억이 사라진 자리의 다른 말이다. 이곳은 의도해서 생겨난 것이 아니라 어쩌지 못하는 상황이 만들어놓은 곳이다. 이곳은 기억이 사라지면서 생겨난 자리이다. 마음 안에 있으나 마음이 미치지 못하는, 제 안의 바깥이 이렇게 생겨난다. 이곳은 시간의 질을 높이는 시인의 갱신이 일어나는 자리이자 『겨울 밤 0시 5분』에서 시가 발생하는 미지의 영역이다.

3.

땅에는 형태가 없다. 받쳐주는 힘이 있을 뿐이다.

(…)
언젠가 밝은 낙엽이 되어 땅의 몸에 입 맞추겠지.

—「쪽지 3」부분

언제부터인가 시인은 꽃이나 나무보다 형태가 없으며, 받쳐주는 힘이 있을 뿐인 땅을 그리워하기 시작했다. 땅은 꽃과 나무를 받치며 자라게 해줄 뿐만 아니라 밝은 낙엽을 받아준다. 한쪽에서는 생성하는 것의 바탕이 되고 다른 한쪽에서는 소멸하는 것의 그릇이 되는 것이 땅이다.『겨울밤 0시 5분』에서 이 땅은 공터로, 마당으로, 뒤뜰로 변주되며 나타난다. 그곳에서 죽음과 삶이 교차하고 사람과 사람이 교차한다.

아픔과 침묵을 동시에 보고 삶과 죽음을 동시에 볼 수 있는 곳은 어떤 이에게는 관조할 수 있는 자리이며, 다른 이에게는 명상할 수 있는 자리이다. 황동규에게도 그렇다. 그의 시도 관조적일 때나 명상적일 때가 많다. 덧붙일 것이 있다. 그에게 아픔과 침묵을 동시에 보는 곳은 마냥 편한 자리만은 아니다. 그는 "한 뼘쯤 앞으로 기어 나와 좀 편히" 살지 않고 "기차게 고달파도 제 본때로 살아보겠다는" "황홀한 낯선 외로움"(「낯선 외로움」)을 느끼며 시를 쓴다.

다 왔다.
깨끗이 비질한 마당에 눈 더 내리지 않아
무언가 더 쓸거나 지울 것이 없다.
꽃 있던 자리에 꽃 없고
풀 있던 자리에 풀 없고
사람 있던 자리에 사람 없는 곳.
그나마 마음 앗던 수국 불두화 배롱꽃이 없으니
박태기꽃마저 없으니

나비처럼 날아가 나비처럼 앉으려 해도 닿을 수 없었던

그래서 더 닿아보고 싶었던

생각이 끝 갈 데가 어딘가, 마음속에 떠올릴 연유마저 없다.

한눈에 들어오는 마당, 전부를 그대로 느껴버린다.

사람 사는 거리에서 그처럼 외우고 지우고 하던

색(色)의 본색이 바로 이것이었나?

어디선가 눈 한 톨 날려 와 손등에 앉는다.

느낌 하나가 새로 태어나

자리 잡으려다 자리 잡으려다 잠잠해진다.

무언가 짧게 흐르다 만다.

―「잘 쓸어논 마당」 부분

"전부를 그대로 느껴버린다"는 것은 어떤 상태일까. 우연히 접어든 계곡을 오르다 작은 절에 들어선 그가 오르막의 힘겨움을 "다 왔다"로 짧게 담아내자, 눈앞에 깨끗한 마당이 펼쳐진다. "무언가 더 쓸거나 지울 것이 없"는 마당은 고요하다. 난 자리는 있으나 들었던 꽃과 풀과 사람은 없다. 이 마당은 최초의 순수가 아니라 최후의 침묵을 담고 있다. 그는 여기에서도 마당을 집요하게 설명하다가 멈춘다. 정확히 말하자면 멈추지 않고 도약한다. "그래서 더 닿아보고 싶었던"이라고 말하더니, 그 결과는 생략하고, 전부를 느껴버린다.

그의 마음은 잘 쓸어논 마당과 닮았다. 마당에 들어섰던 사람과 마음을 찾았던 사람은 다르겠지만 떠나고 없다는 점에서 그 둘은 같다. 누군가 꽃과 풀을 쓸어 마당이 깨끗해졌고, 몇몇 기억이 스러지며 마음 한 구석이 비워졌다. 제 마음 한쪽에 어찌지 못하는 부분이 생겨나자, 마음과 마당이 같아졌다. 마당과 마음이 "서로 내면(內面)하"(「겨울 통영에서」)는 것이다. 이때 눈 한톨이 내려와 손등에 앉는다. "느낌 하나가 새로 태어"난다고 그가 말한다. 마당이 죽음 쪽에 있다면 느낌은 삶의 편에 있다. 그러나 새로운 느낌은 곧 녹을 눈에서 비롯한 것이다. 이들은 대치되는 것이 아니다. 새로운 느낌은 침묵과 갈라서지 않고 침묵을 완성시킨다. 마당은 삶을 껴안고 삶은 침묵의 자리를 제 안에 낸다.

있는 것과 가는 것이
서로 감싸고도는 고요,
때늦은 수국과 웃자란 풀들이 마음대로 시들고
사람들이 목젖에서 끄집어내며 여미는 소리
문득 빈 말이 된다.
눈 크게 뜨고 귀 세우지 않아도
여기저기서 달라붙어오는 감각,
이 세상 것들, 우연히 지나치는 사람 얼굴의 표정 하나까지
무한대(無限大)로 살가워진다.

소리 없이 박주가리가 씨앗 주머니를 연다.
역광 속에서
촉 달린 광섬유 시침(時針)들이
섬세하고 투명하게
빛 그림자 춤을 추고 있다.

——「이런 고요」 부분

대웅전 툇마루에 하늘이 비친다. 그 안에 "있는 것과 가는 것이/서로 감싸고도는 고요"가 있다. 그에게 고요는 오고 가는 많은 것을 되비추는 반사판과 같다. 고요는 툇마루이자, 뒤뜰이자, 마당이자, 그이자, 그의 시이다. 툇마루가 투명하게 지금 이곳의 하늘을, 그가 살아온 흔적이자 오간

것들의 자취인 나뭇결에 섞어 비춘다. 고요는 기억을 바탕으로 조성되고 감각은 '무한대'로 확장된다. "이 세상 것들, 우연히 지나치는 사람 얼굴의 표정 하나까지" "소리 없이 박주가리가 씨앗 주머니를 연다." 조리개를 활짝 열자 뿌연 그림자를 가진 빛이 춤을 춘다.

황동규가 "색(色)의 본색"(「잘 쏠어논 마당」)을 묻고 하늘과 견주어 '더 진한 공(空)'(「다시 돌아오지 못하더라도 갈 준비돼 있다」)을 떠올리는 곳이 마당이며 마루다. 땅과 하늘은 실제로는 멀리 있으나, 그의 시에는 함께 있다. 공이 곧 색이라는 성찰의 결과가 그의 시에 침투되어서만은 아니다. 툇마루 속에는 실제로 색과 공이 함께한다. 나무의 결에 각인된 삶의 흔적을 바탕으로 하늘이 비치고 여러 소리와 여러 표정이 함께 섞이고 빛이 춤춘다. 이 시간의 모든 것이 무한대로 확장되어 색과 공을 함께 포섭하는 것이다. 아니, 툇마루에 함께 있는 색과 공이 이 시간의 모든 것을 무한대로 확장한다.

달리 보면 그가 서 있는 곳은 사유의 전쟁터다. 아픔과 침묵뿐만 아니라 가벼움과 무거움, 공과 색, 삶이라는 관념과 맛이라는 감각까지, 그는 한 걸음 물러나 서로 다른 생각들을 대질시킨다. 가령 산책길에서 만나는 두 개의 죽음, "쥐똥나무 울타리 밑에서 주워 든/얼어 죽은 참새"(「겨울 산책」)나 "정(淨)하고 틈새 없는"(「늦추위」) 표정으로 얼어 죽은 박새에서 그는 '가벼운 죽음'을 떠올리는데, 이 역설은 손에 놓인 새들의 시신 앞에서 해결될 수밖에 없다. 모순되어 보이지만 진실을 발견하는 곳이 그의 사유가 마련한 마당이다. 그곳에서 삶과 죽음은 기꺼이 "서로 몸을 바꾸어/골똘히 제 속들을 들여다"(「외딴섬」) 본다.

4.

> 마음을 다스리다 다스리다 슬픔이나 아픔이 사그라지면
> 기쁨도 냄비의 김처럼 사그라지면
> 저림이 남을 것이다.
>
> ───「쪽지 4」부분

황동규는 마지막 쪽지에서 저림에 대해 말한다. 그는 병중에 "나에게서 해방된 고통"(「대상포진」)을 느꼈으나 이내 "삶의 맛은/무병(無病) 맛이 아니라 앓다가 낫는 맛"(「삶의 맛」)이라며, 지각의 영역 안에서 고통을 이해하려 한다. 저림은 "슬픔이나 아픔이 사그라"진 후에 일어난다. 그가 어쩌지 못하는 순간에 깨끗한 마당이 생기듯, 어쩌지 못한 상황에 저림이 남는다. 저림과 마당은 제 생각이 떠난 몸과 마음의 현상이다. 그러나 마당이 새로운 방문객을 기다리듯 저림에도 새 출발의 의미가 없다고 할 수 없다. 저린 시간은 그가 이 시집에서 집중하고 있는 '5분 지난 후'의 시간과 포개진다.

> 너도 알고 있는가,
> 삶의 크기가 졸아들수록 농도가 짙어가는
> 땀 냄새 침 냄새 눈물 냄새 속에서
> 시리고 황홀하고 저렸던 몸의 맛을?
> 우연인 듯 나비 더듬이가 몸을 더듬던 촉감,
> 벌이 처음으로 몸에 빨대를 대던 순간의 느낌,
> 온몸의 핏줄 떨게 하던 저 뜨거운 여름비의 노래를?
> 일단 맛본 삶은 기억이 꽃잎처럼 떨어져나가도
> 몸속 어딘가 지워지지 않는 결들로 남아 아린 것.

이제 막 꽃잎을 내리는 이질풀,

너도 너를 묶은 끈들을 잠시 느슨히 풀고

이 생각 저 생각 머릿속에 담고 퍼내다가

삐익 소리와 함께

저 세상 불빛을 한순간 미리 본 적이 있는가?

시간의 바퀴가 삶의 아린 결들만 남기고

우리 몸을 통째로 뭉개려 들 때.

—「몸의 맛」부분

인용 부분은 꽃에게 물어보는 형식을 띤다. 꽃이 바로 "너"인 것이다. 그러나 독자나 자기 자신에게 건네는 질문으로 이해해도 무리는 없으며, "너도 알고 있는가"의 '아는가'에 주목하면 앎 자체에 물어보는 것일 수도 있다. 앎은 몸속에 남은 아린 결을 모른다. 나비 더듬이가 더듬던 촉감, 벌의 주둥이가 닿던 느낌, 그리고 뜨거운 여름비의 노래를 꽃은 모른다. 이들은 "너를 묶은 끈들을 잠시 느슨히 풀고" 생각을 방기해야 느낄 수 있는 것들이다. 모르는 것도 아는 것과 마찬가지로 인식의 영역에 속한다. 침묵에서 나온 아픔의 노래처럼 이들은 인식 바깥에 있다가, 말로 거를 사이도 없이 곧장 몸에 각인된다. 그러므로 이들은 꽃이 알 수는 없지만 꽃만 느낄 수 있는 것들이다.

"저 세상 불빛을 한순간 미리 본 적이 있는가"의 예측도 아린 감각에 기대어 나왔다. 황동규의 시에서 생각은 삶과 함께 끝나지만 감각은 그 이후에도 남아 있다. 감각이 주체를 인증하는 경우를 그는 "시간의 바퀴"가 남긴 "삶의 아린 결"이라 표현한다. 다른 시에서 "끄트머리까지 저릴 것"(「무굴일기 3」)이라 했으니 '저리다'도 같은 맥락으로 쓰이는 것이다. 아리고 저린 흔적은, 역설적으로 숨통을 틔워 구도를 꽉 채운다. 5분 뒤의 시간이 자정을 꽉 채우는 것처럼 아리고 저린 시간은 삶과 죽음을 완성한다.

어떤 세대에게 황동규의 시는 단절의 상징이었다. 그의 시는 학습의 시와 경험의 시를 갈랐고, 교과서의 시와 시집의 시를 갈랐다. 교과서의 시간을 빠져 나온 뒤 자유롭게 시를 더 많이 읽고 싶은 마음에 첫번째로 응답한 시가 대개는 그의 시였다. 독자들은 지속적으로 발표되는 그의 시를 따라 읽었다. 그의 초기 시는 명징했으나 어쩐지 어려웠고,『나는 바퀴를 보면 굴리고 싶어진다』부터는 상대적으로 읽는 부담이 줄어들었다. 점점 읽기 편해지자 감상 능력이 늘었다고 생각하는 독자도 있었다. 그러나 단절은 그의 시 안에서도 일어났다. 시 자체가 갱신을 거듭하고 있었던 것이다. 어떤 시집에서 그는 시인의 존재를 되물었고 다른 시집에서는 종교적인 사유를 전면에 내세웠다.『겨울밤 0시 5분』은 생활과 몸의 변화를 묵묵히 담아내며 종교적 모색을 삶의 이편으로 내려앉힌 시집이다. 이다음 시집이『사는 기쁨』이다. 작은 것 하나의 떨림에 주목했던 섬세한 인식이 살아 있는 것 모두를 기쁨으로 여기는 데에까지 확장되었다. 황동규는 지금도 새의 소리, 춤추는 빛, 고요한 마당 등 이 시간 함께 있는 동료들과 더불어 갱신을 거듭한다.

안도현의 평지 순례

◆

안도현『능소화가 피면서 악기를 창가에 걸어둘 수 있게 되었다』

삶과 시의 차이를 높낮이로 인식하는 경우가 있다. 지상에 발을 딛되 멀고 높은 곳에 눈길을 두는 이들은 자신의 말 하나하나에 고양되고 싶은 의지를 투사하며 삶을 시적 상태로 들어 올리거나, 저 너머에 있는 시적 상태를 삶의 현장으로 끌어내려 둘의 만남을 도모한다. 우리는 이들을 낭만주의자라 부른다. 삶과 시의 차이를 인정하되 이 둘을 나란히 상정한다는 점에서 안도현은 온전한 낭만주의자라 부르기 힘들다. 그의 시에서는 삶과 시의 높낮이 차가 심하더라도 충분히 이를 평탄화할 수 있다는 믿음을 자주 볼 수 있다. 공통의 맥락이건 개인의 맥락이건 삶은 안도현 시의 자양분으로 꾸준히 제공되었고, 삶과 시의 경계는 또한 변화와 보완을 거듭해왔다. 그런데 이번 시집에서 엿보이는 시인의 고심도 여기에서 비롯한 것 같다. 과연 삶과 시의 경계는 있는 것인가. 삶을 시로 개간하는 작업은 어떤 의미가 있는가. 같은 일을 오래 하자 그 일에 대한 근원적 회의가 일어난 듯하다. 경계의 교란이나 재편보다는 경계의 유무가 문제시되는 상황이다.

시인은 그간의 작업을 전적으로 부정하는 것은 아니지만 전적으로 신뢰하지도 못하겠다는 뜻의 말을 시집 여기저기에 남겼다. "꽃밭과 꽃밭 아닌 것의 경계는 다 소용없는 것이기는 하지만/경계를 그은 다음에 꽃 밭 치장에 나서는 것도 나쁘지 않은 일이라고 결론을 내렸어라"(「꽃밭의 경계」)를 보자. 지금까지 경계를 그어왔던 일을 존중하겠지만, 이와 같은 '결론'이 최선이 아닌 차선이라는 것을 유보적인 태도를 내비치며 분명히 밝힌다. 지금까지의 신념에 균열이 일어난 것이다. "꽃밭과 꽃밭 아닌 것"의 구분은 '나와 나 아닌 것' '여기와 여기 아닌 곳'의 구분과 더불어 삶과 시의 경계에 대한 사유까지 포함한다. 이 시의 도입부를 살펴보자.

> 꽃밭을 일구려고 괭이로 땅의 이마를 때리다가
> 날 끝에 불꽃이 울던 저녁도 있었어라
>
> 꽃밭과 꽃밭 아닌 것의 경계로 삼으려고 돌을 주우러 다닐 때
> 계곡이 나타나면 차를 세우고 공사장을 지나갈 때면 목 빼고 기웃거리
> 고 쓰러지는 남의 집 뒷박만 한 주춧돌에도 눈독을 들였어라
> ──「꽃밭의 경계」 부분

"꽃밭을 일구려고 괭이로 땅의 이마를 때리다"보면 "날 끝에 불꽃이 울"기도 했다. 시를 쓰다보면 점화가 일어나는 순간이 오기도 한다. 꽃밭 일구기와 시쓰기가 포개지는 과정에서 삶과 시의 경계를 긋는 주체가 시인 자신이며, 언 땅의 괭이질처럼 어렵고 고독한 노동이 시쓰기라는 점이 강조된다. 시인은 자신의 작업을 노동으로 인식하며 이를 삶의 영역에서 예술의 영역으로 전유한다. 우연을 필연에, 수동성을 능동성에 포함하는 일이 이와 같다. 모든 개별 사건에 필연성을 부여하는 능동적이고도 주체적인 시쓰기 방식은 지금까지 안도현이 유지해온 방식이다.

인용시에서 시인은 제 꽃밭을 가꾸기 위해 '남의 집 주춧돌'을 욕심내지 않았는지 반성한다. 사회적 관계 속에서 일어난 마찰의 이유를 캐묻는

일은 윤리학의 문제에 해당한다. 그런데 실제 중요하게 묻는 것은 "꽃밭과 꽃밭 아닌 것"의 정체와 경계이다. 불꽃이 일어나는 일과 꽃밭의 경계 긋기는 필요충분조건이었는가. 시쓰기를 '노동'으로 인식하면서 '너머'의 세계를 외면한 것은 아닌지, 필연을 강조하다가 우연의 가능성을 차단한 것은 아닌지에 대한 성찰도 이 질문에 포함된다. 시집 전체를 아우르는 이 화두는 인식론과 존재론에 해당한다.

> 1914년 철길이 놓인 이후
> 철둑이 생겼고 철둑 너머를 둑 너머,라고 불렀겠지
> 너머, 꾀죄죄한 여기가 아닌 거기,
> 너머, 여기에 없는 게 반드시 있는 거기,
> 너머, 갔다 왔으나 갔다 왔다고 말하는 사람 없는 거기,
> 너머, 어제 지나칠 때 걸음이 빨라지던 거기
>
> 너머를 넘는 일은
> 어두워져야 가능했어
> 밤새 객실 칸칸마다 홍등을 달아놓은 유람선 같았지
> 어깨 낮추고 바지에 손 찔러 넣고 귓등에 싸락눈 받으며
> 사내들이 돌아오던 저녁이 있었어
>
> (…)
>
> 지금 전라선 기차는 지붕을 타고 달리지 않는다
> 전주역 자리에 전주시청이 들어선 이후에도
> 아직 유람선은 출항하지 않고 있다
>
> ─「너머」 부분

'철길'이라는 경계 안쪽에서 시인은 '너머'를 호명한다. "꾀죄죄한 여기"에서 추정컨대 '거기'는 화려할 것 같다. 그리고 거기에는 "여기에 없는 게 반드시" 있을 것 같고, 갔다 온 누구도 갔다 왔다고 말하지 않으니 말로 표현하기 힘든 신성한 것이 있을 것 같다. 그러나 전주역 "둑 너머"로 불리던 그곳은 유곽 '선미촌'이다. 홍등으로 누추를 가리고, 환락과 절망이 '반드시' 공존하며, 말로 표현하기 힘든 수치가 있는 곳이 '너머'이다. "청춘의 고해소"와 "밤의 푸줏간"과 "어둡고 우울한 꽃밭"이 "1914년 철길이 놓인 이후" 거기에 있다. 너머의 세계는 시인에게 역사의 건너편에 있는 이상향이 아니라 역사의 산물이며, 우연히 마주치는 곳이 아니라 일부러 찾아가는 곳이다. 그가 적고 싶었던 그 세계의 실체는 켜켜이 누적된 역사의 그늘이다.

　여태껏 유람선이 출항하지 않고 있는 까닭도 이와 관련된다. 칸칸이 매달린 홍등에서 객실을 여러개 둔 유람선을 연상한 것인데, 실제 '둑 너머'는 꿈을 이루기 위해 출사표를 던지는 곳이라기보다는 욕망을 배출하거나 폐기하던 곳이다. 수치의 기억이 희망찬 배를 에워싼다. 출항이 지연되었다는 소식을 알리듯 그곳의 홍등은 '어두워져야' 켜진다. 누추한 역사가 출항을 저지한다. 닿고자 했던 '너머'의 세계가 남루한 '여기'였고, '치장했던' 경계 안의 세계가 경계 밖의 거친 현실이었다. 안과 밖의 구분이 모호한 것이다.

　　그릇에는 자잘한 빗금들이 서로 내통하듯 뻗어 있었다
　　빗금 사이에는 때가 끼어 있었다
　　빗금의 때가 그릇의 내부를 껴안고 있었다

　　버릴 수 없는 내 허물이

나라는 그릇이란 걸 알게 되었다

그동안 금이 가 있었는데 나는 멀쩡한 것처럼 행세했다

—「그릇」부분

포클레인 기사가 와서 흙무더기를 퍼내고 나서야 가까스로 허공이 땅속에 숨어 있었다는 걸 알았고요 내가 발자국 새기며 걷던 자리가 바로 허공의 둘레였다는 것도 뒤늦게 알았지요 그 둘레는 하물며 날카로웠어요

(…)

누구나 흉중에 언덕과 골짜기와 연못의 심상이 있을 겁니다만 그동안 고심이 깊어 나한테 그 어떤 선물 한번 하지 않고 살았어요 당신의 숨소리를 받아 내 호흡으로 삼을 수 있다면 세상의 풍문에 귀를 닫고 실로 슬프지도 기쁘지도 않게 찰랑거릴 수 있다면 나는 그걸 연못의 감정이라고 부를까 해요

—「연못을 들이다」부분

「그릇」에서 진술의 두 축 "빗금의 때가 그릇의 내부를 껴안고 있었다"와 "버릴 수 없는 내 허물이/나라는 그릇"은 모두 인식의 전환 과정을 보여준다. 매개는 그릇 둘레에 난 빗금이다. 빗금으로 인해 그릇은 음식을 담는 도구가 아니라 무늬를 지닌 존재로 주목받고, 둘레는 안과 밖의 소통 과정에서 생긴 상처로 인식된다. 화자가 자신에게 난 내면의 균열을 도외시한 채 "멀쩡한 것처럼 행세"해온 것을 자성하는 까닭이 이와 관련된다. 생략한 앞부분 "나는 둘레를 얻었고/그릇은 나를 얻었다"에서 나타나듯 '나'와 그릇이 동일시되었기 때문이다.

삶과 시의 경계에 회의가 들고 그 사이에서 소모되는 자기 자신을 발견해도 시인은 경계를 긋고 안쪽을 보살핀다. 안과 밖의 구분이 부질없다고 하더라도 그 부질없음을 느끼기 위해 경계를 그어야 한다는 것이다. 「연

못을 들이다」에서는 마당에 연못을 들이려 포클레인으로 흙을 퍼내자 둘레와 깊이가 생겨난 일화가 소개된다. 시인은 이 작업 끝에 "허공이 땅속에 숨어 있었다는" 것과 "내가 발자국 새기며 걷던 자리가 바로 허공의 둘레였다는 것"을 깨닫는다. 그릇이건 연못이건 깊이를 확보한 경계에서도 그는 삶과 시, 안과 밖, 자신과 타인의 소통을 거듭해서 시도한다. "당신의 숨소리를 받아 내 호흡으로 삼"는 일이 곧 "연못의 감정"으로 승화한다. 타인에게서 흘러들어온 물이 채워져 평지와 수평을 맞춘 셈이다.

매화는 방 안에서 피고
바깥에는 눈이 내리고
어머니는 쪼그리고 앉아 있었다

나는 바닥에 엎드려 시를 읽고 있었다
누이야, 이렇게 시작하는 시를 한편 쓰면
어머니가 좋아하실 것 같았다
가출한 아버지는 삼십년 넘게 돌아오지 않았고
그래서 어머니는 딸을 낳지 못했다

(…)

매화는 무릎이 시큰거린다고 했다
동생들은 관절염에는 수술이 최고라고 말했고
저릿저릿한 형광등이 매화의 환부를 내려다보았고
환부가 우리를 키웠다는 데 모두 동의했다

누이야, 이렇게 시작하는 시를 쓰면

우리 애들과 조카들이 좋아할 것 같았다
고모가 생겼으니 고모부도 생기고
고종사촌도 생기니 좋을 것 같았다
그러나 어머니는 자궁을 꺼내 내다버렸고
시는 한줄도 내게 오지 않았다

저녁이 절룩거리며 오고 있었다
술상에는 소고기육회와 문어숙회가 차려졌고
우리는 소주를 어두운 배 속으로 삼켰다
폐허가 온전한 거처였다
누구도 폐허에서 빠져나가지 않았다

—「안동」 부분

「안동」에서는 시인이 그간 추구했던 '시적인 것'의 구체적인 모습이 '누이'와 '매화'를 통해 나타난다. '누이야'로 시작하는 시가 있었으면 좋겠다는 바람대로 시 한편이 탄생했다. 누이는 보통 가족의 기억을 공유하면서 같은 여성으로 어머니의 몸과 마음을 섬세하게 헤아릴 수 있는 이다. 그 덕에 화자는 엎드려 시를 쓸 수 있었을 것이다. 하지만 누이는 가상의 인물이다. 화자에게는 살갑게 유년의 기억을 나눌 이가, 어머니에게는 친구 노릇을 한다는 장성한 딸이, 아이들에게는 정겹게 맞아줄 친척 어른 한명이 사라지면서 시의 밑천이기도 한 가족의 기억 또한 건조하고 빈약해졌다. "자궁을 꺼내 내다버"린 아픔에 주목해보자. 시를 쓴 아들은 "환부가 우리를 키웠다"나 "폐허가 온전한 거처였다" 등의 수사를 통해 어머니의 아픔을 헤아린다. 그의 말은 의미를 확장하는 대신 추상화한다. 누이는 아직 그 아픔을 겪지 못했지만 어머니와 동성이기 때문에 언젠가 체험할지도 모른다. 같은 여성으로서 어머니의 아픔을 간접적이지만 육체적으로 흡수할 수 있는 것이다. 있으면 기쁨을 더하고 슬픔을 나눌 수 있지만 없다는 것을 자각하면 더욱 고독해지는 것이 시인에게는 '누이'이다. '시'도 그렇다.

'매화'도 어머니를 경유하며 '시적인 것'을 환기한다. 어머니와 매화가 등장하는 방 안의 첫 장면에 주목하면 이 둘은 별개처럼 보이지만 이후 매화가 무릎이 아프다고 한 것으로 미루어보아 차츰 동일시된다고 할 수 있다. 사실 매화의 화사한 이미지는 환부의 모습이나 폐허의 의미를 선명히 하는 데 크게 도움이 되지 않는다. 어둠을 밝힐 한줄기 희망으로 여기기에는 가족들이 그 폐허에서 누구도 빠져나가지 않으려 해서 무리가 따른다. 어머니의 의미와 어긋나는 지점이 있는 것이다. 어머니와 포개지지 않은 나머지 의미는 시인이 젊은 날 엎드려 읽던 시, 또는 어머니가 자궁을 들어낸 뒤 한줄도 오지 않던 시를 환기한다. "누이야, 이렇게 시작하는 시를 쓰면/우리 애들과 조카들이 좋아할 것 같았다"라는 구절을 보자. 있으면 좋지만 없어서 아쉬운 것은 누이로 시작하는 시이면서 동시에 개화한 매화이다. '매화'는 현실의 남루를, 어머니의 환부를 덮을 수 있다는 믿음으로 피었다. 이렇게 삶과 시는 나란히 있으면서 서로 넘나들며 소통한다.

> 일용직 새들이 강으로 가는 소리 들린다 강변에 세숫물 떠다놓았다 고라니는 백사장에 벌써 발자국을 몇켤레나 벗어놓고 숲에 들었다
>
> ─「경행(經行)」전문

「경행」은 짧은 길이 안에 삶과 시의 중층적 관계를 압축해서 보여준다. 참선 중의 휴식 시간이 '경행'이다. 백사장에서 벌어지는 일을 휴식에 견줄 수 있다면, 백사장을 떠나 도착한 곳에서의 시간은 참선에 견줄 수 있을 것이다. 백사장에 있던 일용직 새들은 강으로 가 다시 일을 시작하고,

고라니는 백사장에서 잠시 쉬었다가 숲으로 들어간다. '일용직'이라든가 '세숫물' 같은, 전원 풍경에 어울리지 않는 말은 시를 비범하게 하는 데 기여하는데, 일용직 새들이 왔다고 하지만 정작 무슨 일을 했는지에 대해서는 정보를 제공하지 않는다. 다만 일용직이라 했으니 노동을 마쳤으리라 짐작하고, 강을 세숫물이라 했으니 휴식을 취하는 것이라 짐작해본다. 시선은 백사장에 계속 머문다.

숲에서 무엇을 하는지도 알 길이 없다. 참선의 장소와 시간과 내용은 불문에 부쳐진다. 새들이 강으로 가는 소리가 들리고, 백사장에 찍힌 고라니의 발자국이 보일 뿐이다. 휴식 시간은 문면에 남아 있고 저 너머의 세계는, 언어가 닿지 못하는 세계를 언어로 환기하는 참선이 그러하듯, 실체를 드러내지 않는다. 일용직 노동은 백사장에 오기 전에 한 일이고, 숲속의 참선은 백사장을 떠난 후에 한 일이다. 노동과 참선이 선후관계에 따라 나뉜다. 새들이 백사장에서 고라니와 만나듯, 노동과 삶은 휴식 시간에 시와 참선과 만난다. 강의 수면과 가장 가까운 높이를 지닌 백사장은 참선과 노동의 경계이기도 하다.

안도현의 시는 지금까지 삶의 영역 중에서도 노동에 젖줄을 댔다. 앞에서도 꽃밭을 일구는 과정에서 '괭이'를 빠뜨리지 않았으며, 연못을 들이는 일에서는 '포클레인' 작업을 부연했다. 또한 외유내강의 예로 "불에 달구어질 때부터 자신을 녹이거나 오그려 겸손하게 내면을 다스렸을"(「호미」) 호미를 들었다. 시인은 '전봉준' 같은 역사적이고 상징적인 인물에 주목한 때도 있었고, '모닥불' 같은 사회적 약자들의 모습에 주목한 때도 있었다. 앞의 대상들이 '높은'이라면 뒤의 대상들은 '낮은'이다. 높고 낮은 상징들을 평탄화하고, 시적인 것으로 가꾸며, 끝내 시의 영역을 넓히는 일이 백사장에서 일어난다. 그런데 이번 시집의 백사장에는 새로운 성질의 것이 추가되었다.

1939년 일본 구로사키에서 조선인 노무자 임돌암과 최도홍 사이 4남 1녀 중 둘째로 태어났다.

1942년(4세) 인형을 들고 한장의 사진을 찍었다. 그때 친구들이 '고코짱 아소부야(홍교야 놀자)'라고 불렀다.

(…)

2016년(78세) 온 가족이 상해를 여행하였다

2018년(80세) 손녀 유경의 결혼을 앞두고 현금 천만원을 내밀어 온 가족을 울게 만들었다. 가족 이외에는 뭘 나눠주는 데 매우 인색하였다. 안동에서 팔순 잔치를 열었다.

2019년(81세) 8월 용궁면에서 열리는 큰아들의 행사를 보러 갔다가 쓰러져 뇌경색 판정을 받고 자리에 누웠다.

—「임홍교 여사 약전」 부분

다섯째 막내 고모 안음전(安音傳)은 1932년 임신생이다. 예천 보문면 편달 윤종영에게 시집을 가서 편달고모라 불렀다. 택호는 파평 윤씨 집성촌에서 지산댁으로 불렸다고 한다. 고모부 댁은 나락을 해마다 예순석 넘게 생산할 정도로 집안이 넉넉했고, 이장을 오래 맡던 고모부는 처가의 대소사에 오면 불콰한 얼굴로 일을 잘 거들었다. 우리 아버지 돌아가셨을 때 상여도 살피고 만장 쓰는 일도 손수 하였다. 고모는 슬하에 3남 5녀를 두었으나 둘째 아들이 고등학생 때 내성천에서 익사하고 말아 그 한을 평생 품고 살았다. 지금은 딸 둘이 교사 생활을 하고 있다. 꼬부랑 할머니가 다 되셨다는데 얼굴을 뵌 지 오래되었다.

—「고모」 부분

「임홍교 여사 약전」은 "큰아들의 행사를 보러 갔다가 쓰러져 뇌경색 판정을 받고 자리에 누"운 어머니에 대한 시이고, 「고모」는 "둘째 아들이 고등학생 때 내성천에서 익사하고 말아 그 한을 평생 품고 살았"던 막내 고모 등 다섯 고모에 대한 시이다. 안도현은 이번 시집에서 특별히 둘레 사람들에게 초점을 둔다. 이들은 예술적 대상이라기보다는 나날의 삶에서 맞닥뜨리는 인물이다. 평탄화 작업 이후 시의 세계에 초대한 이들이다. 이들은 거대한 상징인 전봉준이 아니며, 사소하고 소외된 대상인 모닥불 속 땔감도 아니다. 높거나 낮은 데에서 형성된 상징의 외피를 벗고 이들은 그 자리에서 있는 그대로의 모습을 보여준다.

말을 제련하는 과정에서 간혹 시적 힘이 빠졌던 것을 경계하는 듯, 아니 삶의 힘이 곧 시의 힘이라는 듯, 이들의 사연은 약전이나 약력의 형식 속에서 건조하게 소개된다. 그럼에도 위의 시들이 사실의 더미를 벗어나는 힘을 발휘하는 까닭은 그 말을 꾸미는 수사에 있다기보다는 사실들이 엮어낸 서사에 있을 것이다. 시인은 가까이에서 오래 지켜보았기 때문에 그들의 역사가 지닌 시적 힘을 발견했고 신뢰했을 것이다. 경계에 대한 회의를 그는 둘레 세계에 주목하며 극복하고자 했다.

이들의 기록을 작성하는 데 쓰인 힘은 구심력과 원심력이다. 기존의 시적 영역으로 끌어들이는 힘에 맞서 그 영역을 이탈하려는 힘의 긴장이 그 자리를 지키게 한 것인데, 각자 놓인 자리와 그 자리에 놓인 자들의 역사가 시적 힘을 발휘한다는 믿음이 없다면 불가능한 일이다. 소통 과정에서 입은 상처가 기존의 방식에 반성을 불러일으키는 한편, 스러져가는 대상의 상황 또한 다른 시적 방식을 모색케 한다. 어머니는 지금 "뇌경색 판정을 받고 자리에 누웠다". 고모들은 곡절 많은 사연을 안고 일찍 돌아가셨거나 치매를 앓고 있거나 "얼굴을 뵌 지 오래"된 상태이다. 이별을 생각할 때가 온 것이다. 시인이 선택한 일은 이들의 삶을 시적 관례에 맞춰 표현하는 것이 아니었다. 이들의 삶 자체가 지닌 시적 힘을 믿고 언어로 받아

들이는 것이었다. 이때 필요한 것은 비유나 상징이 아니라 육하원칙에 맞
춘 정확한 정보 제공이다.

　　나무의 정부에서는
　　금강소나무가 대통령이다

　　　　　　*

　　두릅 새순 위에 진눈깨비, 진눈깨비
　　맨발로 다니다가
　　가시에 찔릴라

　　　　　　*

　　복수초에게도
　　설산이 있었지

　　　　　　*

　　이름에 매달릴 거 없다
　　알아도 꽃이고 몰라도 꽃이다
　　알면 아는 대로
　　모르면 모르는 대로

　　　　　　　　　　　　　　　　　　　　　　　　　—「식물도감」 부분

　　시집을 닫는 시 「식물도감」도 시적 대상을 '약전'처럼 다룬다. 계절의
변화에 따라 여러 식물이 등장하고 퇴장하는데, 순서에 맞춰 개인적인 사
연과 그에 대한 감응이 뒤따른다. 살과 뼈대로 이들을 나눌 수 있을 것 같
지만 실제로 이들의 의미는 얽혀 있다. 경계가 어디인지, 안과 밖 그리고

살과 뼈대를 구분하는 일은 어렵다. 분명한 것은 '나무의 정부'에서 대통령인 '금강소나무'의 계보를 작성하기보다는 정부 구성원의 모습을 기록했다는 점이다.

마침내 도감 제작 과정 끝에 시인이 다다른 곳은 모든 식물이 숨죽이는 '설산'이다. 눈은 지상의 모든 경계를 지운 것처럼 보인다. 어떤 것도 변별되지 않는 상태에서 시인은 "이름에 매달릴 거 없다"고 말한다. 피고 지는 것들의 도감을 작성하더니, 이제는 "이름에 매달릴 거 없다"는 것이다. "알아도 꽃이고 몰라도 꽃"이기 때문에 그러하다. 꽃은 앎과 모름의 경계 바깥에서 유유히 피고 진다. 사물에 닿지 못하는 말의 한계를 인식하자 시인은 사물에 깃든 시적 힘을 호명한다. 그의 '약전'과 '도감'이 특별한 정서를 불러일으키는 것은 공동체 안의 개별성을 존중하는 방식으로 언어를 활용했기 때문은 아닐까.

안도현은 개별 대상들이 생성하고 스러진 자리를 찾아다닌다. 높은 곳을 낮추고 낮은 곳을 높이자 둘레 삶의 역사가 예술의 기원이 되었다. 그는 시적인 것을 수집하기보다는 방문하고 기록한다. 시적 힘이 무엇인지, 내면의 균열은 어떻게 치유할 수 있는지 회의 섞인 질문이 찾아왔을 때 그가 도달한 곳이 여기이다. 너머의 세계에서 찾아오는 시적 불꽃을 맞이하기 위해 가장 비시적으로 보일 법한 작업을 수행해온 것이다. 시적 우연을 맞이하기 위해 둘레의 삶에 필연성을 부여한 그의 시적 작업을 우리는 '평지 순례'라 말할 수 있을 것이다. 그는 둘레 세계의 스러지는 대상을 일일이 방문하여 거기에 깃든 신성함을 기록한다. 경계에서 입은 상처가 시적 영역을 다른 방식으로 확장한다. 그 영역에 독자의 삶도 포함될 것이다.

|제1부|

코끼리의 거처: 21세기 한국시에 나타난 상상력의 윤리 『신생』 2019년 여름호

시적인 것의 귀환: 인공지능 시대와 서정의 미래 『서정시학』 2018년 겨울호·『현대시』

　　2016 7월호 (수록 당시 제목은 '말·삶·주체의 협업 —— 인공지능 시의 출현과 더불어')

갇힌 주체의 부정성: 2010년대 시의 감성 구조 『실천문학』 2013년 가을호

너에게 이르는 길: '나는 너다'의 모습들 『현대문학』 2016년 8월호

불온한 시는 어디에서 출현하는가 『서정시학』 2015년 가을호

|제2부|

서정의 생명성은 무엇인가 『현대시론』(서정시학 2020)

현대시와 극서정시: 극서정시의 미학과 구조 『현대시론』(서정시학 2015)

헤맴의 궤적: 현대시의 리듬 『현대시학』 2015년 3월호 (수록 당시 제목은 '시어의 척력과

　　인력')

현대시의 알레고리: 황현산의 알레고리 『시와시』 2012년·『문학의 오늘』 2012년 여름호

빈집의 유령들: 리얼리즘 시의 갱신과 관련하여 『서정시학』 2020년 여름호

|제3부|

춤추는 말과 진동하는 신념: 최종천의 시 『실천문학』 2012년 겨울호

그늘이 넓은 집, 마당에 사는 빛: 이상국의 시 이상국 문학자전『국수』(강 2019)

최정례의 과외 수업 『실천문학』 2015년 겨울호

어디에도 있는 너는: 곽효환『너는』에 부쳐 『서정시학』 2019년 여름호

유안진이 이야기를 들려주는 시간 『시와환상』 2013년 여름호

서툰 연인들, 외국어 주체들: 황인찬「나의 한국어 선생님」에 부쳐 『문학의오늘』 2013년 여
    름호

|제4부|

불투명한 바람과 투명한 마음: 이은봉『봄바람, 은여우』 『봄바람, 은여우』(b판시선 2016)
    해설

나기철의 발송 작업: 나기철『지금도 낭낭히』 『지금도 낭낭히』(서정시학 2018) 해설

근시(近視)의 천사: 박라연『헤어진 이름이 태양을 낳았다』 『헤어진 이름이 태양을 낳았
    다』(창비 2018) 해설

박순원의 시는 웃프다: 박순원『그런데 그런데』 『그런데 그런데』(실천문학사 2013) 해설

최두석의 사무사(思無邪): 최두석『숨살이꽃』 『숨살이꽃』(문학과지성사 2018) 해설

어두운 기도의 형상: 최정진『버스에 아는 사람이 탄 것 같다』 『버스에 아는 사람이 탄 것
    같다』(문학과지성사 2020) 해설

내 이름은 숨은 돌: 한영수『케냐의 장미』 『케냐의 장미』(서정시학 2012) 해설

마당을 쓰는 사람: 황동규『겨울밤 0시 5분』 『겨울밤 0시 5분』(문학과지성사 2015) 해설

안도현의 평지 순례: 안도현『능소화가 피면서 악기를 창가에 걸어둘 수 있게 되었다』 『능소
    화가 피면서 악기를 창가에 걸어둘 수 있게 되었다』(창비 2020) 해설

| 찾아보기 |

ㄱ

가상세계 36, 77, 160

갈등의 삼각형 118, 119, 122

감성 46, 95, 96

감성의 분할 96

강남역 10번 출구 70

공동체 20, 23, 24, 27, 37, 40, 45, 64, 65, 68, 69, 76, 96, 108, 165~67, 187, 189, 201, 203, 224, 225, 231, 233, 243, 245, 246, 252, 280, 281, 283, 285, 307, 309, 334

곽문영 42

곽효환 214~17, 219, 223

권혁웅 144

극서정성 271

극서정시 110, 112~23, 258, 271

근본주의자 176, 185, 186

기형도 145, 159, 161, 166

김경주 150

김군 68, 69

김기림 106

김달진 115, 344

김동명 177

김상혁 22

김성규 55, 122, 151

김소연 73, 78~80

김수영 83, 115, 155, 206, 289, 290

김승일 57, 59, 164

김언 134, 136

김연수 30

김영승 207

김윤식 38, 39

김준오 99, 142, 143, 145

김춘수 155, 156, 273

김현 142

김현승 115, 152

김혜수 150, 151

김혜순 145

ㄴ·ㄷ

나기철 257~71

나는 너다 62, 64~70, 74, 76, 77

낭만적 세계 47, 178, 179

낭만적 정서 23, 51, 342

낭만주의자 16, 21, 99, 150, 160, 261, 360

너는 나다 64, 67~70, 76

노동시 173, 174, 234, 235

독립출판 89

둘레 세계 146, 179, 269, 279, 299, 306, 308, 309, 332, 339, 351, 370, 372

디스토피아 33

디지털 7, 35, 36, 90, 122, 123

ㄹ·ㅁ

랭보 141, 142, 147, 152, 156, 296

루카치 38, 39

리듬 7, 8, 16, 34, 96, 97, 103, 124, 125, 127~36, 138, 139, 151, 272, 331, 339, 342, 343, 346, 347

리얼리즘 7, 8, 116, 142, 155, 156, 158, 162, 163, 166~68, 261, 299, 332, 334, 338

마광수 143

말라르메 141, 142, 152, 155, 156, 296

모국어 233, 234, 237, 238

모더니즘 106, 115, 116, 155, 210, 332

몫 없는 자 161, 162, 165, 168

무의식 44, 45, 55, 153, 168

문인수 155

문태준 107, 108

문학과죄송사 87~89

문학의 자율성 6, 17, 48

미래파 7, 110, 111, 113, 114, 116, 120, 148, 149

미적 자율성 18, 96

미지의 세계 28, 59, 257

미학 15, 20, 23, 48, 52, 56, 60, 76, 77, 96, 107, 111~14, 116, 117, 133, 141, 145

민주주의 5, 16, 114, 158, 162, 167, 193, 203

ㅂ

박남수 143, 145

박라연 272~75, 277, 281, 283, 285, 286

박순원 287~91, 293, 297, 298

박연준 78, 80

박재삼 127, 128, 130, 133

박준 9, 78, 79, 109, 131~33

박준범 87, 88

발레리 141, 184, 186

백석 115, 210

백은선 25

벤야민 142, 145~48, 151, 152, 215, 273

부정성 46, 56, 60

불온성 79, 83~86, 89, 90

브레히트 93, 94, 99, 110

비유 23, 27, 36, 57, 96, 102, 125, 186, 189, 250, 253, 264, 285, 305, 334, 371

비인간 161, 168

비정규직 68, 69, 235

비존재 161, 162, 168

비트겐슈타인 181

ㅅ

사유 43, 52, 57, 61, 76, 117, 118, 145, 173, 174, 180~83, 185, 190, 197, 214, 222, 245, 248, 265, 269, 271, 272, 301, 320, 349, 356, 359, 361

사이보그 32, 33

304낭독회 70, 90

상상력 15, 16, 17, 19, 23, 28, 56, 72, 121, 124, 201, 295, 314

상징주의 141, 149, 156, 176

생일시 73~75, 78~82

서대경 59

서정성 47, 56, 60, 98

서정시 32, 33, 45, 93~102, 104, 106~23, 150, 194, 195, 208, 271, 332

세월호 6, 43, 70, 73, 78, 90, 126, 201

소수성 17, 161, 165, 166

소수자 34, 35, 167

소통 25, 43, 47, 80, 82, 90, 96, 115, 116, 135, 155, 185, 238, 251, 252, 271, 306, 312, 314, 364, 365, 367, 370

송욱 140, 141, 156, 206

순수시 117, 137, 138, 141, 142, 154

슈타이거, 에밀 99

「시」 62, 64, 70

시니피앙 97, 156

시니피에 97

시대정신 60, 96

『시론』(권혁웅) 144, 145

『시론』(김준오) 142

『시론』(현대문학사) 143

시쓰기 9, 48, 83, 88, 112, 121, 147, 155,

205, 208, 213, 220, 287, 294, 297, 346, 361, 362

시와 정치 52, 54

시인-기자 214, 215, 219

시인-채록자 299, 305, 309

시읽기 9, 48, 206

시적 민주주의 203

시적 정의 96

시적 주체 34

시적인 것 5~8, 21, 35, 36, 39, 41, 45, 47, 48, 50, 51, 53, 56, 57, 59~61, 63, 70, 72, 74, 77, 79, 80, 90, 105, 138, 141, 147, 150, 191, 207, 213, 235, 236, 238, 270, 285, 286, 327, 366~68, 372

『시학평전』 140, 141, 142, 156, 206

신동엽 143, 145

신비주의 63, 148, 149

신철규 19

신해욱 78~80, 163, 166

실상론(實相論) 39

실험시 47, 54, 96, 97, 100, 173

ㅇ

「아네스의 노래」 62~64, 74

아리스토텔레스 36

아우슈비츠 93

아이러니 33, 67, 68, 87, 178, 182, 340

안도현 360, 361, 363, 368, 370, 372

알레고리 7, 8, 23, 140~52, 154, 155, 214, 335

양안다 21

언데드 161, 165, 168

언어파 142

『엄마. 나야.』 73, 75

SNS 87

에이도스(eidos) 44

연대 7, 45, 66, 68~70, 109, 132, 192, 200, 201, 214, 233, 312

연대감 40, 109

오규원 150, 151, 156, 204

용기 6, 7, 24, 26~28, 105, 232, 282

용산 참사 162, 201

「운명과 형식」 38, 39

운율 94, 127~29, 130, 134

울음 7, 26, 27, 40, 41, 44, 45, 86, 128, 131, 215, 274, 275, 282, 283

유령 162, 164, 167

유성호 144

유안진 120, 224, 225, 227~33

유치환 177

율격 127~29, 134

음악성 96, 97, 133

이광수 38, 95

이미지 8, 15, 18, 56~61, 63, 65, 79, 102~104, 117, 141, 151, 156, 197, 253, 254, 258, 259, 265, 301, 325, 327, 367

이상국 188~90, 192, 193, 196, 199, 200, 203

이상주의자 33

이성복 145

이수명 150, 151, 156

이영광 162

이용악 103, 104, 115

이용임 72

이원 31, 32, 75

이육사 115, 143

이은규 75

이은봉 243, 245, 248, 249

이이체 50

이제니 26, 27, 85, 135

이청준 145, 146, 149

이현승 17, 82

인공지능 29, 30, 33, 35, 36, 45

일인칭 주어 16, 34, 47, 237

일인칭 화자 → 일인칭 주어

ㅈ

장기하와 얼굴들 89

장승리 168

재난 58

전태일 69

정감 95

정념 95, 305, 330, 340, 343

정동 95

정서 20, 23, 35, 51, 95, 97, 109, 127, 214~16, 222, 261, 262, 264, 266, 268, 271, 295, 299, 301, 342

정신주의 110, 114~18

정재학 126, 150, 151, 152, 155, 156

정지용 105, 106, 114, 210

정치 16, 17, 20, 23, 24, 46, 52, 54, 96, 106, 154, 162

정한아 84

조은 37

조지훈 96, 115

죄(罪) 17, 18, 19, 20, 21, 22, 23, 85, 86, 274, 277, 282, 283, 292, 362, 363

주체 7, 8, 20, 27, 31~35, 39, 45~48, 51, 57, 99, 104, 118~122, 124, 126, 145, 146, 148, 150, 153, 159, 161, 162, 167, 220, 235~37, 239, 254, 258, 266, 271, 274, 291, 295, 305, 317, 325, 334, 335, 351, 358, 361

주하림 53

진은영 150, 151

진이정 40, 121, 152, 156

ㅊ

최동호 9, 111, 115~17, 144

최두석 299~301, 303, 306, 307, 309, 312

최소주의 319

최승자 145, 156, 207, 208, 213

최승호 145

최영미 31

최정례 204~13

최정진 313, 314, 316, 321, 322, 325~27, 329, 330

최종천 173, 174, 176~180, 182

최초의 떨림 36

최초의 순간 40~43, 238, 317

최초의 시간 39, 45, 304, 327, 330

최초의 울음 7

최후의 전율 36

춤 184~86, 355, 356

ㅋ·ㅌ·ㅍ·ㅎ

카프(KAPF) 177

태도 57, 58, 61, 63, 84, 98, 102, 121, 136, 153, 155, 176, 215, 229, 231, 299, 332, 339, 340, 347, 361

트위터 122, 123

폼(form) 44

하위 주체 46, 48

하재봉 31

『한비자』 15, 27

한시 117, 119, 123, 309

한영수 331, 332, 334, 335, 339, 342

한용운 43, 114, 115, 143, 152, 177

헤겔 98

현대성 5, 6, 106

현실주의자 33, 195

형상(形像) 15, 22, 23, 27, 30, 31, 42~45, 66, 76, 77, 79, 83, 86, 183, 189, 190, 203, 215, 216, 223, 228, 230, 237, 247, 248, 295, 313, 325, 330

호모 루덴스 29

호모 사케르 161, 165, 166, 167

황동규 115, 344, 346, 353, 356~59

황병승 34, 155

황인찬 49, 234, 236, 374

황지우 64~68, 70, 145

황현산 42, 43, 140~42, 145~48, 150~56

희생 6, 7, 58, 76, 169, 310, 315